DER CODE DER SCHNABELKANNE
ODER
DAS KELTENFIEBER

edition
innsalz

Wolfgang Kauer
Der Code der Schnabelkanne
oder
Das Keltenfieber

Herausgegeben von:
edition innsalz
A-5282 Ranshofen/Osternberg, Ranshofner Straße 24a/A2
Tel. +43/664/338 24 12, Fax +43/77 22/646 66-4
Homepage: www.edition-innsalz.at, E-mail: edition.innsalz@ivnet.co.at
Alle Rechte liegen beim Autor

ISBN 978-3-902616-57-9
1. Auflage 2012

Gestaltung und Druck: Aumayer Druck und Verlag
A-5222 Munderfing, Gewerbegebiet Nord 3
Telefon: +43/77 44/200 80, E-mail: office@aumayer.co.at

Wolfgang Kauer

DER CODE DER SCHNABELKANNE
ODER
DAS KELTENFIEBER

Ikonografischer Roman
(mit 80 Fotos und Grafiken)

*Ihr Götter, die ihr Gestalten verwandelt,
seid meinem Vorhaben wohlgesonnen, den Erzählfaden zu spinnen,
vom Ursprung der Welt bis zu meinem Zeitalter!*
OVID: METAMORPHOSEN, PROÖMIUM 1,1-4

WIDMUNG

Dieser ungewöhnliche Roman ist meinem Vater, Josef Andreas Kauer, gewidmet, der 1932 fast zeitgleich mit der keltischen Schnabelkanne vom Dürrnberg das Licht der Welt erblickte, später das Leondinger Heimatmuseum gründete und als wissenschaftlicher Konsulent des Landes tätig war. Figuren und Handlung basieren zwar auf genauer Beobachtung, sind aber meist verfremdet oder neu erfunden (z.b. Semele), sodass Ähnlichkeiten mit lebenden Personen reiner Spekulation entsprechen. Einige Keltenexperten treten jedoch auch in personam auf. So sind Exklusiv-Interviews mit Mag. Kurt Zeller, dem (inzwischen verstorbenen) Direktor des Keltenmuseums Hallein, und der Tochter der verstorbenen Schnabelkannenfinderin enthalten. Lokalgeschichtliche Ereignisse zwischen 1992 und 2012 werden zeitlich gerafft erzählt, wie etwa der Mord an Silke Schnabel oder der Abriss des Salzburger Kopfbahnhofs. Meine Thesen beruhen auf jahrelangen Studien der Fachliteratur, Reisen und Recherchen in Museen, Ausstellungen und im Gelände. Für viele Erkenntnisse, betreff Prähistorie bzw. Semeiotik, lassen sich aufgrund fehlender schriftlicher Zeugnisse nicht direkt Beweise festschreiben, deshalb habe ich anstelle einer wissenschaftlichen Publikation die Romanform gewählt. Um den Erzählfluss nicht zu stören, verwende ich Quellenhinweise im Text und am Buchende, aber keine Fußnoten.

DIE SCHNABELKANNE
(Prolog)

Wenn ich mir das liebliche Tal in Erinnerung rufe, sehe ich auch eine
riesengroße Schnabelkanne vor mir in der Sonne glänzen
und alle Toten der Welt kommen herbei und lassen sich einschenken,
denn die Kelten haben genug Met eingefüllt.

Die Stadt zu Füßen des Grals sehe ich dagegen klein geschrumpft.
Sie strahlt nicht minder sauber und aufgeräumt
– man tut etwas und lässt sich blenden –
im Sonnenlicht.

Und die zahlreichen Kuppeln widerspiegeln
die wunderschöne Patina der Totenkanne,
die sich als ein Kultobjekt
mit beneidenswert schlanker Taille
hoch über sie erhebt:
Eleganz bis zu den Wolken hin!

I.
Die Kugelbahn

Gestern Nacht kreißte der Berg und gebar ein schwarzes Großes Rund ins Unterholz. Dann einen zweiten Reifen an den Wegrand, und ein dritter hing bereits in der Astgabel. Hält sich da noch ein vierter verborgen? Ich bin außer Atem. Die Feenkönigin hat ausgemistet! Die höchste Stelle des Pfades ist erreicht, bald geht's abwärts, auf dem Asphalt den Hohlweg hinunter, in Richtung *Koppl*.

Auch der Lenker/die Lenkerin hat sich den Heuberg herauf quälen müssen, um unbeobachtet seinen/ihren Gummi loszuwerden. Was hat man sich bloß dabei gedacht? Legt die Altlast einfach hier ab und entschuldigt die Untat nach dem Motto *Aus den Augen, aus dem Sinn!*

„So warte doch, Balder, du brauchst mir doch nicht zu beweisen, was für ein Bergfex du bist! Ist ja auch keine Kunst, schneller zu laufen als ich, wenn du vom Land kommst!"

Nein, so etwas dürfte nicht vorkommen! Altreifen als *Landart*. Der vierte Reifen steht an eine der Eichen gelehnt. Geradezu als Köder ausgelegt, fordert er Passanten dazu auf, mit ihm etwas Verbotenes anzustellen. Mein Gott, was treibt Balder schon wieder? Der wird das Ding doch nicht allen Ernstes verselbständigen wollen! „Balder, stopp! Das ist zu gefährlich!"

Für ihn muss man sich fremdschämen. Warum lacht er mich jetzt an? Ich muss ihm den Pneu entreißen. Er verhält sich nicht anders als ein kleiner Junge, der den Köder nicht erkennt und den Reifen wie auf einer Kugelbahn den Hohlweg hinabrollen lassen will. Nein, das kann's doch nicht geben! Mein Gott, er setzt jetzt sein Feuerzeug am Gummi an. Die Flammenzunge hat er zur Fackel hochgeschraubt! Wenn ich ihn nur schon eingeholt hätte! Ich muss ihn behandeln wie einen Schuljungen und maßregeln!

Jetzt hat der Reifen doch glatt Feuer gefangen! Was hat denn Balder vor? Will er eine Rauchsäule aufsteigen lassen, um der ganzen Welt zu zeigen:

„Alle aufgepasst, hier stehe ich, Balder Landmann, ich bin als Erster hier oben und der, der hinter mir kommt, seht her, das ist Will, er belegt nur den zweiten und letzten Platz!"
Puh, wie das stinkt! Bis hierher riech ich den Gestank verbrannten Gummis. Nein, das gibt's ja nicht! Jetzt versetzt der dem Rad tatsächlich einen leichten Schwung und schickt es talwärts! Wie langsam, elegant sich das Ding den Weg nach unten bahnt! Die kindliche Freude am Spiel: Wenn das nur gut geht! Der enge Hohlweg, da könnte niemand ausweichen! Mein Gott, dort unten in der Kurve, auf halber Höhe, da bewegt sich etwas, eine alte Frau. Die rastet, bis sie wieder zu Kräften kommt! Balder muss sie übersehen haben.
Der schlingernde Reifen findet jetzt langsam seine eigene Spur, der Schwerkraft folgend. Er wird schneller und schneller, rollt nach links, nach rechts und wieder nach links, dabei ahmt er die Serpentinen der schmalen Straße nach, ohne sich an deren Begrenzung zu halten. Auf dem Weg nach unten schießt er übers Bankett hinaus, durchkämmt immer wieder die seitlichen Böschungen, ein Feuerball mit pechschwarzem Kometenschweif, besinnt sich am Amplitudenpunkt und verlangsamt das Tempo, kehrt einen Moment lang zur Straße zurück, quert sie noch einmal, um auf die gegenüber liegende Böschungsseite zu wechseln. Wenn das nur gut geht! Er rollt und beschleunigt in Kurven dräuenden Unglücks.
Die Frau rührt sich nicht, wohl aus nackter Angst davor, was da an trigonometrischem Unglück auf sie zukommt, was wir beide ihr von oben herab entgegenschicken, was wir ihrer ohnehin mäßigen Gesundheit auch noch an Zerstörungskraft zumuten! Sie starrt zu uns herauf, dann auf den sich rasch nähernden Reifen. Aber sie duckt sich nicht weg. Es erfolgt kein Schritt zur Seite, kein Reflex.
Kann die von Glück reden! Das war wirklich nur um Haaresbreite daran vorbei!
Das rauchende Ungetüm, von Balder zum Leben erweckt, rollt jetzt aus dem Blickfeld hinaus, verlässt unsere Wahrnehmungsgalaxie. Unhörbar leise naht die Katastrophe. Wie auf Zehenspitzen hüpft sie jenseits unserer Möglichkeiten abwärts, die Straßenrichtung entlang. Wann erfolgt der unausweichliche Crash, die zwingende Begegnung mit irgendeinem Objekt oder Subjekt, das dem Reifen im Weg steht? Wir müssten sie hören können. Nicht auszudenken, welche Geschwindigkeit der rollende Pneu inzwischen erreicht hat und welch ungeheure Durchschlagskraft! Wenn jetzt ein Auto die Serpentinen herauf kröche, dem brennenden Reifen entgegen käme, es drückte ihm die Windschutzscheibe ein. Und dabei gleich auch die Innenverkleidung

in Brand gesetzt. Ein Reifen, der ein ganzes Auto abfackeln kann: die durchschlagende Invention.

Ich muss das verhindern, muss den Schaden begrenzen, muss querfeldein und abwärts stürmen, muss dem Koloss den Weg abschneiden, muss Passanten warnen, muss versuchen, ihn durch seitliches Attackieren mit dem nächstbesten Ast zu Fall zu bringen! Ein frommer Wunsch, richtig, aber ich möchte im Nachhinein nichts unversucht gelassen haben.

„Komm, Balder, los, laufen wir, kreuzen wir seine Bahn!"

Aber so, wie es aussieht, muss ich es wieder allein ausbügeln, denn er steht nur umher - starr vor Schreck - und stiert mit schuldbewusster Miene vor sich hin, dem Pneu nach, den er gar nicht sehen kann. Stattdessen die Frau, in die allmählich Bewegung zurückkehrt.

„Hoffentlich hat uns die Alte nicht erkannt! Los, komm endlich, Geißenpeter! Gefahr in Verzug!"

Ein neues Glück?

Seit Wochen war ich mit anderen in einem Erdloch gehockt und hatte bei strömendem Regen Dreck geschaufelt. Ich machte mich für den Wegebau im Bereich des Stellwerks schmutzig, für die Errichtung eines so genannten *Bahntrassenbegleitweges für Einsatzfahrzeuge*.

Ich stellte meine Arbeitskraft zur Verfügung, jobbte die Kollektivlohn-Variante. Bei Einhaltung strenger Sicherheitsvorschriften erledigten wir Taglöhner den Rest von Gelände-Umwälzungen, den Baggern hinterher. Der Aushub wurde auf Waggons gekippt und zur Terrassierung der neuen Bahnbrücke verbracht, in Fahrtrichtung Wien. Tonnenweise Fäkalien, alles nasser Lehm, durchsetzt mit Rohrsplittern und Kabelenden, deren Implantierung lange zurückliegen musste.

Die Bahntrasse wurde verändert, musste sich anpassen, wurde angepasst, erhielt nicht nur ein Lifting, sondern ein ganz neues Gesicht. Der Speckgürtel der Stadt wurde enger geschnallt. Vororte, wie das verschlafene Bahnarbeiterviertel rund um das Stellwerk, erhielten jetzt einen weit höheren Dichtewert an Verbauung verpasst. Dazu mussten die Wohnblocks der Bahnarbeiter vorerst weichen.

Die Faszination, wie ein Kunstwerk mit ein paar Schläfen-Stubsern der Baggerschaufel aus dem Mauerwerk gebrochen wird, Ziegel um Ziegel, entspringt wohl der *vulgären Lust* des Menschen an der *Metamorphose*, der er eigenhändig und gewaltsam *nachhilft*, wenn ihm die Natur nicht rasch genug zerstört.

Der Fries, der die ganze Hauswand eines Wohnblocks an der Eisenbahnbrücke bedeckt hatte, war jahrzehntelang das einzige Kunstwerk des Dorfes in der Stadt gewesen. Er stellte das Glück der Bahnbediensteten dar, in selbstbewusster, fast *heroischer Haltung*, ganz im Stil einer *Neuen Sachlichkeit*. Wenn man lang genug überlegte, konnte man die Bildzeichen des Frieses auch ohne Hilfe enträtseln, denn die Symbolik des frühen 20. Jahrhunderts war eine gerade noch verständliche gewesen. So etwa bedeutete ein einzelnes Rad das *Schwungrad des Fortschritts*. Im Moment wurde das Kunstwerk *Schritt für Schritt* verkleinert, so, als würde von einem Ölbild immer mehr abgedeckt, um zu prüfen, wie die frisch aufgetragene Farbe im Einzelnen und im Gesamten wirke.

Fensterstöcke, ausgebrochene Glasziegel, verformte Installationsleitungen, Schilfrohr-Matten, die als Verputz-Träger gedient hatten, verbogene Dachbleche und immer wieder Ziegelreihen *unterlagen* der *Metamorphose* und verwandelten sich in neuartige *Landschaften*. Der Vorgang an Zerstörung entschleunigte sich zwischendurch, sobald die Arbeiter eine Brotzeit einlegten. Das machte dann den Eindruck, als wollten die Arbeiter den Denkmalschützern noch eine letzte Chance geben, die einzigartige Darstellung der im Sinken begriffenen *Epoche des Eisenbahner-Wohlstandes* zu retten.

Aber es fand sich niemand, der aktiv einzugreifen bereit war. Nur ein paar passive Schaulustige hatten sich versammelt. Und so setzten die Arbeiter ihr Zerstörungswerk fort. Der ausgewehte Verputz, die rostroten Farbreste, das Zinnoberrot des Ziegelstaubs, all das verwandelte die Landstraße beim nächsten Windstoß in eine Wüstengegend. Das Kunstwerk als feinstes, flirrendes Pulver. Das Symbol für die erfolgreiche Geschichte einer Berufsgruppe verwandelte sich in den Staubschleier einer Braut, die sich *anhabig* über den Stadtteil legte, bevor sie vom Nordwest mit festem Griff erfasst und Richtung Italien entführt wurde, der Düsenwirkung einer Engstelle zwischen den Stadtbergen folgend.

Der Baggerführer pochte mit der Behutsamkeit eines Kiefer-Chirurgen an die Hauswände, mit der Vorsicht eines Zahnarztes, der im Begriff ist, den fünffach verwurzelten und fest verhakten Weisheitszahn abzuklopfen, bevor er ihn aus dem Kiefer knackt.

In den angrenzenden Mietwohnungen schleuderten immer noch TV-Geräte *Bilder der Sehnsucht* in muffige Räume des Elends. Die Bewohner selbst hingegen hatten die Häuser längst verlassen und agierten als Schaulustige auf der Bühne eines augenblicklich real gewordenen Lebenssplitters. Nie bereit zu irgendeiner Form des politischen Widerspruchs vertrauten sie immer noch auf irrationale Mächte: *Die da oben werden schon wissen, was sie veranlasst haben!* In unerschütterlichem Vertrauen auf die Fremdbestimmung scharten sie sich neugierig um die Baustelle, fasziniert vom Niedergang ihrer eigenen Existenz, nicht wahrhaben wollend, dass sie als nächste Opfer der Absiedelung auserkoren waren.

In dem für die Bahntrassenerweiterung vorgesehenen Viertel blieb auch gesellschaftlich kein Stein auf dem anderen. Viele Bahnbedienstete wurden in Frühpension geschickt, großzügig abgefertigt oder einfach gekündigt. Nach dem Niedergang des Zeitalters der Arbeitsplatzsicherung durch die Eisenbahngesellschaft hatte auch meine Tante Bella lange Zeit keine Anstellung mehr gefunden. Vorher hatte sie ausschließlich Werbefilme für die Bahn gedreht und vermisste nun ihren interessanten Gestaltungsbereich. Doch sie nützte die Umstrukturierung, indem sie die nächste Gelegenheit beim Schopf packte und in ein verlockendes Arbeitsplatzangebot in Mumbai einwilligte.

Bella in Bollywood!

Als eine alterfahrene Indien-Touristin wusste sie, was sie in Südasien erwarten würde. Die indische Eisenbahngesellschaft hat noch jede Menge Bedarf an Werbung für eine gesamtgesellschaftlich getragene Gesamterneuerung ihres veralteten Schienennetzes aus der englischen Gründerzeit. Natürlich hatten sich auch dort die vertrauten Verhältnisse geändert. Mumbais Tore öffnen sich der ganzen Welt und weltoffene Inder bestimmen nun auch in unserem Land über den begehrten Faktor Arbeit.

Weil es in der Wirtschaft bekanntlich so ist, dass ein Arbeitsplatz einen nächsten zur Folge hat, bot sich auch mir eine unerwartete Chance, denn mit Tante Bellas Arbeitslosigkeit drohte auch das Aus für meine Künstlerexistenz. Bei Vaters Schwester hatte ich bisher in Untermiete gewohnt. Aber während ihrer Abwesenheit vollzog sich an mir die Metamorphose vom *Mieter* zum vorübergehenden *Besitzer* des Hauses, unbefristet, so lange, bis die Tante wieder zurückkehren würde. Vielleicht könnte ich ja eines schönen Tages zum *Hauseigentümer* aufrücken.

Tante Bella hatte mich ausgewählt, weil ich *mit dem Rasenmäher vertraut* war. Vielleicht war der wahre Grund gewesen, dass sich sonst niemand gefunden hätte, der bereit gewesen wäre, in ihrem alten und schwer beheizbaren Häuschen einzuziehen. Für mich jedenfalls hatte *eine neue Ära der Freiheit* begonnen. Als Gegenleistung verlangte die Tante lediglich, dafür zu sorgen, dass die Betriebskosten gedeckt wären und alles in seiner Ordnung bliebe. Einen wesentlichen Vorteil sah ich darin, dass ich nun selbst keine Miete mehr zu bezahlen hatte, dass sich mir sogar Gelegenheit bot, mich weiterhin mit den schöneren Dingen des Lebens zu beschäftigen.

Kaum war die Tante abgereist, begann ich mein *Start up* damit, die freie Verfügbarkeit über die Immobilie in *bare Münze* umzusetzen. Wobei mir bewusst war, dass jede Münze auch eine Kehrseite hat. Um mein Eigenkapital zu erhöhen, beschloss ich, das Mietverhältnis zu erweitern. Denn ich hatte keinen Bock darauf, mich weiterhin durch minderwertige Jobs ausbeuten zu lassen, wie etwa eine Studienkollegin, die vielerlei Teilzeitarbeiten verrichtet, auch als *Show-Act-Girl* im Gasthof unter der Brücke, wo der Messdiener der Moorkirche zu verkehren pflegt. „Willie, du schaffst das", hatte ich Baumeister Bob zitiert und beschlossen, Tante Bellas Haus müsse endlich erwachsen werden und beginnen, sich selbst zu erhalten, wobei ich anmerken möchte, dass ich keineswegs an Windräder oder Solarzellen dachte.

Zunächst unternahm ich etwas gegen die Fliegeninvasion, damit meine ich nicht etwa ägyptische Soldatinnen zur Königinnenzeit bzw. deren Tapferkeits-Auszeichnungen, sondern das Vorgehen gegen die hartnäckigen Attacken der gemeinen Schmeißfliege. Zu besagtem Zweck hängte ich durchsichtige und mit Wasser gefüllte Plastikbeutel in die Fensteröffnungen. Auf diese Weise konnte man die Quälgeister irritieren und draußen halten. Diesen nützlichen Hausbrauch hatte ich auf der *Stuhlalm* im Gemeindegebiet von *Annaberg* kennen gelernt, als ich den geheimnisvollen Hüttenwirt Ferdinand zum ersten Mal aufsuchte, der erzählte, dass er nicht nur als Hüttenwirt und Schilehrer, sondern auch als Restaurator etruskischer Gefäße aktiv sei. Er versprach mir, mich anzurufen, sobald er von einem Erdrutsch in Gegenden erführe, wo antike Kunstwerke von allein an die Oberfläche gelangen.

Die schwarze Limousine

Man darf Träumen nicht nachlaufen, man muss sie kommen lassen. So lautete mein neuer Leitspruch und dieser schien in Sachen Vermietung auch zuzutreffen, denn der Wirtschaftsaufschwung setzte bei mir ganz unverhofft ein, auf dem Rückweg vom Moorsee. Wenn man schon während der Schulzeit die Klischees der Romantik-Epoche in sich *aufgesogen* und instrumentalisiert hat, fällt es einem leicht, die vielen *Überraschungen des Lebens* zu bewältigen.

Als ein Wagen mit fremdländischem Kennzeichen anhielt und der Beifahrer mit dem Bügel seiner schwarzen Sonnenbrille auf mich zeigte, erlebte ich seine Auswahl als Auszeichnung.

Wie vom Engel erwählt und aufgefordert, ins *Himmelreich* einzutreten, schritt ich auf den Wagen zu, der mit sechs Insassen belegt war, wie in schlechten Romanen. Sie kamen, wie könnte es anders sein, aus jenem Land, wo schon der alte Goethe *die Zitronen blühen* sah, suchten eine Bleibe und waren ohne Umschweife dazu bereit, bei mir Quartier zu nehmen.

Sie hießen mich als siebte Person zusteigen und bald sah ich mich zwischen die langen Beine bildhübscher Frauen gezwängt. Noch bevor sich meine Aufregung legte, hielt der schwarze Fiat vor dem Gartentor an. Zunächst erlaubte ich meinen Gästen einen nur kurzen, prüfenden Blick in die drei besten Zimmer des Hauses und bat sie dann wahlweise in den Garten oder in die Nassräume, denn ich musste die Betten erst mit *Bettwäsche nach Großmutter Art* überziehen. Mit meinen ersten Kunden besprach ich das Sightseeing-Konzept für den folgenden Tag noch ziemlich ausführlich, prüfte die Sinnhaftigkeit ihrer *Unternehmung* und zog mich mit einem *Gute Nacht*-Wunsch in den Garten zurück.

Dort stand noch das Zelt, das ich eigentlich nur auf seine Tauglichkeit testen hatte wollen. Dass es gleich zur Notwendigkeit würde, im Zelt zu übernachten, überraschte mich selbst. Die interessantesten Träume erfüllen sich eben auch ohne unser Zutun.

Eine sternenklare Nacht und das vertraute Rattern der Züge lieferten den Stoff für neue Phantasien. Ich stellte mir vor, dass ich einer der Reisenden wäre, dass ich schwer und träge im Sessel läge und dass die Kraft der Maschinen mich vorwärts schöbe, von Stern zu Stern. *Der unbekümmerte Schläfer* wäre ich, auf dem gleichnamigen Bild von *René Magritte*, dem Plakatmaler, dessen Bilder ich zwar maltechnisch scheußlich finde, dessen kräftige Symbolik aber ihresgleichen sucht. Daher sind meine Zimmerwände mit Postern seiner suggestiven Gemälde bedeckt. Trotzdem bleibe ich dabei: Magritte sollte besser als Grafiker gelten.

Am nächsten Morgen schlüpfte *ein kleiner Nachtwächter* ins Zelt herein. Ein Nachbarkätzchen hatte sich so lange an mich gedrückt, bis ich erwacht war. Erst als *die Morgensonne schon recht warm* durch die Plastikplane *blinzelte*, erinnerte ich mich augenblicklich daran, dass ich *mit Frühstück* vermietet hatte. Ich eilte also zur Handelskettenfiliale, um eine Kollektion von Grundnahrungsmitteln zu beschaffen.

Milch wollte ich gleich für mehrere Tage horten, um nicht jeden Morgen wieder laufen zu müssen. Eine mit Kaffee gefüllte Schnabelkanne aus Porzellan stand dann bereit und lockte die Gäste zum Küchentisch. Völlig unerwartet blieb ich jedoch auf meinem Frühstücks-Angebot sitzen, sobald ich einem von ihnen *meine Art Frühstück* serviert hatte. Denn diese meine Ansicht von einer *Morgengabe* deckte sich in keiner Weise mit den italienischen Vorstellungen davon. Ihre Art zu frühstücken bedeutete, alles Gebäck liegen zu lassen, aber die Milch zur Gänze zu leeren. An einem einzigen Morgen erhöhte sich der Milch-Verbrauch auf ganze drei Liter. Alles andere ließen die Gäste unberührt. *Toccato soltanto latte.*

Ein nächstes Erstaunen erfasste mich, als ich in ihrer Abwesenheit das Badezimmer betrat. Nie zuvor hatte es darin so himmlisch geduftet wie nach einer Shampoo-Orgie der Italienerinnen. Das Fluidum der Italienerinnen war einzigartig und definierte eine neue Qualität in Tante Bellas Haus. Düfte sind Auslöser von Träumen. Und so zitierte ich aus der TV-Werbung den Slogan: *Le labbra – die Lippen, la bocca – der Mund – Una piccola porzione di voglio di vivere.*

„Alles hier ist so grün und frisch!", rief Massimo aus, „die ganze Stadt sieht aus wie ein riesiges Fußballfeld!" „Tja, *grüner wird's nicht"*, bediente ich mich lachend der romantisierenden Sprache der Waschmittelwerbung. Ein besseres Zeugnis hätte er der ökologisch orientierten Stadtplanung nicht ausstellen können. Die Symbiose von Naturraum und Stadtraum wurde mit Hilfe der so genannten *Grünland-Deklaration* festgeschrieben und fortgeschrieben.

Als die Italiener nach zwei Nächten ihre Sachen packten und bezahlten, lagen mir sowohl der Klang des Geldes als auch die herrliche Musik ihrer Sprache im Ohr. Es war gar nicht der Inhalt ihrer Gespräche, der in Erinnerung geblieben war, sondern ihre wunderbare Art zu artikulieren und zu gestikulieren. Ihre Sprechmelodie erinnerte mich an die Synkopen der Jazzmusik.

Als schönstes Andenken blieb mir die Welt der guten Düfte im Gedächtnis. Wehmütig zog ich die Bettwäsche ab und warf die Überzüge in die Waschmaschine. Wie schön wäre es doch, wenn ich solche Gäste länger hätte, haderte ich mit dem Schicksal, wobei sich mein Schönheitsbegriff bislang mit dem übergeordneten Begriff von Ästhetik gedeckt hatte.

Träume sind eben doch nur Schäume, musste ich resigniert feststellen, als Tante Bellas Haus nach dem Exodus der Italiener von den Geruchspartikeln unterschiedlichster Pilzsporen zurückerobert wurde. Mit Wehmut schwang ich mich aufs Rad und heftete im Moz-Art-Eum eine Notiz an die Pin-Wand, mit der ich meine Untervermietung auslobte:

Einzelzimmer in citynahem Grüngürtel, Anbindung an den öffentlichen Verkehr, schmuckes Häuschen, ganz im Stil des Salzburger Philosophen Leopold Kohr, exklusiv möbliert, Kochgelegenheit inclusive, romantischer Fernblick und Fruchtgenuss erwünscht. Auch unser geräumiges Penthouse steht derzeit wieder zur Disposition. Auskünfte unter folgender Telefon ...

Bis zur Reaktion auf das Inserat, so plante ich, würde ich Bahnreisende gewinnen. Am ehesten schien mir dazu jener Bahnsteig geeignet, an dem die Züge aus Wien andockten. Trauben von Reisenden zwängten sich durch die Waggontüren. Der Ferienbeginn zeigte Wirkung. Ich konnte es mir geradezu aussuchen, wen ich ansprach. Meine Wahl fiel auf eine hellhäutige Blonde, hinter der plötzlich fünf kleinere Kinder hervorwuselten. Die Schwedin entpuppte sich in der Folge als genauso nett, wie ich sie beim ersten Eindruck eingeschätzt hatte. In Anbetracht der Kinderschar war sie sogar froh darüber, sich nicht lange mit der Zimmersuche aufhalten zu müssen. Ich wunderte mich, dass sie ohne Mann oder Freundin so weit hierher gereist und noch dazu guter Laune war.

Das Haus malte ich ihr in *gemütlicher Gastlichkeit* und mit antikem Mobiliar ausgestattet aus, worauf die junge Mutter begeistert reagierte. In ihrer Phantasie stattete sie das Häuschen offenbar mit viel Liebe noch weiter aus, als ich es für möglich gehalten hätte. Vielleicht erwartete sie eine *Stuga* und den südschwedischen Wald, in bunten Ostereierfarben oder in sinnlichen Purpurtönen, wer weiß?

Ich drängte die Schar zum Elektrobus, nannte als Ausstiegsstelle den *Turnerwirt* und versprach, so rasch wie möglich zu radeln, um danach umgehend als Wegweiser helfen zu können. Als sie den Bus verließen, stand ich schon bereit und geleitete sie – die Koffer ziehend - zum *Lebkuchenhäuschen*. Mein Rad holte ich später nach. So würde ich es auch künftig handhaben.

Schon ohne mein Zutun musste sich die hübsche schwedische Mehrfachmutter während drei Tagen Aufenthalt wie im protestantischen Paradies fühlen. Der trächtige Birnbaum mitten im Garten hatte es ihr angetan und die alten Möbel wider Erwarten auch. Außerdem servierte ich den Kaffee aus der niederen Schnabelkanne nach Großmutters Art und erklärte dabei, dass auch schon der altägyptische Pharao Tutmosis IV. das Trankopfer für die Götter aus seiner Schnabelkanne rinnen ließ, in großem Bogen und gerade so, als würde er mit einem seiner Beamten um die Wette ...

Woher ich solches wissen könne, fragte sie, denn sie schätzte meine Belesenheit.

Das könne jeder im Netz googlen, war meine Antwort, denn der Pharao habe sich diese aufwühlende Szene mit ins Grab genommen, eben in Form eines Frescos.

Alles in allem versprach mein Wohlfühlnest der schwedischen Mutter *seidenglatte Haut für Wochen*. Dies veranlasste mich zu glauben, ich hätte die Pilzzucht-Anstalt auch der Kosmetikwerbung verpachten können. Zum betont einfach gehaltenen Teppich gab die Schwedin allerdings ein überraschendes Statement ab: „Du, in meine swedise Küche habe ich die gleiche IKEA-Teppich! Hier fühle sich die Kids wie su Haus!" Ich sehnte mich danach, eines ihrer Kids sein und sie *nach Kräften herzen* zu dürfen. Als eine für mich neue Lebensqualität etablierte sie einen Wertekanon, der sich aus Gelöstheit, Entspanntheit und Ausgeglichenheit zusammensetzte.

Infolge der Bescheidenheit der schwedischen Familie hatte ich auch etwas Spielraum im Tagesablauf gewonnen und konnte in Ruhe die getrocknete Bettwäsche bügeln sowie die Wechselgarnituren falten und in die Kastenfächer einordnen. Ein jedes Mal, wenn ich dabei den Blick nach draußen riskierte, war es mir, als lächelte mir schwedisches Goldblond entgegen. Während es sich im Liegestuhl unter dem trächtigen Birnbaum gemütlich machte, vergrößerten die eifrigen Jungs ein bereits vorhandenes Erdloch und setzten damit ungeahnt einen ersten Schritt hin zur Katastrophe.

Keltenfieber

Nach Abreise der Schwedin und ihrer wohlerzogenen Kids gönnte ich mir ein wenig Ablenkung in Form von Fortbildung. Aus Neugier und Wissensdrang verfolgte ich im Halleiner Keltenmuseum einen interessanten Vortrag des Grabungszentrumsleiters Stefan Moser, ohne zu ahnen, dass die Rückreise etwas modifizierter verlaufen würde als die Anreise.

Als sich die Veranstaltung nämlich aufzulösen begann, sprach ich die Dame neben mir an und empörte mich darüber, dass man die Meinung des Vortragenden nur bedingt teilen könne. Dieser hatte behauptet, die Pferde auf den keltischen Münzen hätten deshalb acht Beine, weil die *Stateren*, die Münzmodel, wegen schlechter Materialqualität öfters nachgeschlagen werden mussten. Durch unprofessionelles Nachprägen hätten sich jedoch Delfine zu Haarlocken verändert und aus vier Pferdebeinen wären so plötzlich acht geworden.

Dass schon die Grotte Chauvet und die ägyptischen Pharaonenreliefs dem Pferd acht Beine zusprachen, diese Tatsache hätte meiner Meinung nach im Vortrag wenigstens angesprochen werden müssen. Die Sitznachbarin, – wie sich bald herausstellte – eine Keltologie-Studentin, verwies mich – fachbereichsloyal und gewählt scharfzüngig - in den Bereich der Wissenschaft.

Eleonor nahm mich danach in ihrem Wagen mit, bis zur Bahnstation *Vigaun*. Da sich zwar unsere Meinungen konträr gegenüberstanden, aber die Interessen offensichtlich ähnlich gelagert waren, ergab sich ein längeres

Gespräch, das wir nahe der Bahnstation im Gasthof *Langwies* fortsetzten. Ich staunte nicht schlecht, als sie mich zur Bar führte, deren Plexiglas-Verkleidung in wunderbarer Vergrößerung die keltischen Motive auf der Schwertscheide von Hallstatt zeigte. Die keltischen Krieger schienen von der gleichen Hast ergriffen zu sein wie die Kellner und Kellnerinnen des Gastlokals. Sogar aus den Beleuchtungsnischen grinsten uns auf eingefärbtem Glas keltische Fratzen entgegen. Die alten Motive waren in poppigen Farben gehalten, was den Abbildungen einen stimmigen modernen Hauch verlieh.

Schließlich leistete mir Eleonor an der Bahnstation Gesellschaft. Der Sternenhimmel duftete nach Wiesenblumen und beschenkte uns reich mit Hormonen, was wir ihm dankten, indem wir eines der ältesten Symbole des Himmels und der Menschheit zum Gesprächsthema machten, nämlich die Milchstraße und deren irdisches Abbild, die Spirale:

„Jene Ohnmacht, der man bei Zerstörung durch ein Kettenfahrzeug ausgeliefert ist, bleibt einem lange im Gedächtnis", seufzte ich, „Ein prägendes Erlebnis in Kindheitstagen. Ein Grundbesitzer war mitten in einem Mühlviertler Marktort auf ein rätselhaftes unterirdisches Labyrinth gestoßen, in der Form einer im Uhrzeigersinn in die Tiefe führenden Spirale. Am Ende des schmalen und niedrigen Gangs lag eine geräumige Kammer, von der aus seitlich eine geheimnisvolle, weil unfertige Nische ins Gestein gehauen war. Die Experten behaupteten, dieser so genannte *Erdstall* wäre zur Zeit des Dreißigjährigen Krieges ausgekratzt worden. Doch hätte man dazu – angesichts der enormen Härte des Granits – nicht viele Jahrzehnte und zahlreiche Arbeitskräfte gebraucht? Ich zweifelte daher diese Datierung an. Kurz vor der Matura durfte ich dann zu einem zweiwöchigen Sprachkurs auf die Insel Malta fliegen. In *Paula*, einem Vorort von *La Valetta*, lernte ich ein wesentlich älteres unterirdisches Gangsystem, das *Hypogeum*, kennen und erfand für den Mühlviertler Erdstall eine andere Entstehungstheorie. Das maltesische Labyrinth, von dem man anfangs fälschlich angenommen hatte, es wäre nur wenige Jahrhunderte alt, schien mir genauso wie der Mühlviertler Erdstall angelegt zu sein: Auch dort reicht ein rechtsdrehender Spiralgang in die Tiefe, der in einer Kammer mit einer Nische endet. Diese Anlage, die sich so verzweigt wie das Knollensystem einer Kartoffelpflanze, wurde nach heutigem Wissensstand bereits in der Steinzeit geschaffen. In diese Kammern wurden Verstorbene gelegt, damit sie den Weg ins Jenseits fanden. Durch eine im nackten Fels endende, quasi unfertige Nische wurde die so genannte *Anderswelt* dargestellt. Am inneren Ende der Spirale lag die verstorbene Person im Wartesaal zur Anderswelt aufgebahrt, wie heute bei der Verabschiedung in der Zeremonienhalle neben der *Hölle*. Die Ägypter kannten diese „Jenseits-

Nische", in die der Verstorbene geht, ebenso, die ungeglättete Felswand in der Sargkammer, jenseits eines Torbogens, durch den der Verstorbene die Totenreise antrat. Neben der Leiche hatte man auch in Malta immer einen Topf mit Speisen abgestellt und einen zweiten, leeren, zerschlug man, als Symbol für das zerbrochene Leben.

Vor der Nutzung als Totenhalle hatte das Hypogeum die Funktion einer Art Vollzugsstätte für weibliche Initiationsriten gehabt. Ausgewählte Frauen hatten hier Dunkelheit und Stille gesucht und einen persönlichen Gegenstand für das Abbild einer *Sleeping Lady* geopfert, deren Original von großer Leibesfülle gewesen sein musste und wahrscheinlich zahlreiche Kinder geboren hatte."

„Wie kann man wissen, was sich dort in der Steinzeit ereignet hat?"

„Durch den Fund einer Terrakottanachbildung der *Sleeping Lady* in der untersten Kammer. Sie ruht mit geschlossenen Augen auf einer Art Kufenbett und hat den Kopf auf einen angewinkelten Arm gestützt. Ganz offensichtlich meditiert sie oder sie weissagt. Auf meinem PC habe ich das Bild von der *Sleeping Lady* einmal über ein Grafikprogramm laufen lassen und auf die kräftigsten Linien reduziert. Und dabei habe ich nicht schlecht gestaunt, denn in der Form der *Sleeping Lady* ist genauso die Form einer geschlossenen Muschel enthalten."

„Hat man zu dieser Zeit Mehrdeutigkeit einer Form zugelassen?"

„Klar! Die Figur ist präzise ausgearbeitet worden, das heißt, die Frau ist schon als solche erkennbar, aber zugleich bildet die Figur samt Kufenbett eine neue Gestalt, eben die einer Muschel. Man erkennt sie sogar mit freiem Auge: Wenn man das Artefakt aus den Augenschlitzen heraus unscharf werden lässt, könnte man glauben, das Gehäuse aus dem Meer vor sich zu haben."

„Hat man religiöse Riten damals nur in Höhlen praktiziert?

„Oberirdisch gab es den Tarxien-Tempel, in dem der steinerne Unterleib der Erdmutter auf wechselnde Oberteile wartete, die je nach Festivität aufgesetzt wurden."

„Haben Sie denn auch Beweise dafür, dass die Erdställe im Mühlviertel das gleiche Alter haben wie das Hypogeum?"

„Es muss ja nicht sein, dass die Mühlviertler Erdställe aus der Steinzeit stammen, aber die Bautradition und das technische Wissen für eine solche Anlage, die müssen sich sehr wohl über Jahrtausende überliefert haben. Dem heutigen Grundbesitzer ist der Fund eines Erdstalls auf seinem Gelände leider meist unheimlich, sodass er ihn möglichst rasch zerstören will. Das erledigt dann eben ein Bagger in einem knappen Vormittag. Der eben erst entdeckte wunderschöne Erdstall, der die Atmosphäre eines Geburtskanals vermittelt, wird dann von der Raupe zerdrückt und zerrissen, so, wie man in Stellungskriegen Schützenlöcher einplaniert."

„Für den Gewerbetreibenden war das doch die beste Lösung, nicht wahr? Hätte er etwa ein Museum eröffnen sollen?"

„Warum nicht? Ein Sportartikelhändler in Hallstatt hat den Ausbau seines Kellers sofort gestoppt, als er auf römisch-keltische Fundamente gestoßen ist. Heute erfüllt es ihn mit Stolz, Besuchern und Kunden seines Geschäftes seinen Keller zeigen zu dürfen, der jede Kulturstufe repräsentiert, von Schmiederelikten aus den letzten Jahrhunderten über die römischen Heizungsrohre und die keltische Graphitkeramik bis hin zum steinzeitlichen Topffragment in einem derart seltenen Stil, dass erst in Spanien wieder Verwandtes bekannt ist."

„Wenn aber eines Tages keine Besucher mehr kommen?"

„Wozu dieser Sarkasmus? Es ist Tatsache, dass viele Besucher zuerst sein Kellermuseum besichtigen und dann erfreut einen Halbstock höher in den Verkaufsraum kommen."

„Ein solcher Geschäftsmann, der eine ganze Verkaufsebene für ein Museum opfert, findet sich aber selten, oder?"

„Herr Janu ist wirklich eine Ausnahme-Erscheinung! Aber was das Zerstören von Erdställen betrifft: Angesichts solcher Verbrechen an unserem Kulturgut verspüre ich – wie gesagt - eine lähmende Ohnmacht, die Machtlosigkeit, etwas Schönes und Bedeutendes nicht retten zu können. Ich hänge nun mal leidenschaftlich an allen prähistorischen Bauwerken und Kultobjekten, die sich noch bis in unsere Zeit erhalten haben. Und so versuche ich *zu retten, was zu retten ist*. Dabei muss man erfinderisch sein. Ich betreibe Meinungsbildung bei den Bürgermeistern und durch Leserbriefe und konserviere Objekte, indem ich sie male! Wenn ich ein Kultobjekt ins Bild setze, eigne ich es mir an. So mache ich es zu einem Teil von meiner Umgebung!"

„Warum reichen Fotos nicht aus?"

„Weil den Fotos ganz einfach die Seele fehlt. Und die richtige Farbe. Diese ist ein Ausdruck von Gefühl. Erst durch das Licht und die Farbe, die ich den

Objekten meiner Wahl gebe, erhalten sie ihren Nimbus. Je nach Zusammenstellung der Farben muss auch die Form einer Veränderung unterworfen werden und die Qualität des Übergangs vom Umriss zur Umgebung des Objekts."

„Das Malen fällt Ihnen wohl schwer?"

„Nein, ich meine damit bloß, dass jeder Farbauftrag überlegt sein muss. Malen ist aber andererseits - und das macht es so genussvoll - ein Prozess der Aneignung, der Besitznahme, eine *Conquista* unterschiedlichster Dinge, die man selbst auswählt, weil man eine Beziehung dazu aufgebaut hat. Ein unsichtbares Kettchen spannt sich zwischen dem Künstler und seinem Objekt, so wie zwischen dem keltischen Totengott und den Seelen seiner Opfer."

„Würden Sie auch mich malen?"

„Wollen wir uns nicht duzen? Mein Name ist William! Prosit!"

„Ich heiße Eleonor! Freut mich, William!"

„Ich hoffe, ich enttäusche dich nicht allzu sehr, Eleonor, wenn ich dir sage, dass ich dich nicht malen möchte. Ich würde dich sonst nicht mehr sehen können, denn durch den Vorgang der Aneignung würdest du deine Aura verlieren. Wenn du gemalt wärst, wäre deine kostbare Aura im Bild zu finden, du aber wärst für mich zu einem seelenlosen Objekt geschrumpft. Kennst du Oskar Wildes Roman *Das Bildnis des Dorian Gray*? Darin wird diese Zwickmühle, in die der Maler gerät, beispielhaft durchgespielt!"

„Ein grässlicher Stoff, ich kenne den Film. Aber die Vorstellung gefällt mir, dass ein Abbild an meiner Stelle altern würde!"

"Du weißt doch: Wer sich mit den Kelten beschäftigt, der altert sowieso nicht! Die Beschäftigung mit den Kelten, das ist der eigentliche Jungbrunnen, das hat schon Wolfram von Eschenbach in seinem Parzival-Epos veranschaulicht. Der todkranke König Amfortas bleibt nur dadurch am Leben, indem er täglich den Gral berührt. Auch auf dem keltischen *Gundestrup-Kessel* finden wir ein ähnliches Motiv: Ein Hirsch und der Gott *Cerunnos* werden von konzentrischen Linien, also einer geheimnisvollen Aura des Lebendigen, ummantelt, in deren Zentren sich Blätter befinden. Das Blatt als ein Symbol für das Leben.

Des Weiteren erläuterte ich Eleonor, dass ich an die Urgeschichte noch die meisten Fragen richten könnte, ohne dass ich Angst haben müsste, dass ein anderer käme und sie für mich beantwortete. Es mache eben Spaß, sich die Antworten auf seine Fragen selbst suchen zu müssen. Und das Schönste wäre, dass diese Antworten nichts Verbindliches enthielten. Sie hätten den Charakter des Vorläufigen, Provisorischen und der Mehrdeutigkeit und trotzdem enthielten sie eine ungemeine Befriedigung für den Fragensteller. So käme auch niemand auf die absurde Idee, die Urgeschichte und deren Produkte ästhetisieren zu wollen.

An vielen geistigen Ausbildungsstätten sind Antworten auf Fragen bereits von vornherein festgelegt. Aufgrund der abgegrenzten Forschungsrichtungen kommen manche Lehrende gar nicht erst auf die Idee, über ihr Fachgebiet hinaus Verbindungen zu schaffen, die neue, ungeahnte Erkenntnisse ermöglichen würden. Wen wundert es da, dass einem die Lust am vorgefertigten Wissen vergeht?

Die fehlende Absicherung, mit der man sich an die Prähistorie herantasten dürfe, hätte mein Interesse geweckt, erklärte ich meinem Gegenüber. Wohin ich blickte, würden Beweisstücke fehlen. Den Gedankenverbindungen wären dadurch kaum Grenzen gesetzt: „Das nenne ich *Abenteuer*.

Eine Beschäftigung mit der Vorgeschichte beinhaltet auch eine intensive Auseinandersetzung mit der Natur selbst. Bei jeder Krümmung eines Steins, bei jedem Winkel irgendeiner Gestaltbildung größeren Ausmaßes fühle ich die Herausforderung, zu prüfen, ob eine geomorphe oder eine anthropogene Quelle verantwortlich zeichnet." Als mich Eleonor fragend anblickte, erklärte ich ihr, dass sich die *Geomorphologie* mit den Hangneigungen der Geröllhalden beschäftige und mit Veränderungen der Gesteine durch alle Arten von Verwitterung. Eine der wenigen Wissenschaften, die exakte Aussagen träfe und trotzdem kein totes Wissen darstelle: „Erst in der *Kombination von wissenschaftlich anerkannten und eigenen Erkenntnissen* liegt der Wissensgewinn, selbst wenn sich dabei der Geruch des Halbwissens nicht abstreifen lässt. Das Jonglieren mit Bällchen aus selektivem Halbwissen führt natürlich zu weiteren Fragestellungen. So lässt sich beispielsweise ein abgetragenes Bauwerk selbst dann noch an der *Hangneigung* eines Hügels entlarven, wenn alle Steine entfernt und für den Bau anderer Häuser verwendet worden sind!" Mit Hilfe dieser Messmethode, verriet ich Eleonor, hätte ich den Standort der ersten Kapelle in einem Seitental der Salzach entdeckt. Wahrscheinlich sei in ihr ein keltisches Heiligtum integriert gewesen, vielleicht eine beliebte Kultstätte für Quellrituale.

Eleonor, die keine rechte Lust mehr an ihrem Keltologie-Studium zeigte, spitzte die Ohren. Es kommt eben darauf an, auf welche Art Frühgeschichte vermittelt wird.

„Leider kommt der keltische Geschichtsabschnitt in unseren Geschichte-Lehrbüchern noch fast nicht vor. So stehen immer noch 13 Seiten Ägypten einer halben Seite keltischem Basiswissen gegenüber, das sich jedoch auch darauf beschränkt, einige wenige Standorte keltischer Kunstbeispiele zu nennen. Lediglich die Lehrer des Faches Bildnerische Erziehung scheinen sich mit dieser Epoche im Unterricht auseinandersetzen zu dürfen. Darin liegt der Vorteil meines Studiums. Meine Malerei kombiniert die Kunstwissenschaft mit der Archäologie und beide mit den Geo-Wissenschaften. Ich sehe mich genauso als Künstler wie Archäologen, als einen Naturbetrachter ebenso wie einen Ethnologen. In jedem Fall bin ich ein überzeugter Autodidakt. Ein *Universalgenie* der Renaissance kann einer heute ja nicht mehr werden, dazu reicht ein einziges Leben nicht aus, aber man kann ein *Wissenstourist* oder *Wissenschaftstourist* werden, der an sich selbst Fragen richtet und sich selbst Aufgaben stellt. Um meine Kräfte für den Zeitraum einer individuellen Forschung bündeln zu können, muss ich alles andere hintanstellen, ja, ich würde über Leichen spazieren, wenn ich mich – etwa durch materielle Umstände – in Forschung und Kunst-Produktion eingeschränkt sähe."

„Und was bedeutet das alles nun konkret?"

„Wie du von deinem Studium weißt, beschränkt sich die Wissenschaft auf dürftige Aussagen. Als Beweise für Erkenntnisse lässt man lediglich die Herkunft des Materials und die Aussagen römischer Chronisten gelten, wobei man lange Zeit den Propagandagehalt solcher Texte unterschätzt hat. Die Aussagen anderer Völker über die Kelten waren stark gefärbt, so von Hekataios von Milet, Herodot, Apollonius von Rhodos und schließlich auch vom römischen Griechen Polybios und dem Syrer Poseidonius. Die Klischeevorstellungen von den Kelten, die sie schufen und erhärteten, waren etwa, die Kelten würden maßlos trinken und regelmäßig die Frauen wechseln. Überdies wären sie Halbaffen, weil sie nackt zu kämpfen pflegten."

„Aber schon die Überlieferung, dass Männer bestraft wurden, wenn ihnen der Gürtel zu eng wurde, widerspricht dem Klischee von den Kelten als zügellose Barbaren."

„Wie du weißt, liegen die Probleme der Wissenschaft darin begründet, dass die Kelten rein gar nichts gegen diese Klischees unternahmen, indem sie nichts über sich selbst aufschrieben."

„Den Schulbuchautoren für Geschichte gelten die Kelten wohl immer noch als ein wilder Haufen ohne eigenständige Kultur, im Gegensatz zu den Griechen und Römern dieser Zeit. Dabei musst du dir nur mal an irgendeinem Fundstück bewusst machen, wie geschickt die Kelten fremde Einflüsse in ihr Kunstverständnis integriert haben. Sie waren wohl die erste Künstlergemeinschaft von europäischen Dimensionen!"

„Waren sie wirklich bedeutend genug, im Vergleich mit den Ägyptern?"

„Es könnte sogar Verbindungen gegeben haben, zwischen dem ägyptischen und dem keltischen Kulturraum! Die Kelten vom Halleiner Dürrnberg könnten vom Wissen um die ägyptischen Mythen und kultischen Traditionen beeinflusst worden sein. Viele Kelten standen als Söldner bei den Griechen im Dienst und diese regierten das Land am Nil mehrere Jahrhunderte lang, während der so genannten „*Ptolemäerdynastie*". Und wenn die Söldner nach Hause zurückkehrten, brachten sie nicht nur Münzen mit, sondern auch ein neues Wissen und der eine oder andere vielleicht sogar eine neue Religion. Es wäre durchaus denkbar, dass das Neue dann eine Zeit lang nördlich der Alpen zur Mode wurde."

„Ließe sich das denn belegen?"

„Leider nur vermuten, denn bei der Interpretation von fremden Symbolen muss man doppelt vorsichtig sein. In der 17. Dynastie beispielsweise herrschte im Land am Nil eine Königin mit dem Namen *Ahhotep I*. Aus ihrer Regierungszeit von ca. 1575 bis 1530 v. Chr. ist uns überliefert, dass sie eine Auszeichnung für besondere Tapferkeit verliehen hat, den so genannten *Fliegen-Orden*. Sie selbst bekam als „Ehrengold" eine Halskette mit drei goldenen Fliegen ins Grab gelegt. Die schematisch dargestellten Fliegen als Symbol für Tapferkeit, denn auch sie selbst war eine bedeutende Kriegsherrin. Und neun solche Fliegen, wie eine neben der Ente am Karnak-Tempel eingraviert zu finden ist, könnten auch auf der Schulter jener berühmten keltischen Schnabelkanne sitzen, die auf dem Dürrnberg gefunden worden ist."

„Sehen diese Fliegen etwa aus wie das Logo der Fluglinie *Fly Niki*?"

„So ähnlich. Es handelt sich um je eine Kreispunze mit zwei Lanzetten daran, die man als Insektenflügel deuten könnte. Aber man sollte seine Interpretationen nach allen Richtungen hin absichern. Wenn man die Lanzettform genauer in Augenschein nimmt, muss man sich nämlich eingestehen, dass Insektenflügel an den Enden deutlich rundlicher verlaufen, vor allem Fliegenflügel. Und einen solchen Wahrnehmungsfehler hätte ein Kannenkünstler nie begangen, wie der Vergleich mit anderen naturalistischen Darstellungen auf einer Kanne zeigt. Also kann das Symbol kein Insekt sein und der Verstorbene, dem die Kanne gewidmet war, war nicht Träger einer ägyptischen Tapferkeitsauszeichnung!"

„Ich beschäftige mich aus Studienfachgründen mit den Kelten. Aber deine Studienrichtung, die hat ja nicht gerade viel damit zu tun. Wie kommt es, dass du dich trotzdem so sehr in die Materie vertiefst?"

„Mein Fachbereich beschäftigt sich mit ästhetischer Wiedergabe plus Umsetzung anderer Formenwelten, darunter auch außergewöhnliche Kulturgüter. Ich habe mich diesbezüglich schon in viele andere Kulturkreise vertieft, ohne für diese eine regelrechte Leidenschaft entwickeln zu können. Aber die Auseinandersetzung mit keltischer Kunst, die ist wie der Start in einen neuen Lebensabschnitt oder die Intensität einer neuen leidenschaftlichen Beziehung. Im Gehirn muss für beides dieselbe Region aktiv sein!"

„Also eine Kelten-Abteilung, angelegt im menschlichen Denken? Was war eigentlich der Auslöser für deine Kelten-Begeisterung?"

„Wenn ich recht überlege ... Es ist wohl auf einer Irland-Reise passiert. Da gab es so etwas wie eine Offenbarung. Ich hatte mit meinem Vater nach Dublin fliegen dürfen, weil er ein Forschungssemester an der Uni absolvierte. Im *Trinity-College* waren in dieser Zeit keltische Kunstwerke aus dem frühen Mittelalter ausgestellt, lediglich zwei Exponate, aber diese eröffneten mir eine vollkommen neue Welt. Bei den Ausstellungsstücken handelte es sich um die Schneckenfüllung eines Bischofstabes und um einige Randleistenverzierungen im *Book of Kells*.

Im darauf folgenden Jahr entdeckten wir dann im Bamberger Dommuseum einen ähnlichen Bischofstab aus dem Hochmittelalter. Ich empfand dessen ausgesparte Formen wesentlich interessanter als jede Vollform und erkannte das Dazwischen-Liegende, das Weggelassene, die Durchlässigkeit als den wesentlichsten formalen Aspekt keltischer Kunst, so auch beim keltischen Gürtelhaken im Archäologischen Museum Antonio Salinas in Palermo.

Ich war ja ein Kind und verstand die komplizierten Zusammenhänge noch nicht. Aber an den Leerräumen, wo man unterschiedlich viele Finger hindurchstrecken konnte, daran fand ich gleich Gefallen. So, wie es Fingerfood gibt, existiert also auch eine Finger-Kunst. Die keltische Objektkunst ist die Kunst der Transparenz, ihre Kunstgegenstände wirken ungewöhnlich schwerelos. Ich glaube sogar, dass keltische Objekte eine Seele besitzen! Wie könnte es sonst sein, dass ich mich immer wieder in einzelne Objekte verliebe? Als Maler verspüre ich ein so unbändiges Verlangen danach, mich in diese faszinierende Identität von europäischen Dimensionen zu vertiefen und suche nach immer mehr und immer älteren Objekten wie auch nach den Ursprüngen von Motiven, die ich in meine Bilder übernehme."

„Langweilst du dich nicht mit der Zeit, durch bloßes Abbilden der Objekte?"

„Ha, Langeweile! Willst du wissen, wann ich das letzte Mal Langeweile verspürt habe? Es war bei meinem ersten und einzigen Besuch einer LAN-Party. Ich musste ständig gähnen!"

„Das kann ich nachvollziehen. Komm her, du wilder Kelte du, lass dir in die Augen sehen!"

„Zuvor muss ich dir etwas gestehen. Kannst du es für dich behalten?"

„Worauf du dich verlassen kannst!"

„Ich muss dir gestehen, dass es schon ziemlich schlimm um mich steht. Die Beschäftigung mit keltischer Kunst, das ist keine Ehe auf Zeit, das ist vielmehr eine krankhafte Verliebtheit. Sie dauert und dauert. Ein chronisches *Keltenfieber* ist das, was mich wie eine Fackel brennen lässt, eine unheilbare wie unheilvolle Suchterkrankung mit einem extrem ansteckenden Verlauf!"

„Na, dann muss ich mich ja vorsehen! Und welche Symptome erwarten mich im Fall einer Ansteckung?"

„Vor allem lange Aufenthalte in Museen, verbunden mit der Angst, ein Ausstellungsstück nicht lange genug betrachten zu können oder aus Versehen gar den Schließtag des Museums gewählt zu haben!"

Wir küssten uns an irgendeiner Stelle des Dialogs, bei der andere vor Langeweile gegähnt hätten.

„Muss ich auch moralische Befürchtungen haben?"

„Über die Störung der Seele ist wenig bekannt, im Gegenteil. Es ist gerade die Seele, die mein Verhalten lenkt. Es treten aber auch paranoide Symptome auf, solche von Fixierung und Fetischismus. *Keltomanie* bedeutet folglich auch ein gewisses kriminelles Potential, vor allem den Aneignungstrieb betreffend."

„Muss ich meine Handtasche in Sicherheit bringen?"

„Der Aneignungstrieb beschränkt sich lediglich auf den Sammeltrieb und der bezieht sich natürlich nur auf keltische Objekte. Je länger ich mich mit ihnen auseinandersetze, desto stärker wird das Verlangen, sie zu besitzen. Ich kämpfe täglich gegen die Versuchung an. Bisher habe ich meine Sehnsüchte nach keltischen Ausgrabungsstücken ganz gut im Griff gehabt. Malen ist die beste Ersatztherapie, es ist eben die andere Möglichkeit, eine geliebte Form an sich zu binden."

„Na, dann kann diese Seuche nicht so gefährlich sein!"

„Ich fürchte doch. Sollte sich jemand meinem Erkenntnisdrang entgegenstellen, dann könnte ich für nichts garantieren. Dann würden weder *Murmeltiersalbe* noch *Keltencreme* helfen können!", lachte ich und küsste sie.

„Ich habe trotz deiner Erklärungen den Eindruck, dass deine Beschäftigungsart nichts als Zeitverschwendung bedeutet. Man müsste doch die wenige Freizeit, die einem neben der endlos dauernden Studienzeit noch bleibt, nützlicher gestalten können, oder?", entgegnete Eleonor.

„Was ist schon *nutzbringend, gewinnbringend*? Sicher nicht der Konsum von etwas Alltäglichem. Sondern die geistige Nahrung ist es, die ich brauche, dringender als die physische. Mein ganzer Lebensplan ist nach künstlerischen Prinzipien ausgerichtet. Ich folge dem Ruf meiner Seele, sie schreibt das Drehbuch meiner Entscheidungen. Und glaub mir, als keltenkranker Künstler erlebe ich beim Malen ein viel tieferes und nachhaltigeres Glücksgefühl als beim Shoppen, im Kino oder beim Tanzen! Meine Seele schaut mir sozusagen über die Schulter und erfreut sich an meinen selbstbestimmten künstlerischen Aktivitäten. Wenn man sich einmal dem *profanen Arbeitsprozess,* dem Berufsalltag, unterworfen hat, wird man von Konsumentenwünschen aufgefressen, die Seele verkümmert. Dem habe ich mich bisher erfolgreich zu entziehen versucht: *Produktion anstelle von Konsum*, ist meine Devise, und die Seele dankt es mir."

„Aber nur so von der Hand in den Mund zu leben, das kann doch nicht glücklich machen!"

„Was die Vermögensverhältnisse betrifft, hast du Recht. Diesbezüglich muss ich dich vor Nachahmung warnen, denn ich bin bettelarm geblieben. Nicht einmal die billigste Festspielkarte könnte ich mir leisten. Und das in Salzburg! Zum Glück gibt es die Übertragungen auf Großleinwänden! Hast du übrigens auf der Siemens-Videowand die sensationelle Aufführung von La Traviata mit Anna Netrebko gesehen?"

„Natürlich! Ich war sogar bei der Premiere im Festspielhaus mit dabei. Ein Jubel war das, der Applaus war so ansteckend, dieser Versuchung konnte man

kaum entkommen! Nur die riesige Uhr empfand ich als einen Fremdkörper!"
„Aber gerade diese Uhr hat doch die Aussage des Stücks transportiert!"
„Das mag schon sein, aber sie war ein starker Kontrast zu den teuren Kleidern und Polstermöbeln! Das Ziffernblatt hat einfach zu billig ausgesehen!"
„Wenn ich auf dem Bahnhof arbeite, sehe ich die gleiche Uhr vor mir!"
„Du arbeitest auf dem Bahnhof?"
„Ja, von irgendetwas muss der Mensch ja leben!"
„Wie soll ich das verstehen?"
„Ich versuche Sommergäste anzuwerben!"
„Wie? Stellst du dich mit einer Tafel in der Hand auf den Perron und wartest, bis vielleicht ein Zug kommt?"
„Schlimmer noch: Ich spreche die Reisenden an, ob sie ein günstiges Zimmer suchen!"
„Solltest du dich nicht therapieren lassen, Willie?"
„Wüsste nicht, durch wen, aber ich könnte es ja mal mit dir ausprobieren!"
„Wir könnten es versuchen!"
„Dann müsstest du mich aber zur tiefsten Ursache meiner Sucht begleiten, dorthin, wo mein Seelendrehbuch verwahrt liegt, zu einem geheimnisvollen Grab, von dem ich nicht einmal weiß, ob ich es fände, wenn ich es suchte! Dort sollten wir das Verborgene sichtbar machen!"
„Weißt du was? Ich fürchte, du hast mich mit deinem Fieber bereits angesteckt! Ich will dich eigentlich gar nicht mehr davon heilen! Du bist so herrlich verrückt, zum Verlieben verrückt! Und deiner Künstlerseele möchte ich nicht im Geringsten schaden, indem ich dich zu manipulieren versuche."
Eleonor fuhr mir durchs Wuschelhaar und küsste mich.
„Jetzt wird mein Studium auch wieder mehr Spaß machen!"
Der Erregungstransfer hatte aus zwei Keltenseelen im Nu ein Paar gemacht. Schließlich fuhren wir beide in ihrem Wagen nach Salzburg zurück, denn ein Nachtzug wollte sich nicht und nicht aus der Dunkelheit schälen.

Falter

Ein Schmetterling kreuzte meinen Blick auf Lara, Eleonors elfjährige Schwester. Wir saßen auf einer Bank am Glan-Kanal, neben der Stiegl-Brauerei, nahe Eleonors Wohnung, und atmeten den angenehm herbsüßen Malzgeruch. Mit jedem neuen Eindruck entrollte sich in meinem Kopf eine Vokabelspirale und expandierte zu einem Zyklon:

„In Spanien nennt man diese Raumgleiter *Mariposas,* in Italien heißen sie *Farfalle,* phantastisch klingende Namen, genauso wie *Butterflies, Borbotelas* oder *Tscho-tschoe* auf Englisch, Portugiesisch und Japanisch. Es zahlt sich aus, fremdländische Wörterbücher nach der Bezeichnung für Schmetterlinge zu durchforsten!"

„Ein so kleiner Schmetterling, der kann einen Wirbelsturm auslösen, hat unsere Bio-Lehrerin, Frau Grinsebacke, erzählt!"

„Die Brise des zarten Flügelschlags muss sich nur weit genug fortsetzen!"

„Sie hat uns gezeigt, wie ein Schmetterling entsteht. Zuerst ist eine Raupe da, dann ein Kokon, den die Raupe spinnt, und im Frühjahr darauf schlüpft der Schmetterling."

„Du sagst es, nach einer langen Winterreise streift der werdende Schmetterling seine Schutzhülle, den Kokon, ab, weil dieser ihn stark beengt. Auch viele Erwachsene tragen einen Kokonpanzer. Ich nenne ihn den *Konsumentenpanzer.* Es handelt sich um einen Kokon, der aus Einbildung gesponnen ist, alle Objekte kaufen zu müssen und nichts selbst erzeugen zu können. Diese Menschen wirken wie bis oben hin zugeschnürt, wie die Schmetterlingspuppe. Erst wenn sich der Mensch von seinem Konsumzwang befreit hat, kann er dem künstlerischen Drang, der in ihm steckt, *freien Lauf lassen* und sich wie der vollendete Falter in die Lüfte erheben. Die meisten Menschen erkennen ihren Willen zur Gestaltung, die Fähigkeit zum Flattern an der Grenze zwischen Wolken und Meer. Das gilt für den Kunstfreund wie für den Künstler, genauso für die Frisörin, die dir das Prinzessinnenkrönchen in die Frisur stecken wird. Nicht *Zahlen sollten regieren,* sondern die Begeisterung der Selbstverwirklichung. Wenn jeder Mensch seinen eigenen Willen zur Gestaltung zuließe, dann käme es nicht zu solchen Verrücktheiten, dass Leute, die selbst nichts zu gestalten wagen, mit dem Begriff *künstlerische Qualität* hantieren und sich ein Urteil über Werke anderer anmaßen, gleichsam *aus dem Bauch heraus*! Dabei haben sie meist ohnehin keine Ahnung von den großen Problemen, die eine künstlerische Umsetzung in sich birgt. In der Kunstszene hat es einmal einen Mann gegeben, der hat seinen Hut nie abgenommen, aber er hatte das Talent, jeden Menschen, der ihm begegnete, zum Künstler zu machen."

„Schau, was ich gezeichnet habe, William! Wer ist es? Eleonor!"
Kinder malen fremde Gesichter so, wie sie durch Befingern ihr eigenes Gesicht kennen gelernt haben. Ich erzählte Lara aus meiner Schulzeit, dass wir uns als Schüler fast ausnahmslos selbst zeichneten, sobald wir unseren Banknachbarn, unsere Banknachbarin portraitieren wollten. Mein Uni-Professor behauptete einmal über den Bildhauer *Giacometti*, der habe ausnahmslos lange und dürre Bronzefiguren schaffen müssen, weil er selbst so dürr war. Wenn sich ein Kritiker bewusst machte, dass eine jede Art von künstlerischem Ausdruck auf der Welt persönlich und damit *einzigartig* ist, dann wäre er nicht mehr bereit, durch sein Urteil die Werke anderer zu vernichten, denn er würde erkannt haben, dass Geschmack etwas ganz Subjektives ist. Wenn alle Menschen ihr Gestaltungswollen zulassen würden, könnten sie ihr *blutleeres Puppenstadium abstreifen* und müssten nicht mehr auf die *hohlen Unkenrufe schwarzweißer Nachtwächter* reagieren."
„Sie würden dann durch die Luft flattern?"
„Noch werden solche Falter von Schmetterlingsjägern gejagt und erdrückt. Trotzdem: Auch der Mensch muss irgendwann in seinem Leben die Entscheidung treffen, welcher Seite er sich zuwendet: Will er Falter werden oder Jäger?"
„Ich möchte lieber Schmetterling sein als Jäger!"
„Ein mutiges Bekenntnis, Lara!"
„Je mehr Schmetterlinge wir sind, desto größer sind die Chancen, die Welt in ein Paradies aus Farben zu verwandeln! Ich möchte der Admiral sein!"
„Auch mir gefallen sie überaus gut, diese samtweichen blauen Geschöpfe. Hältst du es für möglich, dass die Schmetterlinge für ihre bunten Kleider heimlich bewundert werden, von den schwarzweiß gefleckten Schmetterlingssammlern?"
„Bestimmt nicht!"
„Oh doch, so verhält es sich! Die Schmetterlinge werden regelrecht darum beneidet und nur das ist der Grund, warum die Sammler die bunten kleinen Geschöpfe in ihr trauriges Heim mitnehmen wollen! Wenn es nach mir ginge, könnte die Zeit solcher Jäger längst abgelaufen sein. Die ewige Hackordnung, die die Menschen seit Jahrtausenden dem Tierreich abgeguckt haben, sie ist längst überfällig! Das immer nur *Wer-ist-der-Bessere?*, *Wer-ist-der-Stärkere?*, diese Überheblichkeit langweilt doch in Wahrheit. Und wenn mir einer aufzählt, *was und wie toll* er ist und was alles er geleistet hat, dann gähne ich als Antwort darauf. Der Kraft raubende Wettkampf der Selbstdarstellung führt in eine Sackgasse, in der sich die Gesellschaft einbildet, sie müsse ausschließlich aus Schweinen und ihren Dienern zu bestehen haben, wie wir im Musical *Rock*

me Amadeus gehört haben, erinnerst du dich? *Elite-Liga* oder Intrigantenliga? Und wozu führt das Ganze, Lara?"

„Verstehe nichts mehr!"

„Zu einer Welt der Pinguine! Manchmal sehen Bewohner einer Stadt wie *Pinguine* aus und sie handeln auch so."

„Au fein, Pinguine liebe ich!"

„Wie der Schmetterlingssammler bei Carl Spitzweg, so trägt auch der Pinguin von Natur aus den schwarzweißen Frack und lebt in Regionen der Eiseskälte, daher wird die Bedeutung seiner Gattung im Hinblick auf den Kunstdiskurs eindeutig überbewertet! Stell dir vor, an den Klippen vor einer australischen Stadt kommen jeden Abend Tausende von Zwergpinguinen an Land. Für diese Vögel bedeutet der Monat August die Zeit ihrer *Festspiele*. Alljährlich läuft die gleiche Veranstaltung ab: Die Fairy-Pinguine kehren abends vom Fischfang zurück. Sobald die rudernden Pinguine vom Festland aus gesehen werden können, legen die Tiere noch einen Zahn zu. Die schmale Strandzunge durchwatscheln sie dann möglichst rasch, dicht aufgeschlossen und laut schnatternd, um so der drohenden Raubvogelgefahr zu entgehen. Sobald sie aber die Sicherheit der Klippen erreicht haben, zerstreuen sie sich über das zerwühlte Gelände und suchen ihre Schlupflöcher auf, in denen die Partner und die Jungen warten. Ein kurzer Kontrollblick und das Herauswürgen der Beute genügt ihnen, dann lassen sich die Tiere schon wieder vor dem Schlupfloch draußen sehen. Sie strecken dann ihren weißen Latz aus dem schwarzen Frack und prahlen mit ihrer Befindlichkeit, indem sie mit den Flossen in der Luft rudern und sich wiederholt auf die Brust klopfen. Dabei krächzen sie nach Aufmerksamkeit."

„Aber wenn das jedes Tier macht, kann keines das andere hören!"

„Genau hier liegt auch das Problem, Lara! Jeder weiß, dass Pinguine nicht fliegen können. Folglich ist es notwendig, dass sie sich um leichtere Flügel bemühen, sich gleichsam in Schmetterlinge verwandeln, indem sie einander zuhören, einfach nur zuhören, ohne sich gleich vereinnahmen zu lassen!"

„Warum führst du meine Schwester nicht aus?"

„Mach ich ja!"

„Habt ihr für heut Abend schon was vor?"

„Nein!"

„Aber du hast doch schon gestern nichts gemacht!"

„Und ich bin damit noch nicht fertig!"

„Langweiler!"

„O.K., ich gebe zu, ich treffe mich mit Eleonor im Hellbrunner Schlosspark.

Du könntest ja inzwischen ins Schwimmbad gehen und wir holen dich später ab!"
„Nein, ich möchte auch dabei sein, wenn ihr euch trefft!"
„Was hältst du von einem Deal? Du lässt uns heute allein ausgehen und dafür darfst du nach Wien mitfahren. Dort besuchen wir mit dir das *Haus der Musik,* einverstanden?"
„Nur wenn ein Zoobesuch in Schönbrunn auf dem Programm steht!"

Entrelacs

„Deiner Ansicht nach müsste dann aber jede gestalterische Tätigkeit Kunst sein, auch das Handwerk!", schmatzte Eleonor genüsslich, während sie Zwiebel und Paprika anröstete, in Vorbereitung einer Spagettisoße.

„Nein, nein, ich bin kein Joseph Beuys! Zwischen Kunst und Handwerk ziehe ich eine deutliche Grenzlinie. Masse ist nicht Klasse. Meiner Meinung ist *Kunst* kein Massenphänomen, aber sehr wohl ist das der *Kunstwillen.* Ich sprach ja lediglich von einer positiven inneren Veränderung aller Menschen, die etwas Ästhetisches schaffen wollen. Sie wollen es als eine Form der Bewältigung ihrer Umgebung, als ein Seelenprogramm auf dem Weg zur Liebe. Ich meinte lediglich die künstlerische Befindlichkeit aller produktiven Menschen und ihre daraus resultierende Bescheidenheit, die sehr wichtige Erkenntnis der persönlichen Gestaltungs-Grenzen des Einzelnen. Nein, trotz aller Sympathien gegenüber dem individuellen Gestaltungswillen muss man natürlich außer Streit stellen, dass es Produkte gibt, über deren *ästhetische Wirkung* sich viele Kunstexperten einigen können, weil sie in diesen Werken eine interessante Gesetzmäßigkeit erkennen können, die zu einer bedeutenden inhaltlichen Aussage führt. Erst dadurch wird ein Produkt zum Kunstwerk. Wenn solche Werke dann auch noch als *schön* empfunden werden, ist das ein beglückender Zufall, wie etwa bei Willy Deckers *La Traviata*-Inszenierung. Diese Aufführung gefiel nicht nur Kunstexperten, sondern auch den unbedarften Zusehern. Ein Kunstwerk für jeden Geschmack."

Eleonor blätterte gerade wahllos in Kunstbänden, während ich die kochenden Spagetti überwachte und zu unterscheiden versuchte: „Bei Objekten, die aus der Keltenzeit stammen, treten solche glücklichen Zufälle einer Übereinstimmung von ästhetischer Stimmigkeit und Schönheitsempfinden sehr häufig auf. Ob in Gräber gelegt oder in Opferschächte geworfen, ob vollkommen erhalten oder rituell zerstört. Diese Produkte weisen unterschiedliche künstlerische Ausdrucksformen auf, aber eines ist ihnen gemeinsam: eine verblüffend regelmäßige Gesetzmäßigkeit und der *Wille zur Komposition*: Das gesamte Gebilde hat eine ausgewogene Gestalt, das heißt, dass die Zahl, die Größe und die Form der Details entsprechend aufeinander abgestimmt sind. Sogar die Leerstellen, die Luftlöcher, in die wir als Kinder die Finger hineingesteckt haben, sie harmonieren mit der Gesamtform. Sie sehen aus wie kleine Seen und heißen auch so: *Entrelacs*. Seen, die *dazwischen* liegen, zwischen den Vollformen, Flecken, die etwas Gegenständliches oder Ornamentales abbilden. Sie sind es, die die keltischen Kunstwerke so modisch und modern aussehen lassen. Zu Beginn der Moderne brachte uns der Maler *Paul Cezanne* die Raumaufteilung auf der Leinwand zu Bewusstsein, eine Aufteilung in Vollformen und in Entrelacs. Seit dieser Zeit überlegt sich ein jeder Maler, wie der Hintergrund, der meist in größeren Flächen zurückbleibt als die Objekte einnehmen, wie dieser Hintergrund in kleinere und wohl proportionierte *Farbflecken* zerteilt und auf diese Weise integriert werden könnte. Wenn dies nicht geschieht, *fällt ein Bild auseinander*, sagt man im Malerjargon."

„Du meinst, man hat dann das Gefühl, ein Teil des Bildes müsste weggeschnitten werden, damit es interessanter aussieht?"

„So ist es. Keltische Kunst wirkt also unglaublich modern!"

„Warum findet man sie dann in keiner Galerie?"

„Weil diese Objekte streng genommen noch gar nicht als *Kunstwerke* bezeichnet werden dürfen, entsprechend den Einteilungskriterien der Kunsthistoriker. Sofern nämlich Werke bereits vor dem 3. Jh n. Chr. entstanden sind, rangieren sie nach der kunstgeschichtlichen Klassifikation lediglich unter dem Begriff *Kultobjekte*. Dabei faszinieren sie doch den Betrachter von heute genauso wie den Betrachter zur Entstehungszeit und müssten folglich sogar als *klassische* Kunstwerke bezeichnet werden."

„Welche Art Kunstwerke waren das?"

„Meist hat man sie für den persönlichen Gebrauch geschaffen, wie etwa die *Schnabel- und Röhrenkannen* als Trinkgeschirr und für die Grablege eines geliebten oder besonders geachteten Toten. Auch einfachere Dinge, wie *Fibeln* und *Talismane*, wurden am Körper des Toten belassen. Es war also nicht üblich, *varndes guot*, wie Walther von der Vogelweide den Besitz genannt hätte, an seine Kinder weiterzureichen. Im Gegenteil. Die Hinterbliebenen keltischer Verstorbener mussten dem Toten überdies eine Menge an Speisen und Getränken mitliefern und das teure Geschirr dafür zuvor in Auftrag geben. Der Tote hatte nämlich gleich nach seiner Ankunft im Jenseits, in der Anderswelt, ein Festbankett auszurichten und seinen *Einstand zu feiern*. Er musste allen Toten, die er dort antraf, zuprosten! Den Erben blieben nur die Entrelacs, Luftlöcher, diesmal zwischen den Fingern!

Ich finde es großartig, dass wir in einer Zeit leben dürfen, in der das Penetrationsradar die Funddichte maximiert hat. Von Tag zu Tag lässt sich ein deutlicheres Bild der Kelten zeichnen! Rund um uns liegt einer der wichtigsten keltischen Kulturräume, wir befinden uns mitten darin und wahrscheinlich sind viele von uns Nachfahren dieses einzigartigen Volkes nördlich der Alpen, das sich hier friedlich mit den Römern vereint hat, weil es die Organisationsfähigkeit der Menschen südlich des Alpenbogens bewunderte! Das absolute Highlight unseres Kulturraums ist wohl die keltische Schnabelkanne vom Dürrnberg. Sie schiebt sich täglich in mein Gesichtsfeld, als überdimensionales *Blow-up* der Museumswerbung auf dem Oberleitungsbus. Findest du nicht auch, dass die Farbe der Bronzekanne den Patina-Dächern der Salzburger Barockkirchen nahe kommt? Bei besseren Lichtverhältnissen leuchten diese in einem Ölfarbenton, der einer Tube *Cobalt-green* entnommen sein könnte."

„Dieser Farbton erinnert mich eigentlich mehr an Herbstlaub", ernüchterte mich Eleonor während des Essens.

„Georg Trakl lässt grüßen! Mit dem bist du ja zur Schule gegangen, nicht wahr?"

„So ätzt einer, der sich selbst ausschließlich für Gräber interessiert! O.k., Trakl war Schüler unseres Gymnasiums, aber er hat da nicht einmal maturiert!"

„Das unterscheidet uns, Eleonor", lachte ich: „Du bekennst dich zur Humanisten-Schicht und ich bekenne mich zur Humus-Schicht unserer Biosphäre! Ich sag dir, wenn man im Boden herumschnüffelt, ergeben sich völlig andere gedankliche Verbindungen als beim Durchblättern eines Buches. Abbildungen werden nur selten nach ihrem Bedeutungsgewicht, sondern meistens nach dem Potential an flüchtigen Eindrücken ausgewählt. Die Originalschauplätze, die Ausgrabungsplätze und Museen, ziehen mich magisch an, aber das haben wir ja ohnehin wieder gemeinsam, nicht wahr? Wir verfolgen doch beide ein gleiches Ziel, das Unbekannte erstmals entziffern zu können: So, wie du griechische oder venetische Schriftleisten erschließen möchtest, wäre es mein erklärtes Ziel, die Bildersprache der Bronzeschnabelkanne enträtseln zu können!"

„Eigentlich kommt alles Keltische von den Skythen! Wenn du deren Mythen und Darstellungen kennst, ist es nur ein kleiner Schritt zum Verständnis der keltischen Bilderleisten! Du weißt, die Skythen waren die russischen Nachbarn der Kelten, das Reitervolk jenseits der unteren Donau! Ihre Steppenkunst beschränkte sich auf alles, was Pferd und Reiter ungehindert mitführen konnten. Daher waren Reiter und Pferde kunstvoll verziert. Ich

gerate regelrecht ins Schwärmen, sobald ich mir einen skythischen Reiter vorstelle! Mein Großvater reitet heute noch in Uniform! "
„Bist etwa auch du skythischer Abstammung? Ach ja, du hast einen russischen Nachnamen!"
„Beinahe hättest du es erraten! Meine Vorfahren kommen tatsächlich aus der südrussischen Steppe, wo früher auch die Skythen ihr Vieh weiden ließen. Ich stamme aus einer Kosakenfamilie! Kosaken waren die Königstreuen! Der Kosake lebte, ähnlich wie der Skythe, von extensiver Weidewirtschaft und er präsentierte sich auch gern im Sattel seines Pferdes und in Uniform, verziert mit Schnallen und Bändern. Ich sehe das kindliche Bild vor mir, das mir Großmutter geschildert hat: Die Schwarzerdeböden südlich von Wolgograd versprachen paradiesische Sommerweiden. Im Winter hingegen konnte sich hohes Gras nur unter der Schneedecke frisch halten, und die gab es vor allem entlang der Flussufer und Sümpfe. Der Zar hatte den Kosaken erlaubt, sich der südlichen Steppe zu bedienen. Er versprach sich davon eine lebende Grenze gegenüber den Kaukasiern, eine ethnische Pufferzone. Zu Beginn des zwanzigsten Jahrhunderts ging das Zarenreich den Bach hinunter und 1945 musste auch meine Familie das Land verlassen. Die Allianz mit den Deutschen gegen Stalin war fehlgeschlagen. Die Kosaken mussten um ihr Leben bangen und so flohen sie im Gefolge der Deutschen nach Westen, samt Pferden und Kamelen, denn Stalin ließ politische Gegner foltern und ermorden. In Österreich angekommen, war mein Opa zunächst im Lager am Fuß des Vorbergs einquartiert, bevor er und Oma sich hier niederlassen und einen Betrieb gründen konnten, das Wälzlagerwerk. Sie arbeiteten so fleißig und lebten so sparsam, dass sie sogar Filialen eröffnen konnten, wie das Zweigwerk am Chiemsee, wohin Opa heute noch täglich fährt, um die wichtigsten Büroarbeiten zu erledigen, die nach Betriebsübergabe an meinen Vater an ihm hängen geblieben sind."
„Wahrscheinlich wollte er sich nur ein bisschen Arbeit behalten, damit er nicht rostet, wenn er rastet!"
„Nein, das glaube ich nicht, wir sparen dadurch lediglich eine Fachkraft ein und können ein wertvolles Betriebsgeheimnis hüten, das die Fertigung betrifft, eine Besonderheit unseres Familienunternehmens. Statt am Schreibtisch zu arbeiten, würde Großvater lieber sein Pferd satteln, das er immer noch bei einem Bauern auf dem Heuberg in Koppl stehen hat. An Feiertagen zieht er seine alte Uniform an und präsentiert sich stolz in Umhang und Mütze vor den Hühnern, Schafen, Ziegen und dem Rotwild des Bergbauern hoch über Salzburg."
„Wie war das denn, in einem Lager leben zu müssen?"

„Das Russenlager war gut organisiert: Es gab angeblich Kindergarten, Theater, Gymnasium, auch die Nahrungsmittelversorgung und die Arbeitsbeschaffung waren in guten Händen. Man durfte natürlich auch westliche Radiosender hören. Aber ein jeder musste auch wachsam sein! Sobald lange Ledermäntel im Lager auftauchten, brach die Panik aus. Stalin betrieb in Absprache mit Winston Churchill eine Politik der gewaltsamen Rückführung, die für fast alle *Rückgeführten* den sicheren Tod bedeutete. Daher hatten Stalins rote Politkommissare auch in Österreich das Recht, Russenlager zu betreten und Landsleute gewaltsam heimzuholen. Stalins Militär-Geheimdienst *SMERSCH* schreckte nicht einmal davor zurück, ein Schulkind russischer Eltern aus der Klasse heraus zu entführen und in einen schwarzen Wagen mit verdunkelten Fensterscheiben zu setzen, mit dem Fahrtziel Moskau.

Aus Angst vor einer möglichen Repatriierung hatte Großvater seinen Kindern eingetrichtert, unter keinen Umständen aufzufallen. Doch die chaotische Durchmischung der Russengruppen im Lager erwies sich als der größte Vorteil. Die Politkommissare prüften zwar, konnten aber nicht unterscheiden, welcher der drei Flüchtlingswellen einer oder eine angehörte. Im Vertrag von Jalta hatte Stalin gegenüber Churchill das Recht durchgesetzt, alle Russen sowie deren Nachkommen repatriieren zu dürfen, was er mit einem Ausgleich des Bevölkerungsvakuums rechtfertigte, das durch den Bürgerkrieg und den Weltkrieg entstanden war. In Wahrheit jedoch war es seine Absicht, Abtrünnige zu liquidieren oder in Arbeitslagern *ausxhinden* zu lassen, die meist von sadistisch veranlagten Kriminellen betreut wurden.

Die Barackenbewohner hatten jedoch bald erkannt, worauf es bei der Befragung ankam: Alt-Emigranten fielen nicht unter den Vertrag von Jalta! Daher behauptete auch mein Großvater, er wäre bereits 1917 nach Österreich emigriert. Kurz nach 1917 waren nämlich zunächst Angehörige der weißrussischen Armee in Österreich gelandet, die gegen die Roten gekämpft hatten und nach deren Sieg ins Ausland geflohen waren. Großvater durfte auf keinen Fall zugeben, dass er 1944 in der Wlassow-Armee gedient hatte. Dessen Kosaken hatten sich im Kampf gegen Stalin mit der deutschen Wehrmacht verbündet. Die Idylle im Russenlager trog also, es herrschte jahrelang Todesangst. So, jetzt weißt du Bescheid! Hast du ein Problem damit?"

„Nein, nein, überhaupt nicht, ich stelle mir dich gerade als ein Jurtenmädchen vor, das für mich tanzt und einheizt!"

„Du Schlingel!", rief sie erbost und verfolgte mich rund um den Tisch. Doch meine Vorstellungskraft sollte trotzdem noch Wirkung zeigen, indem mir Eleonor am späteren Abend *so richtig einheizte.*

München

Als ich am nächsten Morgen die Haustür zu Tante Bellas Wohntraum aufschloss, um die Morgenzeitung zu holen, kamen dunkle Gestalten wie Werwölfe auf mich zu. Aber es genügte ein kurzer Wortwechsel, bis ich sie einließ und ihnen ein Zimmer zuwies. Sie waren mir unbekannt, aber Mozart, ein amerikanischer Konkurrent auf dem Bahnhof, hatte ihnen meine Visitenkarte überreicht, weil seine Absteige schon überfüllt gewesen war.

Bei einem gemeinsamen Brunch betrachtete Marc aus Missouri fragend den Zuckerstreuer: "Is there any special way to use this?"

„I am sure, you can make it!", antwortete ich ihm.

Die drei wollten für einen Tag nach München reisen. Die beiden Jungs hatten gehört, dort gäbe es ein „Hofbreihaus". Das fänden sie cool. Und Brenda äußerte dazu, es gäbe nur wenig auf ihrer Besichtigungswunschliste, sie wolle den Jungs einfach hinterher trotten, was immer sie auch anstellten.

Kaum hatte ich die Lektüre der Tageszeitung beendet, kehrten sie zurück und bedauerten, die Orientierung verloren zu haben. Vom Bus aus hätten sie zwar die Ortstafel gesehen, aber sie wären seltsamerweise nie in München angekommen.

Als wir die Route gemeinsam rekonstruierten, auf dem Stadtplan, stellte sich heraus, dass sie vom Mirabellplatz aus den falschen Stadtbus benützt hatten. Weil sie dann ein Richtungsschild zur Autobahn als Ortsschild von München interpretiert hatten, hatten sie den Bus bereits im Salzburger Stadtteil Liefering verlassen. In Liefering, wo die meisten Kosaken der Stadt ein neues Zuhause gefunden haben. Meine Gäste hatten also keine Ahnung gehabt, wie lange sie nach München unterwegs sein müssten.

Aus diesen Erlebnissen mit Marc, Jim und Brenda schloss ich, dass das, was wir bei unseren Mitmenschen als kommunikative Übereinkunft voraussetzen, dass das als nur vermeintlich verstanden gelten kann. Eine Information interpretiert jeder im Grunde genommen so, wie er sie gern verstehen möchte oder seinem Kontext gemäß verstehen kann. So entsteht eine selektiv bedingte Gesprächsasymmetrie. Daher ist es unumgänglich, den Kontext bzw. die Umgebung des Senders/Empfängers einigermaßen zu kennen, um die Art seiner Information/Rezeption dechiffrieren zu können.

Ähnlich erging es mir mit der keltischen Schnabelkanne vom Halleiner Dürrnberg, die sich als Stadtbus-Blow-up des Salzburger Museums täglich in mein Blickfeld schob. Der Besatz der Kanne, eine faszinierende, aber mir fremde Zeichen- und Figurenwelt, zog mich magisch an, aber es wollte mir nicht gelingen, die Botschaft zu entschlüsseln. Ich verstand den kommunikativen Akt noch nicht, war des Codes noch nicht mächtig, die Kanne zu entziffern. Und doch glaubte ich mir darüber sicher sein zu können, dass ich darin etwas erkennen könnte – mit oder ohne Kontextwissen -, wenn ich mich nur lang genug damit beschäftigen würde.

Zunächst ein trügerischer Eindruck! *Die Kunst der Konversation* kann ja auch ein Turm aus Quadersteinen sein, wie sie *René Magritte* dargestellt hat: Ein paar seiner gemalten Felsblöcke lassen sich als monströse Lettern identifizieren, andere schaffen Übergänge zwischen einem konventionellen Zeichen und der Natur des Steins. Dritte sind nur noch Felsen, deren Umriss nicht mit Bedeutung befrachtet ist. Zusammen gesehen bleiben die Lettern und Fragmente eine *sinnlose Addition*, kein Begriff ist klar auszumachen und doch beinhaltet das Unvollkommene ein *Universum an Möglichkeiten*. Der Begriffsstummel unterliegt der *Mehrdeutigkeit*, genauso wie die Natur des Felsens.

Auch in den Verschattungen leerer, grauer Häuserwände ließen sich Figurenwelten erleben, wenn man sein Auge nur lange genug darauf ruhen lasse, pflegte mein Uni-Professor häufig anzumerken.

Die Rede

Sisyphos Flottwell, Schotterbaron der Region *Seenland* und mehrfacher Oldtimer-Besitzer sowie Golfer mit niedrigem Handicap, pflegte seine Baggerfahrer alljährlich fortzubilden, weil sie eine Sonderstellung in den Autobahnbautrupps einnahmen. Sie hatten sich für ihre Tätigkeit extra qualifizieren müssen und nur der jeweils Beste eines Bautrupps hatte die Ausbildung zum Baggerführer absolvieren dürfen.

Vor Urlaubsbeginn lud er sie drei Tage lang in ein Hotel auf dem Land ein. Zum einen, um ihnen die neuesten Trends auf dem Markt für Raupenfahrzeuge vorzustellen, zum anderen, um für Bewusstseinserweiterung zu sorgen. Diese interpretierte er im Sinn von Allgemeinbildung und dazu gehört auch ein unbeschwerter Zugang zur Kunst. Der Unternehmer pflegte diesbezüglich engen Kontakt mit der Kunst-Universität, sodass Studenten eine Chance bekamen, sich diesbezüglich einen Namen zu machen. Da Hallein und das ganze Salzburger Becken nicht ohne Kunst und Kultur der Kelten vorstellbar wären, hatte der Uni-Professor diesmal mich dazu nominiert, eine Performance zu gestalten. Ich sollte mir zum Thema *Kelten* etwas einfallen lassen, meinte er.

Dieses Kapitel der Geschichte ging mir ja tatsächlich nahe und überdies stellte das Raupengewerbe erfahrungsgemäß eine Bedrohung für alles dar, was noch an Kulturgütern unter der Erde schlummerte. Deshalb hatte ich beschlossen, an die Vertreter dieses Gewerbes in Form eines Appells heranzutreten, um damit und durch zahlreiche anschauliche Beispiele ein Gefühl von Respekt aufzubauen, vor dem, was uns kulturelle Identität stiften sollte.

Natürlich wäre es genauso wichtig gewesen, an die Raubgräber und Grabräuber zu appellieren, doch gab es natürlich keinen Unternehmer, der einen Kongress für dieses zumeist unorganisierte Gewerbe veranstaltet hätte. Und jene Firmen, die Metalldetektoren oder Penetrationsradar verkaufen, wollten sich nicht gegen das eigene Geschäft reden lassen.

Ich hatte den Vorteil, dass mein Vorredner, ein Hauptschuldirektor, über die Geschichte des Ortes referierte, sodass ich ein gewisses Vorwissen voraussetzen konnte. Da dieses Bildungsprojekt für Baggerfahrer bereits einige Jahre lang funktioniert hatte, hatten die Raupengewerbler außerdem auch schon einiges über Kunstgeschichte erfahren können. Mit Hilfe einer Internetrecherche war es mir nicht schwer gefallen, eine an die Regionalgeschichte angelehnte Rede zusammenzustellen.

Im Seminar der Baggerfahrer im Schlosshotel Mattsee herrschte – wie nicht anders zu erwarten – gute Stimmung, aber keine oberflächliche. Schon während der lokalgeschichtlichen Einführung merkte man, dass dieses Publikum interessiert war.

In der Dunkelheit der Zuschauerränge nahm ich auch einige weibliche Umrisse wahr, sodass ich meine Rede etwas abändern musste, um die Endungen adressatengerecht zu versenden. Die Frauen scheuten also auch diese Domäne nicht. Recht hatten sie.

Ein *Helfer in Nadelstreif* projizierte mir auf eine zimmerbreite Leinwand das Profil einer Baugrube mit Schotterstruktur. Auf dieser großen grauen Fläche hatte ich drei kleinere weiß grundierte Maler-Leinwände montiert, in unterschiedlichen Formaten und ausgewogen proportioniert. Sie wurden noch einmal jede extra mit Kunstobjekten aus unterschiedlichen Epochen bestrahlt, welche in meiner Rede vorkamen. Insgesamt wurde also der falsche Eindruck erweckt, die Exponate würden noch in einer Schotterschicht des Bodens ruhen, eine optische Täuschung, der man ihren Liebreiz nicht absprechen konnte.

Etwa fünfzehn Sekunden nach dem Start der Projektion trat ich an das Rednerpult mit dem heimatlichen Löwen im Landeswappen, welcher sich mit seinen Pranken an den Schild klammert wie eine Raubkatze an einen Ast des Weltenbaums. Meinen Worten verlieh der kletternde Löwe nicht nur pathetische Kraft, sondern auch Schutz vor Anfeindungen.

Ich blickte abwechselnd auf meinen Zettel und in das gleißende Gegenlicht. Die Wiener Autorin *Marlene Streeruwitz* hatte einmal anlässlich einer Preisverleihung statt herkömmlichen, mehr oder weniger überflüssigen Ansprachen eine Rede in Kunstsprache gefordert. Wenn sie den Kunstbegriff auch anders definiert hatte, so war ich doch durch sie zu folgender – wie ich mir einbildete – das Kunstempfinden fördernden Rede inspiriert worden:

„GESCHÄTZTE BAGGERFAHRERINNEN UND BAGGERFAHRER!

Ihr, die ihr beständig die Schaufel führt, während andere die scharfen Klingen wetzen.

Ihr, die ihr den eigentlichen Machtfaktor in Bezug auf unsere Kultur darstellt.

Ihr, die ihr Verantwortung tragt über unsere im Boden ruhende Vergangenheit.

An euch soll sich mein Appell richten!

Ich weiß, dass ihr nicht gern auf die Schaufel genommen werdet. Also appelliere ich ohne die sonst übliche Spitze an eure Vernunft: Lasst euch nicht von kurzsichtigen Bauleitern dazu bringen, die Schaufel zu erheben gegen die Zeugen unserer Kultur! Jene Zeugen, die ihr die Macht habt zu zerstören oder aber behutsam freizulegen, damit sie wissenschaftlich geborgen und der Öffentlichkeit, also auch euch, euren Kindern und Kindeskindern, zugänglich gemacht werden können.

Ihr allein seid es, die die Fenster zur Vergangenheit zu öffnen vermögen. Aus wissenschaftlicher Neugier lässt sich der Boden heute nicht mehr abtragen. Denn Grabungen aus kulturellem Interesse sind kaum mehr finanzierbar.

So ist es denn eurem Gewerbe zu verdanken, dass vor kurzer Zeit, anlässlich einer Ausstellung in Nürnberg, ein ganzer Saal mit bronzezeitlichen Goldschätzen vollgefüllt werden konnte. Einigen eurer verantwortungsbewussten deutschen Kolleginnen und Kollegen und einigen Landwirten verdanken wir das. Leider aber auch einigen Grabräubern, deren Hehler von der Kriminalpolizei gefasst werden konnten, doch sie möchte ich aus verständlichen Gründen nicht in mein Lob miteinbeziehen. Aber kein wissenschaftlich ausgebildeter Fachmann hatte Gelegenheit gehabt, auch nur einen Bruchteil des Goldes zu ergraben. Ihr seht, wie sehr wir daher auf euch angewiesen sind.

Erst durch diese Nürnberger Zusammenschau an Funden wurde es der Wissenschaft ermöglicht, den bronzezeitlichen Sonnenkult nördlich der Alpen in all seinen Ausmaßen zu erkennen und seine Symbolik zu differenzieren. Mit Verblüffung hat die Forschung festgestellt, dass vieles, was vorher mit keltischem Ursprung qualifiziert worden war, bereits früher existiert hatte und ein Observatorium vom Typus Stonehenge stellte in unterschiedlichen Regionen nördlich der Alpen mehr die Regel denn die Ausnahme dar. Eine äußerst wertvolle Erkenntnis für uns Kunsthistoriker. Wir danken also euren deutschen Kollegen für das verantwortungsvolle Handeln!

Man sollte diejenigen unter euch, die ihre Baggerschaufel rechtzeitig gestoppt haben, auf Händen tragen, wir sollten ihnen Denkmäler setzen für ihre Besonnenheit, für unbezahlbare Verdienste an der Kultur, ja, an der Menschheit!

Leider gibt es in der Berufsgruppe hie und da schwarze Schafe. Als ein unglückliches Ereignis muss ich jenes in der Stadt Leonding anführen. Im Jahr 1996 sollte dort eine Baugrube zur Errichtung eines Einfamilienhauses ausgehoben werden. Ein besonders Eifriger aus dem Gewerbe hat wohl in dem Augenblick, als er Verantwortung hätte tragen sollen, nur an den Akkord gedacht. Er hat dem Zeitdruck nachgegeben und die ersten menschlichen Knochen auf seiner Baggerschaufel missachtet. Als diese beim nächsten Aushub mit blanken Schädeln vollgefüllt war, wurde er genauso totenbleich und konnte den Fund nicht mehr einfach ignorieren. Trotzdem hat dieses Rambo-Verhalten das für ganz Österreich einzigartige Beispiel eines speziellen Kultschachtes zerstört, der am Fuß des Kürnbergs, eines alten Siedlungsplatzes, zu Ehren des keltischen Feuer-Gottes gegraben worden war. Die Geschichtsforschung ist daher weiterhin auf Vermutungen angewiesen. Was wiegen schon ein paar Wochen Wartezeit für einen Bauherren im Vergleich zur Gewinnung von Erkenntnissen, die die Vergangenheit unseres Landes erhellen?

Aber nicht nur die Kulturgüter sind es, die es zu schützen gilt, auch der langsam gewachsene Boden selbst - mit allen seinen Nährstoffen für die Pflanzenwelt - ist in Gefahr, in rasendem Tempo reduziert zu werden: Mehr als 70 Prozent der Baurestmassen Österreichs entfallen auf Bodenaushub, wertlos gewordene Erde. Der Verbrauch an Naturboden verdoppelt sich heute bereits innerhalb von zehn Jahren. Müsste mit dem wachsenden Verschleiß nicht auch die Sensibilität der Akteure steigen?

Es passiert immer wieder, dass der Fahrer eines Zementwagens die letzten paar Kubikmeter Spezialbeton, die in der Kellerschalung nicht mehr Platz fanden, ungehindert im Garten des Bauherrn abspritzt. Dadurch wird ein jedes Mal ein Stück Natur stahlhart versiegelt.

Es soll auch die Regel sein, dass Innenputzer ihre Pumpen und Silos auf der Baustelle reinigen und das helle, teigige Gipsgemisch auf die Gartenerde ableiten. Die Folge davon ist, dass der chemisch aggressive Gips nicht mehr von den Erdbrocken getrennt werden kann, sodass der Verlust an Boden etwa das Vierfache der Gipsmenge ausmacht.

Die Entscheidung zwischen verantwortungsvollem und bequemem Handeln liegt in euren Händen, Baggerführerinnen und Baggerführer! Macht euch bewusst, über welche Macht ihr verfügt, aber auch, welches Vertrauen die Menschen in euch setzen!

Als kompetente Facharbeiter stimmt ihr doch sicherlich mit mir überein, dass mit ein bisschen Verantwortungsgefühl sowohl die Umwelt geschont als auch die Trennquote der Baurestmassen gesenkt werden könnte!

Ein solches Wollen umfasst freilich noch nicht den raumgreifenden Verlust fruchtbaren Ackerbodens, dem wir bei Großprojekten auf Hochterrassen, in Braunerdegebieten und auf Lösskuppen gegenüberstehen!

Alle setzen sie dem Boden zu, nicht zuletzt die kleinen Bauherren, indem sie ihre Grundflächen durch Kunststein oder Asphalt versiegeln, um nicht mähen oder das Laub zusammenrechen zu müssen. Unseren Sauerstoff gewinnen wir quasi nur noch aus uralten Gärten betagter Nachbarn, die in ihrer Anzahl rapide abnehmen. Auch die Bauherren sollten sich ihre Verantwortung dem Boden gegenüber bewusst machen.

Doch die viel größere Verantwortung tragt ihr Baggerführer und Baggerführerinnen. Mit euren kräftigen Armen, den Baggerschaufeln, entscheidet ihr in viel höherer Quantität über Gedeih und Verderb der Böden. Es wird der Tag kommen, da wird man sich dessen besinnen und die Ausbildungszeit für euren Beruf verlängern. Leute mit Raupen-Lizenz sollten gelernt haben, welche Bedeutung die einzelnen Bodenhorizonte für den Kreislauf der Natur haben und welche kulturellen Werte die Böden in sich bergen können.

Die Bauwerke und Kunstgegenstände der Vergangenheit sind es, die uns Identität stiften.

Vom heute mächtigen Bauvolumen dürfte wenig für die Kunstgeschichte der Zukunft von Interesse sein. Unsere Hoffnung liegt also in der Vergangenheit, und diese zu heben, verantwortungsvoll heben zu helfen, seid ihr aufgerufen, werte Spezialistinnen und Spezialisten!

Macht euch zu Rettern des kulturellen Erbes der Menschheit!

Rettet unser Kulturgut, indem ihr es nicht willentlich zerstört und Funde rechtzeitig meldet! ... DANKE!"

Zufrieden darüber, mein Kindheitstrauma endlich verarbeitet zu haben, senkte ich das Manuskript. Die Reaktion des Publikums war mir von sekundärer Bedeutung. Beim Cocktailgespräch drängte sich noch einmal mein

Helfer in Nadelstreif, ein Baggerfahrer aus dem Lammertal, an mich heran. Schon vor meiner Rede hatte er sich als *Balder Landmann* vorgestellt. Er habe den Vortrag sehr interessiert verfolgt, sagte er jetzt und frage sich, ob es nicht auch im Lammertal keltische Funde geben müsste, denn die Kelten hätten ja auf dem Weg zwischen den Salz-Produktionsstätten Hallstatt und Hallein irgendwelche Spuren hinterlassen müssen. Er bat mich, es ihm zu melden, falls ich etwas erführe, und kritzelte seine Handynummer auf das Einladungsblatt. Daraufhin zückte ich meine selbst gestaltete bunte Visitenkarte und forderte ihn auf, er möge sich doch bei mir melden. Offiziell sei ja nichts bekannt, antwortete ich, aber die Menschen vor Ort wüssten oft mehr, was nicht in Büchern zu lesen wäre und was man ihnen entlocken müsse.

Die himmlische Hochzeit

Endlich sah meine Brieftasche wie ein dicker *Hamburger* aus.

Den Stress der letzten Tage, der infolge des unerwarteten Besuches aus den USA und durch den Vortrag in Mattsee entstanden war, arbeitete ich ab, indem ich im Garten das Loch der schwedischen Kinder zu einem Graben erweiterte, um darin das Silberband zum Ableiten von Blitzen zu verlegen.

Beim Gespräch mit Lara über den Aberglauben der alten Völker, das Himmelsgewölbe könnte jederzeit einen Sprung bekommen und über ihnen einstürzen, hatte ich mir in erster Linie selbst Schrecken eingejagt. In dem Augenblick war mir nämlich schlagartig bewusst geworden, dass der Blitzableiter von Tante Bellas Haus gar nicht ausreichend geerdet war. Zwar zieht ein Blitzforschungszentrum auf dem Stadtberg die meisten Blitze der Umgebung an, wie ein Magnet das Eisen, doch gerade in Zeiten der Klimaveränderung kann man nie wissen, ob der Motor für das Erdmagnetfeld nicht bereits stottert und dadurch in Bodennähe gehäuft elektrische Entladungen auftreten. Der Kalender zeigte zwar den ersten Augusttag. Doch statt eines Blitzes oder eines Sonnenstrahls schleuderte die Hand des römischen Gottes *Jupiter* oder des keltischen Gottes *Lug* etwas ganz anderes aus dem All auf mich herab.

Ich bückte mich gerade in das Erdloch, wo das Blitzband enden sollte, da fiel eine *Doppelpackung* Wildente vom Himmel. Zunächst waren drei Wasservögel in Form von Einzelteilen pfeilgerade auf mich zu geschossen, dann hatte ein Männchen abgedreht und ein anderes Männchen und ein Weibchen hatten kurz vor mir den Erdboden erreicht. Beide schnatterten aufgeregt, denn der stärkere Vogel vollzog jetzt am Bürzel des schwächeren die natürliche Verjüngung. Man könnte auch so sagen: Sie verharrten ungewöhnlich lange in biologischem Vollzug. Dabei veranstalteten die *Herrschaften* einen solchen Tumult, dass ich daraus schließen musste, dass sie entweder meine Gegenwart für äußerst gering erachteten oder meiner erst gar nicht gewahr wurden.

Die alten Kelten würden darin vielleicht die *Heilige Hochzeit* erkannt haben, die alljährlich rituell durchgeführte Verbindung zwischen Himmel und Erde, ausgeführt durch den langen Arm des Wetter- und Lichtgottes *Lug*, der in seinem Requisitenschrank sowohl Blitze als auch Sonnenstrahlen hortet.

Zurück blieb jedenfalls ein völlig verdattertes Weibchen, dessen Irritation sich erst nach Minuten legte. Bevor die Geplagte dazu fähig war, den Schauplatz des Geschehens zu verlassen, wurde ihr zarter Körper - Stromstößen gleich - von einem Zittern der Elemente gebeutelt. Ich hatte nicht gewusst, dass solche Irritationen auch im Tierreich vorkommen können. Ihr Federkleid war auf eine ungewollte wie unerhörte Art in Unordnung gebracht worden. Angeekelt versuchte sie, diese Fremdeinwirkung abzuschütteln, als würde sie eine Cellophanverpackung abstreifen wollen. Diese *Unternehmung* währte so lange, bis ihr Federkleid wieder fluggerecht positioniert war. Ich hatte schon einen Augenblick lang überlegt, das stark zugerichtete, arme Ding zu mir in Obhut zu nehmen, doch zog es nun in spitzem Winkel zum Himmel hoch, um zu den Artgenossen im Moor zurückzukehren.

Im Salzburger Museum

Um *das Andere* kennen zu lernen, das Interessante, reisen schlaue Menschen in Räume der Vergangenheit. Dafür gibt es zwei Möglichkeiten. Entweder man begibt sich für längere Zeit in ein Land, in dem *die Uhren anders ticken*, oder man besucht Museen und Ausstellungen. Während sich ganz Europa über die Folgen eines hartnäckigen Tiefdruckgebiets herumärgerte, startete ich eine Reise in die Vergangenheit, indem ich jenem Museum einen Besuch abstattete, das an meinem Radweg in die Altstadt lag.

Den wenigen Passanten hier wurden die geheimnisvollsten Schätze exhumierter Kulturgüter bekannt gemacht, glänzend und glitzernd wie in Juweliersvitrinen. Bei den bunten, leuchtenden Objekten in den Schaufenstern des Museums fanden meine Augen immer einen Anlass zu glänzen. Es waren die Augen eines Kindes, mit denen ich dann schaute, eines Kindes, das ich tief drinnen bewahrt hatte. Wegen der vielen am Radweg verstreuten Glassplitter von Wodkaflaschen, Zeugen nächtlicher Eskapaden in der *Republik,* die den Exponaten die Show zu stehlen drohten, war es zweckmäßiger, sein Fortkommen zu verlangsamen, das Rad zu schieben.

Im Dunkel des Museums-Foyers tappte ich dann unsicher bis zum Ende des Flurs, Augen und Ohren weit geöffnet, um das *Romanhafte* dieses Ortes aufzunehmen. Angelockt von einem Metall-Geruch, wie er aus dunklen Mezzaninen der Linzer Gründerzeitwohnhäuser weht, wie dem Wohnhaus Adalbert Stifters, steuerte ich auf die erste Vitrine zu. Sie bildete den Abschluss eines langen Flurs.

Im Näherkommen hatte ich das Gefühl, das Geschehen vom Vortag noch einmal zu erleben. Für einen kurzen Moment hatte ich den Eindruck, dass sich ein kopulierendes Wildentenpaar vor mir erheben würde. Schließlich erkannte ich hinter dieser täuschenden Gestaltbildung einen Gebrauchsgegenstand aus Bronze, der immerhin in seinem gesamten Umriss der Silhouette einer einzelnen Wildente glich.

Beim Näherkommen zerfiel jedoch auch diese Gestaltbildung in Gruppen tierischer und menschlicher Fabelwesen, deren Identifikation mir weitere Rätsel aufgab. Muster und Figuren der berühmten Schnabelkanne schienen mir etwas mitteilen zu wollen, ein Geheimnis aus alter Zeit. Über dem Studium der rätselhaften Wesen und Zeichen vergaß ich ganz auf den Rest der Exponate. Ich zeichnete und zeichnete, um Klarheit über die Zusammenhänge zu erlangen, und schreckte schließlich auf, als die Sperrstunde verkündet wurde.

Auf dem Dachboden von Tante Bellas Knusperhäuschen kam mir später ein alter *Readers Digest* in die Finger. Ich erinnerte mich an einen Beitrag über den Verhaltensforscher *Konrad Lorenz* und sein Open-Air-Labor im oberösterreichischen Almtal. „Graugänse im Platzregen" lautete die Legende unter einem der Bilder. Darauf nehmen sieben Wasservögel eine sonderbar steife Haltung ein. Sie versuchen, mit den Brustkörben und Schnäbeln möglichst hoch empor zu ragen, so, als wollten sie trotz des Wassergusses abheben. In dieser Streckhaltung bieten sie dem Regen die geringste Aufprallfläche und zugleich wirken sie stolz und unnahbar wie keltische Krieger auf der Breitseite des Schwertes von Hallstatt. Die Winkel, in denen die Brustkörbe und die Schnäbel der Enten emporragen, entsprechen ganz der Ausbuchtung der Schnabelkannen*schulter* und der Richtung des Kannen*schnabels*. Daraus schloss ich, dass der keltische Produzent im fünften Jahrhundert vor Christus eine bewusste Annäherung an die Natur gesucht hatte. Vielleicht war damit sogar eine entscheidende Aussage verknüpft.

Weil sich die Kelten nur selten in Schriftform mitgeteilt hatten, hielt ich es für möglich, dass nicht nur die Figuren, sondern auch die Muster und Ornamente einen Bedeutungsinhalt transportieren würden. Zur Aufhellung dieser Bildersprache versprach ich mir den meisten Erfolg bei Einsatz einer vergleichenden Betrachtungsweise.

Der Tag endete dann nicht mit einem Gussregen, sondern mit einem schweren Hagelgewitter. Ich ließ mir von Eleonor versprechen, etwas Verrücktes anzustellen, ohne dass sie wüsste, was auf sie zukäme. Sie willigte ein und erwartete in der Folge eine Augenbinde oder Ähnliches, doch wir hielten auf mein Anstiften hin lediglich unsere Köpfe in den Hagel hinaus, um zu erfahren, wie es sich anfühlt, als Graugans im Platzregen zu stehen.

Der Aufprall der Hagelschlossen förderte die Durchblutung der Kopfhaut und erweiterte unsere Vorstellungswelt. Während wir uns genussvoll trockenrieben, beschlossen wir weitere Experimente zur Bewusstseinserweiterung durchzuführen. Schließlich hatten auch die alten Kelten Mittel und Wege gefunden, die Grenzen ihres Denkens zu durchbrechen.

Beim Schließen der Fensterläden entdeckte ich ein vor dem Haus geparktes Auto aus dem Salzburger Flachgau, das offensichtlich nicht von einer Schar wütender Enten oder Schwäne attackiert worden war, sondern von Hagelkörnern. In der Größe von Golfbällen mussten sie abgegangen sein, und mein Bild von den Urkräften der Natur war wieder zurechtgerückt. Allein die Windschutzscheibe des Wagens war an zweiunddreißig Stellen zersprungen, wie verursacht durch winzige Einschüsse kleinster Projektile. Und die Motorhaube schien von einem Roboterarm geradezu punktiert worden zu sein. Adalbert Stifter hat doch Recht behalten, mit seiner Vorrede zur Textsammlung „Bunte Steine".

Enten-Schema

Das Zeitalter Adalbert Stifters hat zwei Arten von Einschnürungen zu verantworten. Gurgelnde und tosende, sich dahinschlängelnde Bäche, wie unser Alterbach, wurden in ein schnurgerades Steinbett gezwängt, nach der gleichen Philosophie, wie die Frau dieser Zeit in ihr Korsett. In einem Ausmaß wie nie zuvor wurde das Feminine demgemäß zum Erotikobjekt degradiert. Der weibliche Po sollte entenmäßig groß in Erscheinung treten, mithilfe von Einschnürungen im Bereich der Taille. Auf diese Weise näherte sich das Aussehen der Leda dem ihres Schwans an, ganz nach dem Geschmack männlicher Projektionen: der weibliche Po als der bessere Bürzel. Auch die Allegorie der Statthalterin wurde so zum Federvieh vermetamorphisiert.

Dem männlichen Prinzip des 19. Jahrhunderts hingegen, der Geradlinigkeit, sollte der natürlich gewachsene Flussmäander untergeordnet werden und wurde so einer pfeilgeraden Sichtachse eingeschrieben, wie man sie aus persischen und arabischen Gärten kennt und ebenso in den Außenanlagen von Schloss Schönbrunn umgesetzt vorfindet.

Erst zur Zeit des Landschaftsneoliberalismus war der Alterbach rückgebaut worden. Dadurch hatte ein großartiges Feuchtgebiet wieder erstarken können, den venezianischen Sümpfen gleich. Infolge der Ausbreitung des Moors hatte auch die Stockenten-Population zugenommen. Folglich muss Tante Bellas Garten von den kopulierenden Enten als eine Fortsetzung ihres Alterbach-Biotops missdeutet worden sein.

Ein Twilight-Highlight! Im Dämmerlicht wirken die Brut- und Schlafplätze der Enten besonders eindrucksvoll. Wenn man auf der Brücke steht und hinüber blickt, kann es vorkommen, dass die Tiere auf einen zu und knapp über einen hinweg fliegen, weil sie im Landeanflug an Höhe verlieren. Dabei sehen sie aus wie prall gefüllte Fleischsäcke mit vertrackt abstehenden Schwungarmen. Die Schnäbel gleichen dann Zigaretten, die cool im Mundwinkel hängen, gerade so, wie James Dean sie geraucht haben muss, um das Product placement im Film einzulösen. Das Landen der Entengeschosse entspricht eher einem unbeholfenen Pflügen als einem ästhetischen Höhepunkt. Diese Tiere sind eine permanente Attraktion, genauso wie die stürzenden Wasserflugzeuge am Wolfgangsee.

Wer dieses *Genre* besser mit breiter Wasserspiegelung erleben oder malen möchte, in Tradition der *Niederländischen Schule*, der stelle sich auf die Maxglaner Brücke, vor das Schloss Freisaal oder er spaziere den Söllheimer Bach entlang, auf Höhe der eleganten Palfinger-Villa.

Schon die Ägypter schätzten die Enten-Idylle. Auf einem Fußbodenfragment aus dem 14. Jh. v. Chr. im Palast der Prinzessin *Meritaton* in *Amarna* lässt sich die kühle, satte Atmosphäre der Sümpfe des heißen Niltals gut nachempfinden. Aber die mit Lotusblumen und anderen Wasserpflanzen bewachsenen Marschen haben auch ihre Tücken: Drei Enten werden aufgeschreckt und scheinen dem Ausstellungskatalog über *Tutanchamun* entfliehen zu wollen. Das Wunderwerk der Evolution: Vom schwerfälligen Saurier zum schwerelosen Gevögel.

Anlässlich der Wiedereröffnung des Autohauses Sonnleitner wurde ein ungewohnt großzügiges Kinderprogramm geboten, das ich mit Lara und ihrer etwas untersetzten Freundin Rebecca konsumierte. Die Kinder spielten Geierwally, indem sie von einem Kletterpädagogen am Seil die Hauswand hochgezogen wurden. Anschließend übertrieb Rebecca den Gratis-Konsum scharfer Bosna-Würste und wusste auf dem Rückweg nicht mehr, wohin mit dem gefüllten Wecken. Ihr Arm schlenkerte hin und her, während der Blick über die Bachlandschaft schweifte. Schließlich gebrauchte sie den langen Wecken wie eine australische Speerschleuder, und mit Hilfe des Hebelgesetzes katapultierte sie das eingelegte Würstel in die Fluten des Alterbachs.

Keiner von uns hatte bemerkt, dass sich in der Böschung Wildenten aufhielten, und so waren wir umso überraschter, als sich ein Enterich ins Wasser stürzte und das Würstel zu fassen versuchte. Es wurde jedoch rasch abgetrieben. Sein kräftiger Schnabel nippte nur kurz daran und wich dann zurück. Offenbar entsprach der Happen nicht seinen Geschmacksvorstellungen. In dem Moment jedoch, in dem sein Gaumen endlich die Nachhaltigkeit der Bosna-Würze bemerkte, wandte sich das Tier mit einem Satz um und stürzte in die Fluten zurück, dem Würstel nach. Doch dieses war bereits in der Gischt der Strömung verschwunden. Der Enterich tauchte lange, und als er schließlich die Oberfläche erreichte, sah er wie neu geboren aus, was für die Qualität der Bosna-Wurst sprach. Mit raschen, hämmernden Bissen zerkleinerte er das scharfe Ding und verschlang auch noch den letzten Brocken. Dass er in Anbetracht des hohen Salzgehaltes des Würstels weiterhin zeugungsfähig bliebe, das darf bezweifelt werden. Als ein Indiz für diese Annahme könnte das Ausbleiben eines weiteren Kopulationsaktes in Tante Bellas Garten angeführt werden. So weit mein zweites novellenartig *unerhörtes* Wildenten-Erlebnis. Und ich fragte mich, was denn die alten Kelten an dieser Spezies Wildente für so großartig erachtet hatten. Sie schätzten wohl nicht nur *unerhörte Ereignisse*.

Ich hatte mir in der Stadtbibliothek einige Bücher über die Götterwelt der Kelten besorgt und las darin, dass die Wildente in der keltischen Mythologie zu jenen Tieren zählt, die den Toten auf seiner Reise in die Anderswelt, ins

Jenseits, begleiten. Vielleicht hängt diese Auszeichnung damit zusammen, dass die männliche Wildente der bunteste heimische Wasservogel ist.

Im Feuilleton der *Presse* hatte ich das Foto einer fliegenden Stockente aus Mammut-Elfenbein entdeckt. Ich zog den Zeitungsausschnitt aus dem Portemonnaie und entfaltete ihn. Der Schnitzer dieser Figurine hatte bereits vor 30.000 Jahren eine wunderbar klare und ansprechende schematische Entenform entwickelt. Die Entenfigur war zusammen mit mehreren anderen Schamanenfiguren in *Hohle Fels,* einer Höhle der Schwäbischen Alb bei Ulm, gefunden worden, wo auch eine Löwenstatuette und die kleinste Frauenfigur Europas entdeckt wurden. Eleonor gelang es, mich zu überraschen. Auf den Kopf gestellt blickte uns nämlich eine andere Ente an. Die Elfenbeinschnitzerei beinhaltet also zwei Ententiere.

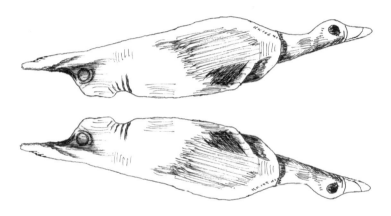

Eine interessantere Erkenntnis gewann ich am nächsten Tag in der Salzburger Universitätsbibliothek. Immer noch den Alterbach im Hinterkopf, ließ ich mir dort die Schnabelkannen-Monografie des Salzburger Museums ausheben. Beim Durchblättern fiel mir eine *Beinfibel* ins Auge, die in Grab 70/2 auf dem Halleiner Dürrnberg gefunden wurde und ebenso das Motiv *Fliegender Vogel* beinhaltet, ein häufiges Motiv auch in den Mittelmeerländern.

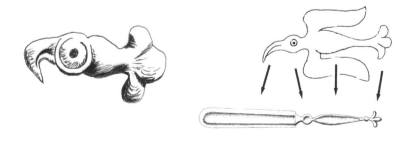

Dabei handelt es sich um einen noch stärker schematisierten Wasservogel, der sich aus einem übermäßig großen Schnabel, einem überdimensionalen *Ringauge* anstelle des Kopfes, einem lanzettförmigen Körperchen und einem in Form einer Palmette stilisierten Endstück zusammensetzt, bestehend aus einem Schwanz, Steuerfedern und zwei gleich großen Flügelchen.

Da mir diese Formreduktion sehr bekannt vorkam, betrachtete ich nochmals ein Foto mit der gesamten Kannenansicht und fand meine Vermutung bestätigt: Das, was in der archäologischen Beschreibung der Monografie als vermeintlich zufällig gestückeltes *Zungenornament* bezeichnet wird, entspricht exakt der Fibeldarstellung. Ich war stolz darauf, als Erster erkannt zu haben, dass die neun tief in den Kannenkörper getriebenen Zungenornamente nichts anderes als neun fliegende Wasservögel darstellen. Die Zungenornamente entsprechen eindeutig den löffelartigen Schnäbeln vieler Wasservogelarten.

Da auch die Kannenöffnung in Draufsicht die Entrelac-Form eines Entenkopfes und die ganze Kannensilhouette eine Entenform bilden, ist das die dritte Bezugnahme auf den *Reisevogel* ins Jenseits. Der Kannenschnabel ist sogar seitlich von einem mediterranen Ornamentumlauf gesäumt, der die *Schnabellamellen* des Wasservogels symbolisiert, also die Zähnchenreihen, durch die das Wasser ausgepresst werden kann, damit das Tier seine Beute nicht verliert.

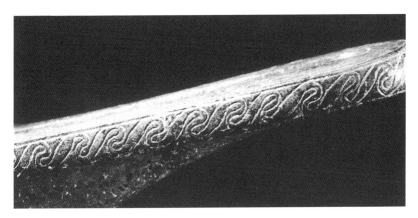

Es fiel ebenso die gleichmäßige Zunahme von Größe und Breite der neun fliegenden Vögel zur Kannenschulter hin auf, wo in Entsprechung neun angezupfte Lotus-Blütenkelche aufliegen. Das Motiv *Fliegender Vogel* vermittelt den Eindruck, es würde sich um eine Darstellung in *Extremperspektive* handeln. Weil aber das Fluchten der Perspektiven erst in der Renaissancezeit offiziell erfunden worden ist, liegt ein interessanter Vorläufertypus vor, der

 etwa tausend Jahre älter ist. Die Verbreiterung der Ornamente nach oben hin verstärkt nicht nur den Eindruck eines stark gebogenen und mächtigen *Schulterumbruchs*, sondern sie lässt auch den Kannenkörper konkaver erscheinen, als ihn der *Toreut*, der Kunstschmied, tatsächlich formen konnte.

Als ich Lara von dem Motiv *Fliegender Vogel* erzählte, von Vögeln, die wie Kolibris an den Blüten knabbern, da zeichnete sie die Kanne nach meiner Beschreibung.

Die Feenwelt

Vom *Dorf in der Stadt* aus gesehen registrierte ich früher die Zeit der Festspiele eigentlich nur daran, dass Helikopter wie Libellen über den jüngsten und höchsten Bambustrieben am Himmel kreisten oder dort auch Halt machten, während ihr Surren den Rest des Jahres über rasch in Richtung *Blütenkelch* Chirurgie-West abschmierte.

Aus dieser Blütenkelch-Idylle wurde ich eines Tages durch Balder gerissen, jenen Baggerfahrer, der mir beim Vortrag in Schloss Mattsee assistiert hatte. Ich wanderte mit ihm auf den Heuberg. Dabei benutzten wir den romanhaften Weg bei der Villa des Kindermädchens von Siegmund Freud, Paula Fichtl, vorbei, bis hinüber zum Weingarten der Erzbischöfe. Eine phantastische Übersicht über den beinah gesamten Siedlungsraum der Kelten des Salzachtals bot sich uns da, von der Terrasse des Hotels *Zur schönen Aussicht*, wo wir jeder ein Krügel Bier konsumierten.

„Das lange Band dort unten ist die Bundesstraße nach Linz. Sie hat sich sogar im Bewusstsein der Tierwelt als eine Grenzlinie zwischen Lebensräumen fest verankert: Östlich davon, im Steilgelände des Dorfes, zirpen die Grillen, westlich davon, im flachen Siedlungsbereich, fehlen die Grillen in den Gärten, stattdessen zwitschern dort die Vögel ungewöhnlich laut! Die Straße hat schon in der Hallstattzeit als Verkehrsweg gedient. Die Bewohner der Talsiedlung hinter dem Schloss Minnesheim hatten meiner Vermutung nach auch hier oben eine Höhensiedlung. Ihre Funktion muss für kriegerische Notzeiten gedacht gewesen sein. Würde mich nicht wundern, wenn der Unterleithen-Bauer eines Tages einen Schatz findet, an einer seiner Terrassenkanten, die wohl die früheren Palisadenwälle nachzeichnen. Es war damals üblich, den

Göttern einen Kupfererzklumpen und Werkzeuge zu opfern, damit sie die Verteidigungsanlage schützten."

„Wenn du dir sicher bist, dass hier ein Schatz zu finden wäre, warum graben wir nicht danach?"

„Wir würden wissenschaftliche Erkenntnisse stören, wenn wir das Bodengefüge durcheinanderbrächten! Aber der Gedanke ist verlockend, da gebe ich dir Recht, denn die Archäologen werden heutzutage ohnehin nur noch dann geholt, wenn Feuer am Dach ist! Ein solcher Depotfund hätte überdies kaum einen materiellen Wert."

Ich zeigte Balder weiters das Schloss Neuhaus, auf einem Bergsporn gelegen, von dem eine historische Fachzeitschrift des 19. Jahrhunderts behauptete, dass es auf den Fundamenten eines Tempels aus der Römerzeit erbaut worden ist, der dem Kriegsgott geweiht gewesen sei. Von dort aus bis zum Vorberg hinüber hatte jedenfalls bis zum Bahnbau im 19. Jh. eine Verteidigungsanlage gereicht, bestehend aus einem Wall, der teils aus Stein, teils aus Erde errichtet war, und einem Weiher. Zusammen sollen sie als Talsperre zwischen Kühberg und Kapuzinerberg gedient haben. Als eine Art Zangentor beschützte diese Anlage die Bewohner vor ungebetenen Gästen: Wenn eine feindliche Partei gegen den Palisadenwall anrannte und ihn endlich erobern konnte, stand sie ohne Boot vor der Wasserbarriere und wurde außerdem von den steilen Flanken aus beschossen. Ich halte es für möglich, dass der Erdkern der Wallanlage auf die Hallstattzeit zurückgeht, denn man hat beim Bahnbau 1860 an dieser Stelle sowohl den Depotfund eines Götteropfers für die Grundsteinlegung gemacht als auch unweit davon eine hallstattzeitliche Mohnkopfnadel entdeckt, geopfert an der scharfen Abbiegung des Handelswegs nach Südosteuropa, der *Gnigl*. Die Chronisten des 19. Jahrhunderts haben den Wall zumindest römerzeitlich datiert. Seine neuzeitliche Identität hat das Dorf dann in zahlreichen Mühlen entlang des Alterbaches gefunden, die sich inzwischen zu Kunst-Mühlen verändert haben, eigentlich Künstler-Mühlen. Zwischen den Mühlrädern am Alterbach, dort, wo die Wasseramseln leben, wächst ein Heilmittel gegen alles Übel. Aber man muss, heißt es, auf der Suche danach auch auf die Geister der Verstorbenen achten, die in einem einzelnen Baum oder unter dem steinernen Brückenbogen am Alterbach hausen. Diese Stelle wird seit Menschengedenken *Hundsschreck* genannt. Sogar einen unterirdischen Gang soll es da geben, der vom Burgberg zum Heuberg führt. Aber darin gehen können nur die Elfen, angeführt von ihrer kindlichen Königin."

Als wir am Rand des Buchenwaldes in den mit tief hängenden Ästen gesäumten Hohlweg einbogen, wies ich Balder darauf hin, dass man auf diesem verlassenen Elfenweg öfters jemanden vom *Guten Volk* antreffen könne:

„Manchmal stelle ich mir vor, dass es die fesche Unterleithen-Bäuerin selbst ist, die den Elfenzug anführt! Die Figur wirft dann einen langen Schatten, der wiederum mit der Figur verschmilzt. Man kann dann nicht mehr unterscheiden, wo die Figur endet und der Schatten beginnt. Die Konturen entschwinden vor den Augen des Betrachters!"
Nur mit Mühe konnte ich Balder davon abhalten, dass er einen der illegal am Weg entsorgten Autoreifen den Abhang hinunterrollen ließ. „Du ahnst nicht, welchen Schaden du damit anrichten kannst! Da unten ist alles besiedelt!"
„Schade, das wär mir wirklich ein Bedürfnis gewesen! Zu Hause mach ich das immer so, mit den abgefahrenen Reifen. Die zünde ich an, bevor ich sie auf die Reise schicke!", bedauerte er und ich wunderte mich nur noch, was dem alles ein Bedürfnis war.

Für Balder musste man rauere Themen aus dem Ärmel zaubern: „Sobald der Gaisberg im Winter angezuckert ist, stürzt der winterkalte Ostwind als eine *Wilde Jagd* ins Tal, genauso ungezügelt wie die zottigen Perchten aus unterschiedlichen alpinen Höhenregionen, die sich zu Dezemberbeginn hier treffen, um den Brauch der Raunächte nicht in Vergessenheit geraten zu lassen. In diesen Zeiten klettern dann Maskierte auf die Dächer und werfen Schnee in die Schornsteine. Wenn ein Maskierter in den Alterbach fiele und ertränke, dann bekäme er keinen Friedhofsplatz, denn dann würde es heißen, der Maskenträger wäre vom Teufel besessen. Er müsste dann im Zottelbocksgewand an Ort und Stelle verscharrt werden und die Glocken zu seinem Begräbnis wären keine anderen als die Kuhglocken an seinem Bauchstrick!"

„Das wär' eine Hetz!"

„Ja, es bedeutet einen Lustgewinn, das ausgelassene Treiben unter dem Deckmantel der Maske. Wenn es auch schon vorgekommen ist, dass vereinzelt Krampusse an Existenzängsten litten und psychologisch betreut werden mussten, weil sie von betrunkenem Publikum gewaltsam bei den Hörnern herumgerissen worden waren, was leicht zum Genickbruch führen kann. Würde mich nicht wundern, wenn einer mal aus Wut darüber eine Pistole zöge."

„Machst du da auch mit, bei diesem Fruchtbarkeitskult?"

„Ja, natürlich, meine Künstler-Kollegen und ich, wir bilden eine eigene *Pass*, die so genannte *Künstlerhaus-Pass*, so haben wir noch einen jeden Winter erfolgreich verjagen können!"

„Es überrascht mich, dass ländliches Brauchtum auch in der Stadt zu finden ist."

Die Bewohner unseres Dorfes in der Stadt sind ein bodenständiges Völkchen. Sie erinnern mitunter an Dylan Thomas' *Milchwaldbewohner*, also ein rundum sympathisches Völkchen, das allerdings täglich in den Zwiespalt gerät, sich zwischen einer städtischen und einer ländlichen Identität entscheiden zu sollen. Ein täglicher Kampf zwischen der bequemen Anonymität und dem herausfordernden persönlichen Engagement ist das.

Die Gespräche mit Balder zeigten immer wieder, dass er kein Baggerfahrer von der *Gib Gummi!* - Sorte war, wie sie sich angeblich jährlich einmal beim GTI-Treffen in Kärnten zusammenrotten. Das machte ihn sympathisch, und ich beschloss, auch weiterhin an ihm zu feilen, denn erziehen musste man ihn schon.

So etwa ritzte er mit seinem Zündschlüssel seine eigenen Initialen und die schematische Darstellung eines nackten Männchens samt Gemächt in den Verputz der Wohnzimmerwand, während Eleonor und ich nebenan - angeregt durch Lara - aus Naturteig *Glücksbrot* buken.

Die Entrelacs der Schnabelkanne

Im Literaturcafé Schober wurde wieder einmal kräftig Kaffee gebraut, das konnte man riechen, diesmal anlässlich einer Vernissage. Mit Hilfe einer Filzschreiber-Skizze am Flip-Chart regte ich den Kunst-Diskurs über keltische Bronze-Schnabelkannen an: „ ... Die künstlerische Problematik finden wir im Übergangsbereich zwischen Henkel und Kannenkörper. Wir müssen die Kannen danach beurteilen, wie der Künstler diese Schwachstelle bewältigt hat. Bei den etruskischen Kannen sitzt eine Löwenfigur an der Übergangsstelle der Henkelgabel zum Henkelgriff. Sie verdickt das Volumen etwas und verringert damit die Gefahr des Ausbrechens des Henkels. Unsere Schnabelkanne vom Dürrnberg verdickt sich an dieser problematischen Stelle durch eine Figurengruppe. Dort, wo der etruskische Löwe sitzen und den flüssigen Inhalt des Gefäßes beschützen sollte, erhebt sich ein Menschenkopf und erst darüber ein Mischwesen, eine Art Untier. Hier statt einem Einzelwesen eine ganze Figurengruppe zu platzieren, muss höher bewertet werden!"

Ich nippte am Kaffeeschaum, der mit heißem irischen Whiskey verdünnt war, was ein wunderbares Geruchsgemisch ergab.

Der Übergangsbereich zwischen Henkel und Kannenöffnung musste also die größte Herausforderung an den Kannen-Künstler gewesen sein, wie die etruskische Kanne aus Perugia und die keltische Kanne vom Dürrnberg zeigen:

„Durch Anbindung dieser drei Tiere an den Kannenkörper entstehen zahlreiche Leerformen. Hier wird ein besonderer künstlerischer Wert der Kanne offensichtlich: Alle Leerstellen harmonieren miteinander und entsprechen so einer künstlerischen Komposition. Kein einziger Umriss eines Leerraums ist formal dem Zufall überlassen, wie es bei einigen anderen keltischen Kannen der Fall ist. Aber das ist nicht alles. Diese *Entrelacs* am Henkelansatz harmonieren in Form und Größe auch mit den Leerstellen unterhalb der spiegelgleichen *„Rüsseltiere"* an der Kannenöffnung. Darüber hinaus ist festzustellen, dass der Leerraum unter dem Hals des Henkeltiers und die Entrelacs unter dem Schwanz der Tiere auf dem Kannenrand in ihrem Vorwärtsdrängen nach oben den Anstieg des Kannenschnabels vorbereiten. Die Leerstellen zwischen den Beinen und unter den „Rüsseln" der Tiere auf dem Kannenrand hingegen bilden dazu Gegenformen und weisen nach hinten. Auch der große Luftraum zwischen Kanne und Henkel täuscht Behäbigkeit vor. Die Form wiederholt sich noch einmal zwischen den Beinen des Henkeltiers. Durch die horizontalere Lage dieses Leerraums wird ein gleichmäßiger Übergang zu den steil nach vorn gerichteten Entrelacs geschaffen."

„Insgesamt also ein wohl überlegter Ausgleich der nach vorne oben drängenden und der nach hinten unten lastenden Leerräume, meinst du, nicht wahr?", fasste Eleonor meine Worte zusammen, bevor sie sich wieder ihrem *Schlotfeger* zuwandte, einer Spezialität aus belgischer Schokolade und Pariser Creme.

„Gerade in der Ausgestaltung und Gewichtung dieser Leerräume äußert sich die Meisterschaft keltischer Kunstproduktion. Sieht nicht auch der heutige Kunstbetrachter die Faszination eines Kunstwerks in dem respektvollen Umgang mit Entrelacs? Hier ist wohl die Antwort auf die Frage zu finden, warum die Umrissgestaltung der Schnabelkanne so unglaublich *modern* wirkt!"

„Erinnert euch mal, es gab doch auch um 1900, in der Formenwelt des *Jugendstils*, einen Boom an Zwischenraumgestaltung!", warf Sonja ein, die mit Textilien jeglicher Art arbeitete, „Umso mehr verblüfft es mich, dass die Kelten die Kunst der Entrelacs bereits im 5. Jh. v. Chr. beherrschten!"

„Wäre es vermessen zu behaupten, dass die Dürrnberger Schnabelkanne schon allein ihrer Silhouette wegen noch nach 2.500 Jahren *die europäische Wettbewerbsfähigkeit* schaffen könnte?"

Die Malerrunde bestätigte den Eindruck der Nähe zur attischen Kanne.

„Ein weiterer Grund dafür liegt in der Komposition der nonfiguralen Vollformen auf dem Kannenkörper. Diese Details sind Module, die wie nach musikalischen Prinzipien verteilt und miteinander verknüpft sind: Kerbleisten, *Schwellranken, Knopfaugen*, Spiralen, *Lanzetten, Punktreihen, Ringpunzen* und *Schraffen*. Dadurch werden auch Figurenteile zusammengehalten. So könnte sich durch gleichen Reliefbesatz der Kopf, der den Betrachter auf dem Griffansatz anstarrt, in Dialog mit dem Gesicht auf der Henkel-Attasche befinden. Beide stehen ja auch über die funktionale Achse *Griffbogen* miteinander in Verbindung. Da jedoch der Unterkiefer des Henkeltiers fehlt, ist meiner Ansicht nach die Interpretation des Salzburger Monografen nicht schlüssig genug, wenn er sich allein darauf beschränkt, dass hier die etruskische Darstellung *Löwe frisst Mensch* zur Geltung käme. Auf etruskischen Kannen handelt es sich um eine eindeutig naturalistische Löwenform. Der Unterkiefer des Tiers ist dort vorhanden. Freilich könnte der Salzburger Kannenmeister auch ein gewisses Maß an künstlerischer Umsetzung geltend machen. Dennoch erinnert mich der oberste Tierkopf der Dürrnberger Kanne eher an eine Hirschkuh beim Durchschwimmen eines Flusses als an eine Raubkatze. Welche Tierart in dem dargestellten Mischwesen überwiegt, das ist die Gretchenfrage, denn es lassen sich zwar Einzelteile, wie Widderhörner, Fuchskörper und Wolfsschwanz, Schlangenkörper, Hirschläufe, Reptilienschwänze etc. feststellen, aber keiner der Teile dominiert in einem solchen Ausmaß, dass von einem einzelnen Tier die Rede sein kann."

„Wenn mir jemand erklärte, der Henkel würde die in der keltischen Glückssymbolik beliebte *Widderhornschlange* darstellen, also eine Kombination aus Widder und Schlange, würde ich es glauben. Wozu allerdings mit Hirschläufen und einem Wolfskörper?", stellte Eleonor fest.

„Der Gestaltenwechsel durch Wiedergeburt, die Seelenwanderung. Der Verstorbene durchläuft eine lange Serie von Transformationen zu unterschiedlichsten Identitäten. Gerade die Polyvalenz, die Vieldeutbarkeit der Erscheinungsformen ist es, welche uns die Kanne als derart *modern* erscheinen lässt.

Jedes Stück Kanne ist nach mehreren Richtungen hin interpretierbar, egal, wie man sie und es dreht und wendet."

„Selbst die beiden Tiermischfiguren auf der Henkelgabel definieren sich über ihre Proportionen und über ihre Neigung aus der Körperachse heraus. Der leichten Neigung der Körper nach außen entspricht eine gegenläufige leichte Kopfneigung nach innen. So wird die Rundung der Kannenöffnung, der sie aufsitzen, betont. Auch über die „Rüssel" und „Schwänze" sind diese Phantasiewesen meisterhaft ins Gesamtkonzept der Leerräume integriert!", ergänzte Delfina.

„Aber es lässt sich wieder nicht mit Sicherheit sagen, ob das ringelschwänzige Mischwesen tatsächlich einen Rüssel hat oder ob der Schwanz eines soeben verschluckten Tiers aus seinem Maul ragt!", warf Anatole ein, ein älterer Maler, der sich immer noch zu den *jungen Wilden* rechnet.

„Der keltische Toreut muss diese Mehrdeutigkeit auf allen Ebenen angestrebt haben, der populärwissenschaftliche Keltenautor Georg Rohrecker spricht sogar von einer *Schlange mit Beinen!*"

„Wie ist das nun bei anderen Schnabelkannen?", fragte *Paul von Gosau* dazwischen, ein Meister der Mehrdeutigkeit von Umrisslinien.

„Bei vergleichbaren Schnabelkannen nördlich der Alpen ist das Motiv am Henkelansatz immer klar zu erkennen. Es handelt sich dabei meist um übergeordnete Tiere, wie Pferde, Löwen, aber auch um Menschen. Doch der Künstler vom Dürrnberg gestaltet sogar die Gattung betreffend mehrdeutig. Von der Seite gesehen, lässt sich der Henkel eindeutig als ein Tier, mehrheitlich als eine Widderhornschlange, identifizieren. Aber in der Draufsicht erkennt man deutlich ein maskenhaftes Menschengesicht und plötzlich ordnet der Betrachter die Widderhörner diesem Gesicht zu!"

Erwin, der sich künstlerisch viel mit Albrecht Dürer und Hieronymus Bosch auseinandergesetzt hat, warf ein, dass man gehörnten Menschen oder Göttern Zerstörungskraft zugeschrieben habe. „ ... Daraus soll sich der Teufel entwickelt haben!"

„Dann muss also folgerichtig das höchstgelegene Gesicht auf der Schnabelkanne, das nur in Draufsicht als ein Untier erkennbar ist, die erste Krampusdarstellung nördlich der Alpen sein!"

„Du sagst es, eine Art Darstellung des Gehörnten in keltischer Manier!", bestätigte Erwin.

„Womit wir bei einem geeigneten Thema für unsere gemeinsame Kunstproduktion wären!" Unter diesem Stichwort verordnete Otto unserem diesjährigen Kunstschaffen eine Periode des Dämonischen. Es hieß also, die nächsten Monate Arbeiten zu diesem Thema zu produzieren. Jeder von uns Künstlern sollte sich herausfordern lassen und dieses Stichwort anders um- und in Szene setzen. Erste Skizzen entstanden noch am Gemeinschaftstisch. Kunsterzieher und Kurator Otto hatte versprochen, anlässlich des Gnigler Krampuslaufs Anfang Dezember eine Ausstellung mit den Ergebnissen des Sommers zu *hängen*. Das Thema passte also exakt zur bedeutendsten Brauchtumsveranstaltung des Dorfes, die wieder von ein paar rührigen Kleinunternehmern getragen wurde, vor allem von jenem Tapezierermeister, der das ehemalige Mauthaus an der Grazer Bundesstraße bewohnt und dieses in eine kreative, lebendige Maskengalerie verwandelt hat. Die Großfamilie lebt zwischen Möbeln und Masken.

Als ich mit Eleonor vorbeitrottete, stand wie immer die Werkstättentür zur Straße hin offen und der Hausherr stürmte heraus und zeigte uns, wie er an den geschnitzten Holzmasken die Widderhörner befestigen müsste. Ein mühsamer Arbeitsschritt, aber Widderhörner brächten das interessanteste Endergebnis, sagte er und ich nickte interessiert.

Angeregt durch den Kunstdiskurs, schritt ich zu Hause auf dem Dachboden sogleich zur Staffelei, denn ich erinnerte mich gerade an eine albtraumhafte Situation. Das Ölbild, das in der Folge entstand, zeigt eine Zirkusarena, in der eine maskierte weibliche Figur auf einem Pferd hockt, das unter ihr zusammengebrochen ist. Daneben wird sie von einer blinden Raubkatze bewacht. In der Hand hält sie eine rote Binde. Das gleiche Rot findet sich auf dem Kopf eines Mannes, der offenbar in ewig währender Hackordnung durch die Arena gehetzt wird und deshalb ganz blutverschmiert aussieht. Vielleicht handelt es sich um die Arena des öffentlichen Lebens. Symbole und Analogien als die Sprache der Mythen, wie sie bis in die Neuzeit herauf verwendet wurden, um Sachverhalte auszudrücken, aber auch zu verschlüsseln. So auch von den Kelten, deren künstlerische Meisterschaft an Umsetzung ich am Beispiel der Schnabelkanne vom Dürrnberg zu beweisen angetreten war. Was mir dabei im Weg stand, war die Neuerung des 20. Jahrhunderts, die Kunst vom Bedeutungstransfer abzunabeln und diesen in Vergessenheit geraten zu lassen. Ich würde mich folglich vieler Analogien und Symbole aus anderen Kulturkreisen bedienen müssen, um wieder rückschließen zu können auf den rätselhaften Bedeutungstransfer keltischer Kunstwerke.

Die Herrin der Tiere

Manchmal bildet man sich ein, man müsse rascher wachsen, damit einen die Nachbarn nicht in den Schatten stellen. Wie jeden Morgen gesellte sich zwischen die jungen Bambustriebe meines Gartens das Gesicht einer Fiakerin. Einer *Zaunreiterin* gleich schob sie sich an mir vorbei. Sie nickte mir kurz zu, als wollte sie mir deuten, ich sollte *mein Posthorn nehmen und zu ihr auf den Kutschbock steigen*. „Kommt er hoch oder nicht?", wird sie sich wohl gedacht haben. Doch die Bambushecke und vor allem die spitzen Zaunlatten trennten mich von einem spontan veranlassten, romanhaften Einzug in die Altstadt.

Wenn ich stattdessen zurückgrüßte, zeigte mir die Kutscherin über das breite Öffnen ihres Mundes, dass sie *sichtbar weißere Zähne* besaß. Durch das Blecken derselben erinnerte sie mich täglich an den hohen Stellenwert eines überzeugenden Lächelns in der Öffentlichkeit. Indem sie fest am Riemen zog, demonstrierte sie ihre Gewalt über die Tiere. Ihre kräftigen Unterarme strafften und spannten sich als ein Machtsymbol dafür, die Freiheit von Lebewesen beherrschen zu können.

Mir selbst liegt aggressives Verhalten fern, obwohl Selbstsucht kurzfristig mehr Vorteile brächte. Ich fühle mich eher wie eine Ameise aus der Hippie-Generation: *Make love, not war!* Im *Land Unter der Enns* ist tatsächlich eine solch friedfertige Ameisenpopulation entdeckt worden, wie die Zeitung kürzlich berichtete. Ich gewollt Machtloser ließ mich also nicht von der Herrin der Tiere entmutigen und dachte mir, die Kutscherin mime bloß *das große Glück*, doch diesbezüglich fühlte ich mich nicht weniger erfolgreich!

Was gibt es Schöneres, Ästhetischeres als im Garten zu sitzen und die Welt an sich vorbeiziehen zu lassen? Dass ich mir meine Arbeitszeit einteilen konnte, das war ein Geschenk des Lebens! Eigentlich hätte es genügt, abzuwarten, denn es wäre lediglich eine Frage der Zeit, bis auch der letzte Mensch der Welt zu Tante Bellas Gartenzaun fände. Auch diesen Sommer wählte ich mir exotische Gesprächspartner aus: Passanten, die ich ansprach, während ich die Tomaten ausgeizte, und Passanten, von denen ich mich ansprechen ließ. Auf diese Weise eröffnete sich mir ein ganzer Kosmos und die vielen Sprachen, denen ich vorher in einzelne Länder dieser Welt nachgereist war, fielen mir am Rande des Gartens von allein zu, denn alle Welt suchte in unserer Gasse eine Parkmöglichkeit.

Besonders russische Touristengruppen, die beim *Turnerwirt* einquartiert waren, näherten sich liebend gern, um der verkehrsreichen Ausfallstraße auszuweichen. Sie pflegten über Tante Bellas Zaun zu gucken und meinen Pflanzenbestand mit jenem ihrer eigenen Gärten zu vergleichen, die irgendwo zwischen Jekaterinburg und Chabarowsk angesiedelt waren. Schmetterlinge, Bienen und Vögel legten wohl auch dort zyklische Bahnen über mehr oder weniger üppige Beete und dankten es dem Hausherrn, wenn sich sein sibirischer Gartenhorizont nicht allein auf den Begriff *Englischer Rasen* beschränkte.

In dem von mir verursachten Garten dagegen lugten Stockrosen und Hortensien zwischen den stark bemoosten und mit Gelbflechtenkrusten überzogenen Zaunlatten durch und grüßten mit kindlicher Freundlichkeit jedwede Art von Passanten, von denen hie und da ein dankbares Auge auf meine Schneckenhäuser geworfen wurde. In Folge waren sie bemüht, diese zu erwerben. Die glänzend bemalten Gehäuse von Weinbergschnecken verkauften sich wesentlich besser als Gemälde. Und so hatte ironischerweise das Nichtstun, in diesem Fall das Unterlassen des Zaunstreichens, zu finanziellem Aufschwung geführt.

Passanten, die auf die Idee kamen, unsere Gasse, der Kulturlandschaft und vielleicht auch der Bewohner wegen, als *biedermeierlich* zu bezeichnen, denen wurde verraten, dass unser Viertel erst in den fünfziger Jahren des zwanzigsten Jahrhunderts entstanden war.

„Die erste Generation der Siedler hatte bescheiden geplant, weil das Geld knapp gewesen war. Grund und Boden konnten damals beinahe ausschließlich von Kirche und Eisenbahngesellschaft gekauft werden! Die jungen, verliebten Pärchen schleppten den Schotter gar in Rucksäcken an. Sie holten ihn vom Salzachufer herauf, aus mehreren Kilometern Entfernung." Das beeindruckte nicht zuletzt Balder, der nun regelmäßig auf Besuch kam, denn das Thema „Schotter" war sein Spezialgebiet. „Erst vor Ort gossen die Siedler monströse Betonziegel mit nur vier Luftkammern, damals die rationellste Art, den Baufortschritt voranzutreiben."

„Aber völliger Unsinn in Hinblick auf den Isolationswert!", warf Balder ein.

„Tja, wie leicht zischt dagegen heute der Mörtel von der Kelle, um eine Lieferung gebrannter Ziegel aneinander zu fügen! Auf der gegenüberliegenden Seite des Rangierbahnhofes haben die Gründerzeiten viel früher stattgefunden, weil die Bezirke dort direkt an die Altstadt grenzen. ... Wie langweilig gleich, schachbrettartig und unmenschlich groß sind doch die Parzellen dort, während sie hier im Dorf in der Stadt eine wohl temperierte Komposition aus kleinen und in den Winkeln stark differenten Drei- und Vierecken bilden, die dem menschlichen Wohlbefinden näher kommen. Eine Parzellierung wie die Farbflecken auf einem Aquarell von Paul Cezanne. Allein unsere kurze Gasse krümmt sich stärker als die Ausfallsstraße der Stadt auf ihrer gesamten Länge. Hier Gaisberg-Blick, ein Überhang an Radverkehr und das *Heingartengespräch* mitten auf einem gemütlich asymmetrischen *Platzl*, dort riesige Abstellflächen für LKWs, allerdings auch der wirtschaftlich produktivste Bezirk Österreichs, zumindest statistisch gesehen. Mit unserem *Dorf in der Stadt* würden wir aber jeder Anforderung eines Leopold Kohr Genüge leisten. Hier sind nur die Gemüsesorten neu, eventuell noch die Dachziegel. Die Gärten hingegen unterscheiden sich im Grunde genommen allein durch das Ausmaß, in dem sie das Grün der Stadtberge in die Ebene herein fortsetzen, ganz nach dem Geschmack der Besitzer oder Pfleger: Entweder man lässt es wachsen oder nicht. Die einen lieben es *englisch*, die anderen *französisch*.

Als Vertreter von Tante Bellas Interessen hatte ich mich für die *feine englische Art* entschieden. *Così fan tutte*. Von allem ein bisschen. Es macht ja auch nicht wirklich Sinn, das Straßenbankett dadurch *entblößen* zu wollen, dass man dort mit literweise Pflanzengift *kleckert und dann bloß glotzen* kann, wenn täglich sämtliche Vierbeiner nachgedüngt haben. Indem ich nicht nur ein jedes Gespräch, sondern auch ein jedes Unkraut sprießen ließ, vermehrte ich obendrein die Sauerstoffproduktion der Erde. Aber die starke Ausbreitung der gehäuselosen lusitanischen Schnecke verschaffte mir Kopfzerbrechen.

Ganz und gar nichts hatte ich gegen das einzuwenden, was bei Kutschenfahrten abfiel. Blieben die Pferdeäpfel als solche erhalten, dann strebte ich *Hole-in-one* mit dem Ziel Bambusstauden an. Denn der Bambus *genoss ihn so richtig*, den krassen, bröseligen, von unverdauten Körnern nur so strotzenden *Apfel nach Haflingerart*, besonders, wenn er *gut abgelegen* war. Und wenn meinen Pflanzen etwas *so richtig gut tat*, dann fühlte auch ich mich blendend!"

Nach der Verabschiedung Balders streifte meine Hand über die duftenden Zitronenblätter und mein Auge hielt Ausschau nach den asymmetrischen Schrumpelfrüchten. Ich freute mich darüber, *dass Prinzen* wie ich *weiter kommen*. Bohnenweise Sprüche für die Ohren der Gemüsesorten, die gern besprochen werden wollen. Von mir, dem Pflanzenflüsterer!

Persische Kannen in Wien

Eleonor hatte mich zu einem Ausstellungsbesuch in der Bundeshauptstadt überredet. Auf der Westautobahn wurden wir zur Seite gewunken, als erster Wagen, der an einer Unfallstelle eintraf. Ein Rettungsauto war mit einem Geisterfahrer kollidiert und beide Fahrzeuge waren nicht mehr funktionsfähig. Der Einsatzwagen war gerade dabei gewesen, das Spenderherz eines Tiroler Unfallopfers anzuliefern. In Wien wartete der Empfänger bereits mit geöffnetem Brustkorb auf den pochenden Ersatz-Motor. Da die Verletzten dieses Unfalls in dem soeben eintreffenden Ersatz-Einsatzwagen transportiert werden mussten, fuhr ein nur leicht gehandikapter Sanitäter mit der Herzbox bei uns im Wagen mit. Wir starteten ins AKH durch, um dem wartenden Patienten die *Wiedergeburt* mit einem neuen, jüngeren Herzen zu ermöglichen. In Zukunft würde er in der glücklichen Lage sein, zwei Geburtstagsfeste pro Jahr ausrichten zu dürfen!

Die Wahl der Wiener Unterkunft betreffend hatten wir kein Glück. Allerdings muss ich gestehen, dass wir uns für ein billiges Hotel aus dem Internet entschieden hatten. Pro Dusche verlangte die Chefin drei Euro zusätzlich, dafür verwöhnte uns die alte Dame mit wunderbarem Schönbrunner Deutsch: Sie rechtfertigte sich unablässig und unnötig, dass das illegal angestellte polnische Zimmermädchen ihre Nichte wäre oder die Verlobte ihres Neffen, des Hauserben. Dieser war etwa fünfzehn Jahre jünger als die Polin und strich im Garten für eine Gussfirma Bassena-Armaturen. Wir zeigten kein Interesse an dieser abstrusen Erzählleiste, die sie uns einzuprägen versuchte. Trotzdem wurden wir mehrmals in diesen Plot hineingedrängt. Dabei wollte ich das Wochenende möglichst stressfrei verbringen, zusammen mit Eleonor und ihrem Schwesterchen Lara, das darauf bestanden hatte, auch einmal in einem Wiener Hotel schlafen zu dürfen. In dem Dreibettzimmer konnten wir uns allerdings nicht so richtig zuhause fühlen, denn der Geruch aus dem Kleiderschrank hätte eigentlich für eine Kündigung gereicht. Zumindest hätte er Anlass für einen entsprechenden Rabatt sein können. Wenn man billig bucht, muss man *die Kröte* eben *mitsamt den Beinen schlucken*.

Auch die Pizzen in einem Lokal am äußersten Ende der Mariahilfer Straße gereichten uns beinahe zum Verhängnis. Dass der Wirt und seine einzige Hilfskraft nicht wirklich aus dem *Land, in dem die Zitronen blühen*, stammten, was der Name des Lokals vortäuschte, wurde uns nach endloser Wartezeit klar, sobald unsere feinen Nasen den Geruch verdorbenen Schinkens wahrnahmen. Eigentlich hätten wir uns erheben sollen, doch nach dem Zoobesuch waren wir so hungrig, dass jede Verzögerung der Nahrungsaufnahme abgelehnt wurde. Der Wirt prosperierte ausschließlich an uns, denn wir waren und blieben an diesem Abend seine einzigen Gäste.

Die *Albertina* zeigte gerade frühgeschichtliche Kunst aus Persien. Die Schau war grandios bestückt. Ein Objekt edler als das andere. Eleonor und Lara wurden vom Gold der Kelche und Schüsseln geblendet. Doch ich hatte Schnabelkannen aus Terrakotta entdeckt, von einer Pracht, in der man in Europa kein Gegenstück finden könnte. Einige der drei- bis sechstausend Jahre alten Kannen waren kunstvolle Umsetzungen von Vögeln, aber mit Kannen-Funktion. Davon tragen sie auch ihre Namen, so etwa die *Schna-*

belkropfkanne mit einem lang gezogenen Kannenschnabel, der kropfartig gebogen ist. Sogar Flügel entdeckte ich und den Schwanz, der die Funktion des hinteren Kannenbeins innehat.

Wozu die Form nicht ausreichte, das wurde durch sparsame Bemalung ergänzt, sodass der Eindruck blieb, zwischen einer Schar tönerner Wasservögel zu stehen. In der knapp gehaltenen Legende wurde betont, dass solche Schnabelkannen ausschließlich dem Begräbnisritual gedient hätten. Dem Toten auf seinem letzten Weg eine Kanne in 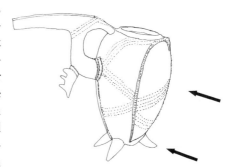 Wasservogelform mitzugeben, war also bereits lange Zeit vor den Etruskern in Vorderasien üblich gewesen.

„Wie konnte zwischen Mensch und Wasservogel ein solches Nahverhältnis entstehen?"

Eleonor wusste eine spontane Antwort darauf: „In einer BBC-Doku wurde gezeigt, wie eine Menschengruppe in den irakischen Sümpfen in Symbiose mit Wasservögeln lebt. Der Vogel fischt dort für den Menschen. Nur bei jedem vierten oder fünften Fisch lockert der Fischer dem Vogel den Strick um den Hals und lässt ihn den Fisch verschlucken."

„Ich kann mir eine solche Symbiose keinesfalls für die alpinen Regionen vorstellen. Hier können die Wasservögel keine solche Bedeutung erlangt haben!"

„Vielleicht war es schick gewesen, einen Bestattungs-Trend zu übernehmen, ohne lang nach Hintergründen zu fragen?"

„Wahrscheinlich bewunderten die frühen Menschen ja auch die für sie unfassbaren Eigenschaften der Wasservögel, die sich in drei Naturelementen bewegen können: im Wasser, in der Luft und an Land. Jedenfalls sind diese persischen Kannen aus Ton der beste Beweis dafür, dass auch die Salzburger Bronze-Schnabelkanne die Form eines Wasservogels imitiert!"

Da ich Ausstellungen gern von hinten nach vorn durchkämme, um meine Wachsamkeit zu schärfen, entdeckte ich einige der für mein Studium wichtigsten Objekte erst am Ende, nachdem ich mich bereits mühsam gegen einen nie verebbenden Besucherstrom vorgearbeitet hatte. Diese Objekte wiesen Gemeinsamkeiten auf: Sie gehörten zur Gattung Pferdegeschirr, überwiegend waren es *Trensen* mit *Psalien* und *Phaleren*, die ein gemeinsames Motiv verkörperten: das Motiv *Herr der Tiere*.

In der Erklärung las ich, woraus dieses Motiv besteht: aus einem Mann mit Kegelhut, der an jedem Arm ein kräftiges Tier hält. Dadurch zeigt dieser *Herr der Tiere*, dass er Macht ausübt. Auf dem Halbrelief eines *Pektorals*, eines runden bronzenen Pferde-Brustpanzers, war er als ein Priesterkönig mit einem Spitzhut dargestellt, der mit kräftigen Unterarmen zwei massige, auseinanderstrebende Stiere zurückhält. Über die Hethiter wurde er uns als bärtiger Wettergott Hatti, Gatte der Sonnengöttin, bekannt gemacht. Seine Stiere heißen Scherri und Hurri und sie ziehen den Wagen. Ich dachte an die Kutscherin, die jeden Morgen in Augenhöhe an meinem Fenster vorbeifährt und ihren schweren Rossen kaum Leine lässt. Sie hält die Pferde zurück wie zwei Kampfstiere. Auch sie symbolisiert so den alten Wettergott der Hethiter.

Tasterlebnisse

Unser gemeinsames Glück war nicht um Gift zu kaufen. Eleonor überraschte mich wieder mit einem Blick aus der Waschmaschinenwerbung, der ein Prickeln am ganzen Körper verursachte. „Wer nicht genießt, wird bald ungenießbar!", hauchte ich ihr grinsend hinters Ohr. Statt mich ihr weiter zu widmen, nahm ich dann allerdings die Monografie über die Dürrnberger Schnabelkanne auf und spielte damit Daumenkino. Im Licht einer schwachen Glühbirne blieb mein Blick an Abbildung 61 hängen. Die Legende untertitelte *„Griffansatz und Tierfiguren am Kannenrand"*. Ein Augenpaar fixiert den Blick des Betrachters, es gehört zu einem Kopf, der dem Kannenrand aufsitzt und zum Griff überleitet. Ein *Déjà-vu*-Erlebnis: Es handelt sich auch dabei wieder um das Jahrtausende alte Motiv *Herr der Tiere*. Die Etrusker hatten es offenbar vom Pferdegeschirr auf die Totenkannen übertragen. Die Kelten nördlich der Alpen wiederum übernahmen die Schnabelkannentradition von den Etruskern, ihren wichtigsten transalpinen Handelspartnern. Später lieferten die nördlichen Kelten den etruskischen Städten Söldner und schließlich übernahmen diese Söldner die Herrschaft über etruskische Städte. Aber die Schnabelkanne war schon lange vor dieser Zeit entstanden. Dem Kannenrand sitzt eine so genannte *Gabel* auf, die für die Stabilität des Henkels sorgt. Sie eignet sich ideal für einen figürlichen Aufsatz. Deswegen ist hier das Motiv *Herr der Tiere* zu finden: Es besteht aus drei Einzelteilen, nämlich seitlich und einander symmetrisch gegenüber liegend das Tierpaar, z.b. zwei Hirschkühe, zwei Eber oder die Verdopplung einer Sphinx, ein so genanntes Sphingenpaar. Und am Übergangspunkt zum Henkelgriff befindet sich dann als drittes Element der Herr der Tiere auf seinen Kopf reduziert. Die Dreiteilung gilt für fast alle vierzig keltischen Bronze-Schnabelkannen nördlich der Alpen. In einem Exemplar aus Luxemburg schützt allerdings lediglich ein Henkeltier den Gefäßinhalt vor bösen Geistern, es ist ein in der Fresshierarchie übergeordnetes Tier und verweist auf das beliebte Motiv *Fressen und gefressen werden*.

Ich soll zur Sache kommen, meinen Sie? Aber gern!

Des Nachts bereuten wir, kein Zimmer auf der Rückseite des Hauses bezogen zu haben, wo sich das Fenster zum Verschubbahnhof hin öffnen hätte lassen. Trotz geschlossener Fenster war der unregelmäßige Straßenlärm kaum zu ertragen. Wir wollten das Beste daraus machen und einander Kunstmärchen erzählen. Aus Rücksicht auf Lara konnten wir die Dinge jedoch nicht einfach laufen lassen und das Entenspiel spielen. „Welcher von den drei Begriffen, glaubst du, ist weltweit am bekanntesten?", fragte ich Lara, „die *Schnabelkanne vom Dürrnberg, Salzburg* oder *Mozart*?

Lara tippte auf *Salzburg*. „Falsch geraten! Die meisten Erdbewohner, Singhalesen und Tamilen ausgenommen, kennen *Mozart*. Allerdings irren sich viele beim Vornamen. Von Reisenden aus Großbritannien kann man wiederholt hören, Mozart hieße *Karl-Heinz* ."

„Das ist doch der Böhm!", stellte Lara richtig.

„Und mit mir arbeitet einer, der nennt sich bloß so, Mozart, also ohne Vornamen!"

„Ich glaube, den zweiten Platz bekommt Salzburg!"

„Richtig, auf dem zweiten Rang folgt *Salzburg* und schließlich - weit abgeschlagen an dritter Stelle - die *Schnabelkanne*. Aber ich werde alles daransetzen, dass die Schnabelkanne so bekannt wird wie Mozart! Willst du mir dabei helfen?"

„Du schaffst das schon allein!"

„Dann muss mich deine Schwester Eleonor dabei unterstützen!"
„Diese Jungs! Brauchen immer uns Mädchen. Umgekehrt ist das überhaupt nicht so!"

Im Halbschlaf schreckte ich wiederholt auf, von schweren Träumen geplagt. Ich musste erneut zur Mathe-Matura antreten. Die Welt der Zahlen ist mir bis heute fremd geblieben, ich gab immer der Welt der Figuren den Vorzug. Der frühe Morgen nahm der Hauptverkehrsader für kurze Zeit ihre Schärfe. Der stoßartige Lärm aus der Dunkelheit wechselte nun zu einem beruhigenden Wogen, welches gleichmäßiges Atmen und eine kurze Erschlaffungsphase zuließ. Erst beim Erwachen bemerkte ich den Widerstand in meinem Rücken. Ein Sportschuh lag inmitten des Doppelbetts und musste die ganze Nacht über Albdruck auf mich ausgeübt haben. Ich fand keine Erklärung dafür, wie er dorthin gelangt war, jedenfalls gehörte er unserer Elfe, die mit lachenden Augen jede Beteiligung am Geschehen leugnete.

Als ich schlaftrunken den Duschraum betreten wollte, bürstete sich dort gerade ein japanisches Fräulein das lange blauschwarze Haar durch und gönnte mir einen kurzen Blick auf ihren langen, weißen und anmutig gedrehten Nacken. Offenbar war sie nicht mit der Drehbewegung des Schlüssels zurande gekommen.

„Tschotomate kurasei!" versuchte sie mich zu stoppen.
„O-to, soi masen! *Kawabata* desne?" antwortete ich. *Yasunari Kawabata* - so heißt der Autor meines Lieblingsbuches *Schönheit und Trauer*, eines Romans aus dem Japan der sechziger Jahren des 20. Jahrhunderts, in dem sich die Frauen das lange schwarze Haar auf die gleiche Weise auskämmen. Ein Stockwerk tiefer konnte ich es vor lauter Mitleid kaum ertragen, dass die Japanerin am Nebentisch mit der Gabel lustlos an ihrer Frühstückssemmel herumstocherte und die Milch ebenso verachtete. Wäre sie mein Gast gewesen, ich hätte ihr Reis mit Ei zubereitet, mit etwas salzigem *Seetang dazwischen*. Dazu hätte ich ihr in einer Schnabelkanne Grünen Tee serviert. Mit einem derart unflexiblen Frühstück, wie es eine Maschinsemmel mit Butterwürfeln und plastikverpackter Marmelade darstellt, schafft man sich keinen *nachhaltigen* Tourismus, überlegte ich und hätte wirklich Lust gehabt, auf Japanisch loszulegen, was durch die Etikette verhindert wurde, weil wir einander nicht vorgestellt worden waren. „Bin ich noch *Kosmopolit* oder schon *Kosmopolyp*?" fragte ich Eleonor, die mir auf die Finger klopfte, als ich versehentlich ihr Ei zerstörte, weil ich beim Kappen der Spitze helfen wollte und zu kraftvoll zuschlug.

Die Donau hinauf

Den Heimweg nahmen wir über die Wachau und das Donautal. „Weißt du eigentlich, dass man in Mautern eine Reihe keltischer Schweinemasken gefunden hat?", fragte ich Lara, die diese Information *süß* fand, denn für sie gab es keine *süßere* Werbung als jene mit dem Schweinchen, das den Bio-Bauern überall hin begleiten darf.

In Wösendorf suchten wir einen altbekannten Weinbauern auf. Eleonor sollte für ihre Eltern noch einiges an Nachschub organisieren. Kein liederliches Kleeblatt lebte hier, sondern ein unermüdlich tätiges Duo, bestehend aus Vater und Sohn, die den *Kreuzschnitt* am Weinstock abwechselnd ausführten. Der Jüngere öffnete. Er hatte eine Wachauer Weinbauschule absolviert. Sein Wanken führte ich zunächst auf eine Fußanomalie oder auf eine Verletzung zurück, aber als wir im Keller unten den ersten Tropfen verkosteten, merkte ich, dass er mit den langen, eleganten Flaschenhälsen kaum ins Glas traf. Auch die Zunge lag ihm schwerfällig am Gaumen. Eigentlich habe er am Vortag nichts trinken wollen, beteuerte er, aber eine Gruppe Radtouristen habe seine Grundsätze ins Wanken gebracht: Vom Steinfeder über den Federspiel bis zur Auslese und dann die Abenteuerkette noch einmal jahrgangsgemäß in Rot verdoppelt. Und schließlich hatte man sich dann in der engeren Auswahl noch einmal sicherer werden und entsprechend nachtesten müssen. Die armen Weinbauern, dachte ich, schon der Schulabgänger ein Alkoholopfer und alles nur wegen dieser Radtouristen, die wie Heuschrecken über die Keller herfallen und sich einen Spaß daraus machen, den Hauer, auf den so viel Arbeit im Weingarten warten würde, bis vier Uhr früh hinzuhalten und betrunken zu machen.

Als dann der alte Hauer kam, den ich inzwischen lange nicht mehr gesehen hatte, erschrak ich über die rasche Alterung des kaum Sechzigjährigen. Das *Du* im Weinkeller hatte ihn ein halbes Leben gekostet. Dazu die Sorgen der Missernten aufgrund sommerlichen Hagels oder die Sorge, dass er es nicht mehr rechtzeitig schaffen würde, die Fässer niederzuspreizen, wenn das Hochwasser weiter stiege. „Früher sind die Weißenkirchner mit ihren Rädern gekommen, um nachzusehen, wie viel der Wösendorfer Ernte der Hagel vernichtet hat! Denn in Weißenkirchen haben sie nie einen Hagel zu fürchten und können die Preise entsprechend hoch ansetzen, sobald die Hagelschäden anderswo ein gewisses Ausmaß erreicht haben!" Sobald ich danach fragte, wann er das Geschäft übergeben wolle, antwortete er sichtlich erleichtert aufatmend: „Bald!"

Wofür die beiden rein gar kein Verständnis hatten? Dafür, dass ich nichts trinken wollte!

Ich erkundigte mich noch, ob sie mir den Weg nach Kuffern zeigen könnten, einen kleinen Ort, wo das hübsche keltische Eimerstück gefunden worden war, das nicht nur den venetischen Weingenießer zeigt, sondern auch die keltische Kraftkammer. Doch die Wösendorfer Winzer hatten von Kuffern scheinbar noch nie etwas gehört. Möglicherweise wollten sie es nicht wissen, denn die Winzer dort arbeiteten inzwischen an einem erfolgreichen Markennamen, den *Situla-Weinen*.

Als ich die telegen geschlossene Winzerhäuserreihe von Wösendorf schließlich doch nicht mehr ganz nüchtern entlangschritt, was eine weitere Suche nach dem Ort Kuffern vereitelte, fiel mir ein Bild ins Auge, das mich an Georg Trakl erinnerte: eine Muttergottes mit leuchtend blauem Mantel. Sie bewacht das Einfahrtstor zu einem der Winzer, vor ihr hatte das wohl eine Erdgöttin getan.

Willendorf, eines der nachgeordneten Dörfer, ist ja für seine steinzeitliche Venusstatuette bekannt. Typisch für die steinzeitlichen Frauen-Statuetten sind die Fettleibigkeit und das Fehlen eines Gesichtes, meist haben sie auch die Form einer Knolle. Egal, ob diese Figuren aus Malta stammen, aus Österreich oder aus Russland: Man erkennt sie sogleich, als trügen sie eine einzige Künstlerhandschrift. Die Beine sind geknickt, um den Geburtsvorgang anzudeuten. Ihr Gesicht zeigt die *Venus von Willendorf* wohl auch deswegen nicht, weil sie sich - in Trance versetzt - das Haar ins Gesicht fallen lässt. Es gibt solche Beispiele aus späterer Zeit in Afrika und Asien. Dabei fand das Verdecken des Gesichts durch *Gesichtsschürzen* statt, wodurch die Entrücktheit des Schamanen/der Schamanin während des Orakel-Ritus gefördert wurde. Eine solche Gesichtsschürze, bestehend aus einem Halteband und Fasern, die über das Gesicht hängen, trägt auch die afro-brasilianische Göttin *Oxum*, die besonders in der alten Hauptstadt Brasiliens, in *San Salvador de Bahia,* verehrt wird.

Die nächste Pause legte ich erst im Strudengau ein, in der oberösterreichischen Gemeinde Mitterkirchen, wo 1981 eine Reihe Tumuli aus der Hallstattperiode freigelegt worden waren und wo im Moment das Keltenfest stattfand. Heute fängt sich der Donaustrom hier in einer Staustufe, deren Regelung über Gedeih und Verderb der Wachauer Weinkeller mitentscheidet, denn die wasserreiche Enns, bekannt für ihre Hochwässer im Raum Steyr, fettet hier die Donau noch einmal ordentlich auf.

Die hallstattzeitliche *Fürstin von Mitterkirchen* ruhte vor ihrer Exhumierung auf einem vierrädrigen Streitwagen, der reich verziert war. Ihr Tumulus war von einem Palisadenkranz umgeben und zusätzlich von einem Wassergraben.

Die Anlage sieht heute aus wie eine österreichische *Insel Avalon*. Interessant, dass früher zu diesem Grabhügel, der auch mehrere kleinere Erdhaufen aus früheren Bestattungen überspannt, eine Prozessionsstraße geführt hat.

Wie unterschiedlich Regionen ihre Keltenschätze präsentieren! Am Salzburger Dürrnberg hat man ein Keltendorf nachgebaut, das mit Puppen ausgestattet ist, die teilweise sprechen können, dazu gesellen sich Filmanimationen. Eintritt frei. Das nachgebaute Keltendorf von Mitterkirchen hingegen ist gekennzeichnet durch einen hohen Eintrittspreis, weist aber keine Puppen auf. Entsprechend oberösterreichischer Geselligkeit steht auf dem Esstisch kein Trinkhorn, sondern ein einzelner Maßkrug aus Holz. Dass Geselligkeit und Geschäft in Oberösterreich gern vermischt werden und vor allem die kleine wirtschaftliche Zelle gestärkt wird, davon zeugen auch weitere Beispiele. So etwa grenzt das Keltendorf direkt an eine bäuerliche Ausschank an, die aus den gleichen Holzbalken gezimmert ist. Der Eingang zum Gasthaus bildet eigentlich auch den Eingang zum Keltendorf und umgekehrt. In einem Film wird das Innere des angrenzenden Bauernhauses eingeblendet und der Sprecher erklärt in betulich wankenden Tönen der Bewunderung, dass der so genannte *Keltenbauer* seine Stube ganz mit keltischen Motiven ausgestaltet hätte. Beim Kameraschwenk über den Stubentisch wird dem Betrachter aber rasch klar, dass sich diese keltischen Motive lediglich in Form von gedruckten Vasen auf grauen Vorhängen wiederfinden, ansonsten lassen bei den Fenster- und Raumgrößen die Sechziger- und Siebzigerjahre grüßen und die Einrichtungsgegenstände, besonders die Leuchten, kommen bestenfalls aus Möbelhäusern eines Billiganbieters. Weil aber die Oberösterreicher gesellige Leutchen sind, floriert das Geschäft bei Topfenbrot und Most. In einem der Keltenhäuser werden überdies Töpferei-Kurse abgehalten.

Gerade dieses Vermischen von archäologischer Identifikation einerseits, Wirtschaft sowie Fortbildung andererseits und schließlich Geselligkeit als drittem Faktor scheint das Rezept dafür zu sein, dass Oberösterreich gesamtwirtschaftlich so stark ist. Dem Sponsoring sind keine Grenzen gesetzt. Das kleine, aber feine Museumsareal soll bald neben das Donaukraftwerk verlegt werden, wo mehr Platz vorhanden ist. Man will das Angebot für Töpferkurse und die Ausbildung in frühgeschichtlichen Fertigkeiten, wie Bogenschießen, forcieren und peilt als Zielgruppen nicht nur Touristen und Schüler an, sondern auch Manager. Denn man hat noch einiges geplant! So soll etwa nicht nur das Ausstellungsareal vergrößert, sondern auch ein Hotel auf die grüne Wiese gestellt werden, wo die Kursteilnehmer übernachten können.

Beim Abschied brachte ich über ein Gespräch zufällig in Erfahrung, dass der eindrucksvolle, begehbare Grabhügel doch nicht echt ist. Den echten hatte man aus Flurbereinigungsgründen beseitigt. Die Besucher wurden also *vorsätzlich* in dem Glauben gelassen, einen echten Grabhügel zu besuchen, nichts Schriftliches weist auf die Fälschung hin.

Für jedes österreichische Bundesland sind die Kelten eine Herausforderung, denn die Ausgrabungsfunde kommen angesichts der rasanten Baulandvermehrung überraschend und nicht immer zu aller Freude zutage. Deshalb bedarf eine Erhaltung der Fundstätten kluger Konzepte, wie sie in Oberösterreich und Salzburg vorbildlich, aber auf unterschiedliche Weisen verwirklicht werden.

Uns drei führte die Reise weiterhin die Donau aufwärts, vorbei an den Linzer Industrieschloten, mitten durch den verkehrsreichen Stadtteil Urfahr hindurch, bis zum Linzer Schlossmuseum des Landes Oberösterreich. Hier galt es, nicht nur die wohl schlankste (mittel-) paläozoische Figur zu besichtigen, die Venus von Ölkam bei St. Florian, sondern auch den römischen Jupiterstein von Ansfelden, der eigentlich den Wettergott Taranis darstellt. Das Wetterrad, ein gevierteler Kreis, bildet die Spitze eines Stabs.

Weiter führte uns der Weg ins historisch bedeutende Eferding, ein ausgesprochen liebliches altes Hauptplatz-Ensemble, das in ein wogendes Blumenmeer getaucht ist.

Eine Brettljause beim freundlichen Wirt gegenüber den alten Klostermauern von Pupping erinnerte unsere Geschmäcker an den Liebreiz und die hohe Qualität der Lebensmittel in dieser Gegend, dem Eferdinger Becken. Im Gemeindeamt erkundigten wir uns genauer über die Region und Lara wie Eleonor erfuhren viel Wissenswertes.

Bis in den malerisch ruhig gelegenen Markt Aschach ging die Fahrt, der seinen unverkennbaren Charakter von seinen Schmetterlingshäusern erhält, das sind hohe Speicherhäuser mit auskragenden Blendfassaden, die sich beiderseits der Sattelwalmdächer wie Schmetterlingsflügel entfalten. Man könnte auch sagen, sie sehen aus wie futuristische Ritterburgen, die japanisch anmuten, denn japanische Ritterrüstungen weisen auch Schmetterlingsflügel auf, allerdings aus Metall. Die Menschen in Aschach an der Donau sind angenehm mild und bescheiden, aber doch auch selbstbewusst. Ein Malerkollege mit dem Pseudonym *Attersee* ist hier groß geworden und Gemeindearzt Alfred Wassermair avancierte zu einem geachteten Schriftsteller.

Ich dachte mir, das Schicksal dieses Ortes, mit einem erfolgreichen Konzept im Schatten einer benachbarten größeren Stadt zu verkümmern, wäre dem von Hallein vergleichbar.

Aber gerade deswegen, weil hier die Zeit still zu stehen scheint, empfand ich die Menschen als angenehm entspannt. Ihrem Wesen nach müssten einander die Aschacher und die Halleiner eigentlich verwandt fühlen. In der Umgebung gibt es einige Funde aus der prähistorischen Zeit, vor allem behauene, doch in ihrer Bedeutung unergründbare Steine. Aber auch Steinreste von Renaissanceschlössern liegen verwachsen in den Donauauen verstreut.

Ein Höhepunkt dieser Region ist heute noch die staufische Schaunburg mit einem außergewöhnlich hohen frei stehenden Turm, der von einem Blitz gespalten wurde. In der Nähe krönt der weithin sichtbare Turmspitz der Stroheimer Kirche den Granitrücken, der für seinen rötlichen Farbton bekannt ist, der im Aschachwinkel zu Tage tritt. Die für ihre Zeit großzügige Anlage der Schaunburg gehört zum Gemeindegebiet von Hartkirchen, einem klimatisch begünstigten Dorf am Rand des fruchtbaren Eferdinger Beckens. Entlang der Nibelungenstraße füllten wir Leonores Wagen mit Prachtexemplaren von Krautköpfen. Krautköpfe mitbringen, dachte ich, zahlt sich das denn aus? Wie war das mit den Eulen?

Der Scherbenkönig

Um meinen Blick auf die Details der Dürrnberger Schnabelkanne schärfen zu können, radelte ich wieder ins Salzburger Museum. Ich wollte diesmal mit Museumskonservator Ekkehard Kontakt aufnehmen und traf auf einen alten, bärtigen Mann, der in einem Seitentrakt hoch über den Dächern der Stadt zwischen Millionen Tonscherben hockte, die in Körben auf ihre Zuordnung warteten. Seine bedächtige Erscheinung erinnerte mich an den skythischen Gott *Papaios*. Auf einer kleinen freien Tischfläche hatte das Ebenbild des väterlichen Gottes Butterpapier und alte Zeitungen ausgebreitet und schnitt in Gegenwart von jeder Menge hoch giftiger Patina seinen Jausen-Speck in hauchdünne Scheiben. Es roch nach einem seltsamen Gemenge aus Erde und Butter.

Wenn sich der Richter setzt, stehen alle um ihn herum im Kreis. Keiner wird etwas Böses verheimlichen können. Seine Hand wird für ihn sprechen, sein Haupt ebenso, jedes seiner Glieder, bis in den kleinsten Finger hinunter. Da gibt es niemanden, der schlau genug wäre, etwas erlügen, etwas verbergen zu können.

Nachdem er mir einen Sessel zugewiesen hatte, verließ er den Raum für längere Zeit und war so nett, mir einige Ausgaben der *Germania* auszuheben, einer Fachzeitschrift für Archäologie. Kaum war er draußen, betrat ein geschniegelter junger Mann den offenen Türrahmen und drückte mir seine Visitenkarte in die Hand. Darauf stand der Name *Robin Hecht* und die Bezeichnung *Art Collection Paul Getty, Private Museum, Los Angeles County*. Er fragte mich: "Can you offer me some celtic objects you dont need for the current exhibition? I am able to make you a good price for that!"

"I am very sorry, but I am not the one, you are looking for!", antwortete ich. Und er bedauerte, dass er in Europa auf der Suche nach Museumsstücken auf wesentlich größere Schwierigkeiten stoßen würde als im Irak und in Ägypten.

In dem Moment trat - schwer beladen - der Museumskonservator ein. Er beachtete den Neuankömmling erst gar nicht.

Aus der Fachzeitschrift *Germania* notierte ich mir die Daten für weitere Recherchen, da machte mich Ekkehard darauf aufmerksam, dass es auf dem hessischen *Glauberg* einen Schnabelkannenfund gegeben hätte, der in Zusammenhang mit der Kanne vom Dürrnberg unbedingt zu beachten sei. Er verfüge jedoch über keinen Befund, diesbezüglich müsste ich mich direkt an die hessische Landesregierung wenden.

Die Große Mutter

Der Wetterbericht verhieß bestes Wanderwetter: Ein Tiefdruckgebiet schaufelte feuchte Luftmassen vom Atlantik in Richtung Alpenrand. Vom Tiroler Oberland bis zum Pass Lueg musste wieder einmal mit dicken Wolken gerechnet werden. Ein paar harmlose Gewitter konnten dabei sein. Typisches Juli-Wetter, das sich diesmal in den August herüberzog.

Balder hatte mich eingeladen, gemeinsam nach Spuren der Kelten zu suchen, und zwar im Lammertal. Eine günstige Gelegenheit dazu ergab sich insofern, als wir erfuhren, dass der Ortschronist von Scheffau für eine Handvoll Interessenten eine Exkursion unternahm, mit dem Ziel, Stellen alter Felsritzungen aufzusuchen. In zwei PKWs mühten wir uns den steilen Schotterweg bergauf, bis dieser unbefahrbar wurde. Von den drohend schwarzen Regenwolken hoben sich hell und beruhigend hoch die Fichtenstämme ab, zwischen denen wir das steile Gelände zu Fuß bewältigten. Auf dem nassen Boden rutschte jeder Tritt weg und die feuchtheiße Luft trieb einem den Schweiß in Bächen aus den Poren. In der Umgebung wetterleuchtete es schon.

Ortschronist Sepp Irnberger erzählte zunächst von seiner ersten Begegnung mit einer Wiener Höhlenforscherin, die 150 Jahre früher für ihren Idealismus verbrannt worden wäre. Erika Kittel hatte erst im Greisenalter damit begonnen, Felsritzungen zu vergleichen. Da solche meist versteckt und im unwegsamen Gelände zu finden waren, hockte sich die gehbehinderte Forscherin auf Wegbänke und in Gasthäuser und fragte dort Jäger nach ihren Eindrücken. Sie zeichnete eine *Himmelsleiter* auf oder ein *Sonnenrad* und fragte den Betreffenden dann: *„Hast du dort oben so etwas gesehen?"*

War das der Fall, dann musste er Frau Kittel dorthin schleppen oder ihr die Felsritzung abzeichnen. In Sepp hatte sie schließlich einen bereitwilligen Begleiter gefunden, der sie umherführte und im Gegenzug die Technik des Fragens und Deutens auf Basis der vergleichenden Methode erlernte.

Unser Ziel war eine Felswand am Schilchkar. Als wir die Anhöhe erreichten, standen wir vor einer Fülle von Ritzungen, die nicht alle, aber großteils aus vorchristlicher Zeit stammen dürften. Am meisten beeindruckte mich die Darstellung einer schwangeren Frauengestalt mit einem Kind im transparenten Mutterleib, die so genannte *„Große Mutter"*. Die Ähnlichkeit zur Venus von Willendorf war verblüffend. Der Körper der Schwangeren wies eine ebensolche Zwiebelform mit ausladender Spitze im Schritt auf und auf dem kaum zu definierenden Kopf saß ein kegelförmiger, in der Fläche dreieckiger Hut, der mit vielen kleineren Unterteilungen gefüllt war. Plötzlich musste ich laut auflachen. Bei seinem ersten Besuch in Tante Bellas Haus hatte Balder mit dem Autoschlüssel ein Urzeitmännchen samt *Johannes* in die Wohnzimmerwand geschabt und darunter seine Initialen gekratzt. Was war ich damals wütend gewesen! Jetzt konnte ich über sein respektloses Verhalten herzlich lachen, denn auch neben der Großen Mutter befand sich ein ähnliches nacktes Männchen. Es schien ihm ein Bein zu fehlen, zum Ausgleich hatte es ein sehr realistisch geschwungenes Rückgrat. Demnach sah man die Figur seitlich und von der Großen Mutter abgewandt. „Balder, du wirst dir jetzt sicherlich gedacht haben, dass es auch bei den Gästen eines Steinzeitmenschen üblich gewesen sein könnte, sich an dessen Wohnzimmerwand zu verewigen, oder?", scherzte ich und zeigte auf das Urzeit-Männchen, „Warte nur, was meine übermächtige Tante Bella sagen wird, wenn sie aus Indien zurückkehrt und deine Wandritzung sieht! Die hat Kren, mein Lieber! Besser, du suchst dir jetzt schon einen Rückzugsort!"

Sepp befragte uns nun, wie wir die Wandgestaltung deuten würden, ohne dass er selbst eine Deutungsversion preisgab. Dadurch, dass er keine Informationen lieferte, musste sich jeder von uns Betrachtern seine eigene Interpretation zurechtlegen.

„Der Keltenautor Georg Rohrecker hätte darin eine sehr alte szenische Darstellung des Jahreszyklus erkannt, den man folgendermaßen beschreiben könnte: Die Erdmutter liegt neben ihrem Sohngeliebten, von dem sie zu einem neuen Jahreszyklus schwanger geworden ist. Dieser wendet sich anschließend von ihr ab und einem rechts davon liegenden Wandbereich zu, der leider aufgrund der vielen später erfolgten Einritzungen nicht mehr klar zu interpretieren ist. Eines ist jedoch bemerkenswert: Die Große Mutter und ihr *Sohngeliebter* selbst sind nicht überkritzelt worden, was auf einen gewissen Respekt hinweist, der bis heute gewahrt zu sein scheint." Zwischen vielen kleineren der verwitterten frühgeschichtlichen Zeichen, die zum Teil leider nach- und durchgeritzt waren, befand sich eine noch gut erhaltene Todesleiter, bestehend aus einem senkrecht stehenden Strichgitter mit tief eingegrabenen Punkten, in die früher etwas hineingesteckt worden sein könnte, etwa eine Blüte oder ein Kienspan. Ist es die Todesleiter, der sich der Sohnheros zuwendet, um wiedergeboren zu werden? Aufgrund der starken Verwitterung gab es nichts Eindeutiges auszusagen.

„Die schematische Form der Erdgöttin könnte eine Muschel meinen, Symbol der Fruchtbarkeit, angeregt durch die Umgebung hier. Rundum scheint ein Friedhof aus großen versteinerten *Megalodonten* zu existieren!"

„Im Volksmund heißen sie „*Kuhtritte*. Sie kommen auffallend dicht vor und sind unverwüstliche Versteinerungen, eine Ewigkeit lang sichtbar. Möglicherweise wurde die Fruchtbarkeitsszene sogar wegen dieser Muschelfülle hier in die Wand geritzt!"

Die *Große Mutter*, eine Vorläuferin von Niki de Saint Phalles *Nana*, weckte Assoziationen verschiedener weiblicher Archetypen. Man dachte an Hexen, Vilen, Huren, Bräute, Gebärende und verschlingende Mütter. Allesamt Vorbotinnen eines neuen alten matriarchalischen Zeitalters.

„Eine Interpretationsmöglichkeit des *Hamburgers* oberhalb der Großen Mutter wäre die Erdscheibe mit dem Himmelsgewölbe darüber und dem Nachtozean darunter. Ein Thema, das wir aus der Bronzezeit kennen!"

„Ich sehe eher eine Ähnlichkeit zu einem Tongefäß, unter dessen Deckel die Seelen der Verstorbenen auf ihre Wiedergeburt warten. Im indischen *Ramayana*-Epos holt der pflügende *Rama* seine *Sita* aus einem solchen im Acker ruhenden Tongefäß mit Deckel und erweckt sie zum Leben!"

Als Sepp Irnberger die Originalskizze von Frau Kittl zeigte, war ich überrascht, wie anders sie die Linienverbindungen noch erlebt hatte. Vom *Hamburger* reichte damals eindeutig ein Arm herunter, erkennbar an den fünf Fingern. Er legte sich schützend um die werdende Mutter. Weil neben der Schulter ein Kopf zu finden sein müsste, ist der *Hamburger* wahrscheinlich nichts anderes als ein gesichtsloser Kopf, dem die Haare bis über die Augen hängen, ähnlich der *Venus von Willendorf*. Das bedeutet dann aber, dass nicht nur die werdende Mutter ihr Ungeborenes durch Umarmen des Bauches schützt, sondern sie wird ihrerseits von einem übergeordneten Wesen in Schutz genommen, das gleichzeitig ebenso die Sohnfigur umarmt, oder ist es gar der Betrachter und Adorant, der von hinten gesehen dargestellt ist? Das wäre dann eine Art Repoussoir-Figur wie später in der Malerei, die das Auge ins Bild hinein führt. Da die *Hamburger*-Figur wesentlich größer als alle anderen Figuren ist, könnte es sich um eine Art Hierarchiebild der Umarmungen, des Beschützens, handeln, wie später in der Kirchen-Malerei das Motiv „*Anna Selbdritt*".

Man fragt sich, warum die Figur mit der größten Bedeutungsgröße kein Gesicht hat. Die Antwort darauf könnte eine Gesichtsschürze sein. Da Sepp „*einige Minuten absolute Stille*" einforderte, hatte ich Zeit, mir mein einziges Erlebnis mit einer *Großen Mutter* in Erinnerung zu rufen. Es geschah an der brasilianischen Küste, wo mein Vater einige Wochen lang in einem Jesuitenkloster zu tun hatte, in Olinda bei Recife:

In einer Vorortstraße gerieten mein Vater, ich und Ruben, ein Bekannter aus der angrenzenden Favela, in ein weißes Haus mit leeren Fensteröffnungen. Die einzige Bedingung, die die *Große Mama* stellte und von Mittelspersonen überbracht wurde, war, die Gäste mussten sich außerhalb des *Terreiros* aufhalten. Damit meinte sie den leeren Platz der Aktionen. Die Sicht auf das *Terreiro* wurde in dem Moment unmöglich gemacht, als farbige Brasilianerinnen in blütenweißer Bahianer-Tracht eintraten und einen Ring um das Terreiro schlossen. Der Ritus war nach außen hin offen, jeder konnte dazustoßen, aber der innere Ring schloss die Mehrheit der Teilnehmer vom Geschehen aus. Erst als die weiß gekleideten Frauen in Trance gerieten, öffnete sich der Ring und sie schwärmten einzeln aus, um mit flackernden Augen nach Opfern für ihre Glück spendenden Annäherungen zu suchen. Ruben war eines dieser Opfer und dazu ausersehen, mit Glück geradezu überhäuft zu werden. Wie eine Gabelzunge ragten zwei Zigaretten aus den beiden Mundwinkeln der Bahianerin, die ihn erwählt hatte. Sie inhalierte noch einmal den Rauch beider Zigaretten, dann griff sie nach einer und schob sie Ruben zwischen die Lippen. Dieser war bekennender Nichtraucher, konnte sich aber im Angesicht der *Gotterfüllten* nicht wehren, um ihre religiösen Gefühle nicht zu verletzen. Mit bedauernswert leidvollem Gesicht und zögerlich rang Ruben mit sich selbst. Einer der Umstehenden herrschte ihn an, er möge sich rasch entscheiden, um den kurzen Augenblick des Kontakts zur Gottheit optimal zu nützen. „Wünsch dir Glück, Liebe und Geld!", rief jemand Ruben zu. Kaum hatte dieser zugestimmt, tänzelte die *Gottgerittene* weiter, ließ ihren Blick über die Anwesenden hinwegstreifen, als wären sie nicht vorhanden, und näherte ihre Augen schließlich denen meines Vaters. Dieser schien noch keineswegs vom Spirit der Umgebung erfüllt zu sein, war noch nicht initiiert und mit den Gedanken anderswo. Da wurde er von der Besessenen gepackt und regelrecht durchgeknetet, um allem Bösen den Weg aus seinem Körper heraus zu bahnen. Die letzten Reste des Sündenfalls streifte sie einzeln von Vaters Fingern ab, dann trottete die Besessene schnaubend und wie ein weißes Pferd wiehernd davon. Da löste sich ein anders Medium vom Terreiro und steuerte auf den Altar *Magdalas* zu, der sonst christlichen Magdalena. Dort übernahm es die Tanzhaltung einer Flamenco-Wachspuppe. So empfing das Medium den Geist der Göttin. Die von Gott Gerittene wiegte ihre üppigen Körperformen in runder Weise aus den Hüften heraus und schürzte ihren Rocksaum abwechselnd vorn und hinten, als wollte sie unter dem weißen Rock auslüften. Dann reckte sie die Arme weit über den Kopf, strich sich andeutungsweise über das lange Haar am Hinterkopf und ließ diese Bewegung ausklingen in einem ausladenden Nach-vorne-Streifen der Handfläche. Mit durchgestreckter Halswirbelsäule, also hoch erhobenen Hauptes, ließ sie das Haar weit nach hinten fallen und orientierte sich nur durch die engen Sehschlitze eines zusammengekniffenen Augenpaars. Dann griff sie sich eine Traube vom Tisch des Götterboten *Exu*, hielt sie empor und begann sich langsam auf die Außenstehenden zuzubewegen. Einem jeden Einzelnen hielt sie die Traube so lange vor Augen, bis man die Lippen schürzte und eine der fruchtigen Perlen abnabelte. Damit verbunden war wiederum das Recht auf Wunscherfüllung. Ein weiteres Medium, das sich aus dem Ring gelöst hatte, schritt auf ein Glas mit Champagner zu, nippte daran und leerte den Rest zur Tür hinaus auf die Straße. Wahrscheinlich sollten die Geister draußen beschwichtigt werden oder aber die Einlassschneise der Götter sollte gereinigt werden. Die Gäste mussten sich mehrmals auch selbst vom Bösen befreien. Zu diesem Zweck wurde das Böse gemeinsam hinaus gesungen. Dabei rotierte der rechte Zeigefinger und kehrte symbolisch alles Unreine vom Körper ab.

Weit vorn, unmittelbar vor dem großen Christuskreuz, thronte - durch einen Baldachin verborgen - der *Orixa* des Krieges, *Obalué*. Er war als ein Lebensbaum dargestellt.

Ein satanisch rot gekleideter Wuschelkopf hatte bisher im Halbdunkel hinter der Großen Mama agiert und watschelte nun, einer beschnittenen Chinesin gleich, langsam durch die Schar der Gläubigen hindurch. um seinen Ritus in die Öffentlichkeit zu tragen …

Nach Auflösung der Versammlung konnte man sehen, wie die weiß gekleideten Bahianerinnen weiße Luxuslimousinen bestiegen. Die Gäste hingegen verschwanden hinter der torlosen Pforte zur Favela. Man konnte sich gut vorstellen, dass eine *Große Mama* in früheren Jahrtausenden die Riten noch allein durchgeführt hatte, was sie inzwischen an die Bahianerinnen und einen Pseudopriester delegierte.

Als die Zeit des Stillschweigens vorüber war, fragte Sepp Irnberger wieder nach unseren Eindrücken. Noch ganz von meiner brasilianischen Assoziation geprägt, sagte ich, dass die Figur mit dem *Hamburger*-Gesicht eine Götterbotin sein könnte oder eine Schöpfergöttin oder Totengöttin. Vielleicht sogar alles zusammen. „In ihr ist der Haarkranz einer Schamanin enthalten, die mit der Jenseitswelt vermittelt, und zugleich entspricht die Gesamtform einem einfachen Gefäß mit Deckel, das den Tod verkörpert. Im alten Ägypten verkörperte Atum einen solchen Urgott mit vielen Aspekten, auch dem des Sonnengottes. Bei der Schwangeren hingegen handelt es sich eindeutig um die Erdgöttin, denn auf ihrem dreieckigen Hut stecken eine schräg gestellte Himmelsleiter und die Sonnenscheibe, in Form eines noch halb sichtbaren Rades. Zusammen gelesen bedeuten die beiden Zeichen wohl den Aufstieg der Sonne und wahrscheinlich auch Tod und letztendlich Wiedergeburt. Und das Kind im Leib der schwangeren Mutter Erde müsste dann eben das fruchtbare Sommerhalbjahr sein. Die deutlich ausgeformten Vierecke ihrer Augen sind –

wie wir aus der altchinesischen Symbolik wissen – Erdsymbole. In Kopfhöhe wird sie umgeben von Schutzzeichen, wie dem *Pentagramm* und der *Furkel*, die ich als Fadengespinste, als *Geisterfallen* deutete. Die Dämonen gelangen dort zwar hinein, aber nicht mehr heraus. Was ich jedoch gar nicht verstehen kann, ist der scheinbar falsche Ansatz der Arme und Beine der Erdmutter. Die Gliedmaßen beginnen ganz auffällig einfach irgendwo und trotzdem sind sie der Figur zuordenbar. Vielleicht sollte diese Versetztheit – so wie es in der altägyptischen Bilderschrift für das Zeichen „jung" der Fall war, Bewegung und Jugend ausdrücken, was meint ihr?" Die übrigen Expeditionsteilnehmer wussten darauf ebensowenig eine Antwort.

Sobald ich versuchte, Licht in die Gesamtkomposition der Felswand zu bringen, zerfiel sie in Einzelteile. Es erging mir nicht anders als dem Betrachter von René Magrittes Ölgemälde *Die unwissende Fee*: Eine wunderschöne Blonde – sie hat Ähnlichkeit mit der Allegorie *Flora* in Sandro Botticellis Gemälde *La Primavera* – wird von einer brennenden Kerze angestrahlt. Die Lichtquelle sendet jedoch schwarzes Licht aus, sodass die Schönheit nur noch dort existieren kann, wo die Emission der Kerze nicht hinreicht.

Je enthusiastischer ich die Wand zu deuten versuchte, desto mehr versank sie in schwarzen Flecken, später gar in der Dunkelheit des Vergessens von Strich-Verläufen. Viele Randzeichen rund um das beschriebene Motiv deuteten zwar auf Feldfruchtbarkeit hin, waren aber in letzter Konsequenz unlesbar.

Bis ins kleinste Detail klar interpretierbar hingegen das in seiner Aussage ähnliche *Selbdritt*-Motiv der mexikanischen Malerin Frida Kahlo aus dem

Jahr 1949. Sie nannte ihr Ölbild „Liebesumarmung des Universums, die Erde, ich, Diego und Herr Xólotl". Das aztekische Menschenopfer in Person Frida Kahlos hält ihren als Baby dargestellten Lebenspartner Diego Rivera wie einen zerstörerischen Sohnheros im Schoß. Er trägt die Attribute *Shivas*, eine Anspielung auf die verletzende Untreue Diegos im realen Leben. Beide werden von Mutter Erde auf deren Schoß gehalten und alle drei werden sie von einem überdimensionalen zweiteiligen Wesen im Arm gehalten, das dem in ein männliches und ein weibliches Prizip geteilten Kosmos entspricht. Asiatische Ismen behaupten: „Jeder ist ein Teil des Ganzen und zugleich das Ganze selbst!" So versteht sich Frida Kahlo als Teil des Universums. Auf dem Arm der Figur *Kosmos* ruht das Hündchen *Herr Xolotl*, der mythische Begleiter ins Jenseits. Er schläft noch. In der Anrede „Herr" drückt sich der Respekt Fridas gegenüber ihrem Hund aus, ihrem - nach hinduistischem Glauben - künftigen Begleiter ins Jenseits.

Der Strahlemann

Als wir uns mit den Autos den Forstweg hinab tasteten, merkte ich erst, dass wir uns die ganze Zeit über oberhalb der Durchbruchstelle des Salzach-Flusses durchs Vorgebirge befunden hatten, dem Pass Lueg, wo auch der geheimnisvolle bronzezeitliche Kamm- bzw. Lappen-Helm gefunden worden war, der im Halleiner Museum aufbewahrt wird und dessen Form vom Logo der französischen Zigarettenmarke Galoises bekannt ist.

Aus der Ferne gesehen bildet der Salzachdurchbruch eine tiefe Kerbe in einer geschlossenen Gebirgslandschaft. Für die prähistorischen Siedlungen im Salzburger Becken muss diese Kerbe den Süden markiert haben, also den Höchststand der Sonne.

Während sich die Autos mit den übrigen Exkursionsteilnehmern inzwischen weiter den Schotterweg nach Scheffau hinunter mühten und die Bodenplatten dabei lautstark touchierten, bezogen Balder und ich ein Zimmer in dem einzigen Gebäude, das sich auf der Anhöhe innerhalb des Salzachdurchbruchs befindet, dem Passhotel.

Eine Kapelle daneben mit Namen *Maria Brunneck* ließ mich erkennen, dass offenbar die Wand der Großen Mutter ursprünglich als Passhöhe gedient hatte, denn erst dort oben hatte man das Gebirge queren können. Der heutige Verlauf des Lueg-Passes ist keine einfache Höhenmarke mehr zwischen zwei Talschaften. Ich erlebte ihn als eine Unebenheit innerhalb eines riesigen Kessels, der rundum von eindrucksvoll gemaserten Kalkwänden umschlossen ist. Der Kesselrand, also die Horizontlinie, liegt hoch über dem Betrachter, sodass die wenigen Sonnenstrahlen, die im Laufe eines Tages hier eindringen können, ein schummriges, mystisch gebündeltes Licht ergeben und in eine Stille herein leuchten, die ihresgleichen sucht. Wer hätte das gedacht: ein Passübergang als ein riesiger Kessel? In diesem Kessel befand sich einst eine wichtige Quelle, deren Wasser von den Reisenden beim mühsamen Aufstieg dringend benötigt wurde.

Nebenbei fiel mir ein, dass ich zu Füßen der rechten Nebenwand der *Großen Mutter* eine scheinbar natürliche Zisterne entdeckt hatte, in der immer noch Wasser steht. Voll gefüllt hat sie in prähistorischer Zeit sicherlich zahlreichen Reisenden gedient. Sie hat die Form einer Doline, doch – anders als bei einer Doline – versickert darin das Wasser nur sehr langsam oder gar nicht.

Die heutige Straßentrasse über den Pass Lueg verläuft also viel zu tief für historische Dimensionen. Und das Passhotel mit der Marien- oder Erdmutterquelle liegt erst auf halber Höhe des prähistorischen Passüberganges, den die Wand der Großen Mutter mit der natürlichen Zisterne markiert.

An der Rezeption des Passhotels empfing uns die Tochter des Hauses, eine junge Frau mit langen strohblonden Haaren. Ich hielt sie zunächst für die Feenkönigin selbst, so hübsch war sie und so anmutig und liebreizend ihr Wesen. Ihre Stimme war sanftmütig und gütig und ihre Gegenwart versetzte mich in jenen Schwebezustand, in dem sich Waldgeister befinden müssen. Ich musste darauf achten, nicht in Gedanken abzugleiten, sonst würde sie mich in den Berg hineinziehen und eine Ewigkeit lang nicht mehr freigeben dürfen. Während ich noch ganz verzaubert war, von Stephenies seltener, ja einzigartiger Art, die kein Quäntchen von jenem Pragmatismus aufwies, dem die Bewohner in den Talschaften hüben und drüben nachhängen, da hatte schon Balder die Gelegenheit erfasst und mit ihr Mailadressen getauscht. Fortan würde er es sein, der mit der Feenkönigin in den Kessel des Zeitlosen eintauchen darf. Allerdings hatte ich den Eindruck, dass die Feenkönigin gern ihre Erdmutter befragte, deshalb bezweifelte ich die Nachhaltigkeit von Balders Kontaktaufnahme. Aber im Facebook-Zeitalter ist ja alles möglich. Es war andererseits nicht auszuschließen, dass die Erdmutter den Code für den Chatraum wusste.

In diesem Bergkessel war kein Windhauch zu spüren und in der Stille in der Qualität eines *Shangri La* fiel nicht einmal das monotone Schlurfen des Durchzugsverkehrs ins Gewicht. Dass sich hier, wo der Kamm- und Lappenhelm mit den Sonnensymbolen gefunden worden war, eine besondere Sonnenverehrung etabliert haben könnte, das halte ich durchaus für möglich. Der Bronzehelm ist ja über und über mit Doppelkreissymbolen bedeckt, die auf die Sonne verweisen, genau so, wie es von den noch viel höheren goldenen Hüten der Sonnenpriester aus dem Voralpenland bekannt ist.

Ich hatte das Gefühl, dass sich auch Stephenie jeden Sonnenstrahl einverleiben würde, denn man konnte deutlich spüren, wie sonnenhungrig sie war, sie, die die ganze Woche über an diesem abgeschiedenen Ort zu leben gezwungen war. Ich dachte mir, sie sehne sich sicherlich nach der Welt da draußen, aber sie ahnte wohl, dass die kräftige Sonne außerhalb des Kessels sie, die Unvorbereitete, geradezu versengen würde.

Was für ein Kraftplatz hier! Den ursprünglich mit einem Federkranz geschmückten Prunkhelm vom Pass Lueg sah mein inneres Auge auf dem Haupt eines Sonnenpriesters, der vor Ort, am Südende des Salzburger Beckens, am 1. August, zu *Lugnasad*, die Ernteperiode offiziell eröffnet, denn die Sonne, die für den Jahreszyklus verantwortlich ist, ist es auch für die Prosperität der Feldwirtschaft. Und damit ist das Bindeglied genannt zwischen dem Bronzehelm und der *Großen Mutter* und ihrem *Sohngeliebten* auf der Felswand.

Über Mittel- und Westeuropa hatte sich nachweislich ein lang in Vergessenheit geratener Sonnenkult ausgebreitet, dessen Priester sich innerhalb von Stein- oder Palisadenkreisen vor allem um die exakte Bestimmung von Aussaat- und Erntezeiten kümmerten, was von enormer Bedeutung für die Landwirtschaft war, denn im damals herrschenden Kontinentalklima erfolgten sehr rasch die Übergänge zwischen den Temperaturextremen. Als Hobby-Gärtner mit Selbstversorger-Ambitionen konnte auch ich ein Lied davon singen, was geschieht, wenn man Gemüsepflänzchen zu früh oder zu spät einsetzt. Ich atmete noch einmal tief den Moosgeruch der Bergfarne ein. Auch auf dem *Moosbruckschrofen*, einem Felsen an der Flanke des Tiroler Berges *Piller* im Bezirk Landeck, ist ein Bronzehelm entdeckt worden, zusammen mit Ritualgegenständen. Der dreizackige Helm-Aufsatz in der Form einer schweizerischen Stoßwaffe, ähnlich der Hellebarde, ist vergleichbar mit dem Aufsatz des Bronzehelms aus dem Salzburger Museum. Beide stammen wahrscheinlich aus dem 13. Jahrhundert v. Chr., der Urnenfelderzeit, und sollen Opfergaben an Passübergängen sein.

Es könnte sich außerdem um *Ritualhelme für den Sonnenkult* handeln, eine alpine Version der „deutschen" *Goldhüte*. Solche rituellen Kopfbedeckungen verbanden den Sonnenpriester durch ihre Überlängen symbolisch mit dem Zenit, was in der Steinzeit noch durch lange Arme veranschaulicht worden war, die ein Betender in die Höhe streckte. Im Flachland war der Abstand zum Zenit größer, daher fertigte man immens hohe Kegelhüte an, wie jenen von *Berlin* oder den *Goldhut von Ezelsdorf-Buch bei Nürnberg* , beide 3000 Jahre alt. Wahrscheinlich gab es auch Hutmodetrends. Wer die *deutschen* Goldhüte betrachtet, kann jedenfalls ihren Umriss im Hellebardenaufsatz der *österreichischen* Bronzehelme erkennen.

Lug, Lugh oder *Lueg*, wie der Pass genannt wird, hieß der keltische Feuergott. Ein Sonnenpriester könnte zu bestimmten Sonnenständen des Jahres hierher gekommen sein, etwa zu *Imbolc*, dem keltischen Frühlingsbeginn am 1. Februar, oder eben zu *Lugnasad*, jenem keltischen Sommerfest, das die Erntezeit geistig vorbereitete und das am 15. August mit dem Fest der offenen Tore endete."

„Die Gläubigen sind dann wohl aus dem Pongau und dem Tennengau hierher aufgestiegen, um die Feier auszurichten!", streute Balder ein.

„Beide Materialien, Gold wie auch polierte Bronze, reflektieren die Sonnenstrahlen stark und können deswegen auch die Sonne selbst symbolisieren. Im Volksmund gilt beispielsweise Flussgold als Samen der Sonne. Dieser Priesterkönig war wohl der *El Dorado* des gesamten Salzachbeckens! Er muss wesentlich heller gestrahlt haben als die Rücken weidender Schafe, sobald ein Bündel Sonnenstrahlen den Wolkenstau durchbricht. Ein strahlender El Dorado, ein *vergoldeter, illuminierter* Priester, würde auch den Dürrnberger Fund eines Goldschiffchens samt Ruder erklären!"

„Und was drücken wir ihm in die Hand, deinem *El Dorado*?"

„Die Sonnenpriester mit den hohen Goldhüten haben einen langen Stab benutzt, an dessen Spitze eine geviertelte Kreisscheibe prangte, was in diesem Zeitalter auch der Speichenzahl eines gewöhnlichen Wagenrades entspricht.

Es handelt sich um das Sonnensymbol bzw. Wetterrad. Einen solchen überlangen Alpenstecken könnte auch unser Sonnenpriester gehalten haben."

„Vielleicht soll ja auch die alljährlich veranstaltete Gipfelfeuerkette an diesen alten Sonnen-Kult erinnern. Sie findet zur Sommersonnenwende statt. Die Männer erklimmen während des Nachmittags verschiedene Berggipfel und brennen dort nächtliche Feuer ab. Am nächsten Morgen erst steigen sie ins Tal ab!"

„Was dich betrifft, würde ich zu allererst mein brennendes Herz prüfen, Balder, sonst stehst du bald lichterloh in Flammen!", scherzte ich ein wenig schwermütig, denn mit einem lachenden, aber auch einem weinenden Auge stellte ich mir vor, wie er von der fröhlichen Gesellschaft rund um Stephenie tiefer und tiefer in den geheimnisvollen Bergkessel am Pass Lueg hineingezogen würde.

Die nächtliche Reise der Sonne

Nach dem Eintauchen der Sonnenscheibe im Nachtozean waren die Exkursionsteilnehmer auf der Veranda eines Anwesens in der Senke von Scheffau verabredet. Für einen Indien-Experten wurden *Bengalische Feuer* entzündet und viele Tore öffneten sich uns. Beim indischen Gastmahl, gespendet von der weltgewandten Frau des Indienexperten und zubereitet von einer jugendlich wirkenden indischen Köchin, klang die Tagestour orientalisch aus. Ich hegte eine Zeit lang den Verdacht, die Feenkönigin selbst hätte Balders wegen ihr Erscheinungsbild verändert und sie wäre es, die so zurückhaltend für uns köstliche Speisen zubereitete. Oder rührte etwa die ägyptische Sonnenverschluckerin *Nut* die Speisen, während sie ihre *Gymnastik* in Form einer Brücke am Nachthimmel unterbrach?

Die Tischgesellschaft erwies sich dann doch noch als eine recht irdische Erscheinung. Sogar von der englischen Krone war ein Gesellschaftsmitglied abgestellt worden. Die exotische Filmkulisse des Salzkammergutes schien ins Salzburgische herüber ausgebreitet worden zu sein. In der Tat war es jedoch so, dass nicht das Lammertal Indien, sondern umgekehrt Indien das Lammertal entdeckt hatte, zumindest für den Bollywood-Film. Und dafür dürfte - neben den Scheffauer Honoratioren - auch Tante Bella in Mumbai die Werbetrommel gerührt haben.

Der Ortschronist präsentierte uns an diesem Abend seinen und Frau Kittels Vorschlag für den Inhalt einer Warntafel, die verhindern sollte, dass Wanderer ihre Namen auf Felszeichnungen hinterlassen oder gar alte Ritzungen verändern. Wir empfanden den Text als zu lang für eine Warntafel, aber mit dem Inhalt waren alle einverstanden.

Diese Warntafel galt einem Hochtal oberhalb des Ortes Scheffau, wo wir tags darauf auf eine versteckte Halbhöhle stießen, an deren nordseitig gelegenem *Gewände* sich drei verschiedene Hirsche bzw. Rentier-Darstellungen befinden. Dem schönsten, weil am deutlichsten naturalistischen Hirsch wurde ein Rhomboid zwischen das Geweih graviert, das aussieht, als wäre er zum Almabtrieb *aufgekranzt* worden. In dieser *Furkel* erkannte ich eine indische *Geisterfalle* zur Bannung von Dämonen wieder, ähnlich dem christlichen Kreuz im Geweih des *Weißen Hirsches* aus der *Herzog Tassilo*-Sage aus dem 8. Jh. n. Chr. Das Rhomboid umschließt andererseits nicht das Kreuz Christi, sondern den *Dreispross*, das Geweih des Gottes Cerunnos/Chronos. Der keltische *Gundestrup-Kessel* zeigt die ursprüngliche Form des Motivs. Der Dreispross ist sowohl beim Hirsch als auch bei Cerunnos die Geweihspitze. Zwischen dem Geweih wächst eine Pflanze, die von zahlreichen feinsten Potenzierungslinien umgeben wird, einer Aura, die die Lebenskraft verdeutlicht.

Vielen indoeuropäischen Völkern galt der Hirsch als ein Symbol für Sonne und Fruchtbarkeit und wurde mit einem Kult der Muttergottheit in Verbindung gebracht. Mehrere Darstellungen sprießender Pflanzensamen im Höhleninneren bestätigten den Eindruck vom Fruchtbarkeitsmythos. Der Hirsch als das Tier des Gottes *Cerunnos*, des *Herrn der Anderswelt*. Beide „erneuern" sich alljährlich. Ganz anders die christliche Symbolik, dort steht der Hirsch für den aktiven Menschen, der gegen das Böse kämpft, wie auf dem größten Mosaik der christlichen Welt zu sehen, in der *Santa Eufemia-Kirche* im venetischen Aquileia.

Auf dem Rückweg entdeckte ich im Felssturzgelände unterhalb, auf zwei *Lias*-Kalksteinblöcken, die von den Angestammten „Seesteine" genannt werden, die Darstellung einer *Mondbarke* in der nordischen Schlitten-Version. Lug, als Sonnenscheibe dargestellt, sitzt im Fonds eines Gefährts, das wie ein Kufen-Wagen aussieht, also ein Schlitten. Diese *Schlittenbarke* wird von einem Strichmännchen von der Deichsel aus mit einem langen *Stakstecken* gesteuert. Ein wunderschönes Bild alpenländischer Umformung von mediterranen, orientalischen Barke-Mythen. Das Strichmännchen hatte die Forscherin Kittel mit einem Dreispross als Kopf veröffentlicht, das bedeutet, dass es sich bei dem Strichmännchen um Cerunnos handeln müsste. Die Form des Sonnenschlittens erinnert auch an das Sternbild *Großer Wagen*.

Gemäß der Darstellung der ägyptischen *Sonnenreise* in den Gräbern des *Tals der Könige*, von denen einige bereits in der Antike geöffnet waren, wie jene des Ramses III., VI., VII. und IX. sowie die von Sethos II., Merenptah, Tausret und Sethnacht, wäre noch eine genauere Deutung zulässig. Demnach wäre das Fährmann-Strichmännchen der *Ka*, also der Doppelgänger des verstorbenen *Alpen-Pharao*, der die Sonnenscheibe, den Gott *Lug/* ägyptisch *Re* oder *Atum*, nachts durch die Gefahren des Chaos lenkt, damit die Sonnenscheibe am Morgen ihren Ausgangspunkt zum Aufstieg erreichen kann. Ka oder Atum tötet mit seinem langen Stakstecken die *Apophis-Schlange*, die das Chaos repräsentiert, welches vor der Ausformung der Gestirne im Kosmos geherrscht hat. In dieses Chaos droht die Sonne zurückzufallen. Doch wird die Szenerie von der hoch aufgerichteten *Uräus-Schlange* beschützt, Symbol der Erdmutter. Die schlechte Schlange am Boden wurde durchgestrichelt.

Die Szene wurde also erstens durch das rituelle Zerkratzen der bösen Schlange verändert, zweitens wurde auch der Ka des Alpenpharao nachträglich und weniger tief schürfend zu einem Christuszeichen verformt, indem jemand das obere Strichmännchenende halbkreisförmig zu einem Nilkreuz eingedreht hat. Davon erhielt die Szene die Bedeutung „*Christus als Wagenlenker*". Der Waldgott Cerunnos wurde von Christus abgelöst.

Der göttliche Wagenlenker ist auch in Asien ein beliebtes Motiv. Die berühmteste Darstellung zeigt *Lord Krishna* als Wagenlenker des Helden *Arjuna* in der *Bhagavad-Gita* des *Mahabharatha-Epos*. An die dreißig Buchseiten lang spannt Gott Krishna den Bogen Arjunas, bevor dessen entscheidender Pfeil von der Sehne schnellt.

Gemäß ägyptischer Überlieferung kehrt die Sonne im Westen in den Leib der Himmelsgöttin *Nut* zurück und die Nachtfahrt durch ihre Blutbahn, den *Urozean*, soll jeden Morgen aufs Neue zu einer *Sonnengeburt* führen. Wir haben es hier jedenfalls mit einer fröhlichen Sonne zu tun, denn sie bläst (Nasen-)Flöte, wie eine vergleichbare Felsritzung eines Nasenflöte spielenden und in die Hände klatschenden Schamanen aus Trois Frères (Dép. Ariège) zeigt:

Interessant ist die Nordseiten-Lage der Scheffauer Szenerie von der *Nachtfahrt der Sonne*. Da der Fährmann einen Kopfteil hat, der sowohl an ein Geweih als auch an das Sprießen einer Planze erinnert, wird es nicht der *Ka* des *Alpenpharao* sein, der den Sonnenschlitten lenkt, sondern der Gott *Cerunnos* persönlich, der *jährliche Erneuerer der Fruchtbarkeit*.

„Denkst du, die Tatsache, dass hier die Geschichte von der Sonnenreise lediglich in Form von Strichmännchen dargestellt wird, wäre ein Mangel an Kunstverständnis? ... Das muss nicht sein, es kann auch den Gechmack der Zeit widerspiegeln. Strichmännchen waren ebenso in Ägypten kurze Zeit Grabmode gewesen, unter Pharao Thutmosis III. Dieser Pharao war einer der bedeutendsten Kriegsherren Alt-Ägyptens, aber er kultivierte eben den Strichmännchen-Stil. Die Wände seiner Grabkammern in Theben-West, die er durch ausgeklügelte Ablenkungsmanöver und Fallen vor Grabräubern zu schützen verstand, sehen aus, als ob du mit schwarzem *Edding* auf einem Flip Chart skizziert hättest, Balder!"

Noch eine Zeichen-Trias steht übrigens in Zusammenhang mit der Sonnenreise. Diese Kombination „doppelter Berg – Pfeil nach oben – Himmelsleiter darüber" gibt es auch anderswo in den Alpen und ich glaubte darin den Hinweis „Auferstehung" lesen zu dürfen. Die Wiedergeburt des Pharaos beziehungsweise der Sonnenscheibe wären damit gemeint."

„Die Westseite ziert eine Art *Stupa*, vielleicht Symbol für den Leib der *Großen Mutter Erde*, worin die Seelen auf Wiedergeburt warten?"

„Du wirst staunen! Das Glockensymbol ist wahrscheinlich die riesige Signatur eines *Glockenbecher-Menschen*. Ein Glockenbecher-*Dämon* namens Balder scheint sich hier verewigt zu haben!", lachte ich.

„Was ist denn das nun wieder für eine Bande?"

„Eine westeuropäische, sie lebte am Ende der Steinzeit, wird nach ihrer Keramikform benannt und war sehr stark von Ägypten beeinflusst. Für ihre Toten- und Fruchtbarkeitskulte errichteten diese intelligenten Menschen Prozessionsstraßen, die zu Kreisanlagen führten, die nach den Gestirnen ausgerichtet waren. Auch die letzte Ausbauphase des Prozessionsheiligtums von Stonehenge soll auf sie zurückgehen, wahrscheinlich auch die Menhire und Prozessionsstraßen der Bretagne. Als ausgezeichnete Seefahrer kamen sie auch mit den Ägyptern in Kontakt und übernahmen deren Rituale."

„Was trieb dieses Volk in unsere Alpen?"

„Erstens stammte zumindest der *große Magier* von Stonehenge aus den Alpen, wie durch Analyse seiner Zahnschmelzisotope festgestellt werden konnte. Und zweitens war die große Antriebskraft der Glockenbechermenschen ihre Suche nach Erzen. Da sie es waren, die die Schmelzverfahren entdeckt und zunächst geheim gehalten hatten, stiegen sie 2.300 v. Chr. zu Herren Europas auf. Durch ihr Knowhow konnte die Bronzezeit eingeleitet werden. Von Cornwall und der Bretagne aus, den bedeutendsten europäischen Zinnlagerstätten, segelten sie in den Mittelmeerraum oder umgekehrt, wie die größte ihrer bisher entdeckten Siedlungen in Spanien beweist. Nördlich der Alpen scheinen sich die Kulte der Sonnenpriester sehr lange gehalten zu haben und ihre Goldhüte kamen erst später in Mode, denn die in Deutschland gefundenen Sonnenpriesterhüte wie auch die österreichischen Bronze-Helme vom Pass Lueg, vom Gasteiner *Anlauftal* und von der Piller Höhe bei Fliess in Tirol sind noch einmal mindestens tausend Jahre jünger als die Glockenbecherzeit."

„Und woher entlehnten sie die seltsame Umrisslinie eines Trinkbechers?"

„Eine mögliche Erklärung dafür könnte die Nachbildung der Form eines *Trogtals* sein, das auf den Kopf gestellt ist. *Schliffkehle* und *Trogschulter* sind nicht zu leugnen. Die Glockenbecher-Leute kamen ja aus dem nördlichen Alpenraum, der von dieser Talform dominiert wird."

„Im Nachhinein kommt mir eigentlich auch die Figur zu Füßen der *Großen Mutter* wie ein *Glockenbecher* vor!"

„Die *„Repoussoir-Figur"*? Da könntest du Recht haben, jetzt, wo du es sagst, sehe ich es auch so. Möglicherweise steht der einzelne *Glockenbecher* dort für das Glockenbecher-Individuum außerhalb der göttlichen Trinität."

An das nordseitig positionierte Sonnenreise-Motiv des Sonnsteins schließen ostseitig zwei Bildgruppen an. Die eine glaubte ich als Sonnenaufgang interpretieren zu dürfen: Ein Paar, das sich liebt in Form eines ineinendergreifenden doppelten M. In einem stürzenden Rad las ich den Sonnenuntergang. Die Szene mit dem stürzenden Rad ist in Comic-Manier graviert und veranschaulicht brennende Räder, die den Abhang hinunter rollen, einen Wachauer Brauch zur Sonnenwende, den auch Balder zu pflegen scheint. Am weitesten weg entdeckte ich den Sonnenhöchststand, in Verbindung mit einer Art Pflug und anderen Zeichen, von denen mir eines wie ein –K- vorkam. Zusammen gesehen könnten die Szenen die vier Stadien der Sonnenstellung verkörpern, aber nicht der Reihe nach angeordnet, sondern nach Gegensatzpaaren. Das K ist übrigens Teil jenes Zeichens, das einen sakralen Bezirk benennt.

Erika Kittel hatte diese Felszeichnungen als Erste gesammelt und dokumentiert und deutete diesen Monolith der Seesteine, den „Sonnenstein", als den Mittelpunkt eines ebenen Kultplatzes, der aus vier Richtungen erreichbar gewesen sei und wahrscheinlich in Prozessionen zu Ehren der Erdmutter umrundet worden wäre. Sie interpretierte die *Schönalm* gemäß einer Tacitus-Stelle. In meinen Gedanken wandelten wieder die Schamaninnen aus *San Salvador de Bahia* mit ins Gesicht gefallenem pechschwarzem Haar über dieses *Terreiro* und ein Hirschopfer sicherte den nächsten Zyklus.

Die *Himmelsleitern* und *Halbkreis*-Ketten – an Zahl auffällig unterschiedlich und auf zwölf umliegende Felsen verteilt, aber immer getrennt vorkommend - interessierten Erika Kittel nicht oder sie kannte sie nicht. Es wäre nahe liegend, dass es sich im Fall der Felsen mit Leitern um Todessteine und im Fall der Felsen mit Halbkreisen um Frühjahrs- bzw. Lebenssteine handelt.

Auch in späterer Zeit könnte es wiederholt zu einem Kulturaustausch mit Ägypten gekommen sein. Das Alter der Prunkhelme und das Alter der ägyptischen Grabmalereien stimmt in etwa überein, sodass es durchaus denkbar wäre, dass Söldner aus dem Mittelmeerraum oder alpine, im Mittelmeerraum tätige Söldner Einflüsse geltend machten. Das vorchristliche Ägypten war eine Weltmacht und entsprechend bewundert worden.

Der Kult der *Sonnenreise* scheint im Europa nördlich der Alpen schon länger vorhanden gewesen zu sein. Theoretisch könnte dieser Kult sogar von den Ägyptern übernommen worden sein. Es könnte aber auch eine gemeinsame und wesentlich ältere Wurzel für beide Kulte existiert haben. Bemerkenswert ist, dass die *Sonnenreise* im Nordalpenbereich nicht nur als Zeichen für den Sonnenaufgang und die Wiedergeburt des Menschen verwendet wird, wie in Ägypten der Fall, sondern dass sie auch als ein Symbol für die Wiedergeburt des Sommerhalbjahrs betrachtet wurde. Das Bildzeichen dafür scheint eine schräge *Leiter* in Verbindung mit einem achtteiligen *Wagenrad* zu sein. Folglich könnten sich hinter einzelnen Himmelsleiterzeichen Jahresangaben oder Todesfälle verbergen. Gekreuzte M (Schlangen) können auch *Sterben* meinen.

Das gesamte untere Lammertal erlebte ich als ein Sammelsurium von Merkmalen, die auf uralte Urmutter-, Sonnen- und Fruchtbarkeitsriten hinweisen. Anstelle der Scheffauer Kirche, dem zweitältesten Gotteshaus im Land Salzburg, soll in keltorömischer Zeit ein Epona-Heiligtum gestanden sein. *Ek onal Epona*, die keltisch-römische Schutzgottheit der Pferde.

„Für die Skythen galt sogar der Sonnengott selbst als Beschützer der Pferde. Sie nannten ihn *Goitosiros*. Das Pferd als kraftvolles Symbol für die Sonne, für den Sonnenkult, auch bei den Griechen. Jagt sie nicht schnell wie ein Pferd über das Himmelsgewölbe, unsere geliebte Sonne?"

Balder erzählte, dass der Winter im Lammertal auch heute noch durch den Lärm Peitschen schwingender *Aperschnalzer* verjagt werde. Anstelle des *Helios* stehen die Aperschnalzer in den Steigbügeln von *Noriker*-Pferden, deren pechschwarze Mähnen zu unzähligen Zöpfen geflochten sind. Das Lammertal gilt als ein besonderer Ort der Pferdezucht. Die Noriker-Rasse soll hier durch eine Kreuzung des römischen Legionspferdes mit dem keltischen Pferd entstanden sein, behauptete Balder, was ich allerdings nicht bestätigen konnte. Das Lammertal kennt aber auffällig viele Pferde-Bräuche und es gibt eine eigene Abtenauer Rasse, kleiner als andere *Noriker*. Nicht von ungefähr also die Information, in Scheffau habe ein Epona-Heiligtum existiert, eine Kultstätte für die keltische Pferdegöttin, die *Große Göttin in Pferdegestalt*.

Der Salzburger Bahnhof

Es wurde langsam Zeit, sich wieder um die Zimmervermietung zu kümmern. Als ich den Füllstand meines Kühlschranks überprüfte, stieß ich auf eine andere Art Sonnensymbol, auf zwei mit *Mozartkugeln* prall gefüllte Säckchen, die von Gästen zurückgelassen worden waren. *So märchenhaft schmeckt nur das Original!*, schoss es mir durch den Kopf und ich war beschämt darüber, das Verlorene nicht nachliefern zu können, denn - wie bei Reisenden üblich - man trennt sich ohne die Möglichkeit auf ein Wiedersehen. Dieses überlässt man vielmehr dem Zufall. Der Verein *Junge Freunde der Salzburger Festspiele* hätte sicherlich jubiliert, über eine solche Subvention der besonderen Art, wie sie die Mozartkugeln darstellen, doch in diesem Fall war ich selbst der beste Abnehmer dafür, denn Mozartkugeln haben die wertvolle Eigenschaft, auf *kleinstem Raum konzentrierte Energiespender* zu sein. Den *Jungen Freunden der Salzburger Festspiele* sollte ohnehin jemand besser eine Mozartkugel in Größe der *Sphaera* von Stephan Balkenhol spenden. Auch Wolfgang Amadeus Mozart liebte Nougathältiges in der Größe *eines Dorten*, die so genannten *Venus-Brüste*. Dank Folienpapier halten sich Mozartkugeln heute lange Zeit frisch und sie ermöglichten mir ein rasch *einwerfbares* Mahl, was meiner Ich-AG zu großem Vorteil gereichte, denn besonders auf dem Bahnsteig fehlte mir die Zeit, um an eine geordnete Mahlzeit heranzukommen. Die Spelunke „*Max und Moritz*" hinter dem Bahnhofsgebäude erwies sich ja nicht gerade als eine Alternative, denn an käuflicher Gesellschaft war ich ebenso wenig interessiert wie an der Lösung eines bestialisch verübten Mordfalls unter den Gästen, der in den Tagen geschah, als ich mein Geschäft auf dem Bahnhof verrichtete.

Voll Energie betrat ich den Bahnhof diesmal von seiner Rückseite her. Von dort glich das Bauwerk der ersten kontinentalen Dampflok zwischen Nürnberg und Fürth: vorne ein großer Schlot, dahinter als Dampfkessel ein mehrgeschossiger verputzter Ziegelbau mit einem aufgesetzten Glashaus als Dampfregler und schließlich eine relativ niedrige Halle als Standfläche für den Heizer. So, wie er auf seiner Hinterseite aussah, hätte man den Bahnhof ins *Museum der Deutschen Bahn* in Nürnberg transferieren müssen. Man redete ja viel vom Abriss, aber ich konnte es kaum glauben, dass man ein Werk in so menschengerechten und bequemen Ausmaßen durch architektonische Kälte ersetzen würde.

Jenen Fahrgästen, die mit dem Zug aus Wien-West anreisten, präsentierte sich der Bahnhof in einem ganz anderen Erscheinungsbild: Die Fahrgäste konnten ihn leicht mit den luftigen Markthallen der brasilianischen Dschungelstadt *Manaus* verwechseln, die ihrerseits wieder eine Nachbildung der heute nicht mehr existenten Markthallen von Paris sind. Reisende, die erst kurz vor der Ankunft erwachten, konnten also für einen Moment lang die Möglichkeit in Betracht ziehen, irrtümlich in einen Zug ins Amazonasgebiet oder aber in eine Zeitmaschine mit dem Ziel neunzehntes Jahrhundert geraten zu sein, denn auch die von *Monet* so schwungvoll hingepinselte Impression des Bahnhofs *St. Lazare* verrät die gleichen genoppten Eisentraversen auf kleinen Rolllagern. Nur der Januskopf des Doppeladlers der österreichisch-ungarischen Monarchie fehlt auf Monets Bild. Der Wappenvogel prangt hingegen immer noch majestätisch am Scheitelpunkt des Einfahrtsbogens zum Salzburger Kopfbahnhof.

Die Bahnstrecke Wien-München war 1860 eröffnet worden. Die Fahrtdauer hatte etwa 13 Stunden betragen. Während die Strecke Wien – Salzburg in nur vier Jahren gebaut worden war, hatte sich jeglicher Ausbau nach Süden hin in die Länge gezogen. Erst ab 1871 hatte man bis nach Hallein weiterfahren können, bei einer Dreiviertelstunde Fahrtdauer. Seither müssen Züge von und nach Villach wieder in die gleiche Richtung hinausfahren, wie sie hereingekommen sind. Erst der Umbau des Hauptbahnhofs würde eine Durchgangssituation für alle drei Fahrtrichtungen schaffen. Die Vorbereitungen für die strukturellen Veränderungen angesichts des 150 Jahr-Jubiläums liefen auf Hochtouren, obwohl davon kaum etwas zu merken war.

Steg quert Himmelsleitern

Richtig vornehm wirkt der Salzburger Kopfbahnhof auf jene Fahrgäste, die durch die Eingangshalle heraufsteigen, denn der Aufgangsbereich samt Rolltreppe wird von einer schönen Neptun-Statue bewacht, die wohl die Aufgabe hat, an den berühmten *Salzburger Schnürlregen* zu erinnern, der im Zuge der Klimaänderung verebbt ist. Inzwischen macht die Neptun-Figur ungewollt Werbung für ein Spaßbad der Stadt.

Am 12. August 1860 hatten Kaiser Franz Josef I. und der bayerische König Ludwig II. im Beisein des Salzburger Erzbischofs Kardinal Maximilian Joseph von Tarnóczy in dieser Bahnhofsvorhalle den Schlussstein für den Bau des österreichischen Anteils an der Bahnstrecke von Wien nach München gesetzt. Kaiser Franz Josefs Frau Sisi konnte fortan auf Schienen zu Besuch nach München fahren, zu ihrer Wittelsbacher-Familie, und sie war daher auch eine naheliegende Patin der künftigen *Kaiserin-Elisabeth-Bahn*. Ihre Statue aus weißem Marmor hat inzwischen aus dem Hellbrunner Schlosspark auf den Bahnhofsvorplatz zurückgefunden.

Der lange Steg, der mich stets über alle Gleiskörper hinwegschreiten ließ, wie über Himmelsleitern, gehört zu den schönsten Aussichtspunkten Salzburgs: Auf der einen Seite ermöglicht der Übergang einen Blick auf Altstadt und Festung und den Untersberg dahinter, welcher der Stadt halbmondförmig und wie ein Alb auf der Brust zu liegen scheint.

Auf der anderen Seite bietet sich von hier aus ein Ausblick auf die wirtschaftliche Funktion der Stadt in Gestalt von Speditionen und anderen Handelsunternehmen, die gelegentlich Bombenalarm erhalten, sobald im Moorboden unter den Geleisen weitere Relikte aus dem Zweiten Weltkrieg geortet werden. Der Moorboden hatte schon dem Architekten des Bahnprojekts größtes Kopfzerbrechen bereitet, besonders entlang des Wallersees. Zeitweise waren bis zu 24.000 Arbeitskräfte notwendig gewesen. Damals waren Eisenbahnen oft privaten Investoren anvertraut worden und so hatte der in Schlesien geborene Hermann Dietrich Lindheim die Konzession für die Kaiserin-Elisabeth-Bahn erhalten, der 1825 in seiner Heimat die erste industrielle Baumwollspinnerei des europäischen Kontinents gegründet und sich später der böhmischen Eisenindustrie gewidmet hatte. Wenige Monate vor Eröffnung seiner Bahnstrecke verstarb er jedoch plötzlich.

Wenn man über den alten Holzsteg gleitet, ist das ein unbeschreibliches Gefühl: Die würdigen, teils geflickten Holzbretter tragen einen sanft wie auf Wolken, sie geben nach und doch halten sie stand. Während des Winterhalbjahrs rutscht man auf den Bohlen leicht aus. Der Steg über die Gleisanlage ist ein *Ort der Kraft*. Dies hat offenbar auch ein Stadtteil-Sprayer empfunden und an die Flanke des Stegs den Satz gesprüht: „*Nur Idioten brauchen Führer!*"

Gespräche mit Mozart

Aus Sicht einer Taube unter dem Glasdach muss sich die Menschenmenge auf den Bahnsteigen wie ein Flüssigkeitsgemenge verhalten: Teilmengen schwappen hin und her, trittsicher aber noch unentschlossen, und wenn sich eine Tranche verliert, findet sie an anderer Stelle wieder zur Gesamtmenge zurück. Und doch liegt über dem ganzen Trubel ein melancholischer Schatten: freundliche, erwartungsvolle, Kontakt heischende Gesichter, die alle Augenblicke von einer ungebührlich Lärm generierenden Zugmaschine weggeholt werden, hin zu einem ewig wiederholten Abschied physischer Präsenz.

Gesteuert von der großen Bahnhofsuhr wurden Hürden aufgebaut: Türme aus fahrbaren Koffern und Leinentaschen, Erker aus Plastikbags und zweckentfremdeten *Beauty-Cases*, Schießscharten aus Regenschirmen, *MP3-Playern*, Faltplänen und Zeitschriften. Im Takt der Uhr wurden sie wieder umgestaltet, umgeschichtet und neu zusammengesetzt, bis sie endgültig abgezogen wurden und die Ebene ungeschützt dalag, ungeschützt gegenüber einem heftigen Luftzug, der, der Kaminwirkung folgend, aus der Schalterhalle aufstieg und, in Höhe der Taubennester, über das Dampfkesselventil verklappt wurde.

In der Gründerzeit hatte es dort oben ein Türmchen gegeben, mit Außen-Uhren, die zwei verschiedene Arten der Zeitrechnung angezeigt hatten, sowohl die Wiener Zeit als auch die Zeit des örtlichen Sonnenstands. Für eine Orientierung betreff Ankunft und Abfahrt eines Zuges waren damals noch beide Zeitangaben notwendig gewesen. Doch nach einem Brand war das Türmchen nicht mehr wieder errichtet worden und die lokale Zeitbestimmung fiel weg.

Der Bahnsteig war nun mein Arbeitsplatz, hier gemahnte mich mein selbst gewählter, beinhart immer wieder aufs Neue zu erkämpfender Auftrag. Hier sprach ich zwischen violetten Alpenkühen und Lotterie-Sonnenschirmen fremde Menschen an, von denen ich etwas haben wollte, eine Nacht oder zwei oder - im besten Fall - mehr. Die Konkurrenz war groß. Oberhalb der wandelnden Reisenden geboten farblich strenge Einbahnschilder den Weg zum *Burger King*. Auch der *Marlborough-Cowboy* ritt noch immer nach Deutschland hinüber, trotz oder gerade wegen der Schadenersatzklagen an den Konzern. Eine Menge konkurrierender Produkte gab es hier, von denen einige nebst auffälliger Aufmachung auch noch über die Quantität blenden wollten, so etwa ein ganzes Gebirge aus Rubbellosen.

Zwischen den Pflanzentrögen, in denen Fahnenmasten mit unscheinbaren Botschaften steckten, war jedoch Gefahr in Verzug: Dort warteten die Abgesandten der Salzburger Hotels auf die Ankunft von Gästen, gelegentlich sogar die Chefs persönlich. Sie hielten Schilder hoch, um auf sich aufmerksam zu machen. Durch ihre Präsenz leisteten sie Ersatz für das Fehlen eines nicht existenten Verwandten, von dem man sich - fern der Heimat - wünschte, am Bahnsteig abgeholt zu werden. Vor den graugrün gekleideten Melonenträgern brauchte man nur den Hotelnamen als Losungswort murmeln, schon setzte sich ein Mechanismus an *wohlfeiler Bequemlichkeit für den Gast* in Betrieb. Ich vermied es, den Hutträgern in die Quere zu kommen, denn ich hatte Tante Bellas Haus nicht beim Fremdenverkehrsverein angemeldet. Ich beabsichtigte ja auch nicht die Dienste dieser Institution zu beanspruchen. Ich wollte mir stattdessen die Gäste persönlich aussuchen und ins Haus holen. Für die graugrün gekleideten Männer mit Melone konnte ich eine unliebsame Konkurrenz darstellen und ich fürchtete, sie könnten mich deshalb unter Druck setzen. Deswegen stellte ich mich erst in sicherer Entfernung von ihnen auf, am Ende des Bahnsteigs, dort, wo ich als Erster auf die Reisenden zweiter Klasse traf.

Hier stieß ich allerdings auf meinen noch viel größeren Konkurrenten *Mozart*. Er eilte emsig zwischen den zahllosen Touristen hin und her und hob regelmäßig die Visitenkarte seiner Chefin hoch. Er bewegte sich so, als würde eine Ameise ein riesiges Klavier bespielen wollen. Dabei spuckte er auffällig oft in Richtung der Gleiskörper. Auf der Visitenkarte wurde eine Pension in der Itzlinger Vorstadt namens *Skylla* genannt. Die Ausstattung dieser Pension schien keinen allzu großen Komfort zu versprechen, denn Mozart konnte dafür in der Regel nur vereinzelt Rucksackreisende gewinnen. Sein Englisch war Amerikanisch. Sein langer und breiter schwarzer Zopf fiel auf. Dieser hatte ihm wohl zu seinem Pseudonym verholfen, denn seine Frisur glich einer Puderperücke mit Masche. Bei Gelegenheit schenkte ich ihm eine Handvoll Mozartkugeln, die er dankend annahm. Weil keine potentiellen Kunden in der Nähe waren, ließ er seiner Freude freien Lauf, indem er sich auf dem Luftklavier kreuz und quer durch die Figaro-Partitur spielte und spuckte.

Für mich illegalen Werber lief alles verdächtig glatt ab. Irgendwann musste ein böses Erwachen folgen, zumindest nach dem Gesetz der Wahrscheinlichkeit. Da ich kein so großes Haus wie das von Mozart zu betreuen hatte, konnte ich mein Werben rascher beenden. Bereits nach kurzer Zeit durfte ich ein nicht mehr allzu junges, aber attraktives Ehepaar aus den USA auf die von mir vorgegebene Busroute schicken: Matthew und Susan. Das verhängnisvolle Paar kam aus dem Quäker-Gürtel der USA und schien es mit irgendetwas eilig zu haben, denn sie inspizierten erst gar nicht das für sie vorgesehene Zimmer. Ein kurzer Matratzencheck reichte ihnen.

Aus der Stadt zurück machten sie es sich dann überraschend früh gemütlich und ich konnte nur noch kurz einige wenige Informationen austauschen, um auf meine intellektuelle Rechnung zu kommen. Dabei stellte sich allerdings heraus, dass sie von Beruf Finanzfahnder waren. Das schlechte Gewissen drückte mich. Doch zum Glück änderten die beiden Amerikaner ihre Aufenthaltsdauer überraschend und reisten schon nach einer einzigen Nacht ab. „Zum Glück", sage ich diesmal, nicht „leider", denn welcher Anblick sich mir bot, als ich ihr Zimmer aufräumen wollte, spottete jeder Beschreibung. Eines der Betten war so *wunderwerklich zerstrobelt*, dass nur der Barockautor Grimmelshausen den Umstand stilecht beschreiben hätte können. Bis ins Unterbett hinein, Lage für Lage, war die Bettwäsche mit einer Art *Käseschmiere* verunreinigt, so, als hätte sich die Benutzerin an jeder Schicht der Bettwäsche und des Unterbetts die *Creme* – um es vornehm auszudrücken - von den Fingern gewischt. Zum ersten Mal ekelte ich mich vor Gästen und ich reinigte die betroffenen Teile gründlich, sofern sie nicht in die Waschmaschine passten. Die Badewanne sah ebenso aus wie ein mit Ei verschmierter Teller.

Mit der Zeit wurden mir das Waschen und Aufhängen der Bettwäsche, das Abnehmen, das Bügeln und das Einschlichten sowie das Überziehen der Betten und schließlich die Organisation des Frühstücks zur Routine. Die Wiederholung machte müde, angenehm müde, jedoch nicht schlaff.

Auch wenn es einen nicht freute, hieß es, sich dazu zu motivieren, zum Bahnhof zu fahren und zu werben. Dabei hatte ich eigentlich eine gehörige Portion Glück, dass der Bahnhof so relativ nahe zum *Dorf in der Stadt* zu liegen gekommen war. Wäre eine andere Standortentscheidung gefallen, müsste ich bis Liefering radeln, denn diese Standortalternative war in der Gründerzeit diskutiert worden: Der Erbauer der Semmeringbahn, Karl Ritter von Ghega, hatte 1850 - wegen leichterer Erreichbarkeit - in einem Gutachten das linke Salzachufer vorgeschlagen und das Neutor favorisiert. Andere Bahn-Sachverständige waren eher für Liefering eingetreten, was die Militärsachverständigen wegen Grenznähe abgelehnt hatten. Ein Glück also, dass mir die Werbefahrten durch die Nähe zum Bahnhof leicht gemacht wurden. Das Werben war die größte Herausforderung meines Volontariates als Vermieter, es war zwar höchst interessant, aber es erschöpfte einen auch, sofern man erfolglos blieb. Es war eigentlich nicht viel anders als Reisen per Anhalter, wo man sich selbst als Transportgut anpreist.

In Augenblicken, in denen gerade kein Zug einfuhr, kam ich mit Mozart ins Gespräch. Ich erzählte ihm von meinem Missgeschick mit dem amerikanischen Pärchen, doch er konnte es nicht ausreichend nachvollziehen, weil er nicht selbst Hand anlegte. Zumindest bemühte er sich, Verständnis zu mimen. In seinem Fall erledigte seine Chefin Skylla alles Häusliche. Sie ist eine skurrile Person und mit der Bahnhofstoilettenfrau Fama gut befreundet. Daher verbrachte sie den größten Teil ihrer Wartezeit, in der sie Mozart kontrollierte bzw. in der sie ohne Mozart auskommen musste, auf der Bahnhofstoilette, einem weißen Container zwischen den kaisergelben Bahnhofsmauern, wo sie gemeinsam Arien sangen, sobald sich in ihrer Nähe keine Reisenden mehr aufhielten. Wenn man mit der Bahnhofstoilettenfrau befreundet war, merkten dies Außenstehende. Fama musste eben Innendienst machen und die dicke Skylla stand neben ihr, deshalb dufteten sie beide stark nach Urin. Dieser anhaltende Geruch war auch durch kein abgelaufenes Maiglöckchenparfum zu überdecken.

Mozart wurde ausschließlich für die Kundenwerbung bezahlt, also entsprechend der Anzahl der Reisenden, die sich nach der Kontaktaufnahme in den Bus setzten und die weite Strecke bis zu Skyllas Etablissement zurücklegten.

„Aber wenn ihnen die Zimmer nicht gefallen, was machen die dann?" Bisher hätte erst ein Einziger kehrtgemacht, antwortete Mozart. „Wahrscheinlich haben die anderen resigniert", scherzte ich.

Skylla vertrat gelegentlich die Klofrau, dafür durfte sie sich in der kälteren Jahreszeit unentgeltlich im Toilettencontainer wärmen, während andere Benutzer 50 Cent berappen mussten. Wenn einer einmal länger brauchte, dann pflanzte sich Fama direkt vor der versperrten Zelle auf und horchte gespannt auf jedes Geräusch. Der Eingeschlossene könnte ja auch Drogen injizieren und dann womöglich eine Überdosis, musste sie argwöhnen. Nein, noch mehr Unannehmlichkeiten bräuchte sie nicht. Sie baute lieber vor, denn sie hatte ohnehin schon genug Ärger mit zahlungsunwilligen Männern.

Sofern sie zur Stelle war, stand Skylla ihr wie eine Freundin zur Seite. Skylla und Fama, das war eine Symbiose, die sich tagtäglich bewährte. Gemeinsam stellten sie sich vor die Tür eines Mannes, der jegliches Zeitmaß zu missachten schien. Gemeinsam waren sie stärker, gemeinsam sahen sie mehr. Sie klimperten wechselweise mit Kleingeld, sobald jemand das Pissoir verließ. Vor den länger währenden Gästen brauchte sich Fama ohnehin nur aufzurichten, dann wussten sie Bescheid, egal, welche Sprache sie vortäuschten.

Im Winterhalbjahr arbeitete Skylla allein, indem sie alles selbst machte, auch die Reisenden selbst ansprach. Im Winter *trug* das Geschäft keinen Angestellten, wie Mozart. Es reisten dann nur wenige Touristen per Bahn nach Salzburg.

Was Mozart während der toten Saison machte? Er sagte, er ginge dann nach New York zurück. Sobald ich nachfragte, was er dort arbeiten würde, lenkte er ab. „Skylla zahlt gut", beteuerte er. Dafür müsse er aber von früh bis spät Gäste anwerben. Von Salzburgs Aushängeschildern habe er in drei Saisonen kaum jemanden gesehen, räumte er ein. Einheimische kenne er ebenso wenig, mit Ausnahme von Skylla und Fama. Aber durch deren Sangesfreude habe er wenigstens die eine oder andere Arie aus einer Mozartoper kennen gelernt.

Am Pranger

Die Reisenden waren unser Glücksspiel, die Bahnhofsuhr das Glücksrad. Mozart und ich eilten getrennt den Bahndamm entlang und setzten unser *Schicksal* auf den einen oder anderen Rucksack-Touristen. Der vorspringende Eingang zum Bahnhofsrestaurant war dabei so etwas wie eine Achse, um die herum wir uns bewegten. Das Restaurant selbst zu betreten, wäre uns nicht in den Sinn gekommen, denn es hätte uns nur von der Arbeit abgelenkt. Und sobald ich unter den ankommenden Reisenden fündig geworden war und überzeugt hatte, verließ ich den Bahnhof im *Schnellzugstempo*. Die Weltoffenheit und Großzügigkeit der Gaststätte wurde leider konterkariert von dem engstirnig, klein kariert, zünftlerisch anmutenden, ja heuchlerischen Stück Papier, das ein Mitarbeiter auf Englisch in die Glasvitrine des *Accomodation Service* gepflockt hatte:

Warnung. Hüten Sie sich vor Personen, die Sie am Bahnhof ansprechen und Ihnen eine billige Übernachtungsmöglichkeit anbieten. Dies könnte ungesetzlich und für Sie gefährlich sein!

Ich versuchte mir vorzustellen, wie gefährlich ich oder Mozart oder Skylla oder wir alle drei zusammen sein könnten, denn jemand anderen konnte die Tafel nicht meinen und damit treffen. Unsere Absicht war nichts anderes, als *griechische Gastlichkeit* zu vermitteln und das zu einem fairen Preis.

Tatsächlich wurde einer der feinen graugrünen Herren mit Melone, die ihre Gäste auf der deutschen Seite des Bahnsteigs erwarteten, in meiner Gegenwart nervös und zischte, er werde mich anzeigen, wenn ich nicht augenblicklich verschwände. Wohin auch immer ich mich wandte, überall *Fressen und Gefressen-Werden*, selbst an einem solchen Ort der Erwartung, wie ihn der Bahnhof darstellt. Keiner der Ankömmlinge hätte auf diesem Bahnsteig einen Markt vermutet und doch war er da, für die Reisenden unsichtbar, einer der heißest umkämpften Märkte der Stadt. Das zeigte sich eben auch darin, dass viele Hotelchefs aus irgendeinem Grund persönlich hierher kamen, um ihre Gäste in Empfang zu nehmen. Misstrauten sie denn ihrem Personal?

Auf einem abgelegenen Bahnsteig konnte ich schließlich doch noch einen korpulenten Amerikaner *abschleppen*, welcher angereist war, um *Eagles Nest* und *Dachau* zu besuchen. Beide Sehenswürdigkeiten in einem Atemzug zu nennen, bedurfte wohl allergrößter Geschmacklosigkeit. Wenn er dazwischen wenigstens die *Sound-of-music-Tour* eingebaut hätte! Fürs Budget war mir dieser Gast aber gut genug. Am gleichen Tag gelang es mir, Artemis, eine bildhübsche kalifornische Langstreckenläuferin, anzuwerben, die am nächsten

Morgen im Stringtanga durch die Gassen des *Dorfes in der Stadt* sprintete. Ich hatte vergessen, ihr dafür die Gelenke schonende Runde durchs Moor zu empfehlen. Daran, was Artemis und ihre Mutter nach ihrer Abreise im Bad zurückließen, merkte ich, was eine amerikanische Jagdgöttin zur täglichen Pflege braucht: *Victoria's Secret, Aussie Sprunck Spray, Soft Wear Sterile Saline* ...

In den folgenden Tagen hatte ich noch Gäste aus Südkorea, die nur Entscheidungsfragen beantworteten, und Gäste aus Südafrika, wobei ein gewisser *Eluther* auf meiner *Nachtigallen*-Treppe aus der Bibel las. Weiters zog ich Familie Baldus aus Illinois an Land und drei Jungs aus Somerset. Und schließlich kamen Jim und Julie aus Vancouver, die sich ausschließlich an Filmen orientierten und ihre Umgebung in *eingefrorenen* Film-Stills erleben wollten. Dabei geriet ihnen einiges gehörig durcheinander. So verwechselten sie die Story von *Neuschwanstein* mit dem Plot des Kinderfilms *Chitti chitti bang bang*. Die Ironie des Schicksals wollte es, dass sie Salzburg zwar als Ausgangspunkt für Touren nach Süddeutschland nutzten, dass ihnen aber am Ende die Zeit fehlte, vor Ort eine *Sound of music*-Tour mitzumachen, welche für sie maßgeschneidert gewesen wäre.

Als ein absolutes Highlight erwies sich schließlich eine Spanierin, die ich mit ihrem Auto an einer Tankstelle aufgegabelt und mit Hilfe der Option *Birnbaumfrühstück* geködert hatte. Sie war dermaßen begeistert von einem Häuschen mit Birnbaum, dass sie auf mein Versprechen einging, unter dem Baum frühstücken zu dürfen. Sie machte sogar mehr Fotos von Zimmer, Haus und Garten als von der gesamten Salzburger Altstadt. Selbst meine Adresse notierte sie sich, um eines Tages zurückzukehren. *Volverse!*

Am Nachmittag traf ein buntes Paar aus Stuttgart ein. Es stellte sich als Ehepaar *Öchsle* vor und wurde zu einem festen Bestandteil des Festspielprogramms. Deutsche Künstler werden von einem deutschen Publikum auf österreichischem Boden nachgefragt. Dabei wird Salzburg oft als deutsche Stadt bezeichnet, weil sich das Land Salzburg wiederholt in bayerischen Händen befand. Salzburg als heimliche Kulturhauptstadt Bayerns, als das bayerische Rom. Und Linz als Kulturhauptstadt Österreichs.

Das Ehepaar aus Stuttgart hatte bereits mehrmals mit mir telefoniert. Sie hatten sich auf das Inserat hin gemeldet und planten drei Wochen Aufenthalt. Das gesamte obere Stockwerk wurde beansprucht. Sie beabsichtigten hier zu proben und fragten mich, ob es mir etwas ausmachte, wenn sie nur die Hälfte des Geldes im Voraus bezahlten, denn sie könnten den Abreisetag noch nicht fixieren. Ansonsten schienen sie mit allem zufrieden zu sein. Da ich gern plauderte, hatten sie mich rasch *eingekocht* und in euphorische Stimmung gebracht. Daher übersah ich den geeigneten Zeitpunkt, die Pässe einzusammeln. Während die Frau, eine Koreanerin, Spätzle zubereitete, erfuhr ich, dass beide im Esslinger Rundfunkorchester spielen. Durch Vermieten lernt man täglich fremde Länder kennen, reist im Kopf herum und weiß vorher nie, in welches Land einen der nächste Gast mitnehmen wird. Man müsste eine Landkarte mit Fähnchen bespicken, um eine Übersicht zu erhalten, wohin einen die Kopfreisen als Vermieter schon gebracht haben. Das Neue, das man auf diese Weise über die Welt erfährt, ist beinahe interessanter als die Tageszeitung. Und eine Konversation in verschiedenen Sprachen erspart gleichsam die reale Reise in diese Länder.

Mozarts Passion

„Heute ist wirklich wenig los. Kaum Reisende, Mozart. Darf ich dich auf ein Cola einladen?"

„Dank dir!"

„Eiswürfel kann ich leider keine anbieten!", lachte ich.

Doch Mozart blieb ernst: „Das passt schon so. Von Eiswürfeln habe ich sowieso genug! Keine Eiswürfel mehr, habe ich mir geschworen, als ich nach New York ging und dieser Vorsatz gilt auch für Europa!"

„Hast du Probleme mit deinem Magen?"

„Nein! Nicht direkt. Das hat politische Gründe!"

Damit hatte er mich neugierig gemacht und ich insistierte, mehr darüber zu erfahren. Nach einigem Drängen rückte er endlich damit heraus, welchen Hintergrund sein Vorsatz hatte. In jener Bananenrepublik, wo er aufgewachsen war, war er als linker Stadtguerilla aktiv gewesen. Da eine freie und kritische Meinungsäußerung Folter oder Tod durch Abwurf aus einem Flugzeug hoch über dem Meer bedeutet hatte, musste man sich geschickte Taktiken zurechtlegen, um nicht als Wortspender für Gegenpropaganda ertappt zu werden.

So war Mozart auf die Idee gekommen, politische Flugblätter nicht einfach zu verteilen, sondern sie von den Dächern hoher Häuser fallen zu lassen. Im freien Fall verteilten sie sich von allein, und zwar meilenweit, und wer immer es wagte, konnte sie jederzeit im rechten, unbeobachteten Moment vom Boden aufnehmen. Da sich jedoch die Rückkehr vom Dach eines hohen Hauses als zeitaufwändig gestaltete und die Polizei auf jeden Fall rascher zur Stelle gewesen wäre, musste der Abwurf der Flugblätter auf irgendeine Weise verzögert werden.

Was lag näher, als weitere Naturgesetze arbeiten zu lassen? Fortan testete Mozart, wie groß ein Eiswürfel sein musste, dass er im subtropischen Klima wenigstens zwanzig Minuten zum Abschmelzen benötigte und doch noch im Rucksack transportiert werden konnte. Als er das richtige Verhältnis ausgetestet hatte, fror er in der Mitte des Blockes zwei Enden einer Schnur mit ein, die einen Stoß Flugblätter umschloss. Damit ließ er sich mitten ins Zentrum der Bananenhauptstadt kutschieren und stieg auf ein hohes Gebäude. Alles klappte. Erst nach einigen Minuten auf dem Dach war das Eis so weit abgeschmolzen, dass es die Flugblätter freigab, die langsam nach unten segelten und vom Aufwind über die ganze Gegend verteilt wurden.

Da die Polizei nicht gerade schlief, erkannte sie nach einigen weiteren Aktionen, dass sie nur nach Passanten Ausschau halten musste, deren Rucksäcke tropften. Auf diese Weise gerieten einige von Mozarts Freunden in Haft und er musste rasch das Land verlassen, weil er nicht sicher sein konnte, dass die Inhaftierten der Folter auf Dauer standhalten konnten. Diese Folter muss unmenschlich gewesen sein. Er beschrieb mir Details. Aus diesem Grund ging Mozart nach New York und schließlich weiter nach Europa.

Das Kuchler Kerzenwunder

Aus der Idee heraus, ein möglichst dichtes Bildgewebe zu schaffen, begann ich am Nachmittag damit, ein weiteres Bild zu malen, während das alte noch trocknete, wofür Wochen einzuplanen waren. Diesem Ölbild im Helldunkel-Kontrast gab ich den Titel *Das Kerzenwunder*.

Das Gemälde war für die dem hl. Severin geweihte Kirche im Moor gedacht und es thematisierte zwei Wunder des Heiligen, die er laut Vita seines Schülers im 5. Jahrhundert n. Chr. in Kuchl gewirkt haben soll. Mit dem Glauben der Kuchler ist er bekanntlich überhaupt nicht zufrieden gewesen, da sie immer noch keltischen Kulten huldigten. Auf meinem Gemälde entzünde ich die Lichtquellen derjenigen Keltoromanen, die dem alten Glauben abgeschworen haben. Im Mittelgrund vollzieht sich dieses Lichtwunder an einer Schwangeren und einem Ministranten, beides Zeichen, dass Gott ihre neue Gläubigkeit annimmt. Christus steht schützend hinter ihnen, doch hält er eine Götzenmaske in Händen, die er soeben vom Gesicht abgenommen hat. Dies soll bedeuten, dass die alte Naturreligion vom Christentum abgelöst wird. Das stört am meisten ein affenartiges Ungeheuer, sodass es wie verletzt aufschreit. Auch die Heuschrecke gehört zum Bereich des heidnisch Dämonischen und daher Keltischen. Aus diesem Grund wird die Lampe jener Christin, die noch die damals modische Heuschreckenbrosche trägt, nicht illuminiert. Den hl. Severin erkennt man durch seine rote phrygische Mütze. Ihm gegenüber sitzt ein ungläubiger Kelte, der noch ganz der Tierwelt verhaftet ist, wie der Affe, ein Waldschratt und die Heuschrecke in seiner Nähe zeigen sollen. Vielleicht handelt es sich sogar um den keltischen Waldgott Cerunnos, der sich unerkannt unter die Anhänger des neuen Glaubens gemischt hat? Wer weiß! Vom Waldschratt wird er liebevoll ins Ohr gezwickt. Vielleicht will dieser seine Bezugsperson vor etwas warnen. Severin reicht ihm höhnisch ein heidnisches Trankopfer. Auf die Kelle mit dem unklaren Gebräu hat sich - wie eine hässliche Kakalake - eine Heuschrecke gesetzt und weist voraus auf das Heuschreckenwunder, das dem Ungläubigen, vielleicht Cerunnos, als Strafe bevorsteht. Ein moderner Cerunnos sieht eben ganz anders aus als jener aus den Ruinen der antiken römischen Stadt Aquileia:

Die Heuschrecke symbolisiert eine Legende, der gemäß Heuschrecken aus Afrika die Felder jener Kuchler verwüstet hätten, die dem alten Gauben nicht abgeschworen und die alten Riten der Kelten weiter betrieben hätten. Der Heilige zeigt mit der anderen Hand in jene Richtung, in der ein keltischrömischer Weihwasserkessel steht, der kristallklares Wasser beinhaltet und an dessen Rand zwei Frauenfiguren das Kerzenwunder erleben. Die eine hat Ähnlichkeit mit einer äthiopischen Muttergottes, die andere mit Mutter Theresa. Mit der von seinem Schüler aufgezeichneten Predigt vom Kerzenwunder und vom Heuschreckenwunder wollte der Heilige bekanntlich vor der anhaltenden Verehrung einer keltischen Kultstätte warnen. Auch diese muss – zumindest entfernt – ins Bild rücken. Im Apsisfensterchen der abgebildeten Kirche auf dem Georgenberg bei Kuchl ist daher der vom Mond beschienene Berg *Schlenken* erkennbar. Bei der Ausarbeitung des Bildes konzentrierte ich mich zunächst auf den Affen. Dieser sollte besonders böse aussehen. Ich wollte immer schon mal etwas außerordentlich Böses darstellen, die Zähne noch blutig vom wilden Biss in Menschenfleisch. Dafür verwendete ich die Violettpalette: Ich kombinierte Magenta, dunkleres Rotviolett und Blauviolett über einem Hintergrund aus leuchtendem Dunkelblau. Als ich gerade überlegte, ob denn „Der Biss" von Stephenie Meyer überhaupt noch zu übertreffen wäre, meldete die Tagespresse, dass Vampirfledermäuse in Peru vier Kinder attackiert und durch übertragene Tollwut getötet hätten. Man würde nicht vermuten, dass auch Eichhörnchen Blutsauger sind, die nachts junge Vögel aufsuchen und sie aussaugen.

Am Rainberg

Einmal nicht Bahnhof. In der Neutorstraße holte ich noch einmal Schwung und trat den Bucklreuth-Sattel aufwärts kräftig in die Pedale. Dieser Gesteinsübergang zwischen Mönchsberg und Rainberg bildete für die steinzeitlichen Bewohner des Rainbergs den einzigen Zugang, denn der Rainberg war ansonsten von den Riedenburg-Sümpfen umgeben und dadurch auch vor Angreifern geschützt.

Im Radio habe ich einmal gehört, dass auf dem Rainberg ungewöhnlich viele verschiedene Bienensorten kartiert werden konnten. Er sei ein für Europa einzigartiges Biotop, hieß es. Ich konnte mir gut vorstellen, dass die Steinzeitbewohner die verschiedensten Bienenstämme hierher getragen haben. Offenbar hackten sie dazu die von den Insekten bewohnten Baumsegmente zu tragbaren Stücken ab und beförderten sie bis hierher. Möglich wäre es. Ein solcher Honigsammelpunkt existierte ja auch auf dem hessischen Glauberg.

Der Rainberg war einst doppelt so groß gewesen. Doch der Raubbau in Form eines Steinbruchs hatte nicht nur den Berg zerstört, sondern fast alle Reste der keltischen Hochburg darauf. Ich wusste von Besuchern der Keltenvorträge, dass man vor 80 Jahren nur die Hand aufzuhalten brauchte, denn keltische Schmuckstücke stürzten von allein aus der bröselnden Bodenschicht des Bergplateaus, nach jedem Meter Abtrag durch den kommerziellen Bergbau. Nora W. beispielsweise, die damals gleich nebenan in der Brunnhausgasse wohnte, besaß eine ganze Sammlung von diesen Schätzen. Es verwundert, dass insgesamt nur zwei besondere Rainberg-Fundstücke den Weg ins Museum fanden, eine Eberstatuette und der Noppenring:

Das humanistische Gymnasium dehnt sich südseitig aus, es bedeckt und versiegelt heute das frühere Steinbruchgelände des Rainbergs. In anderen Städten hätte man den sich wunderbar nach Süden öffnenden Steinbruch als Freilichtbühne belassen. Vom ältesten Siedungsplatz Salzburgs ist heute nicht mehr viel übrig.

Wie mir Eleonor beiläufig mitgeteilt hat, hatte eine Professorin ihrer Schule noch zu jener Zeit, als Eleonor Schülerin gewesen war, auf dem Gipfel ihres Hausbergs, dem *Schlenken* bei Kuchl, eine keltoromanische Speerspitze gefunden. Sie hatte den SchülerInnen erzählt, sie habe den Fund von einem Historiker-Kollegen bestimmen lassen. Doch hätte sie das Objekt wieder an den Fundort zurück gelegt, denn es brächte kein Glück, es dort zu entfernen.

Kelten haben Örtlichkeiten wie Berggipfel, Wege über Sättel und scharfe Wegknicke durch vergrabene Kultobjekte markiert, so offenbar auch durch *Speerspitzen*. Eine keltoromanische Speerspitze auf dem Gipfel des *Schlenken* entspricht einer künstlichen Überhöhung der Pyramidenform des Berges, der sogar aussieht, als wäre er im oberen Teil mit weißen Kalkbänken verplattet worden. Eine solche Gipfel-Verplattung mit Konglomeratschollen ist im Fall der keltischen Gracarca am Klopeinersee nachgewiesen, allerdings erst aus dem zweiten vorchristlichen Jahrhundert. Für mich wäre von Interesse, ob diese Speerspitze auf dem Schlenken-Gipfel vergoldet gewesen sein könnte, wie die Obeliskenspitzen am Nil.

Dass der Schlenken schon seit Menschengedenken begangen wird, davon zeugt eine bereits steinzeitlich genutzte Durchgangshöhle an seiner abgründigen Rückseite. Nicht zufällig hat sich auf dem natürlichen Altartisch vor dem Schlenken, dem Georgenberg, eine alte Kultstätte gebildet, gegen die selbst der hl. Severin machtlos war. Noch heute ist der Schlenken im Sommer wie im Winter ein beliebter Ausflugsberg. Es grenzt fast an einen Mythos, ihn im Winter mit Schiern zu besteigen. Dies sind deutliche Hinweise auf eine Tradition des Schlenken als Prozessionsberg, vergleichbar mit dem irokeltischen Berg *Croach Patrick*. Dazu kommt noch eine Beobachtung, die ich während eines Krankenhausaufenthaltes im Privatsanatorium auf dem Dürrnberg gemacht habe. Während der keltischen Sonnenwende, also zu *Beltain*, müsste sich dort die Sonne über der Spitze der Schlenkenpyramide erheben. Die Speerspitze, die die Professorin auf dem Schlenken gefunden hat, könnte das fehlende Bindeglied meiner Theorie von einem Kultberg sein. Das Vorbild dafür könnte die höchste Erhebung der ägyptischen Nekropole *Tal der Könige*, „El Qurn", sein, zu deutsch *„das Horn"*. Sie besitzt eine auffällige Ähnlichkeit mit dem *Schlenken*.

Beide Berge haben eine deutlich pyramidenförmige Spitze. Man beachte auch die Namensähnlichkeit: *das Horn* über der ägyptischen Nekropole und die Mittelgebirgsbezeichnung *Osterhorngruppe* für das „Horn im Osten" der Urnenfelderkulturregion, den Berg Schlenken, und die Berge rundum. Im Alten und

Mittleren Reich der alten Ägypter hatte die Spitze des El Qurn nachweislich das Gleiche wie eine von Menschenhand errichtete Pyramide versinnbildlicht: Sie bedeutete die in Stein gemeißelten Sonnenstrahlen, ein Symbol für den Pharao selbst. Dies könnte auch - im Zusamenhang mit einem *Alpenpharao* - für den Schlenken gegolten haben, der sich auch unmittelbar gegenüber der keltischen Nekropole der Dürrnberg-Siedlung erhebt.

Ich stieg die großzügige Außentreppe der Schule empor, die mich auf die Ebene der Schulverwaltung brachte. Im Sekretariat fragte ich nach jener Professorin, die die Speerspitze auf dem Schlenken gefunden hatte. Doch leider musste ich erfahren, dass sie pensioniert worden war. Die Sekretärin war so nett, mich mit ihr telefonisch zu verbinden. Der Ruf erfolgte lange, bis sich endlich eine zunächst unsicher fragende, dann doch festere Stimme meldete. Offenbar wurde am anderen Ende der Leitung überlegt, aber dann doch ein Rückzieher gemacht, denn die Antwort kam einem Bedauern gleich: Ja, es hätte seine Richtigkeit mit dem Fund, auch die Datierung der Speerspitze durch einen Historiker der Schule sei erfolgt, doch – so behauptete die Professorin – sie habe die Speerspitze tatsächlich wieder zurückgelegt, an jene Stelle, wo sie sie - aus dem Boden ragend - entdeckt hatte. Auf mein Nachbohren hin, was sie denn um Gottes Willen dazu veranlasst habe, behauptete sie, sie wolle die Schwingungen ihres Hausbergs nicht länger stören. Wo ich denn das Objekt jetzt zu suchen hätte, fragte ich und sie beschrieb mir detailgenau den Weg dahin. Nach einer Seite Wegbeschreibungsnotizen beendete die Professorin das Gespräch überraschend, indem sie einräumte, sie hätte die Spitze schon länger nicht mehr dort gesehen, wo sie liegen sollte. Manchmal ist nicht nur ein Weg umsonst. Doch *alle Wege führen letztendlich nach Rom* und damit zum Ziel. Ich zog mich dankend zurück.

Was wissen wir über solche nicht-christliche Lanzen?

In der bedeutenden Keltenstadt Heuneburg an der oberen Donau residierte im 6. Jh. v. Chr ein westhallstattzeitliches Geschlecht, das nachweislich eine bronzene Zeremoniallanze in Ehren hielt. Man denke auch an die Speerspitze des Gralskönigs im keltisch durchwachsenen Parzival-Stoff. Sie wird regelmäßig prozessionsartig zum Gral gebracht, getragen von Jungfrauen in weißen Gewändern. Wenn man eine Szene des - in seinen Bildern sehr gesprächigen - Gundestrup-Kessels genauer betrachtet, bemerkt man, dass der Inaugurations-Schamane ein Parzival-Kostüm trägt. Der kurze Wurfspeer Parzivals, der in Wolfram von Eschenbachs höfischem Epos den *Roten Ritter* erheitert und danach tötet, ist eine andere keltische Waffe. Ein solcher Jagdspeer scheint jedoch nur im Ostalpenraum gebräuchlich gewesen zu sein. Wie konnte er dann dem mittelalterlichen Schreiber aus *Troyes* nahe Paris bekannt sein, der seine Tätigkeit in Flandern ausübte? In der Ausstattung von Parzival, Cundrie und Amfortas sind jedenfalls Einzelheiten zu finden, für die sich die Keltenforschung interessieren könnte. Zum Beispiel jenes Gewand, das Parzival in seiner Jugendzeit trägt. Es ist aus grobem Leinen gemacht, sackartig, mit einer Art Narrenkappe, und sein Pferd ist klein wie die Pferde der Kelten. Der Gott Cerunnos und seine keltischen Krieger werden in solchen Gewändern dargestellt. Und Cundries Zöpfe und ihr auffälliges Gewand finden wir sowohl in Sardinien als auch in Vulci als etruskisches Sonnenpriesteroutfit des 8. bzw. 9. Jh. v. Chr. wieder, sogar mit Bettelschale.

Als ich das vibrierende Handy aufnahm, meldete sich Rasputin, ein verbummelter Psychologiestudent. Ich wusste über ihn, dass er für mehrere ausländische Nationen Informationen sammelte. Hobby-Spion zu sein, diese fragwürdige Tätigkeit im Dienst fragwürdiger Auftraggeber, bereitete ihm das größte Vergnügen und dafür durfte er dann auch mal eine größere Reise antreten. Längere Zeit über hatte er auffallend gern Schweizer Bahnhöfe und Truppenübungen fotografiert. Er hatte mir wiederholt vorgeschwärmt, dass die Schweizer Armeeflugzeuge aus dem Bauch des Pilatus-Berges heraus starten könnten.

In Wien sei sogar eines Tages einer seiner Abnehmer in sowjetischen Diensten erschossen aus der Donau gefischt worden, gestand er mir unter vier Augen, und er, Rasputin, wäre dafür der Anlass gewesen, denn der SWR-Agent wäre ihm gegenüber ein einziges Mal weich geworden und hätte ein wenig aus der Schule geplaudert.

„Was machst du in Wien?", fragte ich ihn.

„Ich muss einem Chinesen Material verschaffen, das dauert etwas, eine Kontaktperson ist gestern erdrosselt in ihrer Wohnung aufgefunden worden, du weißt! Der kalte Krieg zwischen den beiden Chinas fordert sogar in Wien Tote. Und ich spiele dabei eine nicht unwesentliche Rolle. Wie du dir vorstellen kannst, springt diesmal eine China-Reise heraus. Ich darf nach Shanghai. Wenn ich mich morgen nicht bei dir melde, dann schalte bitte die Kripo in der Alpenstraße ein, frag nach einem Herrn O. und nenne ihm das Code-Wort *Wenzhou!*"

„Wenn du dir nur nicht die Finger verbrennst!" antwortete ich und klappte ahnungsvoll zu.

An demselben Abend fiel überraschend Donna Bella aus einem Flughafen-Taxi und bei mir mit der Tür ins Haus. Auf dem Weg nach London hatte sie kurz bei mir nachsehen wollen und als sie merkte, dass doch nicht alles so hygienisch ablief, wie sie sich das vorgestellt hatte, machte mir die Tante eine Szene und zeigte ihr Vampirgebiss. Ich bekam wieder einmal ihre ganze Übermacht zu spüren und verwandelte mich in einen kleinen Wurm, der sich schutzlos vor ihr wand. Zum Glück waren die deutschen Gäste gerade in der Orchesterprobe, sonst hätte ich einen gewaltigen Prestigeverlust erlitten. Ausgerechnet in den hinteren Teil des Gartens hatte sie einen analytischen Blick geworfen, wo inzwischen überall Springkraut emporschoss, das ich zunächst fälschlich für eine Zierpflanze gehalten und nicht rechtzeitig entfernt hatte. Und dann existierte da ja immer noch der offene Schacht für das Erdungsband des Blitzableiters. Im Haus waren nicht nur die Betten ein Chaos, sondern in der Küche und in einigen Zimmern stand auf den Fensterbänken Kochgeschirr herum, gefüllt mit schwarzen Kompotten aus Einbeere, Weißem Stechapfel, Schwarzem Bilsenkraut, Engelstrompeten und anderen halluzinogenen *Kräutern*. So hatte Tante Bellas Zorn sicherlich eine gewisse Berechtigung, doch hätte sie nicht zuvor anrufen können? Dann wäre alles gerichtet gewesen. Als ihr Sermon nicht enden wollend war, schwoll auch meine Wut an, denn schließlich hatte ich mir alle erdenkliche Mühe gegeben, das Haus zu vermieten. Und außerdem: War es meine Schuld gewesen, dass sich Balder auf der Wohnzimmerwand verewigt hatte? Ein solch überraschender Aktionismus lässt sich doch beim besten Willen nicht einplanen!

„Mein dreijähriger Groß-Neffe Alexander ist schon intelligenter und geschickter als du!", schimpfte sie lautstark, „Aber woher sollst du's denn haben? Deine Mutter kam ja aus der Gosse, bevor sie unser Herbert ... Na ja, jetzt liegen sie beide unter der Erde, hätt ja nicht sein müssen, der Autounfall. Wahrscheinlich hat sie ihm wieder dreingeredet, beim Fahren, wie sie's immer getan hat. Eh selbst keinen Führerschein, aber den Mund groß aufmachen. Gott hab sie selig, beide! Aber das Haus, mein Haus, das werde ich dem kleinen Alexander vermachen, weil ein Möchtegern-Akademiker ist eh zu dumm dazu! Du verlässt mir sofort das Haus! Am besten noch heute! Und deine reizenden Gäste ebenso! Ins Grab bringst du mich noch, mit deinen Flausen, aber dann werd ich dich als Geist drangsalieren, das versprech ich dir, du Nichtsnutz!"

Während sie mich und dann auch noch meine geliebte verstorbene Mutter zutiefst beleidigte, klammerte ich mich in Scham und Wut an den nächstbesten Gegenstand, ein Fleischermesser, was aber auch keine vernünftige Lösung des Konflikts versprach.

Da die Tante noch in derselben Nacht nach London weiterfliegen wollte, musste ich ihr wenigstens nicht das Bett überlassen. Sie rang lange nach Luft und ich ließ sie dabei allein, um meinen Zorn abzuarbeiten, indem ich im Keller des Hauses noch bis zum Morgengrauen eine verschmutzte Badewanne reinigte und mich am nächsten Vormittag mit notwendigen Holzarbeiten beschäftigte, denn im Flur galt es, eine ganze Reihe schadhafter Holzdielen auszuwechseln, über die ich bislang nur einen langen Teppich geworfen hatte. Um sie wenigstens ein wenig am Knarren zu hindern, polsterte ich die Dielen mit Biogas abgefüllten Plastiksäcken, in die ich davor mit einer Klebepistole biogenes Material eingeschweißt hatte, in der Hoffnung, dies würde eine Ewigkeit halten. Die Schwierigkeit bestand darin, dass man vor der Gasentwicklung abdichten musste, um aus den Plastikplanen Luftkissen zu formen.

Widrige Umstände

Das Imperium schlägt zurück. Auf dem Bahnsteig war inzwischen sogar eine Metalltafel montiert worden, auf der der Appell deutlich zu lesen war, in tief eingegrabenen Lettern: *"Beware of persons accosting you at the railway station and offering cheap accomodation. This might be illegal and also dangerous for you !!!"* Mit drei Rufzeichen dahinter, für jeden von uns eines: eines für mich, eines für Mozart und eines für Skylla. „Das kommt eindeutig einer *Geschäftsschädigung* gleich, einer *Kriegserklärung*, genauso könnten sie uns eine Tafel vorsetzen, auf der steht: *Für Hunde und Künstler ist der Zutritt verboten!!!* Eine ähnliche Tafel hatten ja die englischen Besatzer in den zwanziger Jahren an das Eingangstor zu Shanghais Teehauspark gehängt, die Unerwünschten waren damals die chinesischen Einwohner.

Warum „*might be*"?, überlegte ich, die billigen „*accomodations*" werden ohnehin nur illegal angeboten, weil sich das Vermieten anders gar nicht rechnet. Außerdem würde eine Anmeldung auch teure Umbauten nach sich ziehen, weil dann gewisse Standards erreicht werden müssten. Die Prägung dieser Inschrift musste auch Skylla kränken. Ich sprach mit Mozart darüber, aber er winkte ab und versprach, sich nicht *unterkriegen* zu lassen. Die Verantwortung im Falle eines Strafverfahrens trüge ohnehin die Eigentümerin, meinte er. Solche Prognosen verschafften mir keine Erleichterung, denn ich bildete bekanntlich ein Ein-Mann-Unternehmen. Ich kam mir nicht anders vor als eine Gurkenpflanze, die von einer benachbarten Zucchini-Staude überwuchert wird. Deren Blätter sind stets rascher zur Stelle, als sich die Gurkenpflanze entwickeln kann. Man müsste also rascher wachsen, um nicht von der Konkurrenz in den Schatten gestellt zu werden.

Ich fühlte mich wie *Violetta* in der Oper *La Traviata*, wenn ihr der Arzt die Rose zurückbringt. Die Zeiger der riesigen Bahnhofsuhr drehten sich schneller, immer schneller. Die Farben vergingen, denn in der Ferne warteten die Hoteliers und ihre Vertreter wie die Männer aus den René Magritte-Bildern: Alle in gleichen graugrünen Anzügen und gleich graugrünen Schuhen sowie schwarzen Melone-Hüten auf dem Kopf. *Der bedrohte Vermieter* könnte dieses ungemalte Bild von René Magritte heißen.

An die Außenwand des Bahnhofrestaurants gelehnt, wunderte ich mich darüber, dass Mozart so gut Deutsch sprach. Er verbrachte jährlich nur eine Sommersaison in Österreich und sprach von früh bis spät meist englischsprachige Reisende an. Skylla bezahlte ihn zwar gut, weil er das Wochenende durch schaffte, aber davon konnte er sicherlich nicht ein ganzes Jahr lang leben. Was trieb er die restlichen sechs Monate lang, wenn er – wie er sagte – in New York weilte? Er wollte es mir nicht verraten. Sobald wir auf dieses Thema zu sprechen kamen, verschloss er sich und strich plötzlich den Konkurrenten heraus. Sein Geheimnis war das einzige Private, das sich Mozart in der gläsernen Welt des Bahnhofs bewahren konnte. Ein Geheimnis kann eben nur dann seine Lebenskraft erhalten, wenn es streng verschlossen bleibt. Sobald es sich auch nur zwei Leute teilen, beginnt es sich bereits zu zersetzen. Manchmal jedoch zersetzt sich ein Geheimnis von allein, wenn man etwa etwas Unüberlegtes anstellt oder wenn man mit einer Situation konfrontiert wird, die man nicht vorhersehen konnte. Dann kann es für andere eine Offenbarung bedeuten, zuzusehen, wie dieses Geheimnis zerfällt.

„*Zerfallen*" gehört zur gleichen Wortfamilie wie „*zufallen*". Und ein solcher *Zufall* wollte es, dass eine mir bekannte Salzburger Uni-Assistentin aus dem Zug stieg. Sie war Irin, hatte jedoch englischen Migrationshintergrund. Begleitet wurde sie von Rasputin. Ich habe einmal in Drehpunktkultur gelesen, dass in Salzburg nach dem Jahr 1945 jeder Zehnte für irgendjemanden spioniert hat und diese Szene ist wahrscheinlich noch immer nicht vollständig verschwunden. Man merkt es, wenn man von jemandem bis ins kleinste Detail über seine Einstellung zu irgendeiner Sache ausgequetscht wird, das beginnt schon bei Diskursen über Kunstwerke und über Lektüre. *Wir sind Lockvögel, Baby!*

Ich wollte ihnen nicht begegnen. Die beiden konnten mich nicht sehen, weil ich mich hinter den Verschlag des Fotoautomaten zurückgezogen hatte. Hinter dem geschlossenen Vorhang konnte ich mitverfolgen, wie sie sich tratschend den Bahnsteig entlang bewegten, indem sie immer wieder danach Ausschau hielten, ob sie beobachtet würden. Als sie dann unerwartet auf Mozart trafen, der gerade hastig um die Ecke bog, spürte ich einen schalen Geschmack im Mund. Mozart hielt an, blickte sich um, und als er sich vergewissert hatte, dass niemand die Gruppe beachtete, öffnete er die Hand zu einer kurzen Berührung. Er kam danach direkt an mir vorbei, und bevor ich mein Auge vollständig zurückzog, konnte ich noch sein leicht gerötetes Gesicht erkennen. Sein Instinkt hatte ihn gewarnt. Hier also liegt der Eingang zu deinem verborgenen Labyrinth, dachte ich, bevor ich von einer Gruppe überdrehter Gören aus meinem Versteck vertrieben wurde.

Die Forelle

Eigenartig, dass man gerade dann, wenn man am zufriedensten sein müsste, Langeweile empfindet und auf der Suche nach einem Kick sich selbst und andere in Gefahr bringt. Ich war rückfällig geworden und versuchte noch einmal mein Glück, auf dem Bahnhof Sommergäste zu finden. Mozart war nicht mehr da. Hatte man ihn angezeigt? Hinter der blauen Schürze von Fama, der Toilettenfrau, war Skylla zu erkennen. Aber sie machte keine Anstalten, zum einfahrenden Zug zu kommen. Ich musste Vorsicht walten lassen, denn René Magritte ließ grüßen. Glücklicherweise brauchte ich eine Rucksackreisende nicht lange zu überzeugen. Sie war leicht von Begriff und sah ein wenig wie ein *Blumenkind* aus. Eigentlich war es weniger ihr Äußeres als ihr Auftreten, das in mir diesen Eindruck erweckte: Sie schritt federleicht in Sandaletten einher, obwohl sie einen Tramper-Rucksack umgeschnallt hatte.

Beim gemeinsamen Konsum von gereiften Birnen erfuhr ich schließlich auf Tante Bellas Gartenbank, dass sie aus Alaska kam. Eigentlich war sie Indianerin und in Chicago aufgewachsen. Chicago sei für sie und ihre Familie ein schwieriger Boden gewesen. Das Glasscherbenviertel habe nicht nur die üblichen Nachteile gehabt. Auch einer der gefährlichsten Massenmörder der USA habe jahrelang in einer der Blechhütten nebenan gewohnt. Dieser Sadist und Masochist habe große und kleine Menschen verschleppt, verstümmelt, getötet. Sie habe nur *weg* gewollt, aus Chicago, nichts wie *weg*, beteuerte sie. Auch das Angebot, als Lehrerin früh in Pension gehen zu können, sei verlockend gewesen, um sich nach Anchorage/Alaska zu melden. Wer eine öffentliche Stelle nördlich des 49. Breitengrades antrete und die langen Winter überdauere, der dürfe mit nur 42 Jahren in Pension gehen, sagte sie, und den Lebensabend in Florida verbringen.

Der Nachmittag war wieder einer von jenen sonnigen und wolkenlosen, bei denen man immer auch einen Blick nach oben richten muss, weil dann Flugkapitäne übermütig werden können und einander bei der Arbeit fotografieren, wobei sich in der Regel zwei Jets gefährlich nahe kommen. Der Garten könnte zum Schauplatz des größten Dramas werden oder des schönsten, hat einmal der Autor Peter Handke in einem Interview gesagt. Auf die Indianerin bezogen, schien der Garten für keine der beiden Möglichkeiten der geeignete Ort zu sein, denn sie strebte danach, die Weite der Landschaft zu ermessen. Um mithalten zu können, musste ich tüchtig in die Pedale treten, diesmal nur symbolisch. Wie man denn in Alaska so lebe, fragte ich sie dann, als wir zusammen auf einer Decke am weiten Ufer des Moorsees lagen und chillten. Sie habe sich eine Hütte gezimmert und schlichte alljährlich Brennholz rundum auf. Das isoliere zusätzlich, meinte sie. An der Wand über dem Bett habe sie ein Gewehr hängen, das wäre das wichtigste Requisit ihrer Einsiedelei.

Ob sie denn Schneehasen jage, fragte ich lachend. Aber sie antwortete todernst, dass sie damit auch auf Menschen zielen würde, wenn einer es wagte, ihr Brennholz zu stehlen. Der Diebstahl von Brennholz im Winter könne für den Bestohlenen den Tod bedeuten, deshalb sei ein solches Vergehen gleichwertig mit einem Pferdediebstahl im *Wilden Westen* des 19. Jahrhunderts. Schwer vorzustellen, dass eine so sanfte Indianerin dermaßen konsequent sein könnte. Ich betrachtete ihre feuchte Haut, die grünlichgelb schimmerte, wie der Film einer frisch gefangenen Forelle. Ein solches Schimmern, die Steirer nennen es den „*Nix*", hatte ich bis dahin nur auf der Haut von Menschen gesehen, die im sonnenarmen Hallstatt wohnen, wohin ich immer wieder mal mit dem Fährboot übersetze, weil einen das Fluidum dieses uralten Ortes in den Bann zieht. Die Bewohner dort verfügen über so wenige Siedlungsplätze, dass Tote wieder ausgegraben und deren Knochen in einem Beinhaus gestapelt werden müssen. In dieser Höhle kann man noch den keltischen Schädelkult nachvollziehen. Jeder Schädelknochen wurde aufwändig beschriftet und nicht selten mit Ranken bemalt, welche wohl an die Wiedergeburt erinnern sollten. Auch Gnigl hat ein Beinhaus, das einzige im Land, aber die meisten Schädel verschwanden aus ihren Schreinen. Auf dem Bild daneben tragen die Armen Seelen Ketten des keltischen Totengottes. Paul Delvaux stellt uns auf seinem surrealistischen Ölbild *Der Ruf der Nacht* eine ebensolche keltische Welt vor, die dem heutigen Betrachter derart fremd erscheint, dass er sie nicht einmal mehr erkennt und als ein unwirkliches Tagtraumgespinst des Malers interpretiert. Paul aus Gosau hat mir zu diesem Thema erzählt, dass der Totengräber von Hallstatt wegen der hohen Frequenz der Sterbefälle auf dem viel zu kleinen Friedhof eines Tages nicht mehr aus noch ein wusste. Wohin mit den vielen Knochen, musste er sich fragen. Wie der tragische Held im antiken Drama würde er sich in jedem Fall schuldig machen, egal, welchen Lösungsweg er beschritte. Eine Möglichkeit war, die Toten erst gar nicht zu begraben und an die Friedhofsmauer zu lehnen, bis die Raben das Werk vollenden würden. Solches war vor dreihundert Jahren einem keltischen Bergmann passiert, der im Inneren des Salzbergs zweitausend Jahre lang auf eine Parzelle im Friedhof gewartet hatte und gerade dann aufgefunden wurde, als es im Friedhof wieder einmal just keinen Platz gab. Die andere Möglichkeit, die der Totengräber gehabt hätte, meinte Paul, wäre gewesen, bereits bestattete Tote wieder auszugraben, die noch zu kurze Zeit unter der Erde lagen. Unser Mann entschied sich für die zweite Variante und exhumierte Skelette, an denen noch stinkendes Fleisch und saftende Eingeweide hingen. Was blieb ihm anderes übrig, als die Knochen abzuschaben, damit kurzerhand seinen Rucksack voll zu stopfen und die unverkäufliche Ware mit nach Hause zu nehmen, wo er im Garten noch eine Stelle dafür fand! Weil in Hallstatt Platz zum Wohnen und ebenso für die ewige Ruhe fehlt, beschränken sich aber auch die Gartenausmaße auf ein Postkartenformat. Als sich der Zeitraum zwischen den Todesfällen noch weiter verkürzte und die unbestatteten Toten immer zahlreicher wurden, reichte bald auch sein eigenes Gärtchen nicht mehr aus. Daher reiste der Mann mit seinem Rucksack bis nach Gosau, wo er im dortigen Kirchendiener auf einen verständnisvollen Kollegen traf. So viel zur Expansion der Hallstattkultur nach Gosau.

Die Indianerin und ich zogen im Moorteich mehrere Schwimmlängen. Sie rieb sich mit keinem Handtuch trocken und wehrte sogar mein Angebot mit den Worten ab, sie pflege nie eines zu verwenden. Ich erkannte, wie fremd und doch zugleich anziehend diese naturnahe Lebensweise auf mich wirkte. Wie die *Fische* von Man Ray lagen wir dann da, ein seitenverkehrtes surreales Bild in Öl: Sie ganz Fisch und ich auf dem besten Wege dazu, einer zu werden.

Ich glaube mich daran erinnern zu können, dass Indianer erst als Erwachsene einen vollständigen Namen bekommen, daher nannte ich sie fortan *Mel*, eine Abkürzung von *Melusine*. Ich hatte den Eindruck, Mel war es völlig egal, was von Salzburg sie sah. Sie zeigte ein völlig konträres touristisches Verhalten, das selbst erfahrene Touristiker noch nicht kennen dürften. Es existierte kein ausgeprägter Wunsch, die Innenstadt zu besichtigen oder irgendeine Tour zu buchen. Sie nahm das Leben so, wie es ihr zufiel. Was sie mitnehmen wollte von hier, ich konnte es mir nicht denken. Doch gerade diese Leichtfertigkeit machte sie unglaublich anziehend. Also saßen wir noch im Dunkel der Nacht am Moorsee und redeten und redeten, während sich meine Verwandlung in einen Fisch fortsetzte. Als sich inzwischen die Erde dem Meteoritengürtel näherte und die ersten Brösel der interstellaren Materie am Nachthimmel verglühten, zeigte ich mit den Augen nach oben und eröffnete ihr, dass sie sich nun etwas wünschen dürfe. Jede Sternschnuppe gäbe einen Wunsch frei. Auch ich wünschte mir etwas von den Plejaden. Was das war, kann nur ein Testosteronproduzent erraten. Unsicher fragte ich nun etwas, was ich nie fragen hätte dürfen. Aber sie antwortete, sie hätte sich gewünscht, dass sie jetzt mit den tschechischen Jungs zusammen wäre, die sie ein paar Tage zuvor kennen gelernt hatte. Diese wären ganz einfach nach ihrem Geschmack gewesen. Das schmerzte.

Da die honigfarbene Mel unter meinen Gästen etwas Herausragendes darstellte, was nicht zuletzt damit zu tun hatte, dass ich es noch immer nicht fassen konnte, bei ihr nicht gepunktet zu haben, machte ich sie am nächsten Tag mit einer von mir erfundenen Sportart bekannt, die ausschließlich dem Naturerlebnis diente, nämlich mit dem *Bachbett-Wandern*. Dazu reisten wir per Bahn nach Golling, marschierten in ein Seitental des Hauptflusses und kletterten am Talschluss ins Bachbett, wie es Fischen gebührt. Zunächst schritten wir auf den Schotterbänken vorwärts, tasteten uns dann über größere Rundlinge, und im Bereich der Blöcke hieß es dann wieder klettern. Je näher wir an die Karstquelle herankamen, die im Moment relativ trocken dalag, desto schwieriger wurde das Orten einer Route zur Annäherung, desto größer wurden die Hindernisse, desto gefährlicher auch unsere Situation, denn im Falle eines raschen Wasseranstiegs hätten wir keine Chance gehabt, seitlich hochzuklettern. Außerdem fehlte mir noch das letzte Stadium der Metamorphose zur Fischgestalt.

Das Bachbett verwandelte sich schon seit geraumer Zeit in eine Wanne, die gewaltige Kräfte aus dem harten Gestein geschliffen haben mussten. Vom Himmel war nur noch ein schmaler Streifen zu sehen, der alles andere als beruhigte. Und am Rand des Troges, der sich bald über uns zu verschließen drohte, verspreizten sich die Wurzeln angrenzender Waldbäume ziellos im Nichts. Wie hätte René Magritte diesen Ort gemalt? An der Horizontlinie wäre sicherlich wieder eine schwarze Melone sichtbar gewesen!

Ich erinnerte mich weiters an eine *Figaro*-Inszenierung, die ich in einer Hauptprobe life miterleben hatte dürfen: In einer Mauerkulisse war hoch oben eine einzelne kleine Fensteröffnung ausgespart gewesen. Damit Kinder erkennen konnten, dass es die Gräfin ist, die sich als Susanne verkleidet auf der Bühne hin und her bewegt, konnte man die echte Susanne im Fenster sehen. Genau so öffnete ich auf unserer Felswand jetzt ein kleines Fenster der Angst, in dem sich der Bach ungebändigt vorwärts schob, während wir uns im trockenen Bachbett noch sicher wähnten. Es dauerte einfach, bis man sein eigenes Herz nicht mehr pochen spürte.

Die Genussphase startete dann mit der Wahrnehmung der Wellenlängen: Die Farben der aalglatten Felswände schillerten in bunten und zahlreichen Streifen, wie man sie sonst wahrscheinlich nur in den Gebirgen Marokkos oder Kaschmirs erleben kann. Das war der Anlass, warum ich die Indianerin hierher geführt hatte. Die Schroffheit der Alpen verwandelt sich hier in rundliche, gefällige Formen, denen an Körperlichkeit erinnernde Konkavitäten gegenüberstehen. Man fühlte sich inmitten des Schoßes von Mutter Natur, tief unterhalb jeder Art von Oberfläche, man lehnte sich gegen den Steinüberhang, richtete den Blick nach oben. Es war wie der Eintritt in ein Hypogeum, kurz vor dem letzten Schritt zur Anderswelt. Ich hatte das Smartphone dabei und mit je einem Stöpsel im Ohr lauschten die Indianerin und ich Webers *Freischütz*. Mit dem jeweils freien anderen Ohr horchten wir in die Stille der Schlucht hinein. Niemand würde uns hier vermuten, niemand würde uns hier finden. Hier konnte einer auf seine Wiedergeburt warten! An der seitlichen Felswand hatte sich ein kleiner kristallklarer Tümpel feucht halten können. Darin zog eine junge Bachforelle einsame Spiralbahnen. Ob sich in einer gegenläufigen Spirale zum Milchner je ein Rogner gesellen würde? Leider nein! Nach der Rückfahrt musste ich das Alaska-Mädchen in der Altstadt zurücklassen. Wenn man sich bezahlen lässt, für die Übernachtung, dann gibt es auch keine enge Freundschaft, lernte ich beim Abschied. Nicht einmal einen Adressen-Austausch. Auch kein großzügiger Rabatt schuf da Abhilfe. Hatte ich die falschen Fragen gestellt?

Die Mietskaserne

Die Frist, die uns die Bahnhofsuhr gesetzt hatte, lief ab.
Die Bahnhofsuhr setzte ihre Schlussakzente.
Ich konnte mich in diesem Fall nicht gegen die Zeiger des Zeitgeistes auflehnen.
Die widrigen Umstände veranlassten mich, für meine freien Räume eine andere Nutzungsform zu überlegen. Ich musste mich wohl doch auf die Möglichkeit einer längerfristigen Variante des Vermietens konzentrieren.
Deshalb kontaktierte ich meine Cousine Holly, die schon seit ihrer Kindheit von fremden Mieten lebte. Als ich damit herausrückte, dass ich aus ihren Erfahrungen lernen wolle, lud sie mich sogleich in ihre Mietskaserne in der Neustadt ein, direkt gegenüber jenem Gebäude, in dem die geheime jüdische Organisation Bricha nach 1945 Flüchtlinge aus dem Norden gesammelt und betreut hatte.
„Aus dem großen Haus in dieser tollen Lage könnten wir beide doch ein gut gehendes Hotel zaubern!", schlug ich ihr angesichts der noch gut erhaltenen Parketten vor, doch Holly winkte sogleich ab: „Was glaubst du, was das für eine Arbeit wäre!" Sie musste es wissen, denn sie war lange Zeit Stubenmädel gewesen, drüben im *Sheraton*, zu einer Zeit, als ihre Mutter noch lebte und ein Peter Maffay ihr mehr als Autogrammkarten präsentierte. Ob ich jemanden wüsste, der eine Wohneinheit sucht, fragte sie, und nannte eine Preisvorstellung, die mir den Atem verschlug. Mir wurde rasch klar, dass ich mit meinem Lebkuchenhäuschen im Heilsarmee-Bereich rangierte, was Nächtigungspreise betraf.
Die Lagerräume im Hinterhof wurden von einer islamischen Kulturgemeinschaft genutzt. Als Cousine Holly die Führung dorthin ausweiten wollte – sie hatte uns zwei Tage zuvor angemeldet – verwehrte man ihr den Eintritt. Ein Verantwortlicher vom Männerrat hatte telephoniert, die *Hodscha*, so der Titel der Frontfrau, dürfe keinen Mann in die Versammlungsräume der Frauen eintreten lassen, auch nicht in die Vorräume. „Sie müssen verstehen", wandte sie sich im Türrahmen stehend auch an mich: „unsere religiöse Moral verbietet Männern den Einlass!" Ich antwortete, das könne ich sehr wohl verstehen und respektieren, ich hätte ohnehin nie den Wunsch dazu geäußert. Mir war diese Situation, in die mich Holly da brachte, schrecklich peinlich. Doch Cousine Holly, die von allen Mietern nur *Frau Holle* genannt wird, ließ nicht locker: „Vor zwei Tagen habt ihr noch „ja" gesagt, und nur weil es inzwischen einem Funktionär nicht passt, wollt ihr die Abmachung brechen? Ihr müsst euch langsam emanzipieren!"

Die *Hodscha* sah das nun auch ein klein wenig ein und gab den Widerstand auf, sodass wir wenigstens die Vorräume einsehen durften. Durch die Türöffnung in den Speisesaal hinein bemerkte ich vier junge Frauen mit Kopftüchern, die beim Frühstück saßen und plauderten. Sobald sie mich bemerkten, wandten sie sich sittsam ab.

Zurück im Hof vereinbarte die Cousine noch etwas Organisatorisches. Inzwischen wartete ich respektvoll ein paar Meter weiter an der Hausmauer des niedrigen Frauenhauses, mit gesenktem Kopf, quasi in ebensolcher Selbstzensur wie die Frauen vorhin. Als ich einmal kurz den Blick hob, ertappte ich jedoch die gleichen vier jungen Frauen dabei, wie sie sich unmittelbar vor mir in eine kleine Fensteröffnung zwängten, um mich unzensuriert von oben bis unten mustern zu können. Ich errötete vor Scham. Als ich dann doch den Blick hob und ihnen in die Augen schaute, nahmen sie Reißaus.

Frau Holle hatte in dieser Stadt nie wirklich einen Job gefunden, auf dem man aufbauen könnte. Daher war sie gezwungen gewesen, Bettzeug aus dem Fenster zu hängen. Täglich zwischen Goldmarie und Pechmarie unterscheiden zu müssen, das fiel auch ihr nicht leicht, denn in ihren Auftritten mimte sie die *Rentenkapitalistin* nur. Sie musste sich täglich von Neuem ein Herz aus Stein abtrotzen.

Den Rest des Vormittags verbrachten Frau Holle und ich im Café Wernbacher, unter den samtenen Platanen des einzigen Ringstraßenstücks, das Salzburg besitzt, der Franz-Josef-Straße. Die Kellnerin Gülay Ühserl hantelte sich bauchfrei unsere runde Tischplatte entlang. Als sie die dicke Brieftasche wieder unter die große Schleife der weißen Schürze über dem schwarzen Minirock klemmte, fragte sie mich: „Guckst du heuer wieder Berge?"

„Möglich, kommst du diesmal mit?"

„Ich muss leider arbeiten, ich brauche das Geld für die Hochzeit! Meine Eltern haben mich für den Heiratsmarkt großgezogen!"

„Habt ihr schon einen Termin?", fragte ich, doch da nahm sie bereits am nächsten Tisch Bestellungen auf und ich fühlte mich um die Hoffnung betrogen, an einer türkischen Hochzeit teilnehmen zu dürfen. Dabei hätte ich so gern einmal Epen-Sänger mit *Guslar*begleitung gehört. Diese Tradition des Epenvortrags auf einer dreisaitigen Gitarre muss schon mit Homer begonnen haben. Die Türken scheinen die älteste Erzähl-Tradition Europas als einzige Nation bis heute bewahrt und nach Hallein mitgebracht zu haben, jene einstmals von Kelten und heute zum Großteil von Türken bewohnte Stadt im Schatten Salzburgs, an der Fernbusroute von Istanbul nach München gelegen.

Im oberen Lammertal

Mit Balder Landmann, dem Baggerfahrer, verband mich inzwischen so etwas wie lose Freundschaft. Er hörte sich alles an, was ich zu sagen hatte, und absorbierte es. Ich konnte ihm inzwischen sogar zumuten, dass er seine berufliche Tätigkeit kritisch zu sehen im Stande war. So schrieb ich ein Protestgedicht gegen die Zerstörung durch Bulldozer, das er erheitert wahrnahm. Wie bislang all meine Verse heftete ich auch diesen Text in Serifenschrift an den Kühlschrank im Kebab-Laden an der Hauptstraße, wo alle Gedichte über Gnigl zu finden sind. Irgendjemand hat irgendwann damit begonnen, dort seine und andere Gedichte in einer transparenten Hülle aufzuhängen. Andere haben es nachgemacht und so habe auch ich mich begeistert daran beteiligt.

Mit Balder wollte ich das Wochenende über wieder nach Spuren der Kelten forschen, um seine Frage beantworten zu können, ob das Lammertal nicht schon in vorchristlicher Zeit besiedelt gewesen sein könnte. Die Leute am Land hielten ihn für verrückt, wenn er solche Gedanken äußerte, denn in der Dorfchronik steht festgeschrieben, dass die Geschichte des Tals erst im Hochmittelalter beginnen darf. Diesmal wandten wir uns dem ehemaligen Nährgebiet der Zunge des Lammertalgletschers zu, also der Gegend um den Hauptort Abtenau. Dieses uralte Kulturgebiet ist heute durch eine Landesgrenze zweigeteilt, der Radochsberg könnte aber in der La Tènezeit infolge der keltischen Salzproduktionszentren Hallstatt und Hallein eine wirtschaftliche Brücke gebildet haben.

Auf dem Radochsberg kannte Balder eine Bäuerin, die eine wichtige lokale Sage, die *Sage vom Rührstab*, wusste, deshalb suchten wir sie auf. Ein *Rührstab*, erklärte sie, sei das Gegenstück zum *Rührkübel*, einem zylindrischen, abgeschlossenen Holzdaubenfässchen, in dem der Rührstab als ein beweglicher Schlägel stecke, der so lange hin und her bewegt werde, bis sich aus dem Rahm die Butter gebildet hat. Den Aussagen einer zweiten anwesenden Bäuerin nach musste die Sagenhandlung etwa so lauten: „Es war an einem Heiligabend, als der Bauer des Thurn-(gesprochen Durn-)-Hofes bemerkte, dass sie auf der Alm den Rührkübel vergessen hatten. Also sollte der Knecht hinaufsteigen, um ihn zu holen. Dafür wurde ihm die beste Kuh im Stall versprochen. Aber in den Raunächten durfte man die Dämonen nicht herausfordern, sondern man sollte besser im gesegneten Bereich des Bauernhofs bleiben. Der Knecht hielt sich jedoch nicht daran, nahm den *vieräugigen* Hofhund mit und trat den stundenlangen und gefährlich verschneiten Weg zur winterlichen Alm an. Als sie bereits den Kammwald durchqueren, hörten sie drohendes Raunen aus der Dunkelheit beiderseits des Wegs. Naturgeister ärgerten sich laut, dass sie keine Macht über den Knecht bekommen konnten, weil er seinen vieräugigen Hund dabeihatte. Der Hund wie der Knecht fürchteten sich sehr. Als sie die Almhütte in der Thurnau-Senke erreichten, band der Knecht den aufgeregten Hund am Geländer an und betrat das Gebäude, um den *Rührkübel* zu holen. Sobald er aber ins Freie trat, zerrten da zwei kläffende Hunde an der Leine. Dem Knecht war sofort klar, dass etwas nicht stimmen konnte. Er überlegte, welcher Hund wohl der echte wäre. Er dachte sich, der, der ihm *„am schönsten täte"*, wäre loszubinden. Und so tat er auch. Den, der ihn ansprang und abschleckte, den band er los, der andere knurrte bloß. Doch damit hatte er den falschen Begleiter erwischt. Noch während des Aufstiegs zur Passhöhe wuchs und wuchs der schwarze Hund, bis er Mannesgröße erreicht hatte. Gleich vier Augen funkelten den Knecht böse an, bevor er, der Teufel, den Armen *„hinunter riss"*. An dieser Stelle schaut heute noch der Rührstab heraus."

„Ist denn der Rührstab eine Felsnadel, von denen es in der Gegend so viele gibt?", fragte ich. Doch die Bäuerin wollte nicht so recht damit herausrücken. Sie drückte lange herum, weil es ihr offensichtlich wieder peinlich war, die Sache zu erzählen, aber ich ließ nicht locker.

„Es ist so eine Stelle auf der Alm, von der lange Zeit gesagt wurde, dass die Kühe dort nicht fressen würden. Aber das stimmt nicht. Ich habe mit einem Almbauern geredet: Heute weiden dort die Kühe wieder!" Mit diesen Worten wollte die Bäuerin die ganze Geschichte vom Tisch wischen, doch ich hakte nach:

„Und wie erkennen die Viehhüter diese Stelle?"

„Na ja, durch einen Stab!"

„Also doch eine Steinnadel?"

„Nein, nicht mehr."

„Warum *nicht mehr*, wurde sie gesprengt?"

„Nein, das ist eine leicht moorige Stelle und die Hüter stecken dort einen Stecken hinein."

„Wer steckt den hinein?"

„Jeder, der vorbeikommt und sieht, dass keiner mehr darinsteckt."

„Was, jeder, der vorbeikommt, ersetzt den verlorenen Stecken, damit der Rührstab erhalten bleibt?"

„Ja, so ist es."

Diese unglaubliche Stelle wollten wir uns zeigen lassen. Das roch förmlich nach Tabuisierung eines keltischen Brauches. Die Schmöllmoosbäuerin zeigte uns zunächst einmal, wie ein echter Rührstab aussieht. Sie brachte zwei uralte Exemplare vom Dachboden herunter. Es handelte sich um einen Stab, an dessen einem Ende ein rundes Sieb mit fünf oder sechs Löchern befestigt war. Als zweite Scheibe war lose der Runddeckel des Butterfassels daraufgeschoben. Beim Buttern musste dieser am etwa 60-80 cm langen *Rührkübel* fixiert werden. Seine Besonderheit verdankt der Rührstab zunächst einmal seiner Beschaffenheit aus Holz. Somit dürfte er der älteste ungeschützt stehende Holzgegenstand des Landes sein. Wegen der starken Verwitterung muss er oft erneuert werden.

„Lasst du ihn mir mal reinstecken?", fragte ich die Bäuerin und führte den Rührstab in das Butterfass ein, das hier *Rührkübel* genannt wird. Die Schmöllmoosbäuerin befürchtete, dass im Gelände derzeit gar kein Rührstab zu finden wäre, denn in der Vorwoche, als sie nach ihren Schafen Ausschau gehalten habe, wäre keiner *dringesteckt*.

Für das Setzen eines neuen Rührstabs wäre es unbedingt notwendig, ein Kreuz einzukerben, ansonsten gehe der Stecken nicht als Rührstab durch, betonte die Bäuerin, doch im Moment fehle ihr die Zeit dazu. Dieses Kreuz, sagte sie, müsse genau am Scheitelpunkt des Steckens eingekerbt werden. Ganz offensichtlich bildet es zusammen mit der Rundung des Stabs das alte Wettersymbol, das schon auf dem langen Stab des bronzezeitlichen Sonnenpriesters sichtbar war. Diese Markierung also würde einen Stab zum Rührstab machen, nicht die beiden daran montierten Scheiben, der Butterfassdeckel und das Sieb. Darüber waren wir erstaunt, denn einen deutlicheren Hinweis auf den Sonnen- und Wetterkult der Bronzezeit hätten wir nicht erwarten können. Die Bäuerin wunderte sich ihrerseits, dass wir die Stelle unbedingt besichtigen wollten. „Wenn der Rührstab fehlt, sieht man sowieso rein gar nichts!", sagte sie.

Doch wir ließen uns nicht vertrösten und insistierten, weil wir mehr als sie wahrnehmen konnten.

Beim Aufstieg wählte die Bäuerin statt dem Güterweg den alten Pfad, der in einem katastrophalen Zustand war. Trotzdem behauptete die Bäuerin: „Das ist ein guter Weg!" Ich lernte daraus, dass ein *guter* Weg im Volksmund eigentlich ein *schlechter* Weg ist und nur deshalb als gut bezeichnet wird, weil er sich aus irgendeinem anderen Grund bewährt hat, indem er z.B. im Sonnenschutz des Saumwaldes verläuft.

Als wir den breiten Kamm des Tabor-Berges erreichten, öffnete sich ein wunderschönes Hochtal. Wir stiegen in eine tektonische Bruchzone ein, entlang der sich in verschiedenen Geländestufen beckenförmig Wasser sammelte. Auf den moorigen Hochwiesen wuchsen Blutwurzen, Klapperdeckel, die sich als Rasseln verwenden lassen, und wilder Thymian, der sich auch zum Würzen von Speisen eignet. Als wir das Weidegebiet ihrer Schafe erreichten, streichelte die Bäuerin ihre herbeieilenden Tiere. Es hatte uns schon überrascht, dass sie keine Wasserflasche mitführte. Im nächsten Moment beugte sie sich über ein Gerinne und trank in vollen Zügen. „Auf der anderen Seite dieses Hügels entspringt eine zweite Quelle, nahe der Stelle mit dem Rührstab!" Jetzt erst fiel mir auf, dass nie vom Rührstab allein die Rede gewesen war, sondern dass die Betonung auf einem *Platz*, einer *Stelle* lag. Sobald wir einige sperrige Baumleichen überwunden und den nächsten Sattel überquert hatten, lag uns eine moorige Senke zu Füßen, das *Terreiro* des Rührstabs.

Ich war erleichtert: Der Rührstab war an seinem alten Platz. Seit letzter Woche musste ihn wieder jemand implantiert haben, denn die Bäuerin hatte die Wochen zuvor dort keinen gesehen.

„Früher führte der alte Saumweg über den *Tabor* hier vorbei", erklärte die Bäuerin, „Ich weiß noch aus der Kinderzeit, dass die *Altvorderen* diesen Weg *Samweg* genannt haben." In Gedanken zeichnete ich eine virtuelle Landkarte. Unter uns lag das Almgebiet der östlichen Postalm, darunter die *Thurnau*, wohin der Knecht der Rührstab-Sage im Winter aufgestiegen sein soll. Die Rührstab-Stelle befand sich ein paar Meter weit unterhalb des höchsten Sattels über den Tabor, wo für den Hirten, der den Bergrücken vom Lammertal her überquerte, zum ersten Mal das Almplateau zu sehen war. Der Rührstab könnte als ein Wegzeichen in Form eines Berührungsheiligtums zu deuten sein, ein Pendant zur tibetischen Gebetstrommel. Zugleich wird er wohl als ein Fruchtbarkeitssymbol gedient haben. Fruchtbarkeit und Segen für die Alm. Einige Bauern aus Abtenau haben rundum alte Weiderechte. Noch heute scheint es sie zu beruhigen, wenn dieses Fruchtbarkeitssymbol und zugleich Sonnensymbol erneuert wird.

Solches war im Leben der Schmöllmoosbäuerin schon zwei Mal der Fall gewesen. Sie zerbrach sich den Kopf darüber, wie die Sage vom Rührstab in der Realität abgelaufen sein könnte. Die Bäuerin erinnerte sich, dass in ihrer Kindheit noch ein echter Rührstab in der moorigen Senke unterhalb des Sattels steckte, also ein stabförmiger Geräteteil, an dem ein runder Butterfassdeckel lose und ein rundes Sieb fest montiert waren. Die Lokalhistorie erzählt, dass keiner den Rührstab, also nicht bloß – wie heute – einen Stecken, entfernen könne, aber jeder, der vorbeiginge, versuche es, berühre also den Segen bringenden Rührstab.

Das Herausziehen eines originalen Rührstabes wurde auch ein bisschen durch das Prinzip der Saugglocke, des Vakuums, verhindert. Aber man brauchte sicherlich nicht viel Kraft aufzuwenden, um ihn herauszuziehen. Trotzdem besteht die mündliche Überlieferung darauf, dass ihn *einer* nicht herausziehen habe können. Das erinnert an die keltische Überlieferung vom fest steckenden Schwert *Excalibur*, das man so lange nicht aus dem Stein herausziehen könne, bis der Auserwählte käme. Wer wäre wohl der Auserwählte für den Rührstab?

„Es wird auch gesagt, dass die Kühe rund um den Rührstab kein Gras nicht fressen, daran können sich ältere Bauern noch erinnern!", betonte die Bäuerin. Infolge des Klimawandels dürfte die früher moorige Stelle inzwischen abgetrocknet sein und das Gras, das jetzt dort wächst, meinte die Bäuerin, fräßen die Kühe, wenn man sie ließe. Doch man lässt sie nicht. Heute gehört die kleine Senke zum Schafweidegebiet und ein elektrischer Zaun verhindert das Eindringen der Rinder.

Wenn man den Rührstab auf die Landschaft bezieht, dann könnte das Hineinstecken und Herausziehen auch ein ritueller Zeugungsakt sein. Mit dem Einsetzen des Stabs in den Boden wird sozusagen das Sommerhalbjahr in Gang gesetzt. Mit dem Datum der Sage, dem Weihnachtsabend, wird wohl die Wintersonnenwende gemeint sein. Der Kern der Sage könnte also darauf hinweisen, dass der Rührstab in vorchristlicher Zeit im Frühjahr hoch über der Alm und im Winter, wenn der Boden hart gefroren war und auf der Alm die Dämonen zu Hause waren, im Tal implantiert wurde, in der Nähe des Thurnhofes, beim Felsschopf des Möslberges. Damit verbunden könnte eine aus den Raunächten bekannte Prozession gewesen sein, denn es heißt in der Sage auch, dass der Bauer sorgenvoll seinen Hof umrundet haben soll, als der Rührstab nicht zurückkam, sprich die Fruchtbarkeit sich nicht einstellte!"

„Solche Prozessionen um die eigenen Grundgrenzen oder innerhalb aller Räume eines Hauses werden heute noch am Weihnachtsabend durchgeführt. Wir nennen das *Räuchern*, weil mit Weihrauch die Dämonen ausgetrieben werden sollen, also alles Schlechte!", ergänzte Balder. „Wenn Schnee liegt, sieht man, dass ein Weg um den Möslstein herumführt, wie eine Spirale, von unten nach oben wird er immer enger! In einer anderen Sage ist sogar die Rede davon, dass die Kühe des Thurnbauern zu Weihnachten sprechen können und die Zukunft voraussagen!"

„Dieser Umstand könnte bedeuten, dass es hier zur Wintersonnenwende ein Orakel gab. Schließlich verschwindet der Knecht ja in einem Schlund! Damit könnte auch eine Weissagungshöhle - wie das *Karlsohr* am Fuß des Untersbergs - gemeint sein."

Die Bäuerin betonte immer wieder, wie schaurig es im Winter auf dem Tabor-Berg wäre. Was sie im Winter hier oben mache, fragte ich. Doch sie lenkte ab. Vielleicht fürchtete sie sich vor der vieräugigen Bestie, die sie hier erwarten könnte. Besser, die Bäuerin nimmt sich einen Ochsen mit herauf als einen Hund, dachte ich, denn der Brunner-Bauer aus Strobl-Weissenbach hatte mir einmal erzählt, dass ihnen bei der Holzarbeit im Winter oft die Finger abgefroren wären, wenn sie nicht die nassen Fäustlinge abgezogen und die klammen Finger rechtzeitig ins warme After der Zugtiere gesteckt hätten.

In seiner Sagensammlung *Celtic Twilight* beschreibt der irische Schriftsteller William Butler Yeats den schwarzen Hund, der wächst und wächst, als einen mythischen Dämon, der auf einsamen Straßen erscheine und einen verfolge. Yeats berichtet auch, dass der Flüchtende das Schwinden seiner Kräfte proportional zum Wachsen des Hundes verspüre, als ob er ausgesaugt würde. So werde der, der den schwarzen Hund erblickt, mutlos und verzweifelt.

Wende man sich vom Licht ab, der Dunkelheit zu, müsse man dies mit dem Leben bezahlen, könnte es in moderne Ausdrucksweise übersetzt heißen. Oder so: In der dunklen Zeit kann man nur schwer ein Fruchtbarkeitsritual in der Almregion durchführen, denn dort herrschen zu dieser Zeit die Dämonen! Die dunklen Mächte reißen einen dort in die Finsternis, sobald man nicht mehr von *Aengus/Targitaios/Ahuramazuda* begleitet wird. Daher im Winter ein Ritual in Hofnähe.

Ich stellte mir einen keltischen Priesterkönig vor, der mit seinem Sonnenstab auf dem Tabor-Berg den Fruchtbarkeitsritus vollzieht. Während des Jahres hat dann das Volk die Aufgabe, den Stab immer frisch zu halten oder neu zu implantieren. Vielleicht sollten daran ja stets frische Triebe erkennbar sein? Geschnittene Weidenzweige würden diese Aufgabe erfüllen, wenn man sie in feuchte Erde steckte, wie sie an der moorigen Rührstab-Stelle vorhanden war.

„Erkennst du jetzt, woher die Frühlingsbräuche kommen, Balder?", fragte ich, „der Brauch der Palmbuschen, dem vielleicht ein Ritus mit dem Grabstock der ersten Ackerbauern zugrunde liegt, und der eigenartige Brauch zu Fronleichnam, die Prozessionswege mit Alleen aus frischen Birkentrieben zu schmücken? In manchen Orten wurden noch vor wenigen Jahren ganze Birken in den Straßenasphalt gerammt, nachdem man diesen zuvor angebohrt hatte! Verrückt, nicht wahr? Man zerstörte in Vorbereitung auf das Fest den teuren Straßenbelag!"

„Könnte durch den Rührstab nicht einfach eine Gefahrenstelle markiert worden sein?" fragte Balder.

„Dann müsste ein markanter Reliefwechsel zu sehen sein! Die Sage berichtet zwar, dass der Teufel mit dem Knecht in die Tiefe gefahren wäre. Aber es gibt hier weit und breit keinen Abgrund! Die Sagenhandlung ist also unstimmig, auch in Bezug auf die Katharsis.

Es muss der Bevölkerung gelungen sein, hinter der scheinbaren Moralerzählung die Schilderung eines Grabstock-Ritus zu verstecken, wie er aus

Australien bekannt ist! Am *Uluru*, ihrem heiligen Berg, treffen sich Aborigines seit Jahrtausenden, um gemeinsam einen Grabstock zu implantieren."

„Ja, die alte Zeit," seufzte die Bäuerin, „da gäbe es noch viel zu erzählen!"

Auf der Rückfahrt über den Radochsberg passierten wir die Zufahrt zum Thurnbauern. Da fiel mir ein, dass sich der Name *Thurn* vielleicht von *Duna* ableiten ließe, der keltischen Erdgottheit, in Irland *Maeve* genannt. Der auffällige *Thurnkegel* könnte folglich ebenso mit Erdmutter *Duna* in Verbindung zu bringen sein.

„Warum nicht den Thurnbauern fragen?" forderte ich Balder zum Reversieren auf. Er tat es bereitwillig. Doch dieser Bauer, der mit seiner Frau und seiner Freundin unter einem gemeinsamen Dach lebte, wusste nur noch wenig über seine Hof-Sage zu berichten. Ein einziges, aber unverkennbares neues Detail konnte er allerdings ergänzen. Er behauptete felsenfest, dass nach der Höllenfahrt des Knechts aus der Rührstabsage dessen Eingeweide, besonders Herz und Leber, am Christtagsmorgen an der Stalltür gehangen wären. Herz und Leber, das soll doch auch jener Jäger als Beweisstücke mitbringen, der den Auftrag hat, Schneewittchen zu beseitigen. In irischen Geschichten kehren diese Organe gern paarweise wieder.

„Es fällt auf, dass mit dem Thurnbauernhof auf dem Möselberg gleich zwei verschiedene Sagen punktgenau lokalisiert sind! Der Möselberg muss in vorchristlicher Zeit eine besondere Bedeutung gehabt haben! Wenn man auf der Landkarte vergleicht, bildet der Möselberg am Zusammenfluss von Lammer und Rigausbach ein Dreieck, wie der Bauch einer Frau! Wenn sich das die *Altvorderen* ebenso gedacht haben, könnte der Möselberg Teil des Körpers der Erdgöttin Duna gewesen sein. Es soll im Rigaustal dahinter sogar ein Gegenstück geben, einen Phallusbrunnen."

Der deutsche Keltenexperte Wolfgang Meid schreibt, die gallisch-keltische Bezeichnung für Maeve, die Große Mutter, wäre „*Rigani*" gewesen. Die gleiche Wurzel also wie der Talname „*Rigaus*". Das Rigaustal als eine überdimensionale Furche, die Spalte der *Großen Mutter*, in die der Knecht gerissen wird?

Wir hatten die zentrale Aussage der Rührkübel-Sage zunächst nicht erfassen können, doch am nächsten Morgen stand sie mir so deutlich vor Augen, als hätte sie mir Lugs Rabe zugeflüstert: Durch den Aufstieg auf die Alm zur Unzeit begeht der Knecht einen Frevel. Und sobald der Rührkübel, wahrscheinlich nicht der Kübel selbst, sondern nur der Rührstab, das Symbol für die Wiedergeburt des Esus/Cerunnos, zur falschen Zeit berührt ist, wird am Beispiel des Hundes sichtbar gemacht, was die Strafe für diesen Frevel ist: Die Kleeblatt-Flecken der Augen und Backen des Hundes, Zeichen eines

Dämons, werden glutrot und unermesslich groß, je weiter sie sich von der Almhütte entfernen. Der französische Keltenforscher Jacques Hatt berichtet in Zusammenhang mit der Dürrnberger Schnabelkanne, dass für Esus/Cerunnos Menschen geopfert wurden, als Vergeltung für Tabubrüche und in der Form, dass der Frevler mit seinen vier Gliedmaßen an vier gebogene Weidenäste gebunden und von diesen nach dem Loslassen in vier Stücke „gerissen" wurde. Das bedeutet dann aber, auf unsere Sage übertragen, dass der frevelnde Knecht von seiner Dorfgemeinde in vier blutrote Flecken gerissen wurde, nur Herz und Leber wurden öffentlich zur Schau gestellt, wie auch der Thurnhofbauer erzählt hat."

Die Bäuerin hatte extra den Begriff „(hinab) gerissen" gewählt, indem sie sich gleichzeitig hinter vorgehaltener Hand ziemlich zurücknahm, als ob sie vor Furcht erschaudern würde. Offenbar übermannte die Zuhörer früher an dieser Stelle der Erzählung wirklich das Grauen, denn was dem Frevler passierte, müsste eigentlich „entzweigerissen" bzw. „geviertelt" lauten. Die Sage droht also mit einem grausamen Menschenopfer, sobald ein rituelles Gebot in Zusammenhang mit der Wiedergeburt des Sommerhalbjahrs missachtet wird.

Tage später erinnerte ich mich daran, dass im Nationalmuseum von Cagliari eine sardische Bronzestatuette existiert, die einen Kriegerdämon darstellt, der vier Arme und vier Augen hat und auf dem Kopf einen Stierhörner-Helm trägt, der übermächtige Kraft vortäuscht. Könnte das nicht die Urform des Teufelshundes von der Rührstab-Sage sein? Vom Hörnerhelmgott der Sumerer über die Etrusker, Veneter, Kelten könnte diese Vorstellung auch bis ins Lammertal gelangt sein. Der Hund mit vier Pfoten, vier Augen und vier extrem gespitzten Ohren. Ich könnte mir vorstellen, dass sich aus den Stierhörnern der sumerisch-sardischen Hörnerkappe der keltische Torque entwickelt hat. Denn die Stierhörner waren um das 2. Jahrtausend v.Chr. ein Rang- oder Statussymbol, das auch potenziert vorkam. Ebenso waren die Torques bei den Kelten Status- und Rangzeichen, wurden allerdings um den Nacken getragen, mit dem offnenen Ende nach vorn. Zusätzlich repräsentierten die Stierhörner sexuelle Potenz und hatten Abwehrfunktion gegenüber dem Bösen. Dies dürfte auch auf die Torques zutreffen.

Zwischen Hallstatt und Hallein

Nach dem nächsten Vortrag des Grabungsleiters im Halleiner Keltenmuseum konnte ich Balder schon mehr zur Fragestellung sagen, ob das obere Lammertal - als Verbindungsraum zwischen Hallstatt und Hallein - von Kelten bewohnt gewesen wäre. Wir trafen uns dazu in der Therme Vigaun und schwammen ins Außenbecken, wo wir eine gute Sicht auf das keltische Bergbau-Siedlungsgebiet auf dem Dürrnberg hatten. Aus dem Dampf des leicht salzigen Wassers, das aus der Therme ins Freie strömte, erhoben sich Wolkenrosse, die gleichsam als *Wilde Jagd* über den Kamm des *Rossfeldes* trabten und zwischen ihren acht Beinen die Sonne vor sich her trieben, so lange, bis sie hinter dem *Hahnrainkopf* verschwand, der höchsten Erhebung des keltischen Siedlungsgeländes.

„Was wir bisher wussten, war, dass der Hallstätter *Plassen* und der Halleiner *Dürrnberg* zwar schon in der Kupferzeit dauerhaft besiedelt gewesen waren, dass aber die wirtschaftlich bedeutende Salzproduktion auf dem Dürrnberg erst begann, als die Blütezeit der Produktion in Hallstatt bereits am Abklingen war. Vor ein paar Tagen noch hätte ich dir womöglich weismachen wollen, dass es mehrere verheerende Bergstürze gewesen sind, die die Hallstätter gezwungen haben, das Salzkammergut zu verlassen und auf den Dürrnberg auszuwandern. Inzwischen wurde ich durch den Vortrag des Grabungsleiters in meinen Anschauungen korrigiert. Gleich vorweg sei gesagt, die Verkehrsverbindung zwischen beiden Produktionsstätten, die über das Lammertal gelaufen sein soll, dürfte völlig unbedeutend gewesen sein und daher eine Besiedlung des Tals nicht zweckmäßig."

„Wie erklärt sich der Vortragende, dass es in Halstatt zu einem so intensiven Salzabbau kam? Das Plassenmassiv ist ja nicht gerade leicht zu erreichen gewesen, daher müssen die Transporte aus dem Salzkammergut nach draußen sehr mühsam gewesen sein!"

„Lange Zeit war man der Meinung gewesen, die Ursache für den Beginn des Hallstätter Salzbergbaus im 9. Jh. v. Chr. wäre ausschließlich eine rasche Klimaänderung von trocken zu feucht gewesen. Im Übergangsklima zwischen beiden Extremen hatte die bislang übliche Konservierung von Fleisch, das Lufttrocknen, in zunehmendem Ausmaß nicht mehr funktioniert. Da es nun viel häufiger regnete, konnte Fleisch in der Folge nicht mehr ausschließlich durch Trocknung, sondern viel besser durch Salzkonservierung haltbar gemacht werden. Aber für die Unmengen an Salz, die gefördert wurden, gab es auch einen anderen Anlass, den Grabungsleiter Stefan Moser wunderbar erläuterte: In den Jahrhunderten der Entwicklung anderswo hatten die Hallstätter einen gewaltigen ökonomischen Schritt vollzogen, aus der Not eine Tugend gemacht. Sie feilten an der Fleischverarbeitung und an der Perfektionierung des Salzabbaus. Die Abbaumethode der frühen Bronzezeit war zwar nicht mehr zeitgemäß, indem man mit dem Pickel parallele Rillen in die Salzstöcke schlug und die Mitte dann herausbrach. Aber man gestaltete die Arbeitsmittel funktioneller aus. Was gehauen wurde, das wurde auch gefördert, und zwar in Ledertragsäcken. Statt eines zweiten Traggurts lag dem Knappen ein Holzknüppel über der Schulter, der es ermöglichte, die Last gleich in Wollsäcke abzukippen, ohne den Tragsack abnehmen zu müssen.

Eine ökonomische Revolution erfolgte geradezu auf den Gebieten der Fleischverarbeitung und des Exports. Während das Salz im Berg oben abgebaut wurde, schlachtete man unten im Tal Schweine und zerteilte sie in der Weise, dass zwei tadellose Hälften entstanden. Die Köpfe trennte man ab und verwendete die Unterkiefer als Traggriffe für die Schweinehälften, die ins Hochtal hinauf geschleppt wurden. Das muss ziemlich mühsam gewesen sein. Auf der Anhöhe vor den Bergwerkseingängen wurden die Schweinehälften dann zehn Tage lang in große Salzwannen gelegt und am Ende in einen leeren Bergwerkstollen gehängt, wo sie vom abziehenden Rauch geselcht wurden, der beim Kochen und durch die Leuchtspäne in anderen Stollen entstand. Auf diese Weise reifte ein hervorragender und begehrter Rohschinken heran. Nicht nur das Fleisch, sondern auch das abgebaute Salz bekam im 9. Jh. v. Chr. eine optimierte Form verpasst, eine Art Herz-Form. Es war die Aufgabe der Frauen, diese bis zu 40 kg schweren Salzherzen, die von den Männern herausgebrochen worden waren, an die Oberfläche zu tragen. Das Salzherz war ein Markenartikel, der die Marke Hallstatt von der Konkurrenz in Hallein und St. Johann im Pongau unterschieden hat."

„Inzwischen wurde das Salzherz ersetzt durch das Nougatherz der Konditorei Zauner in Ischl!", lachte Balder, „Das wiegt nur ein halbes Kilo!"

„Es ändert sich eben im Grunde nicht viel! Heute schmeckt das Herz eben süß statt salzig. Jedem Zeitalter seine Geschmacksrichtung!"

„Wie lange dauerte damals die Wochenarbeitszeit? Die 40-Stunden-Woche wird es ja noch nicht gegeben haben!"

„Die Hallstätter haben keine Freizeit gekannt, auch kein Rentenalter. Man musste ein Leben lang hart und schwer arbeiten und war dabei auch noch sehr sparsam. Zu essen gab es nur Abfallfleisch, also viel Fett, mit Bohnen und Gerste vermischt. Das schönere und bessere Fleisch ging in den Export. Gekocht wurde in einem Kegelhalsgefäß, und zwar im Berginneren, in der Nähe der Arbeitsplätze. Es gibt heute noch in Kroatien eine Zubereitungsmethode im Kegelhalsgefäß, die ziemlich beliebt, weil schmackhaft ist und langes Köcheln voraussetzt. Das Feuermachen in den Stollen hatte die angenehme Folge, dass die heiße Luft nach oben hin entwich und in der Folge Frischluft von draußen hereinzog. Käse brachte man in Spanschachteln in den Berg."

„Dann ging es den Bergleuten ja gar nicht mal so schlecht!"

„Doch. Sie führten ein erbärmliches Dasein. Der Genuss von Rohschinken führte nämlich zur Entstehung von lästigen Darmparasiten, wodurch die Hallstätter an Dauerdurchfall litten. Dazu kam der Lausbefall. Mit Unmengen an antiseptisch wirkendem Pestwurz versuchte man zumindest das Afterleiden zu lindern. Alte Stollen sind gefüllt mit Kot und Pestwurzblättern. Gekleidet waren die Bergleute in braun und blau karierte Wollstoffe und kegelförmige Leder- oder Fellmützen, wobei man das Fell innen trug, sowie einer Art Lederhandschuhe ohne Handrückenbedeckung. Im Berg trug man an Kleidern, was man draußen bereits ausrangiert hatte, weil es schon abgetragen und vielfach geflickt war.

Am Wendepunkt der älteren zur jüngeren Hallstattzeit, also im 6. Jahrhundert v. Chr., verringerte sich die Salz-Produktion in Hallstatt. Die Gründe dafür mögen zwei dramatische Bergstürze gewesen sein, vielleicht auch die schwierige Höhen- und Verkehrslage und das kalte und nebelige Mikroklima des Ortes. Wahrscheinlich haben auch Muren immer wieder die Zugänge verlegt. Der Wiener Universitätsprofessor für experimentelle Archäologie, Wolfgang Lobisser, ein geborener Hallstätter, behauptet sogar, der zunehmende Holzmangel wäre verantwortlich zu machen, verursacht durch den intensiven Stollenbau, was ich eher nicht nachvollziehen kann, in Anbetracht des Waldreichtums im Salzkammergut."

„Hat man zu dieser Zeit auch schon auf dem Dürrnberg Salz abgebaut?"

„Die Salzfunde auf dem Dürrnberg waren schon seit dem 5. Jahrtausend v. Chr. bekannt gewesen. Aber es gab lange keinen systematischen Abbau, vielleicht benötigte die Kupferregion Pongau alle potentiellen Kräfte oder es gab gerade leicht verfügbares Salz aus dem Mittelmeer. Jedenfalls begann sich der Bergbau auf dem Dürrnberg erst Mitte des sechsten Jh. v. Chr. zu intensivieren.

Nach Aussage des Grabungsleiters Stefan Moser zogen die Bergleute nicht von Hallstatt auf den Dürrnberg, sondern es handelte sich um unbekannte Migranten mit einer neuen und sehr ausgereiften Technik. Sie veranlassten einen Neustart rund um den Hahnrainkopf."

„Wer hat größere Salzmengen angekauft? Streusalz gab's ja damals noch nicht, auf den winterlichen Straßen."

„Der erhöhte Salzbedarf kam aus aufstrebenden böhmischen Fürstentümern. Man sagt ja heute, dass die *Bayern* von den *Boiern* den Namen tragen, also den Siedlern in Böhmen, dem Land der Boier, eines Keltenstammes."

„Gab es hier auch Katastrophen, ich meine Rückschläge, in der Salzproduktion?"

„Ja, wie drüben in Hallstatt gab es auch hier auf dem Dürrnberg Tagwassereinbrüche. Eine Klimaänderung könnte die Ursache gewesen sein. Der Niederschlag wurde mehr und heftiger, was Muren verursachte."

„Lassen sich große Unterschiede feststellen, zwischen den Bergwerken in Hallstatt und auf dem Dürrnberg?"

„Ja, sehr große. Die Bergleute auf dem Dürrnberg verwendeten eine ganz andere Werkzeugtechnik. Anstelle des Bronze-Pickels mit Tannen- oder Eichenholzschaft griffen sie von Beginn an zu einem Eisenpickel mit einem Schaft aus Buchenholz. Weiters betrieben sie Filetbergbau entlang von Salzadern und sie schürften nach oben, in Richtung Decke, indem sie sich auf Arbeitsbühnen stellten. Die Schleifsteine stammten seltsamerweise aus den Südalpen. Vielleicht stammten auch die Bergleute von dort."

„Das waren damals die Mitbürger mit Migrationshintergrund!", lachte Balder. „Hat man hier auch Rohschinken erzeugt?"

„Noch weitaus mehr! Weil der Dürrnberg ein viel sanfteres Relief als der Hallstätter Plassen hat, konnte man die Tiere lebend anliefern. In diesem Fall waren es keine Schweine, sondern Rinderherden, die man den *Reingraben* herauftrieb. Produziert wurde nicht nur Salz und Pökelfleisch, sondern auch Leder. Neben den Lebensmitteln wurden Sklaven gehandelt. Der Handelsradius erstreckte sich bis Böhmen und bis zum Mittelmeer. Die Dürrnberger Bergleute ernährten sich auch ganz anders als die Hallstätter. Sie müssen häufig Steaks gegessen haben, denn man fand in den Exkrementen der Bergwerksschächte nur Muskelfasern und keine Knochen. Aber auch viel Obst und Weißdorn konnten nachgewiesen werden."

„Sie verkehren eben bereits im Reformladen auf dem Kapitelplatz!", scherzte Balder, „Bei derart gesunder Kost haben sicherlich viele Menschen auf dem Dürrnberg gelebt?"

„Der Berg bot viel zu wenig Platz für diese Masse an Neusiedlern. Die Leute wohnten so dicht beieinander, dass neue Fundamentbalken auch über alte Gräber gelegt worden sind. Und das alles auf einem Sumpfgelände, sodass man direkt von einem Klein-Venedig sprechen kann."

„Ist der Dürrnberg durch eine Festungsmauer verstärkt worden?"

„Nein, weil der Zugang zur Siedlung, der *Reingraben*, leicht zu verteidigen war, hielt man keine Befestigung für notwendig. Um 500 v. Chr lässt sich eine starke Bevölkerungszunahme auf dem Dürrnberg feststellen. Der Zuzug könnte aber auch im Wesentlichen vom Hellbrunnerberg aus geschehen sein. Dort ist um diese Zeit ein Siedlungsvakuum feststellbar und die Neusiedler aus Hellbrunn unterschieden sich in ihrer Tracht nicht von den Dürrnberger Kelten."

„Sind denn auch Hallstätter auf den Dürrnberg übersiedelt?"

„Das weiß man nicht genau. Der Halleiner Dürrnberg lief dem Hallstätter Bergwerk auf dem *Plassen* zumindest den Rang ab. Beide Produktionsgebiete existierten aber noch zweihundert Jahre lang nebeneinander, was auf eine hohe Nachfrage an Salz hindeutet. Offenbar hatte sich die Hallstätter Salzkonservierung europaweit durchgesetzt. Als später die Nachfrage zurückging, deckte der Dürrnberg jahrhundertelang überwiegend allein den Salzbedarf in weiten Bereichen Mitteleuropas, so lange, bis auch hier das Holz zur Neige ging."

Der uns gegenüber liegende Dürrnberg wartete direkt darauf, von uns beiden betreten zu werden. Nach Ablauf der Gültigkeit unserer Eintrittskarten für die Therme Vigaun fuhren wir in Balders Karre steil bergauf, und zwar zur höchsten Stelle, wo von den Kelten ganz zuletzt Bergbau betrieben worden war. Überall stießen wir auf Abraumhalden aus Taubgesteinsbrocken und aufgefüllte Bingen, auch eine viel versprechende kleine Höhle in Fußhöhe.

„Kann man heute noch Knappenlöcher sehen?", fragte Balder.

„Die Einstiege zu den keltischen Bergwerken sind leider mit Taubgestein zugeschüttet. Die Schürfstellen liegen hier rund um den Hahnrainkopf, also höher als jede keltische Siedlung. Im Gegensatz zu Hallstatt konnte man zunächst im Tagbau arbeiten, dann folgte man den Kernsalzbänken bis in eine Tiefe von 240 m. In Hallstatt drüben mussten sie erst eine Taubgesteinsschicht in einer Mächtigkeit von 50-70 Metern durchstoßen, um zum Salz zu gelangen. Die Technik dazu hatten die Hallstätter Kelten beim Kupferbergbau im Pongau entwickelt."

„Blieb der Dürrnberg dann bis in unsere Zeit das wichtigste Abbaugebiet?"

„Nein, auch der Dürrnberg wurde abgelöst, und zwar vom Karlstein bei Bad Reichenhall. Um 100 v. Chr. gab es auch auf dem Dürrnberg einen dramatischen Bevölkerungsschwund. Die verbliebenen Siedler rückten mit ihren Hütten um 100 Höhenmeter hinauf, wo Sonne und Aussicht besser waren oder aber mehr Holz vorhanden gewesen sein könnte.

Der Dürrnberg lag in dieser Zeit übrigens am Rand des Königreichs des Stammes der Vindeliker. In Karlstein bei Reichenhall dürfte dann noch ein Vindeliker-Fürst mit Münzrecht residiert haben, doch pflegte man in dieser späten Zeit wieder intensivere Kontakte mit der Mittelmeer-Region, wodurch Meeressalz als Massenware ins Land kam und die Kochsalzproduktion vor Ort wieder einmal an Bedeutung verlor.

Das war periodenweise eben mehrmals so in der Geschichte: Nur dann, wenn die Einfuhr aus Italien schwierig wurde, erreichte die Salzproduktion nördlich der Alpen einen Höhepunkt."

„Heute ist es ja umgekehrt. Da müssen wir im Winter Salz aus Israel importieren, um über die Runden zu kommen, denn die heutigen Salzherren produzieren zu wenig Streusalz auf Halde. ... Wieso gibt es eigentlich hier oben ein Mauthaus?"

„Das ist die Staatsgrenze, die hier oben kreuz und quer verläuft. Grenzüberschreitungen zuhauf. Wir befinden uns auf österreichischem Staatsgebiet, aber wir können uns gleich um die Ecke mit einer bayerischen Bäuerin unterhalten!" Als ich bei derselben nachfragte, zeigte sie sich sogleich sehr interessiert und wies mich auf eine Stelle hin, wo man kurz zuvor - nur einen halben Meter hinter ihrem Zaun - eine Mädchenleiche geborgen hatte.

Eine Mädchenleiche? Es handelte sich um ein keltisches Mädchen. Dieses muss zwergwüchsig und dermaßen leidend gewesen sein, dass es Unmengen an verschiedenen Talismanen in Form von Metallanhängern, Muscheln, Glasperlen und Halbedelsteinen um den Hals hängen hatte. Die Bäuerin erwies sich als fachkundig: „Als Amulette haben sie das Rad, die Axt, das Dreieck, ein Omega aus Draht, einen Achsennagel und drei *Klapperbleche*, also Blechteile an Kettchen, getragen."

„Diese sind auch schon in Hallstatt gebräuchlich gewesen", fügte ich hinzu, „wahrscheinlich Symbole für den Donnergott!"

„Ja, die Amulette sollten eben *das Heil herbeischwören*. Bernstein hat man diesbezüglich eine ganz besondere Kraft zugeschrieben. Manchmal verwendete man aber auch Scheiben aus menschlichen Schädeldecken, mit drei Bohrlöchern versehen, als Talismane!", ergänzte die bayerische Bäuerin.

„Diese dem keltischen Schädelkult entspringende Glückssymbolik dürfte ein Vorläufer für die heute so beliebten *Linzer Augen* sein!", entgegnete ich lachend, „eine Mehlspeise, die aus zwei beinfarbenen Mürbteigrädern besteht, dazwischen blutrote Ribiselmarmelade. Das obenauf liegende Teigrad hat auch drei Bohrlöcher!"

„Sie Ekel!", rief die junge Bäuerin und schlug mir gegen die Hüften. Doch ich ließ mich nicht abhalten: „Die Kelten waren Kopfjäger. Wahrscheinlich haben sie die Kopfjagd von den Skythen übernommen. Weil der Kopf als Sitz der Kraft und Lebensenergie angesehen wurde, galt es, den Kopf des Feindes zu erbeuten, ihn dann ans Portal seines Hauses zu nageln oder in Öl einbalsamiert aufzubewahren, um ihn jederzeit zur Schau stellen zu können."

„Darf ich Ihnen meinen Kopf im Öl zeigen, gnädige Frau?", scherzte Balder über die Hauptbeschäftigung Jugendlicher an Wochenenden.

„Durch Erbeutung des Schädels ging das *Orenda*, ein Name für magische Kraft, auf den neuen Besitzer über, was auch durch das Trinken aus der Schädeldecke verdeutlicht wurde. Bei den Kroaten und Skythen gab es für diesen Zweck sogar Becher aus Schädelknochen."

„Ah geh, woher wolln ´S ´n des wieder wissen?"

„Im *Kronprinzenwerk* können Sie das nachlesen, einem sehr informativen Buch von Kronprinz Rudolf über die einzelnen Kronländer der österreichisch-ungarischen Monarchie! Aber Sie haben ja die Ludwigs als Herrscher gehabt, die haben so etwas nicht geschrieben!"

Balder und ich suchten vergeblich nach der so genannten *Hexenwand* des Mosersteins, zu deren Füßen das *Schnabelkannengrab* mit der *Nummer 112* liegen musste. Wir fanden auch jene Felsritzungen nicht, die laut Fachliteratur als Hinweis darauf vorhanden sein müssten. Als ich die Bergungsfotos aus dem Jahr 1932 zum Vergleich mit dem natürlichen Relief in die Höhe hielt, ließ sich keine Übereinstimmung feststellen. Fehlanzeige. Das Einzige, was wir auf dem Moserstein fanden, war ein eigenartiger Lochstein, der nur zur Hälfte angebohrt war.

„Ich nehme ihn mit! Als Archäologietourist begeht man die größten Fehler aus Unkenntnis. Man sollte grundsätzlich kein Fundstück wegwerfen, auch wenn es sich zunächst nicht einordnen lässt!", sagte ich zu Balder auf dem Rückweg zum Auto.

„Weißt du, mein Vater hat einmal in der hethitischen Ausgrabungsstätte *Hatussas* von Kindern einen schwarz gebrannten Tonkegel eingetauscht, in den ein primitives Gesicht geritzt war, ein fürchterlich primitives: zwei

Äuglein und ein *Smilie*-Mund. Er hat mehr aus Mitleid mit den Kindern getauscht denn aus Sammelleidenschaft. Als ich den Kegel in der Erbmasse gefunden habe, habe ich ihn gleich in die Mülltonne geworfen, weil er nicht attraktiv genug aussah. Inzwischen musste ich zur Kenntnis nehmen, dass ich eine der ältesten Menschendarstellungen der Welt besessen und vernichtet habe!"

„Dann lass uns auch diesen Stein besser mitnehmen!"

„Wir sollten jetzt gehen!", mahnte ich zum Aufbruch. „Ich habe uns telefonisch bei Frau Baucis, der Nachbarin und Freundin der bayerischen Bäuerin, angemeldet. Ihr Mann Philemon ist seit kurzer Zeit gehbehindert. Ich kenne die beiden inzwischen sehr gut. Daher erledige ich für sie hin und wieder Großeinkäufe in Hallein oder in der Stadt Salzburg und benütze dazu ihren Geländewagen. Hier heroben fühle ich mich wie zuhause!"

Das alte Ehepaar saß bereits beim Essen, als wir eintrafen. Die Bäuerin forderte uns auf, Platz zu nehmen und einen Teller voll mitzuessen. Die Leute am Dürrnberg freuen sich eben, wenn sich jemand für die Kultur interessiert, die unter ihrem Boden schlummert/e und sie weltberühmt gemacht hat. „Es gibt *Ritschert*!", sagte die Bäuerin und schob uns Teller und Löffel zu.

„*Ritschert*? Ist das nicht eine keltische Speise?"

„Kann schon sein", sagte sie, „wir essen das an keinen besonderen Tagen. Es ist ein typisches Bergmänner-Essen und gibt Kraft."

Während mich das Schlagen der Löffel auf den Tellern wie das Hämmern der Kumpel in den Stollen anmutete, erklärte sie laut schmatzend die Ingredienzien: „Fleischreste mit ungespellter Gerste und Saubohnen vom Hausgarten." Ich erinnerte mich daran, dass in den Därmen der keltischen Bergleute viele Muskelfasern verdaut worden waren, Fleisch, wie es in *Ritschert* enthalten ist. „Macht es eigentlich noch Sinn, hier zu leben, wo doch das Salzbergwerk aufgelassen worden ist?", fragte ich vorsichtig und in Sorge, unhöflich zu sein.

„Wir wohnen seit Menschengedenken hier oben und würden nicht im Traum daran denken, ins nebelige Salzachtal hinunter zu ziehen, nicht wahr, Baucis?", sagte Philemon, der Mann im Haus. „Unsere Familien haben sogar einmal den Glauben ändern müssen, um hier bleiben zu dürfen. Und wenn wir unsere letzte Gans schlachten müssten, nichts bringt uns von hier weg!" Ein Glanz von Zufriedenheit überzog ihre Gesichter.

„Auch nicht der Chef eines Energiekonzerns, mit einem Koffer voll Entschädigungsgeld?", fragte ich belustigt.

„Da müsste schon Jupiter persönlich vorsprechen!", behauptete Philemon seinen Standpunkt.

Post aus Deutschland

Der Briefträger überreichte mir Post aus Deutschland. Ich hatte mir vom hessischen Kultusministerium Dokumentationen über die Ausgrabungen auf dem Glauberg schicken lassen. 1995 war dort in einem Fürstengrab eine Bronzeschnabelkanne gefunden worden, deren Umriss mit der Dürrnberger Kanne identisch zu sein schien. Nebeneinander sahen die beiden wie *Kannenschwestern* oder *Schwesterkannen* aus. Beim Durchblättern der bilderreichen Kataloge war ich beeindruckt von den Ergebnissen des Penetrationsradars, das auch Gegenstände im Erdreich sichtbar machen kann, die bereits verrottet sind.

Beim ersten Anlesen erfuhr ich dann, dass Schnabelkannen mit Speisen gefüllt, sorgfältig in Leintücher verpackt und in einer rituell vorgegebenen Abfolge mit kostbaren Bändern umwickelt wurden. Danach wurde die Kanne oberhalb der rechten Schulter des Toten bestattet. Dafür soll es sogar ein gesondertes Begräbnis gegeben haben, was darauf schließen lässt, dass die Kanne selbst als ein Tier angesehen wurde, das den Verstorbenen in die Anderswelt hinüber geleiten sollte. Für diese Reise war sie mit Met und Fett gefüllt gewesen, in dem sich auch Leinsamenkörner befanden. Dies konnten die Forscher aussagen, weil sich ein einziges Leinsamenkorn zufällig erhalten hatte, indem die Kupferpatina ihre unmittelbare Umgebung so stark vergiftete, dass der biologische Abbau des Samenkorns verhindert wurde. Die Leintücher und Bänder hingegen waren zwar im Boden verrottet, aber sie konnten durch feinste Abdrücke im Erdreich rekonstruiert werden. Diesbezüglich hatte es sich von Vorteil erwiesen, dass das Erdreich rund um das Grab würfelförmig abgestochen und dieser Erdblock als Ganzes gehoben und ins Studio gebracht worden war.

Auch im Humus rund um die Bronzeschnabelkanne vom Halleiner Dürrnberg hatte es deutliche Kannenabdrücke gegeben, wie auf dem Dokumentarfoto aus dem Jahr 1932 deutlich zu erkennen ist. Sogar Finder bronzezeitlicher Goldschälchen aus Deutschland hatten wiederholt berichtet, dass etwas Haar- oder Ascheartiges vor ihren Augen zerfiel, sobald sie die Schalenhälften auseinandergeklappt hatten. Das waren ganz offensichtlich Textilreste gewesen.

Eine weitere interessante Einzelheit stach mir ins Auge. Das Transparentbild zeigte, dass der Tote mit der Schnabelkanne unweit seiner rechten Schulter möglicherweise über ein Kettchen verbunden war, denn es gab unerklärbare feingliedrige Metallreste. Dann müsste das Kettchen der Dürrnberg-Kanne beim Grabraub verschwunden sein. Es zeigt jedenfalls, dass der Tote auch für alle sichtbar an einem Wasservogel hing, der ihn in die Anderswelt mit hinüberziehen sollte.

Kundry

Als ich die Stirn in Falten legte, über beide Bücher gebeugt, läutete es und meine zweite Cousine Kundry stand in der Tür. Sie befand sich gerade auf dem Rückweg vom Friedhof des *Dorfes in der Stadt* und besuchte mich ohne Vorankündigung. Wahrscheinlich würde sie Tante Bella wieder Bericht erstatten, möglicherweise war sie gar von ihr dazu beauftragt worden. Ihren Absichten misstraute ich in jeder Weise.

Auf Anfrage, womit ich mich denn gerade beschäftigen würde, antwortete ich: „Mit dem Kannengrab! Außer der tollen Kanne hat das Dürrnberger Fürstengrab auch einen zweirädrigen Streitwagen beherbergt, aber die Ausstattung ist angeblich Grabräubern in die Hände gefallen. Die Entdecker des Grabs fanden nur eine zerbrochene *Linsenflasche*, also einen linsenförmigen Flaschenkörper, sowie Teile einer Schale und einer Schüssel. Mit Ausnahme dieser Scherben, einer kleinen Eisenfibel und Beschlagteilen des Streitwagens schienen die Grabräuber sämtliche Waffen und Schmuckbeigaben mitgenommen zu haben. Die prunkvolle Kanne selbst war laut Grabungsbericht offenbar deshalb übersehen worden, weil sie unter einer Felsnase gestanden war. Der Verstorbene muss zum Zeitpunkt der Bestattung noch auf seinem zweirädrigen Streitwagen gelegen sein. Ein solcher Wagen war bei Kämpfen oder bei Wettbewerben von zwei Leuten besetzt gewesen: dem Wagenlenker und dem Krieger. Sie mussten ein gut eingespieltes Team bilden und sie stellten das auch gern zur Schau. Die antiken Autoren waren von der mutigen Kampftechnik beeindruckt, weil sie sich an die heroische Zeit des Krieges um

Troja zurückerinnert fühlten. Ob der Fürst des Schnabelkannengrabes seinen Streitwagen einmal persönlich gelenkt hat, ist ungewiss, eher unwahrscheinlich, weil Streitwägen Statussymbol waren und meist extra für die Betattungszeremonie angefertigt wurden.

Die Gebeine des Schnabelkannenfürsten sollen später durch Grabräuber wild durcheinander gebracht worden sein. Dabei sollen sein Eisenschwert mit der kunstvoll verzierten Scheide, sein Bronzehelm, sein Schild, seine Lanze, eventuell auch Pfeil und Bogen und die möglicherweise noch erhaltene Lederrüstung geraubt worden sein. Möglicherweise nahmen die Grabschänder ebenso Kunstschätze, wie Amulette oder Ähnliches, mit.

Vielleicht hat aber auch nie etwas davon im Grab gelegen und die Knochen sind auf eine andere Art und Weise durcheinander geraten. Ein Technik-Experte des Salzburger Museums behauptet beispielsweise, dass es bereits in vorchristlicher Zeit üblich gewesen wäre, Sekundärbestattungen durchzuführen. Zu diesem Zweck habe man alte Knochen einfach beiseite geschoben!"

„Du mit deinem Gräberfimmel, bringst mich noch ganz durcheinander! Sag, graust dir gar nicht vor den Verstorbenen?", resümierte Cousine Kundry.

„Ich greif die Toten ja nicht an! Lediglich die Bilder davon!"

„Und was ist mit den Münzen, den Tonscherben und dem Beil, die du mir gezeigt hast? Die stammen doch auch aus Gräbern!"

„Ich hab die Sachen ja nicht ausgegraben, sondern nur so aus dem Boden gescharrt! Die Münzen bei einem nächtlichen Ausflug auf den Sandberg, das war von Wien aus organisiert, dazu musste ich mich nur stundenlang in den Bus setzen und dann ein bisschen im Licht des Vollmonds buddeln. Und das bronzezeitliche Beil vom Kapuzinerberg hat sicherlich auch in keinem Grab gelegen, sondern kann als ein so genannter Streufund bezeichnet werden."

„Du musst unbedingt auf deine Vorbildfunktion gegenüber der Gnigler Jugend achten, William! Auf eurem Friedhof sollen sich nachts Jugendliche herumtreiben, habe ich sagen hören, in langen Mänteln und Kapuzen. Sie sollen ausgelassen tanzen, sich vor nackten Tierschädeln verneigen und diese mit schwarzen Federn schmücken. Dazu murmeln sie gemeinsam Sprüche. Hast du das gewusst? Andere setzen sich auf Grabränder und sammeln so viele Grablichter um sich, wie sie ergattern können. Ich trau dir nicht, William! Lauter Teufelsfratzen auch auf deinen Ölbildern! Am Ende stehst auch du mit den Satanskulten in Verbindung!"

„Nein, gewiss nicht! Diesbezüglich kann ich dich beruhigen. Von den Esoterikern grenze ich mich deutlich ab, ebenso von den Hexenkulten. Mir geht es einzig und allein um die archäologischen Funde und ihre Einordnung in die Kunstgeschichte!"

„Ich bin erleichtert, dass du da nicht mitmachst. Ich geh gern auf euren Friedhof, ein lieblicher Ort. Er liegt so idyllisch und vermittelt Ruhe. Ein guter Platz für die Verstorbenen. Bin froh, dass wir da die Parzelle für deine Eltern bekommen haben!"

„Unsere Gasse gehört eigentlich schon zur Moor-Pfarre. Tante Bella werden wir wohl einst auf dem neuen Friedhof begraben müssen, mitten im Moor."

„Das heißt, man könnte sie später einmal als Moorleiche unversehrt wiederfinden!"

„Das sind die besten Voraussetzungen dafür, eine Untote zu werden!"

„Darüber kann ich nicht lachen. Dein Humor ist mir zu makaber! Du vermietest also jetzt allen Ernstes? Weiß Tante Bella davon?"

„Du wirst es ihr sicherlich sagen, davon bin ich überzeugt!"

„Willst du etwa ein Geheimnis daraus machen?"

„Es wird sich nicht verheimlichen lassen!"

„Du solltest dich besser deinem Studium widmen, William! Wann wirst du endlich damit fertig werden? ... Der Rasen müsste auch längst gemäht werden und was ist mit dem Loch da, mitten im Garten? Bildest du dir etwa ein, du könntest Keltenschätze finden?"

„Warum nicht, dieses *Dorf in der Stadt* ist doch eine keltische Gründung gewesen! Genau genommen späte Hallstattzeit, wenn man von der wunderschönen Haarnadel aus Bronze ausgeht, die am Fuß des Kühbergs entdeckt, wahrscheinlich wegen der geänderten Wegrichtung, der *Gnigl*, geopfert wurde."

Als Kundry weg war, tippte ich – angeregt durch die in Salzburg großteils noch unbekannte Lektüre aus Deutschland - folgenden Text in den PC ein und mailte ihn an die Wochenendredaktion der Tageszeitung:

Zur Entdeckung der Schnabelkanne vom Dürrnberg

Vor fast 80 Jahren, im September 1932, gab es einen sensationellen Fund in dem bereits geplünderten Keltengrab Nr.112. Der Altphilologe und Hobby-Archäologe Olivier Klose, pensionierter Professor am k.k. städtischen Gymnasium in den Räumen der heutigen Theologischen Hochschule, hatte in seiner Funktion als ehrenamtlicher Betreuer der Archäologischen Abteilung des Salzburger Museums Carolino Augusteum schon längere Zeit auf dem Dürrnberg bei Hallein gegraben, ohne dass er zunächst eine außergewöhnliche Entdeckung verbuchen hätte können.

Als es dann jedoch so weit war, wurde Professor Klose Opfer seines altruistischen Verhaltens gegenüber Damen, indem er eine junge Journalistin weiter graben ließ, die in der Folge die schönste Schnabelkanne der Welt exhumierte.

Die Abdrücke des verrotteten Textilgewebes im umgebenden Erdreich hätte Professor Kloses geübter Blick leicht erkennen können, wenn dem 73-jährigen Hobby-Archäologen nicht am Tag der Entdeckung Frau Neugier ins Grab gestiegen wäre, in Person der Kultur-Journalistin Nora W., die gerade auf der Suche nach einem Aufhänger für eine Reportage über Ausgrabungen auf dem Halleiner Dürrnberg gewesen war, als sie den alten Mann bat, ein bisschen Hand anlegen zu dürfen. Der Gentleman-Archäologe verwies sie daraufhin auf eine aus der Erde ragende Bronzespitze in einer abgelegenen Ecke des Grabes. Da diese unter einem großen Stein hervorragte, vermutete er dahinter keine aufregende Geschichte. Dem schwerhörigen Kavalier entging in der Folge sogar die Freilegung des spektakulärsten aller Funde aus der frühen La Tene-Zeit. Erst als das „Kind" geborgen war, wurde er darauf aufmerksam.

Deshalb ist Nora W.'s Name auf ewig mit dem Kultobjekt verbunden, während der eigentliche Ausgräber zunehmend in Vergessenheit gerät. Leider wurden deshalb auch wichtige Umstände der Bergung für wissenschaftliche Erkenntnisse unbrauchbar gemacht.

Wie aus zeitgenössischen Funden in Hessen ersichtlich, dürften Nora W. wesentliche Details der Ummantelung verborgen geblieben sein, welche die Keltenforschung um Jahrzehnte verzögert haben könnten. Erst ein ähnlicher Bronzekannenfund in einem Fürstengrab auf dem Glauberg in Hessen hat die Verpackungs-Erkenntnisse möglich gemacht: Ihre Bronze-Kannen packten die Kelten aufwändig in Einschlagtücher, Rinde und Moos ein, was auf eine Extra-Bestattung neben dem Toten schließen lässt. Schnabelkannen waren bereits seit ca. 1000 v. Chr. Grabbeigaben und wurden zunächst in Persien und Griechenland aus Ton und später bei den Etruskern und Kelten aus Bronze hergestellt.

Die alte Dame auf dem Mönchsberg

Um noch mehr Informationen über die Umstände der Ausgrabung der Dürrnberger Bronze-Schnabelkanne einzuholen, vereinbarte ich einen Termin mit der Tochter der verstorbenen Schnabelkannenfinderin Nora W.

Ich zog mich in die Entrücktheit des Mönchsbergplateaus zurück und wunderte mich darüber, dass ich das alte, von Familie W. wieder in Stand gesetzte Bauernhaus bisher nie wahrgenommen hatte, wohl deswegen, weil es derart unscheinbar hinter den Sträuchern versteckt lag. Mir fiel sogleich die großzügige Offenheit auf, mit der es sich von den umliegenden Parzellen unterschied. So gab es keinen Gartenzaun rundum und aus drei Himmelsrichtungen führten Kieswege zur alten Haustür, an der sich dem Ankömmling eine mechanische Federglocke entgegenstreckte. Über die früheren Nebengebäude des Anwesens, die rundum verstreut lagen, wuchsen verschwenderisch Blumengarben in allen Farben und dazwischen luden Gartentische und Sitzbänke aus Nagelfluh und rotem Marmor zu Laubengesprächen ein.

Ich war etwas zu früh dran und wegen des einsetzenden Regens froh, dass Frau Era bereits vor dem vereinbarten Zeitpunkt öffnete und mich einließ. Sie hatte Informationsmaterial vorbereitet und bot mir in der gleichen Großzügigkeit, wie ihr Garten bestellt war, Süßes, Saures und Saft an. Die vielen alten Sachen an den Wänden stammten noch von ihrer Mutter Nora W. Das Haus war ganz so belassen, wie es die Mutter vor vielen Jahren hinterlassen hatte, und es wirkte wie ein Privatmuseum von der ägyptischen Sorte. Die Einrichtung Nora W.s entsprach nicht den an Interieurs geschulten Sehgewohnheiten. Diesen Umstand erklärte die Tochter damit, dass die Mutter als Museumskustodin alte Versatzstücke gesammelt und diese zu neuen Objekten montiert hatte. Auf solche Weise war beispielsweise eine Art Hirschaltar entstanden, indem sie auf einen pseudobarocken Wandsockel ein volkstümlich geschnitztes Hirschpaar und dazwischen ein unpassendes Kreuz arrangiert hatte.

Alles in diesem Wohnraum wirkte alt, alles, nur nicht die Gastgeberin. Obwohl sie schon ein stattliches Alter erreicht haben musste, schien sie mir eher jugendlich geblieben zu sein. Auch Nora W., die Kannenfinderin, war zweiundneunzig Jahre alt geworden. Ich vermutete, dass eine ruhige, aber engagierte Lebensweise ein Jungbrunnen sein könnte. Aber natürlich gab einem auch der Mönchsberg, hoch über dem gesellschaftlichen Stress der städtischen Niederungen gelegen, einiges an Kraft mit. Die W.s hatten sich den Jungbrunnen der Kelten in die neue Zeit herüber gerettet.

Meine Fragen drehten sich in erster Linie um die Umstände bei der Auffindung der Schnabelkanne. Ich berichtete darüber, was ich gelesen hatte, und sie ergänzte meine Informationen: „Meine Mutter hat vorher schon immer wieder alte Stücke nach Hause gebracht, die sie beispielsweise am Fuß des Rainbergs gefunden hatte, dem am frühesten besiedelten Stadtberg. Wir haben damals ja nebenan gewohnt. Einmal, ich war ja noch ein kleines Kind, habe ich eine von ihr gefundene Bronze-Nadel zerbrochen, weil sie verbogen war und ich sie geradebiegen wollte. *Mit den alten Dingen musst du ganz vorsichtig sein!*, hat sie dann gütig gesagt und mich nicht bestraft. Sie war eine sehr intelligente, aber auch sehr lustige Frau.

Sie fragten auch nach Olivier Klose. Der hoch betagte Professor war nach einem erfahrungsreichen Pädagogenleben in den Fächern Latein und Griechisch ein idealer Grabungspartner in Diensten des Salzburger Museums. Er war schon über die erste, viel zu spät bei ihm eingelangte Nachricht von Funden auf dem Dürrnberg besorgt gewesen und fürchtete, gegenüber Grabräubern zu spät gekommen zu sein. Die Zeit damals war eine sehr schlechte. Wie alle Städter hatten auch die Halleiner zu wenig zu essen und viele versuchten sich als Schatzgräber, in der Hoffnung, auf Goldschmuck zu stoßen. Daher erfolgte Herrn Kloses Grabungsbeginn sehr chaotisch. Der Professor hat einfach überall aufgegraben, wo im Relief Schuttberge von Häusern sichtbar waren. Er und seine Hilfsarbeiter haben die Hügel geöffnet und alles herausgeholt. Man hat da nicht lange *gefackelt.*"

„Das bedeutet also, dass Professor Klose die Grabhügel für verfallene Häuser gehalten hat?"

„Ja, er war der Meinung, die Hügel wären verfallene Häuser!"

„Damals dachte man wahrscheinlich ganz in der Tradition der Orientalisten, wie Heinrich Schliemann. Und Klose wird sich wohl gedacht haben, das Troja des Dürrnbergs vor sich zu haben. Gemäß schriftlichen Aufzeichnungen Ihrer Mutter war er am Fundort schon längere Zeit über mit der Bergung der Scherben der *Linsenflasche* beschäftigt gewesen und hatte ihr den Auftrag erteilt, einen Bronzegegenstand zu bergen, der in Fingergliedgröße aus der Erde ragte. Wie kam es, dass Ihre Mutter als Besucherin der Grabung überhaupt ein solches Privileg erhielt, Frau Era?"

„Meine Mutter war zu dieser Zeit einunddreißig Jahre alt und hatte zwei Kinder geboren, mich und meinen Bruder. Mein Vater war Bezirkshauptmann von Hallein, und diesen Vorteil nützte sie, um sich umzuhören, wo gerade gegraben wurde. So war sie auf Professor Klose gestoßen, einen untersetzten, todernsten, geschäftigen alten Mann, dem zwei Studenten gegen geringe Bezahlung unter die Arme greifen sollten. Stattdessen trieben die beiden den ärgsten Unfug mit ihm. So vergruben sie in einem unbeobachteten Augenblick Schellacks, die sie dann am nächsten Tag, beim offiziellen Grabungsbeginn, dem Professor entsprechend enthusiastisch als *antike Funde* präsentierten. Das halte er ganz und gar nicht für lustig, schimpfte er, der getäuschte Grabungsleiter. Doch Nora, meine Mutter, war anders: ernster. Schon als Kind war sie von ihrem Vater in Geschichte und Literatur geschult worden, sodass ihr die Archäologie zur Leidenschaft geworden war. Sie meldete sich trotz der Aufsichtspflicht über uns Kinder freiwillig zu Kloses Grabung an und hatte uns oft dabei, wenn sie mit der Schaufel ihren Mann stellte."

„Welche Arbeitskleidung trug sie für gewöhnlich?"

„Wie an jedem anderen Tag trug sie auch am Tag des Kannenfundes wetterfeste Kleidung in den gedämpften Farben Oliv, Grau und Braun. Ein Filzhut schützte den Kopf vor Wind und Wetter, ebenso ein hellgrauer dicker Gewalkter, ein knöchellanger Wollrock und ein Paar feste Halbschuhe. Den Rücken bedeckte ein Rucksack, denn meine Mutter war ein Bergfex! Während wir Kinder im Sommer mit Vater im kroatischen Rijeka badeten, dem Nobelbad der österreichisch-ungarischen Monarchie, erklomm sie einige Alpengipfel und suchte im Habachtal nach Mineralien. Meine Mutter war also die ideale Helferin für den 72-jährigen Professor, der ohnehin keine Späße verstand."

„Ihre Mutter hatte also zunächst nur die Schnabelspitze der Kanne vor sich?"

„Klose glaubte, als nächstes würde ein Messer auszugraben sein, was ihr nicht schwerfallen könnte, dachte er. Doch das vermeintliche *Messer* wollte sich nicht und nicht vom Untergrund lösen."

„Als der Fundgegenstand dann geborgen war, welche Gefühle hat sie da gehabt? War sie sich dessen überhaupt bewusst, dass sie die bedeutendste keltische Schnabelkanne der Welt gefunden hat?"

„Ich glaube, sie war zuerst einmal erschrocken. Da sie stets die aktuelle Fachliteratur gelesen hatte, glaubte sie zu wissen, dass es nur bei den französischen Kelten Totenkannen gäbe. Sie erwartete eine solche auf keinen Fall in Österreich und schon gar nicht quasi vor der Haustür. Es war also die größte Überraschung, eine keltische Bronze-Schnabelkanne auch in den Ostalpen zu finden!"

„Es gibt da eine große Ungereimtheit, die ich mir nicht erklären kann: In den Berichten liest man, sie wäre unter einem überhängenden Felsen gefunden worden. Es existiert jedoch ein Dokumentarfoto von den Entdeckern mit einem deutlichen Abdruck der Kanne in der Erde, ohne einen Felsen in unmittelbarer Nähe. Die Monografie gibt dieses Foto als Abbildung 11 wieder."

„Meine Mutter hat immer von einer Felsnase gesprochen, unter der die Kanne hervorlugte. Das Foto mit dem Abdruck der Kanne im Erdreich ist mir nicht bekannt."

„Bei der Bergung der Kanne war der betagte Herr Klose von einer ungewöhnlichen Hast ergriffen gewesen, schon beim geringsten Vermessungsfehler fluchte er und ergriff nach der Kartierung, wie der Monograf berichtet, Hals über Kopf die Flucht, indem er den Fundgegenstand unter seinem Mantel verbarg und ins Tal eilte. Zuvor hatte er den Arbeitern, die sich in der Nähe aufgehalten hatten, befohlen, das Loch rasch wieder zu schließen. Sein seltsames Verhalten könnte darauf hindeuten, dass er entweder eine zu rasche Informationsverbreitung des Sensationsfundes befürchtete, etwa durch den

Anmarsch weiterer Reporter, oder er bildete sich ein, in der ansässigen Bevölkerung Grabräuber sehen zu müssen. Welchen Beweggrund vermuten Sie? Und könnte man nicht ins Kalkül ziehen, dass diese Aufregung sogar der Anlass für Herrn Kloses Tod gewesen sein könnte, der ja nur wenige Monate nach dem Sensationsfund stattfand?"

„Ich vermute, dass Klose eher aus sozialen Gründen beunruhigt war. Er konnte ja den Grabungshelfern kaum etwas bezahlen. Er selbst hatte nicht einmal Geld für ein Maßband. Stellen Sie sich vor, er vermaß die Fundstelle durch eine Reihe von Knoten in einem einfachen Strick! Doch die Mägen der Leute waren hungrig. Vielleicht dachten die Hilfskräfte, sie könnten sich an Funden schadlos halten. Sie werden ihn aufgefordert haben, die Funde mit ihm zu teilen oder das Geld für einen Verkauf. Vielleicht wurde auch politisch Stimmung gemacht! Damals spitzten sich nämlich die politischen Verhältnisse gefährlich zu. Hallein war drauf und dran, sich zu einem politischen Pulverfass zu entwickeln, welches schließlich zu explodieren drohte. Die bayerischen Nazis hatten auf die deutsche Seite der Barmsteine ein Hakenkreuz von solchen Ausmaßen gemalt, dass es die Halleiner täglich vor Augen hatten. Diese Werbung zeigte Wirkung. Hallein wurde in der Folge zu einem Unruheherd der Arbeitslosen. Mein Vater, als Bezirkshauptmann vollkommen unpolitisch, verlor die Kontrolle über die Arbeiteraufstände. Es wurde geschossen. Wenn wir neugierig zum Fenster eilten, rief mein Vater nur: *„Weg vom Fenster!"* Er war einfach ein zu guter Mensch, um bei den Leuten draußen hart durchgreifen zu können. Daher wurde er aus Hallein abgezogen und bekam einen ruhigeren Posten in der Stadt Salzburg. Zwecks Selbstversorgung kauften wir vor Kriegsbeginn noch rasch eine Alm in den Bergen oberhalb der Stadt. Als dann der Krieg seinem Ende zuging, bekamen wir dort aber mehr Bombentreffer ab als die Stadt Hallein selbst. Unser Almgrund lag nämlich ausgerechnet in Anflugrichtung auf Hitlers *Adlerhorst*. Zum Glück kam niemand von uns zu Schaden, weil wir im Tal waren."

„Bedeutete der Kannenfund so etwas wie einen Höhepunkt im Leben Ihrer Mutter?"

„Nein, nein, auf keinen Fall, vielleicht ein erster Höhepunkt. Sie war so unglaublich vielseitig und umtriebig. Sie bestickte Polster für die Alm, malte in Öl, schrieb zahlreiche Fachtexte für die Zeitungen und für die Fachzeitschrift der Gesellschaft für Salzburger Landeskunde. Sie sammelte im Wettstreit mit amerikanischen Käufern Pongauer Bauernmöbel auf und gründete das Heimatmuseum Pfarrwerfen, das sie später in das Goldegger Volkskundemuseum überführte. Weiters wies sie wissenschaftlich nach, dass ein Erzbischof eine Bergkristallschleiferei betrieben hatte, richtete die Kunst-

und Wunderkammer von St. Peter ein, wurde als Expertin für Antiquitäten in eine Jury geholt, die Messeware bewertete, entlarvte den österreichischen Politiker Rambousek als Kriegsgewinnler, sogar Kriegsauslöser, und noch vieles mehr!"

„Menschen, die so umtriebig sind, erhalten von der Öffentlichkeit oft einen Beinamen, war das auch bei Ihrer Mutter Nora der Fall?"

„Ja, tatsächlich, von ihren besten Bekannten wurde sie *Isis Noreia* genannt, das ist die keltische Version der Göttin Isis!"

Von Frau Era konnte ich auch erfahren, dass sie eine Großnichte hatte, die zwar auf einem Gutshof in Vigaun wohnte, aber in der Stadt Salzburg ein Juweliergeschäft mit tollen Kreationen führte. Vor Ort bestaunte ich dann die außergewöhnlichen Entwürfe und die gediegene Ausarbeitung der Diamantenarrangements in der Auslage und empfahl mich schließlich als einen für einen Schnabelkannenartikel recherchierenden Autor.

Die Urenkelin der Kannenfinderin, Semele W., schien mir genau so hübsch zu sein wie ihre Urgroßmutter 1932, auf dem Bild des Kannenfundes. Sie war gut gebaut, amüsiert und schwärmte, sie hätte sich von Kind auf gewünscht, einmal jene Stelle in der Natur aufsuchen zu können, wo ihre Urgroßmutter die Kanne entdeckt hatte, doch bislang hatte sich niemand gefunden, der sie dorthin gebracht hätte. „Reich und schön", der Titel einer Fersehserie, fiel mir zu Semele W. ein. Ich versprach ihr den Platz zu zeigen und scherzte, sie müsse mir dafür allerdings eine Rückmeldung geben, sobald mein Artikel in der Tageszeitung erschienen wäre.

Das Tierpaar auf der Kannenöffnung

„Du musst mir jetzt sogleich berichten, was Frau Era erzählt hat. Was hatte sich Nora W. vorgestellt, dass auf der freigelegten Kanne dargestellt ist?", zupfte Eleonor ungestüm an mir herum.

„Du wirst es nicht für möglich halten: Die Entdeckerin der Kanne hat zuerst nur von Molchen gesprochen. Sie sah überall Molche und einen Menschenkopf, der von einem Molch gefressen wird. Sie fand das abscheulich. Sie sagte, das müssten Molche sein, die da auf der Kanne hocken, und sie würden aussehen wie Feuer-Salamander!"

„Warum gerade Molche oder Salamander?"

„Ich nehme an, dass es die tief sitzenden Augen der Kannenrandtiere gewesen sein müssen, die zu einer solchen Vorstellung verleitet haben. Auf dem Dürrnberg soll es zu dieser Zeit noch viele Feuer-Salamander gegeben haben, die man jetzt nicht mehr antreffen kann. Frau Era erzählte, die Bauern hätten die gefleckten Tiere erschlagen, sobald sie ihrer gewahr wurden. Nora W. und Klose hätten den Bauern wiederholt erklärt, sie dürften das nicht tun. Die Bauern seien jedoch dermaßen abergläubisch gewesen. Sie hätten gedacht, die Salamander wären Tiere des Teufels!"

„Wie kann man nur so abergläubisch sein?"
„Es habe damals noch ganz andere abergläubische Bräuche gegeben, hat Frau Era hinter vorgehaltener Hand erzählt. Wenn beispielsweise trotz ausreichender Handhabung des Rührstabs im Butterfass der Rahm endlos lang nicht zu Butter werden wollte, dann hätten sie angenommen, eine Hexe würde im Rührkübel stecken. Deshalb hätten sie rasch einen Nagel zum Glühen gebracht und ihn ins Butterfass eingeführt. Ist das nicht verrückt? Aber ich finde es spannend, dass derart unsinniger Aberglaube bis ins 20. Jh. andauern hat können!"
„Was die Erklärung für die Tiere auf dem Kannenrand betrifft," meinte Eleonor, "habe ich einen interessanten Deutungsansatz gefunden. Der Bildteil der Sonntagszeitung widmet heute eine Doppelseite den Skythen. Sie sind im 8. Jh. v. Chr. aus Südsibirien, dem eurasischen Steppengürtel entlang nach Westen gezogen, und haben für ihre Viehherden die Ebenen nördlich des Schwarzen Meers beansprucht. Weder Städte noch Burgen haben sie gebaut und lediglich auf Wägen gelebt, die sie mitführten. Dadurch waren sie weder lokalisierbar noch angreifbar. Ihre Wunderwaffe mit größter Durchschlagskraft, der Doppelreflexbogen, muss die Europäer bereits zu dieser Zeit verschreckt haben. Aber der Respekt, den man ihnen entgegenbrachte, basierte sicherlich nicht nur auf ihrer überlegenen Waffentechnik, sondern vielmehr auf ihrer großartigen Kunst. Diese bildet echte Tiere ab, im Zweikampf mit

Fabeltieren. Und jetzt der Punkt: Der *Nasenwolf*, hier im Bild, sieht er nicht den Rüsseltieren auf der Schnabelkanne ziemlich ähnlich?"

„Von oben betrachtet sehen die Rüsseltiergesichter doch wie die Köpfe von Jungelefanten aus!"

„Die kleinen Ohren deuten eher auf Wolf und Eber, zwei Tiere des skythischen Stils. Bereits ein Jahrhundert nach der Landnahme der Skythen haben die Griechen an der Nordküste des Schwarzen Meers Handels-Niederlassungen und Städte gegründet, daher wurde der skythische Tierstil nicht nur von den Persern, sondern auch von den Griechen beeinflusst. Die Kelten, die ebenso am Unterlauf der Donau siedelten, müssen mit diesem Kulturmix Bekanntschaft gemacht haben."

„Ja, das ist mir schon bekannt, aber ich sehe in den Rüsseltieren bloß eine rein formale Komposition. Die Rückenleiste des Henkeltiers, die so auch in der Skythenkunst vorkommt, wiederholt sich in den Rückenleisten der Rüsseltiere, mitsamt den beidseitig angebrachten Punktaugenreihen. Der von uns so genannte „*Rüssel*", der doch als ein Teil eines gefressenen Tiers angesehen werden dürfte, wiederholt ein Kannenrandmotiv, nämlich die persisch beheimatete Perlenreihe. Auf den Beinen der Tiere finden sich auch die typisch skythisch gekerbten Schenkelfüllungen, denen durch Spiralen stark betonte Gelenke gegenüberstehen."

„Und wenn die Rüsseltiere nichts anderes als eine Wiederholung des Untiers auf dem Kannenhenkel sind?"

„Das könnte hinkommen! Sie fressen dann also keinen Menschenkopf, wie der „größere Bruder", sondern gleichartige Tiere. Aber mit dem Henkelwesen haben sie nur die Beine gleich! Eindeutig lässt sich jedoch feststellen, dass die Kelten nicht nur das Motiv *Fressen-und-Gefressen-Werden*, sondern auch die schwungvolle Gestaltung von den Skythen übernommen haben!"

Bei der vergeblichen Suche nach dem Abdruck meines Artikels las ich am nächsten Morgen im Beiblatt der regionalen Tageszeitung mit Bestürzung die Zukunftspläne des Salzburger Museums. Es sollte zwar in ein neues Haus übersiedeln, doch für das Thema Kelten sollte nur der Keller oder der Dachboden vorgesehen sein. Das musste für das von mir geliebte Schnabelkannenoriginal bedeuten, dass es in einem dunklen, feuchten Raum dahinoxydieren würde.

Ein weiterer Abstieg also, von der Eingangshalle in den düsteren Keller oder in den überhitzten Dachboden und zur Bedeutungslosigkeit verkommen! Dagegen müsste man rasch etwas unternehmen. Irgendwie müsste sich das verhindern lassen. Doch wer würde an einer Kundgebung teilnehmen? Die

Mehrheit der Landesbürger hatte noch nie etwas von diesem wunderschönen Kultgegenstand gehört.

Immerhin hatte der Tennengauer Politiker *Beau Temkin* schon seit längerer Zeit versucht, das Kannenoriginal nach Hallein zu bekommen, doch von Seiten der Stadt Salzburg wurde das mit der Begründung verhindert, die Kanne wäre Eigentum des Salzburger Museums und damit der Stadt, was ja auch stimmt. Nur konnte ich mir nicht vorstellen, dass die Kanne im schwachen Kellerlicht des neuen Museums als Original überhaupt noch erkennbar wäre. Um den Besitz der Kanne war immerhin ein hartnäckiger Streit auf politischer Ebene ausgebrochen, der auch in Form von witzigen Karikaturen kommentiert wurde.

Bei der Zeitungslektüre schlief ich ein und hatte einen seltsamen Traum, der wieder einem Gemälde von René Magritte entnommen sein könnte: Ich befand mich in der Weinviertler Stadt Hollabrunn. Doch Hollabrunn sah plötzlich wie eine Stadt des ehemaligen Ostblocks aus: qualmende, paffende Schlote, niedrige graue Häuser, erst an den Bergen aus Zuckerrüben erkannte ich die Örtlichkeit. Mit zwei anderen mausgrau gekleideten und mir unbekannten Männern betrat ich einen Lift des Hotels der Pädagogischen Hochschule. Im Parterre stieg eine hübsche Frau zu, mit Goldschmuck beladen, wie man ihn auf dem Dürrnberg bei einer keltischen Priesterin gefunden hat. Sie wechselte ein paar kokette Worte mit einem der Männer, der daraufhin seine schwarze Melone zog und den Lift verließ. Jetzt erst glaubte ich Eleonors Gesicht erkennen zu können. Kurze Zeit später zog der zweite Mann seine schwarze Melone und stieg aus dem Lift. Nur ein Stockwerk höher zog auch ich meinen schwarzen Hut und verabschiedete mich förmlich. Inzwischen hatte die Frau nicht mehr Eleonors Gesicht, sondern das von Semele W. Einen letzten Blick konnte ich noch erhaschen, bevor mir der Anstand gebot, mich abzuwenden, was ich jedoch schon im gleichen Moment wieder bereute, denn bereits im Geschoss über mir quietschte die Aufzugtür noch einmal leise. Frau Semele musste jetzt ausgestiegen sein. Fast gleichzeitig hörte ich im Stockwerk unter mir und im Stockwerk über mir das Aufschließen von Appartementtüren. Da der Flur mit Teppichböden belegt war, konnte man sich lautlos bewegen. Neugierig lauschte ich an der Treppe, ob ich von Semele W. noch irgendein Geräusch wahrnehmen könnte. Als ich da wartete und nach oben in die dunkle Stille starrte, tauchte plötzlich ganz unerwartet jener Mann vor mir auf, der als Erster ausgestiegen war. Er hatte sich lautlos die Stiege herauf gequält. Von seinem Erscheinen wurde ich völlig überrascht und peinlich berührt. Meine nächste Bewegung führte ich daher ganz unrund aus, denn mein Körper war noch halb der Treppe zugewandt. Ich schämte mich für das

Abweichen vom Verhaltensmuster der grauen Männer. Ein kurzer heiserer Gruß an den Passanten wurde von ihm nicht erwidert. Ein passender Witz blieb in der Kehle stecken. Der Mann hatte plötzlich das Gesicht ... nicht Putins, sondern Rasputins. *Der Aufzug der Wiederkehr* könnte dieses ungemalte Bild von René Magritte heißen, dachte ich im Erwachen.

Ich blätterte weiterhin die Morgenzeitung durch und fand in einem unteren Eck nun doch auch meinen Artikel abgedruckt. Kaum hatte ich ihn fertig gelesen, vibrierte das Handy. Warum bloß war ich über die Maßen erregt? Offenbar nicht ohne Grund. Wieder die Tante?

Am anderen Ende der Leitung meldete sich diesmal ein Unbekannter und fragte unwirsch: „Spreche ich mit dem Autor des Artikels*: Der Totenvogel vom Dürrnberg*?" Dann legte er so richtig los und schimpfte, er wäre benachrichtigt worden, dass es zu einer Verunglimpfung von Nora W. gekommen sei. „Was bilden Sie sich eigentlich ein, dass Sie ..." Den Rest konnte ich nicht mehr verstehen, die Verbindung war schlecht, vielleicht lag es auch an der undeutlichen Aussprache. Ich musste auflegen, nicht ohne vorher meine besten Absichten beteuert zu haben. Gleich darauf wiederholte er seinen Anruf und klagte, dass der Artikel ein falsches Bild auf Nora W. werfe, denn es werde nicht ihre gesamte berufliche Tätigkeit angeführt. Erst jetzt, nach Erscheinen des Artikels, wurde mir bewusst, dass es ein Problem darstellen kann, wenn man seine auf dem Papier entworfenen Figuren mit echten Namen versieht. Schon die Wiedergabe eines Sachverhalts kann den Schreiber in Verlegenheit bringen, denn jeder Zeitgenosse nimmt die Wirklichkeit anders wahr. So gibt es tausende verschiedene Wirklichkeiten. Auch der Filter des Humors kann sich ins Gegenteil verkehren. Ich war tatsächlich der Meinung gewesen, nach meiner grotesken Schilderung der Ereignisse rund um die Entdeckung der Schnabelkanne im Jahr 1932 würden restlos alle Leser wohlwollend schmunzeln.

Ich entschuldigte mich also telefonisch bei Frau Era, der Tochter von Frau Nora W., die von dem Artikel noch gar nichts wusste, und versprach ihr, die Mutter beim nächsten Mal ins rechte Licht zu rücken. Sie bat mich bei dieser Gelegenheit, ihrer Großnichte das Schnabelkannengrab zu zeigen, sie selbst wäre nicht mehr allzu gut auf den Beinen. Nichts lieber als das, dachte ich und sagte zu.

Die kunstinteressierte Dame lud mich zwar zu einer weiteren Aussprache auf den Mönchsberg ein, doch hatte mich inzwischen der Mut verlassen. Ich fühlte mich wie Joseph Conrads Romanfigur *Lord Jim*, der seine Verantwortung missbraucht hat und seither als Gemiedener und Geächteter umherlaufen muss. Der amerikanische Sektengründer Jim Jones hat sich das zuletzt Genannte bekannterweise erspart.

Kannenschwestern

Bezüglich Umriss und einiger inhaltlicher Details hat also die Dürrnberger Schnabelkanne eine spät wiedergefundene Schwester in Hessen. Interessant der Vergleich handwerklicher Details, so weit sich diese heute noch erschließen lassen. In der Schnabelkannen-Monografie las ich, dass für die Herstellung der Bronze-Schnabelkanne vom Dürrnberg mehrere schwierige Handwerksarbeiten erforderlich gewesen waren. Unglaublich, dass der Meister dieses Produktes den Kannenkörper aus einem einzigen Stück Kupferblech erzeugt hat! Dieses Blech musste zunächst gebogen und gerollt werden, anschließend wurden mit Hilfe eines Holzmodels Ornamente in den Blechzylinder getrieben. Der Künstler der Dürrnberger Kanne hatte diesen Model sicherlich selbst geschnitzt, während der Gießer des Glauberg-Kannenhenkels das wahrscheinlich einem anderen tun hat lassen. Wie mir der technische Fachmann für die Dürrnberger Kanne im Salzburger Museum verraten hat, weist ihr Blech einen hohen Zinn-Anteil auf, wodurch sie stabiler wird, aber schwerer zu bearbeiten. Als Beweis für die Elastizität durfte ich mit den Fingern auf den Kannenkörper trommeln.

Nach der Prägung des Kannenkörpers - war aus der Monografie zu erfahren – mussten Wachsmodel für den Guss von Henkel und Kannenschnabel vorbereitet werden. Die Herstellung derselben war die eigentlich künstlerische Arbeit. Im lehmigen Sand wurde schließlich das Bienenwachs ausgeschmolzen und die Bronze eingegossen.

Der Schnabel wurde im so genannten *Verbundguss* an das Kannenblech geschweißt. Die komplizierte Form des Henkels hingegen wurde an drei Stellen angenietet, und zwar je einmal an den beiden Enden der Gabel und einmal an der Attasche. An diesen Nietstellen lastete zur Zeit des Gebrauchs das ganze Kannengewicht, besonders dann, wenn die Kanne – voll gefüllt mit einer Speise – zu Grabe getragen wurde.

Die Glauberg-Kanne hat eine nur vorgetäuschte bzw. eigens dazwischen genietete Attasche und einen Henkel, der unmöglich das Gewicht einer gefüllten Kanne halten könnte. Die Überbringerin der Kanne vom Glauberg muss also das Gefäß am Kannenfuß getragen haben. Der Henkel der Dürrnberg-Kanne hingegen ist massiv und im Detail vollständig und sauber ausgeführt, die Attasche ein eigenständiger Bestandteil. Die Dürrnberg-Kanne wäre somit auch als Trinkgefäß voll funktionsfähig. Voll gefüllt hat sie demnach am Henkel zu Grabe getragen werden können.

Als ein weiterer Produktionsschritt erfolgte nun das *Börteln*. Dabei wurde ein auf einer Drehbank gerundeter Kannenboden am Rand derart gebogen, dass dieser das untere Ende des Kannenkörpers fest umklammerte. Das Fixierloch für die Bearbeitung auf der Drehscheibe musste mit einer Niete, einem so genannten *Pflockniet*, verschlossen werden. Die fertige Kanne wurde schließlich mittels Baumharz abgedichtet.

Wie die Oberfläche der Dürrnberg-Kanne beeindruckt auch der Gestaltungsreichtum der Glauberg-Kanne. Deren Herstellungsteile wirken jedoch derart disharmonisch zusammengefügt, dass die Kanne bei einer Gesamtbetrachtung in Teile zerfällt, die ein Eigenleben zu führen scheinen. Folglich müssen an der Glauberg-Kanne mehrere Handwerker gearbeitet haben. Sie muss demnach *arbeitsteilig* gefertigt worden sein. Dabei erweckt sie ohnehin den Eindruck eines Manufaktur-Produktes. Es wäre auch möglich, dass Einzelteile dieser Kanne, wie beispielsweise der Henkel, anderswo zugekauft und später einer an Ort und Stelle gefertigten Kanne beigefügt wurden. Wahrscheinlich hatte der Auftraggeber schon fertige Teile der Kanne in Reserve gehalten, bevor durch den Tod des Fürsten erst eine Nachfrage nach der Kannenproduktion entstand. Oder die Angehörigen hatten nicht rechtzeitig so viel Entlohnung investieren können und hatten für die Endphase des Zusammenfügens der Einzelteile billigere Arbeitskräfte verwendet.

Bei der Kanne vom Dürrnberg hingegen sind alle Details kompositorisch aufeinander abgestimmt, sodass sie von einem einzigen Künstler als Ganzes - vielleicht sogar als sein Meisterwerk - geschaffen worden sein muss. Für einen keltischen Wanderhandwerker bedeutete schon allein der Aufbau eines Brennofens einen großen Zeitverlust. Da alle Elemente der Dürrnberger Kanne aus einer Hand stammen dürften, muss dieser Wanderkünstler sehr viel Zeit in der Bergwerksiedlung oberhalb Halleins verbracht haben.

Vielleicht ist die Schnabelkanne vom Dürrnberg eine Art *Verduner Altar* der norischen Kelten! Dieses romanische Kunstwerk im Stift Klosterneuburg, von einem einzigen Künstler in dreißig Jahren mühevollster Arbeit geschaffen, könnte ebenso wie die Dürrnberger Schnabelkanne als ein modernes Kunstwerk gelesen werden: Auch dort sind die Proportionen der Teile gut aufeinander abgestimmt und wirken in ihren in die Breite gezogenen Ausmaßen sehr modisch, fast japanisch, weil kimonoartig. Die Module für die Detailbetrachtung stammen vom Belgier Nikolaus von Verdun und zeugen von größter mittelalterlicher Handwerkskunst. Dieses kostbarste Beispiel für westliche Emailkunst, das als *Armenbibel* gedacht war, stimmt im Gesamten wie im Detail. Das sind Anforderungen, die man auch an ein modernes Kunstwerk stellt.

Ich hatte Eleonor von meinem Ausflug nach Abtenau berichtet, dass es dort einen Bauernhof gäbe, von dem erzählt wird, dass sich einst die Kühe im Stall über die Zukunft des Bauern unterhalten haben und der Bauer hätte das verstanden. Insofern müsste ich mich so lange in Gegenwart der Kanne aufhalten, bis die Wasservögel der Kanne von allein zu erzählen begännen. „Halt den Schnabel!", würde die eine Ente der anderen über den Schnabel fahren. Und die andere Ente würde wohl antworten: „Du schnabelst doch auch herum, wie dir der Schnabel gewachsen ist!"

Das Attaschengesicht

In diesen Tagen der produktivsten Erkenntnisse war ich sehr um Eleonor bemüht und umsorgte sie, wie ich glaubte, dass eine Prinzessin umsorgt werden möchte. Am Morgen brachte ich ihr eine Handvoll Rosenblätter ans Bett, um den strengen Geruch des alten Hauses zu verbessern. Dann folgte eine Schnabelkanne aus Porzellan mit frisch duftendem Kaffee. Und schließlich weihte ich sie in meine neusten Erkenntnisse über die Lesart der keltischen Schnabelkannen-Dekoration ein, bevor ich diese für meine Dissertation notierte. Meine neueste Entdeckung bestand in der Erkenntnis, dass unterschiedliche Details der Kanne nicht nur innerhalb einer Gruppe durchkomponiert sind, sondern dass auch die Gruppen als ganze aufeinander reagieren. Ornament- und Figurenensembles korrespondieren formal miteinander, als würde es sich um eine auf mehrere Tische aufgeteilte Gesellschaft bei einem Verwandtschaftstreffen handeln. Die künstlerischen Entsprechungen von Kannendetails waren sehr reizvoll anzusehen, aber für Eleonor waren das schon wieder Äußerlichkeiten. Sie interessierte viel mehr, was über deren Bedeutungsinhalt herauszufinden wäre. Was wusste sie bereits über diese Zeichensprache?

Als den geheimnisvollsten Teil der Kanne erachtete Eleonor die Henkelseite. Auf der Attasche glaubte sie den Kopf eines Schläfers mit Rapper-Haube wahrnehmen zu können. Kapuzenmännchen galten auch bei den Kelten als kleine freundliche Helfer, diese Göttertrinität soll ja der Vorläufer der Kölner *Heinzelmännchen* gewesen sein, zu denen auch ich mich inzwischen zählte. Ich müsste übrigens noch das Dissertationsthema einreichen, schoss es mir zwischendurch wiederholt durch den Kopf, ohne dass ich mich dann wirklich dazu aufraffen konnte. Auch Eleonor war der Meinung, dass nichts aus der Zeit wäre.

Sie betrachtete Stirn und Mund des Schlafenden näher, denn darauf stachen ihr drei *Doppelkreise* ins Auge, die in der Fachsprache *Ringpunzen* genannt werden. Sie maß ihnen besondere Bedeutung bei. In der Phantasie zog ich ein gleichschenkeliges Dreieck zwischen ihnen. Das geistige Dreieck oder auch die Nase ergeben mit Stirn und Haarkrone zusammen ein Motiv, das auch in der Attaschenfigur der Glauberg-Kanne enthalten ist. Es heißt *Motiv vom Lebensbaum* und kommt am ausgeprägtesten auf der Sandsteinstatue vom Fürstengrab am hessischen Glauberg vor. Diese Kriegerstatue trägt als Teil ihrer Rüstung einen Lederhelm mit Blattpunzierungen. Zusammen gesehen ergeben die fächerförmig angeordneten Blätter auf dem Helm das Zeichen *Baumkrone*, wobei die keilförmige Nase den Stamm verkörpert und die Nasenwurzel den Kronenansatz.

Überträgt man dieses Symbol geistig auf den Attaschenkopf der Dürrnberger Kanne, dann markieren die geheimnisvollen Ringpunzen den Kronenansatz eines Baumes und das Wurzelwerk, also Bereiche, die mit Ansaugen und Abstoßen/Verteilen der Nährstoffe gleichgesetzt werden können. Im weitesten Sinn könnte man diesen Vorgang auch mit dem Ein- und Ausatmen der Seele vergleichen. Bei der hessischen Sandsteinfigur fehlen die Ringpunzen, dafür ist die Nase deutlicher als Stamm ausgearbeitet.

Auf der rechten Wange der Attaschenfigur der Dürrnberger Kanne glaubte ich ein halbes Blattornament ausmachen zu können. Offenbar hatte es vor mir noch niemand bemerkt gehabt, denn Museumskustos Ekkehard, soeben wieder in seine Kammer zurückgekehrt, zeigte sich von meiner Beobachtung ganz überrascht. Dieses Blattornament war eben, wenn überhaupt, dann nur sehr fragmentarisch erhalten und der Kustos bestätigte mir auf meine Nachfrage hin, dass die Kanne öfters gründlich gesäubert werde, und zwar auch mit Stahlwolle. Auf diese Weise könnte die weitere Feinzeichnung verloren gegangen sein, falls sie jemals existiert hat.

Eleonor wies mich darauf hin, dass es auch in der persisch-skythischen Mythologie zwei Erscheinungsformen des Lebensbaums gäbe, einmal den gesunden, sprießenden Baum *Haoma* und dann auch den Baum *Wispobish*, der im Verwelken begriffen ist, dafür aber die Samen zur Verbreitung bereithält. Die alten Japaner, die auch ein sehr nahes Verhältnis zwischen Natur und Kunst pflegten, kennen einen eigenen Begriff für diesen Sachverhalt, den sie *kaeru* nennen. Ich kramte nach einem Foto von der zentralen Kirche in Padua, wo eine moderne Predigtkanzel in Form einer Frau abgebildet ist, der ein Baum aus dem Kopf wächst. Das Motiv vom Kopf als Lebensbaum ist also nach wie vor aktuell.

Irgendwie erinnerte mich das alte und würdevolle Gesicht auf der Attasche der Dürrnberg-Kanne an Eleonors Großvater. Sie hatte darüber geklagt, dass er sich in letzter Zeit immer häufiger zurückzöge. Auch sein Pferd hätte er – zur Überraschung aller – verkauft. In seinem Büro am Chiemsee konnte er sich nun abkapseln und einigeln, ohne dass ihn jemand aus der Familie störte. Weil im Moment wenig zu tun war oder – anders formuliert – die Auftragslage zurückgegangen war, beschäftigte er sich dort zunehmend mit alten und visionären Texten und suchte geradezu nach apokalyptischen Schilderungen.

Ich hatte Eleonor darauf aufmerksam gemacht, dass Erzbischof Adalram, unser Landesfürst im neunten nachchristlichen Jahrhundert, den Bericht über eine Naturkatastrophe in Auftrag gegeben hat, die zu seiner Zeit bereits 1.300 Jahre zurücklag. Eleonor kaufte diesen althochdeutschen Text in neuhochdeutscher Übersetzung und schenkte ihn ihrem Großvater, der ihn dann bei jeder Gelegenheit rezitierte. Man konnte daran erkennen, dass sich der Jawlensky-Großvater mit seinem Abgang von dieser Welt vertraut machte.

Über Mittag traf ich mich mit Eleonor beim *Kiefer*-Pavillon. Ich kam mit dem Rad direkt vom Bahnhof, wo ich erfolglos Reisende angesprochen hatte, die das Bahnhofsgebäude verließen. Wir setzten uns auf eine Parkbank vor dem *Haus für Mozart*, nippten an einer Wasserflasche mit Geschmackszusatz und beobachteten zunächst die Festspielgäste, die sich auf dem Balkon der *Salzburg-Kulisse* drängelten, bevor unsere Blicke an der Dreiergruppe antiker Masken hängen blieben, einer meisterhaften Arbeit von Jakob Adlhart, die früher auf dem Dach des Hauses für Mozart prangte und nach dem Umbau auf Augenhöhe herabgestuft worden war.

„Diese magisch wirkenden Larven erinnern mich an die maskenhaften

Gesichter unserer Schnabelkanne! Wer mag sich wohl unter der Rapperhaube verbergen?"

„Was beim ersten Eindruck wie eine Rapperhaube aussieht, erweist sich bei näherer Betrachtung dann doch als eine hochgesteckte Frisur, findest du nicht?"

„Na klar! Die Ringpunze an der Nasenwurzel scheint mir auf die besondere Auszeichnung eines Meditierenden hinzudeuten. Er hat quasi einen *Reset-*Knopf für die Wiedergeburt auf der Stirn und hinterlässt den Eindruck eines indischen *Guru, Bhagwan* oder gar *Buddha*. Ob die beiden Ringpunzen, die den Mund des Schlafenden verschließen, mit einem Schweigegelübde zu tun haben könnten?"

„Beim ersten Anblick dieses Köpfchens hatte ich - ehrlich gesagt - sogar an den westindischen *Gandhara-Stil* gedacht."

„Das Einzige, was mir daran nicht buddhistisch vorkam, das waren diese seltsamen *Knopf*-Augen anstelle der ostasiatischen *Mandel*-Augen."

„Die Kelten stellten Köpfe überhaupt sehr maskenhaft dar, also mit Knopfaugen, Knollennase, markant ansetzender Stirn. Insofern schließt der maskenhafte Kopf vor dem *Haus für Mozart* sogar nahtlos an die Tradition an."

„Diese Knollenformen könnten diesmal tatsächlich Münzdarstellungen nachahmen. Grabungsleiter Stefan Moser erklärte uns ja in seinem Vortrag, dass die keltischen Münzmodel wegen schlechter Materialbeschaffenheit öfters nachgeschlagen werden mussten. Da man besonders die Gelenksstellen nachgearbeitet hat, sind aus den Münzportraits Knollengesichter geworden, die nur noch wenig mit dem Original zu tun haben: mit Knollennase, Knollenwangen und Knollenkinn."

„Siehst du das Attaschengesicht als eine keltische Variante des *Gautama Buddha* an?"

„Eine verlockende Vorstellung! Aber wäre eine Darstellung Buddhas aufgrund der damals vorherrschenden komplizierten Handelsrouten zeitlich bereits möglich gewesen?"

„Und der *Gandhara-Stil* des Indus-Tieflandes fand seine Ausformung überhaupt erst viel später. Jeder Verdacht auf Buddhismus verfliegt im Wind."

„Und doch verblüfft, dass es auch auf der Kanne vom hessischen Glauberg ein buddhistisches Motiv zu geben scheint: ein Männchen in *Lotus*-Sitzhaltung. Genau genommen handelt es sich dabei ja um den *Schneidersitz*, die keltische Art zu sitzen, doch die aufrechte Haltung lässt Buddha-Figuren assoziieren."

„Der griechische Kompositpanzer erinnert daran, dass sich Kelten bei unterschiedlichen Herrschern als Söldner verdingten! Über sie, die Söldner, könnten tatsächlich Einflüsse aus weit entfernten Regionen zu uns gekommen sein."

„Auch keltische Kunsthandwerker könnten es gewesen sein, die damit in Berührung kamen, denn sie erhielten neue Musterstücke anderer Kulturen sicherlich in Form von Bruchstücken von Gebrauchsgegenständen oder in Form von Matrizen und waren bestrebt, Motive zu sammeln und sich bei Gelegenheit mit neuen Ideen erfolgreich um Aufträge zu bemühen."

„Der Rapper-Kopf vom Dürrnberg verfügt über Augen ohne Pupillen, das bedeutet, dass er seine Augen geschlossen hält. So stellten die keltischen Kunsthandwerker den Zustand des Todes dar! Die Deutung als Meditationshaltung muss dann wohl hintangestellt werden!"

„Noch einmal zum Motiv vom *Gesichtsbaum*: Das gedachte Dreieck zwischen den Ringpunzen könnte auch den Lebenszyklus symbolisieren, also *Geburt-Mitte-Tod*. Schon in der indoeuropäischen Zeit hatte eine Triade die Aktivierung besonderer Kräfte bedeutet, was sich bei unterschiedlichsten Völkern in Dreiköpfigkeit, Dreigesichtigkeit, Dreigestalt, Dreifaltigkeit und verdreifachten Handlungsteilen manifestiert hat."

„Die Zahl Drei bedeutete auch Göttlichkeit. Drei Heinzelmännchen nebeneinander liest man als eine einzige Hilfsgottheit."

„Was die Götter-Deutung betrifft, war ein Franzose der erste Keltologe gewesen, der sich anlässlich eines Salzburger Symposiums an eine vorsichtige inhaltliche Deutung der Kannenfiguren herangewagt und gemeint hatte, der Attaschen-Kopf mit der *Haarkrone* darauf müsste den Gott *Esus* darstellen. *Esus*, den Stammesgott, Totengott, Gott der Handwerker! Und die zwei *Lanzett*-Formen an der Haarkrone deutete er demnach als Hirschohren.

Der Hirsch erneuert bekanntlich jährlich sein Geweih, daher galt er den Kelten als ein mythisches Tier, in das sich der keltische Gott *Cerunnos* regelmäßig verwandeln soll. In Gallien galt *Cerunnos* als Gott des Waldes und als Herr der Tiere des Feldes und des Waldes. Er herrscht über Fruchtbarkeit, Überfülle und Erneuerung und er vollzieht regelmäßig die Gestalt-*Umwandlung* und Gestalt-*Wanderung* zwischen Mensch und Tier. Sein Attribut ist die *Widderhornschlange*, eine Schlange mit Widderhörnern, die auf der Dürrnberger Kanne die Verbindung schafft zwischen dem Kannenrandkopf und dem Attaschenkopf. Beide Symbole zeigen in Richtung Gestalt-*Wanderung*, also in Richtung Wiedergeburt."

„Dass die *Widderhornschlange* mit zusätzlichen Tierattributen versehen ist, deutet ebenso auf die Gestalt-*Verwandlung* hin. Auf der Kanne ist sie ja zoomorph dargestellt, Zeichen für Kraft, Wildheit, Fruchtbarkeit!"

„Du sagst es. Die *Widderhornschlange* hat griechisch/skythische Wurzeln. Sie galt als Teil der schlangenbeinigen Urmutter der Skythen, *Mixoparthenos*, die die Hörner ihrer Schlangen in den Händen hält, eine *Herrin der Tiere* also. Damit wäre eine Verbindung gegeben zwischen dem Motiv *Herrin der Tiere* als Symbol für Macht und dem Motiv *Widderhornschlange* als Symbol für Wiedergeburt, aber auch mit *Fressen und Gefressen-Werden*."

„Zu Ehren des Gottes *Cerunnos* oder einer ihm entsprechenden Gottheit, wie dem skythischen Gott *Papaios*, der auf der Spitze des *Weltenbaums* sitzt, muss es sowohl in Gallien als auch im Alpenraum einen Opferkult mit Hirschersatztieren gegeben haben. So wurde in Villeneuve-Renneville ein mit Zaumzeug bestattetes Hirschskelett ausgegraben. Auch den *Kultwagen von Strettweg* in der Steiermark mit einem Kessel für die Erdgöttin ziehen vier Pferde mit aufgesetzten Hirschgeweihen. Sie symbolisieren die alljährliche Erneuerung der Natur. Bei den Skythen ist der Hirsch sogar Bestandteil des Motivs *Baum des Lebens*. Das Hirschgeweih verzweigt sich wie die Krone eines Baums und erneuert sich auch so."

„Die beiden *Hirschohren* in der Haarkrone der Dürrnberger Attaschenfigur weisen also auf den Gott des Waldes und die wiederkehrende Erneuerung hin, sprich Wiedergeburt?"

„So muss es sein. *Cerunnos,* die keltische Variante des skythischen Gottes *Papaios,* ernährt Hirsch wie Rind. Dieser Gott hält in der Linken die *Widderhornschlange,* das Glücks-, weil Lebenssymbol, und gebietet mit Hilfe seines Status- und Abwehrsymbols *Torque* in der rechten Hand über den Hirschen, die Erneuerung durch Wiedergeburt. Er ist also der Herr der *Anderswelt,* jenen Ort, wo die Seelen der Kelten auf ihre Wiedergeburt warten."

„Bis ins 20. Jahrhundert hinein waren die vom Jäger per Kugel geschwächten, gedemütigt sterbenden Hirsche ein beliebtes Bild-Motiv in Wohnräumen gewesen! Was dabei fehlte, war der *Baum des Lebens,* der - vielleicht in Unkenntnis der Tradition - durch den Wald im Hintergrund ersetzt wurde. Möglicherweise hatten schon die Kelten anstelle eines einzelnen Baumes den gesamten Wald tradiert."

„Auch in der japanischen Schreibweise sind im Schriftzeichen für *mori,* Wald, noch drei Einzelbäume enthalten. Das gleiche Zeichen ist bei uns ein Dreispross, nur vertikal gespiegelt."

„Ganz spontan fällt mir dazu auch der wunderschöne von mir so genannte „*Akazien-Wald"* aus hunderten weißen Sintersäulen ein, die wie Akazienbäume anmuten, zu sehen in der Tropfsteinhöhle auf dem Hoch-Obir bei Eisenkappel. Von den Bergleuten wird diese 12 m lange und bis zu 6 m hohe Sinterwand „*Orgel"* genannt. Sie könnte theoretisch auch das Werk eines indischen Marmorsteinmetzen sein, zumindest erinnert es an den blendend weißen Charakter altindischer Marmorschnitzwerke."

„Konzentriere dich auf die Attaschenfigur! Das Lanzettenpaar, das der französische Forscher Hatt als Hirschohren gedeutet hat, hängt an einem Ring, der auch die Haarkrone am oberen Ende zusammenhält. Einen gleichen Ring mit Lanzettenpaar tragen die *Rüsseltiere* auf dem Kannenrand. Vielleicht handelt es sich um ein Accessoire, das bei einem Erneuerungsritus getragen wurde?"

„Bekannt ist, dass die Opferung eines Hirsches in der keltischen Mythologie als eine Garantie für ein ewiges Leben gilt, für die Unsterblichkeit, denn der Hirsch war in ihren Augen eben jenes Tier, das den Toten vor Auslöschung bewahrt und ihm den Eintritt ins Paradies sichert. Eine Kappe oder ein Kopfband mit Hirschohren könnten also bei einem Ritus als Zeichen der Unsterblichkeit getragen worden sein oder aber einfach als eine optische Erinnerung daran, dass man das Hirschopfer im irdischen Leben vollzogen hat, eine Art *Aufkranzen* also zu Ehren von Cerunnos, des Gottes der Wiedergeburt."

„Erika Kittel hat auch in der *Furkel* zwischen dem Hirschgeweih am Höhleneingang den *Dreispross* erkannt. Die ursprüngliche Bedeutung aller

Furkeln, auch jener des Viehs beim Abtrieb von der Alm, muss demnach die Wiedergeburt des Cerunnos gewesen sein, repräsentiert durch den Dreispross innerhalb des Rhomboids!"

„Durch Adaptierung seiner äußeren Merkmale wurde die Verjüngungskraft des Hirsches auf den Menschen übertragen. Möglich, dass diese keltische Vorstellung sogar in Shakespeares *Sommernachtstraum* zitiert wird, auf ironische Art, indem *Zettels* keltische Ohren spöttisch und fälschlich als Eselsohren statt als Hirschohren interpretiert werden. Die langen Ohren der Hirschkuh als Zielscheibe des Spotts: Wer weiß?"

„Wahrscheinlich sollte der veraltete keltische Brauch im modernen England der Renaissance-Zeit öffentlich lächerlich und auf diese Art unmöglich gemacht werden!"

„Der glücklich verliebte, weil verjüngte Handwerker *Zettel* unter dem Einfluss des Cerunnos?"

„Für eine Deutung der Attaschenfigur als Esus spricht, dass sich die Lanzettformen nicht ausschließlich auf Hirschohren fixieren lassen, sondern es könnte sich dabei auch um Mistelblätter handeln. Da man Esus eine Mistelblattkrone zuschreibt, schließt sich der Kreis wieder. Wenn ich die Fachliteratur richtig interpretiert habe, verwischen sich die Grenzen zwischen den Göttern *Cerunnos* und *Esus*. Die Dürrnberger Kanne ist der beste Beweis dafür! Und der populärwissenschaftliche Autor Georg Rohrecker formuliert sogar, *Cerunos* wäre der Winterheros, der am ersten Februar durch Vereinigung mit der *Urmutter,* der *Großen Mutter*, zum sommerhalbjährlichen *Esus* mutiere."

„Seiner Auffassung nach hatte Cerunnos in frühkeltischer Zeit einen Vorläufer namens *Dagda* gehabt, den *guten* Gott. Als ein anschauliches Beispiel dafür wird von ihm die Brunnenfigur hier vor uns zitiert, die im Volksmund als der *Wilde Mann* bezeichnet wird, der mit einem Kleid ganz aus den Blättern des Laub-Waldes bedeckt ist. Mit seiner Keule, die am dünnen Ende grünt, soll er das landwirtschaftliche Jahr erneuern. Das dicke Ende der Keule jedoch löscht Leben wieder aus."

„Die *Dagda*-Attribute könnten später auf Darstellungen des christlichen *Furtbereiters* Christophorus übertragen worden sein, denn auf Wohnhäusern in Stadt und Land kann man Darstellungen des Heiligen sehen, auf denen er eine Keule trägt, die an ihrem dünnen oberen Ende austreibt, wie z.B. an der Wand eines Bauernhauses im Markt Abtenau."

„Kein Wunder, wenn er Christus tragen darf, würde ein Professor der Theologischen Fakultät nebenan entgegnen, wenn er uns hier reden hörte! Anstelle des *Christus*-Kindes wurde früher Dagdas jugendlicher Sohn *Aengus* übers Wasser getragen. Eines Tages müsste es demnach zu einer Neu-Interpretation von Wolfgang Amadeus Mozarts *Zauberflöte* kommen. Die Ähnlichkeit der Brunnenfigur *Wilder Mann* mit dem *Papageno* verblüfft. Papageno, der die ganze Handlung vorantreibt, so wie *Dagda/Cerunnos/Esus/Papaios/Ahura Mazda* das Sommerhalbjahr in Schwung bringen."

„Zu Mozarts Zeiten könnten in der Bevölkerung durchaus noch Mythen, wie der von der *Erdgöttin und ihrem Sohnheros*, tradiert worden sein. Aus der *Großen Mutter* könnte Mozart die *Königin der Nacht* gemacht haben, aber das Aussehen ihres Sohnes wäre nicht auf *Tamino*, sondern auf *Papageno* übertragen worden, denn Mozart stellt ihn als dümmlich und hässlich dar, so wie Shakespeare den *Zettel*, aber auch als unterdrückten Duckmäuser. *Tamino* würde dann die attraktive *Esus*-Seite verkörpern, das Sommerhalbjahr."

„Aus Blättern wurden Federn. Über seinen Umhang und die Zauberflöte besteht noch der außergewöhnliche Kontakt Papagenos zur Natur, besonders zu den Vögeln."

„Ein Aspekt jedenfalls, wie ihn sich Riccardo Muti als Basis für eine neue Zauberflöten-Inszenierung wünschen könnte, denn seiner Aussage nach gibt es keine konservativen oder modernen Inszenierungen, sondern nur *intelligente* und *nicht intelligente*."

„Interessant auch für den Regisseur Giorgio Strehler, der mit dem Stoff ja nicht unbedingt gut zurechtkam!"

„Wahrscheinlich sind mit den Lanzettformen sowohl Blüten als auch Blätter und Tierohren gemeint, getragen für einen Ritus oder als Rangabzeichen."

„Auch Fritz Moosleitner, der Monograf der Dürrnberg-Kanne, hat sicherlich Recht, wenn er die Herkunft der Ohren in den Haaren des Dürrnberger Attaschenkopfes mit dem gehörnten Waldgeist, dem *Silen*, Vorstufe zum römischen *Satyr*, in Verbindung bringt."

„Das rechte Ohr der Attaschenfigur sieht aus wie das eines Ziegenbocks, das linke fehlt. Demnach könnte ein dionysisches Ritual mit Tierohren im Zusammenspiel mit einem Begräbnis- bzw. Wiedergeburtsritual existiert haben."

„Auch darüber hätte sich Shakespeare lustigmachen können. Wir merken deutlich den Schalk auch im Dürrnberger Kannen-Künstler! Er narrt uns in jeder Hinsicht mit Mehrdeutigkeiten! Nirgends lässt er sich festlegen!"

Als Eleonor im Eingang zum Backstage-Bereich verschwunden war, – sie jobbte immer noch als Komparsin bei den Festspielen – da verwandelte auch ich mich in einen Schalk und schrieb ein freches Gedicht über den großen Meister Wolfgang Amadeus Mozart.

Schwellranken

Der Hausverstand sagte mir, dass man in der Attaschenfigur nicht zwingend eine Gottheit sehen müsse, sondern dass es sich auch um die Darstellung eines toten Menschen handeln könnte. Wie könnte eine Gottheit mit geschlossenen Augen, also tot, dargestellt sein? Das wäre ein Widerspruch in sich. Nicht einmal Buddha wird ganz tot dargestellt, sondern nur beim letzten Atemzug.

Die drei Ringpunzen und andere göttliche Attribute könnten doch auch ein Zeichen dafür sein, dass der Dürrnberger Attaschenkopf der Gottheit lediglich *geweiht* war, dass man durch diese äußeren Zeichen die Schutzfunktion der Gottheit aktivieren wollte.

Eines Tages, als Eleonor als Statistin gerade nicht gebraucht wurde, fuhren wir mit der S-Bahn nach Golling, wo wir zum Wasserfall hochstiegen. Auf einer mit dem Begriff *Schnabelkanne* verlinkten Website hatte ich die Thesen Georg Rohreckers gelesen und war fasziniert von dessen ungewöhnlichem Ansatz, die Bräuche und Sagen auf ihre Erzählkerne zu reduzieren und auf diese Art keltische Mythen oder Teile davon bloßzulegen, ein Ansatz, zu dem hundert Jahre früher auch William Butler Yeats gelangen hätte können, in seinem mythologischen Bändchen „The Celtic Twilight".

Als ich seine Lesarten auf die Dürrnberger Kannenattasche zu übertragen versuchte, kam ich zu der Auffassung, dass das S-förmige Schwellranken-Motiv, das die Attasche umkränzt, als Wasserstrom gedeutet werden könnte. Je öfter ich mich damit befasste, desto rascher floss dieses Wasser. Eine Kaskade war durchaus denkbar, denn der Strom teilt sich und bündelt sich wieder in der Attaschenmitte. Könnte damit auch der Gollinger Wasserfall gemeint sein, der einzige nennenswerte Wasserfall im Umkreis des Entstehungsortes der Kanne? Die Schwellranken der Attasche sind medaillonartig angelegt und könnten Wasserwellen symbolisieren, weil sie dermaßen elegant den Attaschenkopf entlang nach unten schweben, als würde die Attaschenfigur hinter dem Schleier eines Wasserfalls hervortreten!

Allerdings: Den unteren Abschluss dieser Motivkaskade bildet eine Palmette, durch Kreisaugen und Punktleisten besonders reich verziert. Dieser Abschluss ist schon rein formal gesehen ein neues Motiv. Hier wird etwas Neues erzählt. Und darunter kehrt auch nicht mehr die Schwellranke wieder, sondern eine Variation davon. Das muss ein neuer Erzählinhalt sein.

„Bei den Schwellranken fällt mir auf, dass sie sich stark einringeln! Da diese Bewegung auf der einen Seite von innen nach außen stattfindet und auf der anderen Seite von außen nach innen, handelt es sich dabei um das Einringeln und das Ausringeln einer Spirale, wohl gleichbedeutend mit dem Symbol

Werden und Vergehen, also dem Lebenszyklus. In den Megalithkulturen von Malta und Gozo, auf Sardinien und Kreta, in Irland, überall in diesen Megalithsteinen findet man beide Drehrichtungen einander gegenübergestellt!"

„Vielleicht hatte man beim Betrachten der nächtlichen Sternenwelt das Bedürfnis gehabt, der leuchtenden Spirale der Milchstraße eine ausgleichende Kraft entgegenzustellen, wie man sie heute in Form einer 27.000 Lichtjahre langen Achse aus Antimaterie errechnet hat!", alberte ich. „Eine näher liegende Erklärung für ein mögliches Original der Kunst-Spiralen wären Ammoniten, die wir in unterschiedlichen Richtungen gedreht im Marmorstein eingeschlossen finden. Aber auch das Ausfließen des Wassers durch eine Öffnung im Boden bildet eine Spirale!"

„Die Spirale als eines der ältesten Motive der Welt wird in der Kunst der Kelten besonders häufig verwendet. Eine dreifache Spirale, die Triskele, wurde auf dem Dürrnberg gern als ein Amulett für langes Leben um den Hals getragen. Im Verkaufsbereich des Dürrnberger Bergwerksstollens findest du die Triskele sogar als modernen Modeschmuck!"

Man sollte Objekte immer abzeichnen, um sie besser erfassen und verstehen zu können. Erst beim Abzeichnen der Attasche wurde mir bewusst, dass die Schwellranken bis über den Henkelansatz hinaus reichen. Ich begann mir vorzustellen, dass der Henkel der Kanne darauf hinweisen könnte, dass die Reise des Toten in einem Wellenmeer beginnt und am anderen Ende, quasi nach dem Durchgang durch die *Anderswelt*, in einer Wiedergeburt als Tier oder Mensch endet.

„Georg Rohrecker glaubt diese *Anderswelt* im *Göll-Massiv* entdeckt zu haben. Abgeleitet von Flurnamen und lokalen Märchenstoffen des Salzburger Tennengaus, behauptet er, die Kelten wären der Meinung gewesen, die Verstorbenen würden das Bergmassiv auf der Seite des *Königssees* über eine unter dem Seespiegel gelegene Höhle, das so genannte *Gollinger Loch*, betreten und auf der anderen Bergseite würden sie im *Gollinger Wasserfall* wiedergeboren werden. Diese These leitet er von der lange Zeit existenten Volksmeinung ab, der Königssee würde zum Teil über den Gollinger Wasserfall entwässert."

„Und, stimmt das?"

„Nein, ein Farbtest hat die Volksmeinung nicht bestätigen können, aber für uns ist ja nicht der naturwissenschaftliche Nachweis wichtig, sondern uns hat zu interessieren, wie es sich die Kelten vorstellten."

In Gedanken überlegte ich bereits einen Eintrag über den Gollinger Wasserfall ins Salzburg-Wikipedia: *Es steht dafür, den Wasserfall zu besuchen. Er stellt ein seltenes Prachtexemplar von einem Wassersturz dar. Dieser bilderbuchschöne Fall würde in Japan durch ein quer gespanntes Bastseil geehrt werden.*

Aufgrund seiner harmonischen Proportionen hieße er dort Dreiklangwasserfall.

Ich stieg mit Eleonor bis zum Ursprung hinauf, wo das Wasser den Berg verlässt. Geheimnisvoll und still taucht es unter einer Felsbank durch, gar nicht aufregend, und sammelt sich in einem kreisrunden Karstkessel, einem *Brunnen der Seelen*, in dem man wie in einem natürlich entstandenen Whirlpool Platz nehmen könnte. Das Gerinne verlässt dann an jener Stelle den Kesselrand, wo sich eine natürliche Felsbrücke von Ufer zu Ufer spannt. Gleich hinter dieser Brücke stürzt das Wasser steil und tosend bergab, aber gelenkt von einer schräg liegenden Gletschermühle.

„Die Kelten konnten nicht wie wir quer und auf gesicherten Planken durch den Fall marschieren, sondern sie mussten von oben her einsteigen, um das zu sehen, was wir sehen. Diesen Weg gibt es noch heute!", erklärte ich Eleonor, „Kurt Seiler hat ihn mir gezeigt. Er führt von *Gasteig/Gaisteig* hierher, eine Bezeichnung, die gemäß Rohrecker ein für das einfache Volk verbotenes Terrain kennzeichnet, der keltische Begriff *gais* als *Tabu*."

„Dann müsste folglich auch der *Gaisberg* ein Tabu-Berg gewesen sein, reserviert für kultische Handlungen?"

„Schon möglich! Der Gaisberg galt ja bis ins frühe 19. Jahrhundert als Berg der Johannisfeuer und Sonnwendfeste. Irgendein Erzbischof hat sogar ein Verbotsgesetz gegen nächtliche Zusammenkünfte auf dem Gaisberg erlassen."

„Ja, ich erinnere mich, das war 1793, unter Erzbischof Colloredo. Damals war aufgrund nächtlicher Feuer ein Waldbrand entstanden."

„Sobald wir wieder den Talboden des Falles erreicht hatten, kontrollierte ich, ob die Felsbrücke auch von unten her einsehbar wäre. Tatsächlich bildet sie den letzten sichtbaren Punkt am Horizont. In meiner Phantasie erhebt sich dort ein Schamane in langem wallenden Leinengewand und bringt ein Kesselopfer dar, vielleicht ein Menschenopfer für den Stammesgott, das in Form von Ertränken stattfinden muss. Im nächsten Augenblick vollzieht er einen gegensätzlichen Ritus für die Wiedergeburt. Das Volk steht im Talboden unten, vor dem wunderschön asymmetrisch proportionierten Wasserfall, und blickt hinauf zur Spitze, zu jener Brücke, auf der der Schamane, es ist der Dürrnberger Priesterkönig selbst, gerade seine Arme emporhebt!

Autor Georg Rohrecker sieht einen solchen geistlichen Mann im hl. Nikolaus, sichtbar gemacht auf einem Gemälde in der benachbarten Kirche! Rohrecker meint, Nikolaus würde die Seelen der Toten nacheinander ins Leben zurückholen. Diese Seelen warten in Form von Kinderchen in Tontöpfen auf ihre Wiedergeburt! Damit wäre der christliche Heilige mit Cerunnos oder Borbeth vergleichbar, beide zu unterschiedlichen Zeiten Herrscher über die Anderswelt."

Das Ölbild vom hl. Virgil fiel mir ein, wie er in druidenartigem Gewand auf römischen Ruinen die Bischof-Stadt Salzburg gründet. Bei näherem Hinsehen entpuppen sich die Ruinen als römischer Friedhof, als Gräber, denen aber keine Seelen entsteigen. Auch die entsprechende Szene aus dem indischen *Ramayana-Epos* kam mir in den Sinn, die der Diplomat an der Wand der Großen Mutter erzählt hatte: *Rama* findet seine spätere Frau *Sita* - in einem Tongefäß schlafend - unter einer Ackerscholle vor und sie wird von ihm zum Leben erweckt.

Die Köpfe auf dem Kannenrand

Die Ausführung der drei Köpfe/Gesichter der Schnabelkanne vom Dürrnberg entspricht ganz den Vorlieben der frühen La Tènezeit: Das bedeutet magisch hervortretende, stechende Augen, keilförmige Nasen, gepflegtes Haar. Nur ein gezwirbelter Schnurrbart fehlt.

Und doch klingt auch noch die späte Hallstattzeit nach, denn die durch die Silhouette verwischte Gestaltbildung und somit das Zusammenwachsen von einerseits Kopf mit Haarkrone und andererseits mit dem Unterkiefer des Schlangenungeheuers geht durchaus auch in Richtung *Kopfdeckel*.

Jean-Jacques Hatt hatte vor mehr als dreißig Jahren die These aufgestellt, die Dreiklassengesellschaft der Kelten habe auch eine Dreiteilung ihres Götterhimmels verlangt. Dem entsprechend ordnete er den Kopf auf dem Kannenrand dem obersten keltischen Gott *Teutates* zu, der bei allen Stämmen unterschiedliche Namen gehabt haben soll. Für Teutates seien hölzerne Kultpfähle mit *Torques*, also Gold- oder Bronzereifen als Zeichen für Göttlichkeit, errichtet worden, wie Eleonors Keltologie-Professor Herbert Birkhan in Anlehnung an einen römischen Chronisten schreibt. Ich kann nicht nachvollziehen, wie Hatt auf den Gott Teutates kommt, denn dieser Kopf am Kannenrand hat keinen *Torque* um den Hals, sondern eine lange Kette aus feinen Gliedern.

Der Henkel kann hingegen eindeutig als ein mehrgestaltiges Tier interpretiert werden, vor allem als eine Widderhornschlange. Unter den vielen

Körperteilen, einem Zitat der positiven Eigenschaften anderer Tiere, befindet sich auch ein Wolfsschwanz. Im alten Ägypten war dieser ein Symbol für Stärke und Macht des Pharaos. Auf dem keltischen Gundestrup-Kessel finden wir den Wolf als ein Tier neben Cerunnos, genauso wie den Löwen und die Widderhornschlange.

Die Widderhörner wiederholen sich übrigens in der Draufsicht auf den Kannenschnabel. Zugleich erreicht der Gestalter damit das Aussehen der für Hallstatt berühmten *Brillenfibeln*, das sind Spiralfibeln, als besonders artifizielle Halterung für Frauengewänder, von denen einige Exemplare auch auf dem Dürrnberg gefunden worden sind. Die Verdopplung der Widderhörner in Draufsicht ist ein weiterer Beweis dafür, dass man sich die Kanne auch von oben her ansehen sollte. Zugleich entsteht durch die Leerräume von oben gesehen die Figur eines Entenkopfes:

Das auf dem Henkel nach oben gerichtete Gesicht der Widderhornschlange deutet Jean-Jacques Hatt nicht, wie Birkhan es tut, als Glückssymbol, sondern als den Gott *Taranis*, den obersten Gott und schrecklichen Beherrscher des Himmels. Sein Zeichen ist das Feuerrad, das Sonne und Blitz zugleich verkörpert. Doch wo soll sich dieses Feuerrad befinden? Wenn die hier vorhandene seitliche Punzenreihe mehr als eine Verzierung sein sollte, dann könnten es diese Punzen sein, die die Sonne repräsentieren. Als kompositorisches Gestaltungsmittel kehren sie jedoch auf den Attaschenscheiben und auf den „*Rüsselfiguren*" am Kannenrand wieder.

Beim Kopf am Henkelansatz werden Kreispunzen für die Markierung der Nasenwurzel und die Darstellung der Pupillen verwendet. Wenn man hinsichtlich Punzierung den Kopf auf der Attasche mit dem Kopf am Kannenrand vergleicht, hat man den Eindruck, als würde sich das Punzenpaar, das beim einen Kopf den Mund verschließt, zu einem Augenpaar des anderen Kopfes erhoben haben. Ein Weg also vom verschlossenen Mund zu den geöffneten Augen oder umgekehrt?

Die Mehrdeutigkeit göttlicher Attribute könnte ausdrücken, dass der Kopf am Henkelansatz, also der *Herr der Tiere*, in der Lage ist, die Kopfdeckel-Maske der Zerstörungskraft beziehungsweise der Tierverwandlung vom Scheitel übers Gesicht herabzuziehen. Der Kopfdeckel erlaubt ebenso die Interpretation als eine Herkules-Darstellung, die Darstellung eines Halbgottes bzw. irdischen Gegenspielers zu den Göttern, eines Ur-Kelten. Die Locke des Kelten-Herkules hätte sich dann in eine Spirale verwandelt, wie beim Portrait Alexanders des Großen auf manchen nachgeschlagenen Statéren.

Allein diese großartige Vielfalt an (halb-)göttlichen Deutungsmöglichkeiten würde genügen, um die Dürrnberger Schnabelkanne in den ersten Rang einer künstlerischen Bewertung aller keltischen Kannen zu hieven.

Der alte und der junge Fürst

Bei vergleichbaren keltischen Schnabelkannen nördlich der Alpen lassen sich die Komponenten des *Tierhalter-Motivs* immer klar erkennen. Meist sind es starke Tiere, wie Pferde und Löwen, aber gelegentlich auch Menschen. Die meisten Interpreten sprechen beim Motiv *Herr der Tiere* anfangs von einem Menschengesicht und zaubern daraus dann eine Gottheit. Warum? Ich hatte seit jeher das Gefühl, dass mich ein Mensch anblickt, wenn ich vor der Kanne stand. Und Eleonor bestätigte, auch sie habe den Eindruck, sie würde im Attaschengesicht und im *Herrn der Tiere* den gleichen *Menschen* erkennen, und zwar in unterschiedlichen Stadien. Somit könnte es sich um eine szenische Darstellung handeln, ein Erzähl-Relief.

Und dieses berichtet uns – so meine These – vom Leben des Verstorbenen selbst. Man braucht nur wieder mit der Schwester-Kanne vom Glauberg zu vergleichen. Dort befindet sich auf der Attasche das Gesicht eines toten alten schnurrbärtigen Mannes und am Henkelansatz der ganze Körper eines lebenden jungen keltischen Soldaten, der einen Kompositpanzer trägt, wie er von den keltischen Söldnern in Oberitalien getragen wurde, und zwar während einer relativ kurzen Periode.

Überträgt man diese Erkenntnis auf die Dürrnberg-Kanne, dann haben wir es bei der Attaschenfigur mit einem toten alten Kelten zu tun, der über die Tierformen/Lebensstufen aufwärts bis zur Blüte seines Lebens, der Jugendzeit, zurückgeboren/ wiedergeboren wird! Auf der hessischen Kanne sind sogar deutlichere Merkmale dieses Toten ausnehmbar. Ich könnte mich also auch auf die Suche machen nach individuellen Merkmalen des mächtigen Fürsten vom Dürrnberg! Astigmatische Augäpfel fallen da auf, Augäpfel, die fast aus ihren Höhlen heraustreten. Das Auge als der Sitz des Lebens, der magischen Kraft. Geschlossene Augen als ein Symbol für den Tod des Menschen.

Wie schon in den Schwellranken fand ich das Motiv vom *Werden und Vergehen des Menschen* auch im Bereich des Haupthaars der Attaschenfigur: Die eigenen Ohren des Toten sind zu Spiralen ausgebildet, die von außen nach innen verlaufen, was das Vergehen, den Tod, bedeuten kann. Doch in der Haarkrone oberhalb des Haarbandes erneuert sich das Leben schon wieder in den von innen nach außen verlaufenden Spiralen der Ohren des Henkelwesens, das ich als *Widderhornschlange* anspreche. Keine persönlichen Merkmale also im Bereich der Ohren des Toten, aufgrund fehlender oder auch nur verdeckter Ohrläppchen, denn die Spiralen könnten auch große Ohrstecker sein. In der Nähe von Hallstatt, in Gosau, wohin der Hallstätter Totengräber einst die überzähligen Knochen getragen hat, werden heute noch Ammonitscheiben hergestellt. Möglicherweise haben die Kelten solche als Schmuck im Ohr getragen, in einem Loch im Ohrläppchen, das sie zuvor stark aufdehnen mussten, wie es heute wieder bei Jugendlichen im Trend liegt? Aber auch eine Kombination wäre denkbar: ein Schläfen-Ohren-Schmuck, heute noch als Tracht bei der Elefantenparade von Kandy auf Sri Lanka getragen. Statt der Spirale dort der konzentrische Kreis.

Die Nase des Toten auf der Kannen-Attasche ist platt gedrückt, vielleicht die Folge eines Kampfes, vielleicht auch nur abgewetzt durch das Reinigen der Kanne mit Stahlwolle. Von der Scite betrachtet, hatte ich vom Toten einen ziemlich alpenländischen Eindruck, wegen einer leichten Unterkieferanomalie. Als auffällig vermerkte ich auch den stark eingefallenen Mund, wie er in der Regel bei Menschen ohne Zähne zu finden ist oder eben bei aufgebahrten Toten.

Und dann die große Überraschung: Viele gleiche Merkmale konnte ich auch im jugendlichen Gesicht des *Tierhalters* am Henkelansatz wiedererkennen: die Lippen sinnlich gefüllt, die Nase kühn gebogen und die Ohren durch spiralenförmige Ohrstecker verdeckt. Auf der Attasche der Glauberg-Kanne hingegen hat der Tote zwei ganz frei liegende Ohren.

Das jugendliche Haar des wiedergeborenen *Herrn der Tiere* auf der Dürrnberg-Kanne ist um die Ohren deutlich geschoren oder er trägt langes Haar hinter die Ohren/den Ohrschmuck geklemmt. Interessant, dass beide, der jugendlich Tierhalter wie der tote Alte, eine Ringpunze auf der Nasenwurzel tragen, was Weisheit/Würde bedeuten könnte, wenn man diesen Umstand mit dem sechsten *Chakra*, dem *Stirn-Chakra* oder *Dritten Auge* der südasiatischen Glaubensachse, gleichsetzt, dem Mittelpunkt höheren Bewusstseins.

Das Gleiten des Blicks hinauf und hinunter

Ich halte viel vom allerersten Eindruck. Und bei diesem wie auch bei den folgenden Impressionen war mein schweifender Blick immer wieder an dem Tierpaar auf dem Kannenrand hängen geblieben.

Auf der Schnabelkanne vom hessischen Glauberg harmoniert die Ausformung des Tierpaars nicht einmal mit der Gestaltung des *Herrn der Tiere*. Das könnte darauf hindeuten, dass unterschiedliche Handwerker am Werk gewesen sind. Während der Herr der Tiere - sehr naturalistisch ausgeführt - als junger Soldat im damals üblichen Schneidersitz thront, erscheinen seine Tiere plump und stark stilisiert. Sie lassen einen sehr laienhaften Hersteller vermuten. Da der ganze Henkel samt Gabel gegossen wurde, müssen diese Figuren jedoch von ein und derselben Person angefertigt worden sein. Beim Schweifen des Kunstbetrachter-Blicks über die Glauberg-Kanne lässt sich feststellen, dass das Auge einer unruhigen, holprig unterbrechenden Umrisslinie folgt, zwischendurch wieder abgleitet und sich nicht für ein Verweilen entscheiden kann.

Ganz anders bei der Kanne vom Dürrnberg. Schon beim ersten Eindruck der Schnabelkanne vom Dürrnberg war ich fasziniert gewesen von der Ausführung der *Rüsseltiere*. Mein Blick glitt dort noch jedes Mal sanft auf und ab und vor und zurück. Der Blick sucht diese Figuren immer wieder auf, um das angenehme Wellenspiel zu wiederholen.

Dabei handelt es sich gar nicht nur um ein rein senkrechtes Auf und Ab, sondern die Figuren krümmen sich auch oben leicht nach außen und verleihen so der Kanne einen architektonisch logischen Abschluss nach oben hin, zum Schnabel. Die Formen der Entrelacs unterstützen dieses visuelle Wellenerlebnis.

Das wogende Hin und Her wird noch durch ein weiteres Motiv unterstützt, das Motiv *der einander widerstrebender Spiralen*: Egal, an welcher Seite eines Fabeltiers man zu lesen beginnt, ob am Schwanz oder am Rüssel, die Lesart startet in jedem Fall mit einem *Werden*, also mit der sich ausdrehenden Spirale, und endet auf der anderen Seite mit der sich eindrehenden Spirale, dem *Vergehen*. Eines der ältesten Motive der Menschheit, erstmals zu finden in den Steinzeit-Tempeln *Hagar Qim* und *Tarxien* auf der Mittelmeerinsel Malta, wohin ich einst meinen Vater begleiten durfte. Aber auch die Gräber Sardiniens aus dem 2. Jahrtausend v. Chr. kennen dieses beliebte Motiv, genauso wie die Brillenfibeln aus Hallstatt:

Was will mir der Künstler mitteilen, dass er meinen Blick immer wieder auf das Hin und Her, das Auf und Ab der Kannenfigurränder dirigiert? Ich hatte das starke Gefühl, er *möchte* mir etwas mitteilen. Es war mir, als stände der Künstler neben mir und forderte mich dazu auf, andere Teile der Kanne ebenso wellenförmig zu lesen, als ein Hin und Her in jede Richtung.

Was bot sich noch so wunderbar bogenförmig an? Der senkrechte Teil des Henkels, der Griff, tat es. Und diesen in beide Richtungen zu lesen, das machte plötzlich auch erzählerisch Sinn. Mein geistiger Gesprächspartner nickte mit dem Kopf. Ich hatte diesen Kannenteil bisher nur von unten nach oben gelesen, vom Toten hin zum wiedergeborenen Jüngling, wobei mehrere Tierstufen durchlaufen werden. Doch wollte der Künstler, dass ich mich auch mit der Erzählweise in umgekehrter Richtung auseinandersetze.

Und damit kehre ich zur traditionellen Erzählebene zurück, jener, die auch auf etruskischen Kannen zu finden ist, dass nämlich ein junger Mensch von einem Untier gefressen wird, wie schon der Monograf der Dürrnberger Kanne interpretiert hatte. Ich sah ihn jetzt wieder vor meinem geistigen Auge, den jungen Fürsten, am Höhepunkt seiner Macht, versinnbildlicht durch das *Tierhalter-Motiv*, wie er von einem noch mächtigeren Wesen verschlungen wird und im Gedärm des Wesens nach unten gelangt.

Am unteren Ende des Henkels, dem Anusende des Tiers, in der Anderswelt, wird dieser „*Kelten-Jonas*" dann unverdaut zwischengelagert, quasi tiefgefroren, um zum richtigen Zeitpunkt die Wiedergeburt antreten zu können, diesmal in umgekehrter Henkel-Richtung, nämlich vom unteren zum oberen Henkelende.

In die Ebene geklappt ergibt der gesamte Henkel einen kunstvollen Rührstab, der in einem Erdloch steckt! Als *„Aufzug der Wiederkehr"* bezeichnete ich meine These vom Fließen des Interpretationsflusses in beide Richtungen. Der Tote geht in die Erde hinein, in Form einer Spirale. Die gegenläufige Spirale stellt jedoch auch die Wiedergeburt in Aussicht. Damit hat der Künstler der Dürrnberger Kanne einen deutlichen Beweis dafür geliefert, dass er es ernst meint, mit seiner Mehrdeutigkeit. Und kein Künstler, der es damit ernst meint, schafft irgendein Detail, das zufällig entsteht. Daher auch das perfekte Durchkomponieren der Motive. Rasch getaktet klingen sie überall an.

Die Schnabelkanne vom Dürrnberg muss ein höchstpreisiges Produkt gewesen sein, heute vergleichbar mit einem Markenprodukt, einem Designerstück. Die Liebe zum Detail geht so weit, dass längere Gerichtetheit fast nie als bloße Linie, Kante oder Knick in Erscheinung tritt, sondern als das Motiv *Persische Perlenreihe*. Am Hals des Wiedergeborenen wird eine solche Perlenreihe sogar ornamentartig zur Kette verändert, indem die Perlen bis zum tiefsten Punkt an Größe zunehmen, bevor sich das Ganze wieder umkehrt und die Perlenreihe abermals zum gewöhnlichen Muster mutiert. Wahrscheinlich stellt diese Perlenreihe eine feingliedrige Kette dar, durch die der noch so mächtige Mensch an das todbringende Ungeheuer/die Wiedergeburt/die Erdmutter in Vertretung der Widderhornschlange/den Totengott Cerunnos/Chronos gekettet ist.

Dass plastische Körperteile, wie die Augen, von Perlenreihen musterartig umschlossen werden, konnte ich auch auf der Glauberg-Kanne entdecken. Eine der Dürrnberg-Kanne sehr ähnliche Künstlerhandschrift fand ich bei einer Maskenfibel von Parsberg in der Oberpfalz. Wie auf der Dürrnberg-Kanne kommen dort Kerbleisten, Perlenreihen und Entrelacs kompositorisch zum Einsatz. Auch die Gestaltbildung der Gesamtform ist dort berücksichtigt. Insofern könnte dieses Stück vom Dürrnberger Kannenkünstler geschaffen worden sein.

Der Wanderkünstler, der auf dem Dürrnberg offenbar längere Zeit an der Schnabelkanne gearbeitet haben muss, weil er so großen Wert auf Details legte, könnte also auch in der Oberpfalz und bei Ludwigsburg Aufträge angenommen haben. Entweder war dies vor seiner Dürrnberger Hochblüte geschehen oder er hatte dafür weniger Entlohnung erhalten, denn die Detailverliebtheit hält sich dort in Grenzen. Nicht auszuschließen ist natürlich die Möglichkeit, dass ein künstlerisches Produkt auch den Handelsweg bis zum Fundort genommen haben könnte.

Ein Artikel für den Parnass

Inzwischen war auch mein Beitrag in der Kunstzeitschrift erschienen. Beim Blättern im Hochglanz-Magazin stellte ich mit Freude fest, dass Gesamtansichten von beiden Kannen abgedruckt worden waren und ganz groß das Bild von den Graugänsen, deren gestreckte Körper eine fast gleiche Form aufweisen. Die Kanne als ein stilisierter Wasservogel, heute würde man ihre Form im Fachjargon der Künstler als eine *„gelungene Umsetzung"* bezeichnen:

Immanuel Kant hat in seinem Werk „Analyse des ästhetischen Urteils" erfolgreich versucht, den Schönheitsbegriff zu differenzieren. Das Ergebnis für unser Zeitalter weiter gedacht hat Jacques Derridá in seinem Buch „Die Wahrheit der Malerei", woraus ich die Begriffe intrinsische Schönheit für die Dürrnberger Bronzeschnabelkanne und extrinsische Schönheit für die Bronzeschnabelkanne vom Glauberg entlehne. Diese lebt vom Beiwerk, von der Verzierung, vom Horror vacui, den Parerga, jene aber weist eine über das naive Empfinden hinaus reichende Schönheit, eine in sich durch und durch verwobene formale Harmonie auf, ein so genanntes Ergon. Die Dürrnberger Kanne ist also nicht nur ein technisches, sondern auch ein formales Meisterwerk, spannend zu betrachten, einerseits wegen des ausgeglichenen Zusammenspiels zwischen erhabenen, vertieften, ausgesparten Bereichen, andererseits wegen des Variationsreichtums in der Motivik.

Während für die Glauberg-Kanne eine „Addition" der Formen geltend gemacht werden kann, sollte für die Dürrnberg-Kanne der Begriff „Komposition" beansprucht werden, und zwar sowohl für die Formen wie auch für die Motive. Folglich kann man die künstlerische Bedeutung der Dürrnberger Kanne nicht genug würdigen.

Der Fackeltanz

So unterschiedlich die Salzburger auch sein mögen, eines haben die meisten von ihnen gemeinsam. Selten sind sie in der wunderschönen Stadt geboren worden, vielmehr ist jeder Zweite aus freien Stücken in diesen traditionsreichen, markenbewussten, fassadenreichen und teuren Weltort gekommen, um einen *Alterstraum* zu verwirklichen. Die Zugezogenen, vor allem aus Oberösterreich, treten als die Bewahrer des Alten auf. Das hält diese Stadt im Innersten zusammen und erklärt, warum hier nicht so leicht tief greifende Veränderungen stattfinden können.

Beliebtheit und Bedeutung der Stadt sind zwar nicht erst mit den Festspielen entstanden, doch hatten diese maßgeblichen Anteil daran. *„Tod oder Tödin?"*, das ist die Frage einer jeden *Jedermann*-Saison. Letzten Endes entscheidet die Fähigkeit, mit einer Stimmgewalt von mehr als 100 Dezibel schreien zu können. Auf den Plakaten hatte die Tödin dieser Saison eine auffällige Ähnlichkeit mit der Fiakerin, die sich jeden Morgen entlang von Tante Bellas Garten wie eine Zaunreiterin in Richtung Innenstadt fortbewegte.

Um jenen Stimmen nahe zu kommen, die das Auftreten der Tödin von den Türmen der Stadt aus vorbereiteten, musste man schon die Mauern auf dem Festungsberg erklettern. Für mich hatte es allerdings einen anderen Grund gegeben, dorthin zu pilgern: Der Fackeltanz auf dem Residenzplatz versprach seine wunderbar ornamentale Komponente am besten aus der Vogelperspektive zu entfalten. Die Plätze waren wie immer sehr begehrt, daher machte ich mich schon zur Mittagsstunde auf den Weg.

Die alte Stadt der Rituale gehörte nun mir. Ich hatte beschlossen, sie interessant zu finden, indem ich sie aus den Augen eines Fremden neu zu erleben suchte. Die engen Gassen, in denen ich mich als ein solcher treiben ließ, je überfüllter und fremdsprachiger, desto behauster, die weiten Plätze, je staubiger, desto natürlicher, schienen mir Attraktion genug.

Wenn ich mich so dahintreiben ließ, auf dem Weg durch die Altstadt, dann fühlte ich Erhabenheit und Dankbarkeit, ein Teil in der Menge dieses besonderen Ortes sein zu dürfen, aber auch Traurigkeit darüber, dass ich wohl nie als ein gleichwertiger Bewohner dieser Stadt akzeptiert sein würde, denn das Netzwerksystem war etwas, das mich zutiefst befremdete, das ich gering schätzte, ja das mir derart zuwider war, dass ich Gänsehaut bekam, sobald ich Zeuge davon wurde. Es erinnerte mich an einen Bremsklotz in der Gesellschaftsentwicklung, an einen historischen Stillstand im Rokoko-Treiben eines Fürstenhofes, der sich längst überlebt hatte, aber stets vom benachbarten Bundesland her restauriert wurde, genau so, wie Ameisen eine Blattlaus fit halten.

Auf dem Abhang des Festungsbergs schob ich an einer Bruchstelle der Mauer die Brennnesseln beiseite und kletterte Ritze um Ritze, Fuge um Fuge die Nagelfluhquader hoch. Mit Bedauern musste ich feststellen, dass die Position meines Ausgucks noch keine optimale war. Daher stieg ich ins dicke Geäst einer überhängenden Eiche ein und folgte den Runzeln der Borke bis zur Kronenverästelung, um mich von dort aus in das ausladende Blätterdach zu hanteln, probeweise natürlich, denn bis zum Abend würde es sich noch ziehen.

Die Sonnenstrahlen verhielten sich wie Lichtschrankenbündel, die mich durchsiebten, und ich versuchte mich in diesem *Wechsel von Licht und*

Schatten zurechtzufinden wie Eichendorffs *Taugenichts* in der Kammer des Schlossgärtners.

Wie heftig zuckte ich zusammen, als ich merkte, dass ich da nicht allein war. Ein verwegener Kerl im *Go-wild-Look* hing da im Geäst und nickte mir angestrengt zu. Um die Situation zu entspannen, grüßte ich ihn betont *cool* zurück. Der Mann musste irgendetwas im Schilde führen, denn meine Anwesenheit schien ihm keineswegs zu behagen.

Nachdem wir zunächst geschwiegen und einander gemustert hatten, fragte ich, ob auch er bis zum Abend ausharren wolle. Natürlich, antwortete er, er sei ja schon seit dem frühen Morgen hier oben, um auf den Einbruch der Nacht zu warten. Wie er sich denn die Zeit vertrieben habe, bohrte ich nach. Alsdann berichtete er mir, dass er schon seit Sonnenaufgang auf Nonnenbeobachtung hier oben wäre. Bereits zur fünften Stunde wären sie aus dem Kloster in den Garten geströmt. Die jungen Nonnen hätten zunächst Runden im Rosengarten gedreht, an den taufrischen Blüten gerochen und gescherzt. Die älteren Nonnen wären indes in Gebet oder anderen Gedanken versunken auf Bänken gesessen und hätten auf eine beleuchtete Marienstatue gestarrt. Es gäbe nur noch alte und junge Nonnen, dazwischen nichts, behauptete er. „Die Jungen sind noch Schritt für Schritt aufmerksam beim Herrn!" Er bot mir eine selbst gedrehte Zigarette an.

„So ein Spanner!", dachte ich und schlug sein Angebot aus.

„Während die Alten den Rosenkranz drehen und zwischendurch gähnen, zupfen die Novizinnen emsig Unkraut und sammeln Teekräuter, schmücken die Kapelle mit Blüten und schälen Kartoffel, nähen Messgewänder und zünden schließlich Kerzen an. Aber für wen? Sie wollen *Gas geben*, die jungen Schwestern, aber man lässt sie nicht!" Er paffte den Rauch einer filterlosen Zigarette in Richtung Kloster: Wenn die einer aufwecken wolle, dann müsse er früh aufstehen, scherzte er. Und dann stellte er sich mir auch noch vor und rieb sich dabei die Hände:

„*Spiegelberg*, mein Name." Sodann sprang er die Mauer hinab und schlurfte davon.

Hatte Schiller mit einem Verrückten Scherz getrieben oder war er ein Schauspieler, der seine Rolle allzu ernst nahm? Vielleicht war er Anhänger der russischen Schule, die vom Schauspieler fordert, er müsse seine aktuelle Rolle auch im Alltagsleben fortsetzen, um zu wahrer Identifikation zu gelangen. Ich würde es nie erfahren, denn in Salzburg ist alles möglich, aber auch alles diskret. Aus der Tiefe des Prospektes klirrten und klimperten nun laut Gläser und Geschirr. Offenbar befand sich die ganze Nonnenschar beim Abwasch.

„Grüßen Sie die anderen Räuber von mir!", rief ich ihm nach.

Durch diese seltsame Begegnung sensibilisiert, konnte ich mir nun auch besser vorstellen, dass sich eine der Novizinnen als ein singendes Kindermädchen von der Nonnengemeinschaft gelöst und einen Baron geheiratet hatte. Das brachte mich auf eine Idee. Ich wollte auch einmal derart glanzvoll über eine Bergwiese schreiten und dabei weltberühmt werden.

Des Weiteren überflog ich die Touristenströme, sah Pferdekutschen auf und ab fahren und glaubte den Geruch der Pferdeäpfel noch bis in die Baumkrone herauf wahrnehmen zu können. Nach dem Vesperläuten fanden sich mehr und mehr Menschen auf der Mauerkrone ein, aber dieser Spiegelberg kehrte nicht zurück. Als sich die Sonne endlich senkte, blieb es im Kloster dunkel. Ob die Nonnen schon in ihren Betten lagen und träumten? Von pädagogischen Aufgaben etwa? Oder von Mozart-Musik?

Der Schlüssel der Träume könnte eine Ausstellung mit Werken von René Magritte heißen. Auf einem der Klartraum-Bilder Magrittes verwandelt sich eine dunkle Weinflasche nach oben hin in eine leuchtende Karotte. Das Rotorange der Feldfrucht füllt eine ganze Kammer aus. Rotorange - der beste aller Träume!

Die Fackeln platzten auf. Sie können romantisch sein, aber auch ganz schön giftig. Die ungenügende Verbrennung von Paraffin erzeugt krebserregende Benzole und Ketone. Ein Lichterkreis nun rund um den Residenzbrunnen. Dieser nicht - wie sonst - von Spots angestrahlt, sondern als ein dunkler Fixpunkt in der Mitte der Tänzer. Der *Tanz um eine Mitte.* Der Tanz um den Brunnen, das Zentrum, um einen Punkt. Wenn sich die Fackel-Tänzer als Paare rundum drehten, sahen sie wie Feuerringe aus. Schritten Mann und Frau nebeneinander her, so entstand ein doppelter Lichterkreis. Bei gegenläufigen Kreisdrehungen ergab sich ein besonders eindrucksvoller Moment.

Ich dachte sogleich an meine Schnabelkanne. Darauf fand sich auch das Motiv des *Kreisauges bzw. des Doppelkreises um einen Mittelpunkt.* Diese Motive sind viel älter als die Bronze-Schnabelkanne vom Dürrnberg. Sie sind nicht nur in die Griffe hallstattzeitlicher Antennendolche eingestanzt, nein, noch viel früher findet man diese Punzierungen: auch auf den Goldhüten der Bronzezeit, die die Sonnenpriester während der Zeremonien innerhalb der Palisadenringe bzw. Steinkreise trugen, und auf steinzeitlicher Keramik.

Tanzten die Salzburger etwa gar alte Sonnensymbole vor, wie es in Mexiko bis heute nachweislich praktiziert wird? Feuer hat etwas zu tun mit Ehrfurcht, Respekt, Bewunderung, aber auch Reinigung. In der Wachau ist heute noch das Abrollen von brennenden Reifen/Rädern den Berghang hinunter überliefert, wie es nicht zuletzt auch von Balder praktiziert wird.

Aber auch die Kelten der späteren La Tène-Zeit hatten einen besonders grausamen Kult zu Ehren des Feuergottes Taranis entwickelt. Wie mir ein Leondinger Wissenschafts-Konsulent, der das Leondinger Museum gegründet hatte, erzählte, wurden über einem Schacht Holzstangen verspreizt und daran wurde eine geflochtene Schaukel gehängt, so wie heute an manchen Kinderspielplätzen. Auf diese Art Schaukel setzte man Menschen, die man opfern wollte. Die Flammen des Scheiterhaufens veranlassten den Korb, in den Schacht zu fallen. Der brennende Tragebalken stürzte später darüber und vervollständigte die schreckliche, in gewissen Zeitabständen wiederholte Szenerie, welche die Archäologen in unterschiedlichen Erdschichten vorfanden. Das Opfer musste eine Behinderung aufweisen oder zuvor schadhaft gemacht werden. So entdeckten die Forscher neben Skeletten von behinderten Menschen verstümmelte Tiere, wie ein Kaninchen ohne Schwanz oder einen Hund mit gebrochenem Kiefer. Offenbar gingen die Kelten eines Tages von Menschen- zu Tieropfern über, vielleicht schon unter christlichem Einfluss.

In Nordamerika werden der Sonne heute noch Opfer dargebracht. So ist vor Kurzem ein Arapaho-Indianer angeklagt worden, weil er einen geschützten Weißkopf-Seeadler für das Sonnentanz-Ritual getötet hat.

Der harmlose Fackeltanz auf dem Residenzplatz hingegen fand seinen Abschluss im gleichzeitig ausgeführten Schleudern der Brände in den barocken Hypokantenbrunnen hinein. Die völlige Dunkelheit und Stille, die nach dem Erlöschen der Fackeln für einen Augenblick lang zurückblieb, prägte sich ein. Über Hypokanten schreibt der irische Volkskundler William Butler Yeats, dass sie an Flussufern erscheinen, auch in Männergestalt, um Frauen ins Wasser zu locken. Wer sie zu reiten versuche, werde entführt, ertränkt oder bis auf die Leber aufgefressen. Schon wieder die Leber extra genannt!

Im Lichtkegel einer Taschenlampe tastete ich mich den steilen Berghang in die Altstadt hinunter und kaufte dort die Zeitung vom nächsten Tag. Ein Luftbild vom Fackeltanz stach mir ins Auge. Da stand es also auch schwarz auf weiß, dass der Fackeltanz vorchristlichen Ursprungs sei, was ich mit *keltisch* gleichzusetzen wage. Das Wissen um die Bräuche und Riten ist in Österreich vielerorts in Vergessenheit geraten. Reste davon kommen immer wieder ans Tageslicht, ohne dass man sie deuten könnte. So haben zahlreiche Österreicher ein Wagenrad an der Hauswand oder auf dem Balkon hängen und können einem nicht erklären, warum. Ebensowenig zu verstehen ist die Motivation eines Gniglers, der eines Nachts dem Kaninchen des Konditors Schober die Bratzerl abgehackt hat. Ein Taranis-Opfer?

Das Unterbewusste, Verdrängte, Vergessene, das uns trotzdem oder gerade deswegen auch faszinieren kann, beeinflusst auch moderne Kunstproduzenten: Auf der Website des Radstädter Künstlers und Namensvetters Wilhelm Scherübl kann man eine Installation sehen, die er im Wiener Museum für angewandte Kunst aufgestellt hatte: *Kreis der Sonne* heißt sie und beinhaltet einige hell leuchtende Neonlicht-Reifen, die um je einen dunklen Baumstamm hängen. In Draufsicht könnte man ein einzelnes Modul als einen einfachen Kreis mit Mittelpunkt definieren, in wissenschaftlicher Sicht ein Kreisauge.

Kreissymbole

Auch Eleonor hatte sich inzwischen dazu aufgerafft, eine Diplomarbeit anzudenken, wenngleich sie sich im Moment noch nicht vorstellen konnte, in welcher Richtung das Thema zu suchen sein sollte. Daher übte sie sich vorerst einmal in wissenschaftlichen Abstraktionen und insofern kamen ihr meine Recherchen in Bezug auf die Schnabelkanne ganz gelegen. Sie fasste noch einmal übungshalber zusammen, was wir bisher über Kreise und Punkte abstrahieren konnten:

Die Kelten zwischen Tauern und Salzkammergut punzierten Metallobjekte vor allem mit folgenden Kreismodulen:

Die <u>einfache Kreispunze</u> dürfte lediglich eine Sache der Dekoration sein. Georg Rohrecker sieht in den fünf Kreispunzen auf den „Rüsseltieren", die er auf seiner Internetseite als „*Schlange mit Haxn*" anspricht, fünf Lichtzyklus-Kreise. Die Fünf wäre ein Zahlensymbol für wiederkehrendes Leben, meint er.

Neben dem *einfachen Kreis* ist häufig gleichbedeutend ein <u>*einfacher Kreis mit Mittelpunkt*</u> festzustellen. In der Botanik ist das heute das Zeichen für einjährige Pflanze. In der Astrologie jedoch steht das Zeichen für die Sonne. Im Fachjargon der Kunsthistoriker heißt dieses Zeichen auch *Kreisauge*. Drei Kreisaugen kommen gruppenweise häufig auf Dürrnberger Antennendolchen vor. Univ. Professor Wolfgang Lobisser, Hallstatt–Forscher und Leiter des Instituts für Angewandte Archäologie der Universität Wien, sieht darin das den bösen Blick bannende Auge, das in erster Linie die Phönizier bekannt machten, auf den Kielen ihrer Boote, auch „*Auge des Osiris*" genannt. Ein einzelnes Kreisauge hat demnach eine Schutzfunktion. Lobessers Meinung nach würden auch bunte Glasperlen, deren Farben ringförmig auftreten, diese Absicht verfolgen. Auf der Dürrnberger Kanne wird das Kreisauge eindeutig an Stellen ohne Inhalten, also allein zur Verzierung, eingesetzt, und zwar an den Griffrändern. Auf der Innenseite der Wangenklappen des Helms vom Pass Lueg findet man das Kreisauge mit strichlierter Umrisslinie.

Ein *Doppelkreis* bezeichnet heute in Schaltplänen von Elektrogeräten den Taster, damals war der Doppelkreis besonders im norischen Bereich verbreitet, als Ringpunze, wie eine Verbreitungskarte im Keltenmuseum Hallein zeigt. Der Doppelkreis stellt auch einen Ring dar. Dieser wurde im Keltikum immer schon als Würdezeichen getragen. Im Alltag übernahmen ihn die Männer jedoch erst in der Expansionsphase, also nach der Fürstengräber-Zeit des Dürrnbergs.

Ein *Doppelkreis mit Mittelpunkt* ist das dritte Kreiszeichen, das meist dreifach vorkommt und möglicherweise eine Synonymform zur Spirale darstellt. Es könnte sich dabei ebenso um ein potenziertes Kreisauge handeln, wie bei den ausbuchtenden Glasperlen der Fall, die eine magische, beschützende Kraft speichern sollen. Verdopplung bedeutet immer auch Potenzierung.

Ein *dreifach konzentrischer Kreis um einen Mittelpunkt* scheint bei den Kelten nicht vorzukommen, wohl aber bei den alten Völkern, wie Felsgravuren bei Bad Mitterndorf in der oberen Steiermark zeigen. Bei den Aborigines Australiens bedeutet dieses Symbol eine Wasserstelle, eine Zisterne oder den Altarm eines Flusses. Dahinter könnte sich eventuell eine besondere Potenzierung des Kreissymbols verstecken, das für pulsierendes Leben steht, also intensivstes Leben. Die ganz seltene Wasserstelle im Innern oder im Norden Australiens als Kraft des Lebens überhaupt. Als Potenzierung des Kreisauges könnte es ganz außerordentlichen Schutz vor dem bösen Blick, also vor bösen Dämonen, bieten, wie etwa auf der steinzeitlichen Keramik im Linzer Schlossmuseum.

Die drei Satellitenscheiben

Beim Betrachten der Attaschenskizze in der Kannenmonografie von Fritz Moosleitner fiel Eleonor auf, dass sich drei große runde Scheiben von den übrigen Kreismotiven auf der Attasche abheben. Auf diesen Scheiben in der Größe von kleinen Beilagscheiben sind je sechs Kreisaugen satellitenförmig um eine Art Nabe herum angeordnet. So kam ich auf die Idee, diese drei Scheiben der Einfachheit halber *Satellitenscheiben* zu nennen.

Die *mittlere Satellitenscheibe* deutete ich ohne Umschweife als den vereinfachten Kopf eines Wasservogels, der mit einem Verbindungsstück in Form eines Schnabels nach oben gerichtet ist und nach unten in eine Palmette mündet, die den Vogelkörper, die Flügel und den Schwanz in einem schematisiert darstellt.

Die *unterste Satellitenscheibe*, also unterhalb der stilisierten Schwanzfedern, interpretierte ich als die Sonnenscheibe. Schon seit der Bronzezeit hat die Kombination dieser zwei Zeichen Vogel plus Sonnenscheibe die Zeitstrecke *Vormittag* bedeutet: Der Fisch holt in der Früh die Sonne von der Sonnenbarke ab und der Vogel reißt sie vormittags hoch, bis sie gegen Mittag vom fliegenden Pferd übernommen wird.

Nun blieb nur noch die *oberste Satellitenscheibe* als letztes Detail für die Interpretation übrig. Technisch gesehen würde es sich dabei lediglich um eine Nietstelle zwischen Henkel und Kanne handeln, aber die künstlerische Gestaltung lädt diesen technisch wichtigen Verknüpfungspunkt noch zusätzlich mit Bedeutung auf. Dieser Nietpunkt gleicht der anderen Satellitenscheibe unterhalb, die sowohl Vogelkopf als auch Vogelauge bedeutet.

Auf diesem oberen Nietpunkt liegt aber die optische Last, also der gestalterische Schwerpunkt: Zum einen befinden sich hier der Knickpunkt und die engste Stelle des konkaven Bereichs der Attaschenform, die das Auge automatisch ins Zentrum lenkt, also auf diese Satellitenscheibe hin, zum anderen hat diese Scheibe optisch mehr Volumen als die anderen, weil die Wellenornamente statt einer Hohlform eine Vollform umschließen, d.h. die Entrelacs fehlen.

Ich überlegte angestrengt: Im Zentrum des inneren Kreises liegt ein Kreisauge. Zwischen dem inneren Kreis und dem äußeren Kreis liegen noch einmal sechs gleichmäßig verteilte Kreisaugen. Warum gerade sechs? Sechs Kreisaugen ergeben zwar eine symmetrische Form, aber aus kompositorischen Erwägungen allein wäre es nicht notwendig gewesen, dass der Künstler solch feine Binnen-Ritzungen auf dem Nietpunkt anbringt. Daher konnte die Scheibe mit den sechs Kreisaugen, die sich um ein zentrales Kreisauge gruppieren, bedeutungsbehaftet sein.

Symbolisiert sie etwa einen goldenen Talisman? In Gedanken sah ich den toten Keltenfürsten vor mir aufgebahrt liegen, mit einem schützenden Amulett oder eine Ritual-Scheibe auf der Brust. Sie könnte - neben den Waffen des Toten - Zielobjekt des Grabraubes gewesen sein. Vielleicht wollte man den Toten durch den Raub seiner Insignien im Nachhinein entehren, denn die Waffen können ja zum Zeitpunkt der Grabschändung in keinem brauchbaren Zustand mehr gewesen sein. Dieser Raub dürfte erst Generationen später erfolgt sein, denn Zeitgenossen hätten von der unterirdischen Existenz einer wunderschönen Schnabelkanne gewusst und diese ebenso exhumiert. Das Vorhandensein eines solchen Prachtexemplars innerhalb eines fürstlichen Grabovals hätte sich sicherlich herumgesprochen gehabt.

Ich stellte mir also vor, dass jede der drei Satellitenscheiben die Gestalt eines schematisierten Wagenrades mit sechs oder zwölf Speichen bildet, wie eines im Fürstinnengrab im oberösterreichischen Mitterkirchen gefunden wurde. Symbolisiert dieses Rad auf der Brust des Toten etwa ein Streitwagenrad, ein Kultwagenrad, das Lebensrad oder etwa das Sonnenrad? Oder hat es mit dem mediterranen Stierkult zu tun, wie die Stierschale aus dem Talmuseum von Agrigent?

Dass sowohl Jean-Jacques Hatts Deutung der Kannenfiguren wie auch meine Interpretation nicht von der Hand zu weisen waren, sah ich als den besten Beweis dafür an, dass der Künstler dieser Kanne Mehrdeutigkeit angestrebt hat. Ähnliches hatte ich ja auch in Bezug auf die Korrelationen der Ornamente und Entrelacs herausgefunden.

Gerade durch den Einsatz der drei Satellitenscheiben versucht uns der Künstler einen deutlichen Hinweis darauf zu geben, dass alle Einzelteile der Kanne trotz eines an sich selbst haftenden Symbolwerts auch einem Ensemble-Motiv und darüber hinaus einer Gesamterzählung zugeordnet werden können.

Man muss also noch viel mehr als die Grundbedeutung eines Zeichens ermitteln und sich detektivisch in den Bereich der vergleichenden Beobachtung vertiefen.

Sinnestäuschung

Am zweckmäßigsten schien mir, noch einmal in den Wiener Museen nachzuforschen. Durch eine Versuchsreihe im Technischen Museum der Stadt lernte ich dann tatsächlich interessante Gesetzmäßigkeiten der Größenwirkung von Punkten bzw. Kreisen kennen.

Das menschliche Sehen beurteilt demnach Größen immer in Relation zur Umgebung. So sieht ein Kreis, der von fünf größeren Kreisen umgeben ist, noch kleiner aus. Vielleicht haben Schmetterlinge deshalb so große Augenmuster im Verhältnis zu ihrem Körper.

Umgekehrt wirkt aber der gleiche Kreis, wenn er von fünf kleineren Kreisen umgeben ist, wesentlich größer. Dies ist auch bei der obersten der drei Satellitenscheiben auf der Attasche der Dürrnberger Kanne der Fall.

Mit diesen optischen Verfälschungen scheinen die Kelten gespielt zu haben: Bei längerer Betrachtung verschmilzt der innere Kreis mit Binnenzeichnung zu einem Doppelkreis mit Punkt. Unser Auge stellt dieses durch Sinnestäuschung entstandene Gebilde als größere Gestalt den sechs satellitenartig angeordneten Sonnensymbolen gegenüber.

Das hat zur Folge, dass unser sinnengetäuschtes Auge empfindet, dass der fälschlich entstandene Doppelkreis größer wäre als die sechs kleineren Satellitenkreise. Dies scheint das mehr oder weniger bewusst verwendete Wirkungsprinzip der drei Attaschenscheibchen auf der Dürrnberger Bronze-Schnabelkanne zu sein.

Auch der um 777 n. Chr. – sehr wahrscheinlich – in Salzburg entstandene iro-schottische *Tassilo-Kelch*, der älteste erhaltene Messkelch der Welt, aus dem Benediktinerkloster Kremsmünster, gehorcht dieser Sinnestäuschung, sobald der Priester daraus trinkt. Durch die anliegenden fünf Medaillons mit Christus und den vier Evangelisten wirkt der großzügige Mündungstrichter noch ausladender, als er tatsächlich ist.

Einer Umkehrung dieses Wirkungsprinzips begegnete ich im Naturhistorischen Museum. Als ich vor einer *Scheibe aus dem Hallstatt-Grab Nr. 779* stand, sah ich eine wunderschöne geometrische Darstellung, die ursprünglich mit edlen Steinen verziert gewesen sein musste. Mit ihren Ringen und Strichen erinnerte sie mich an einen in Draufsicht betrachteten Goldhut eines Sonnenpriesters aus der Bronzezeit. Innerhalb eines Kreisrings stehen um einen zentralen Punkt fünf weitere Punkte, die sich aber von jenem in der Größe nicht unterscheiden. Die Zwischenräume zwischen den Punkten sind jeweils durch drei senkrechte Strichkerbungen ausgefüllt. Der Scheibenrand bildet den zweiten Kreis, in dem sich nun fünf größere Punkte befinden, die jeweils genau in der senkrecht verlängerten Mitte zwischen zwei Innenkreispunkten zu liegen kommen. Alles zusammen gesehen entspricht also einer optimalen Punkteverteilung über eine Scheibe. Diesmal füllen fünf jeweils senkrechte Strichkerbungen die Zwischenräume aus.

Den Typus der obersten Satellitenscheibe der Dürrnberger Kannenattasche gibt es also sowohl mit fünf als auch mit sechs Satellitenkreisaugen. Die Anzahl scheint dem Modewandel zwischen später Hallstatt- und früher La Tène-Zeit zu entsprechen.

Im 5. Jh. v. Chr. wird aus der asymmetrisch konzipierten Satellitenkreisscheibe plötzlich ein symmetrisch angelegtes Radsymbol. Es stellt sich die Frage, warum diese Bedeutungsgebung stattgefunden hat.

Mensch, du hängst an der Sonne!

Zur Beantwortung dieser Frage waren Internet-Recherchen notwendig. Eine Schwarzweißkopie von einem Fries der *Situla von Magdalenska Gora* schien mir zu verraten, dass solche überdimensionierten Scheiben mit zentralem Punkt und Satellitenkreisen darum herum bei kultischen Handlungen in Verbindungen mit Pferden oder bei Trankopfern Verwendung fanden. Ein keltischer Funktionär aus dem venetisch-etruskischen Kreis schien einen Sonnenscheibenstab vor sich her zu tragen, der allerdings nur fragmentarisch zu sehen war.

Auf der Rückfahrt aus Wien überlegte ich, wie sich der *Stab des bronzezeitlichen Sonnenpriesters* später weiter entwickelt haben könnte. In der Bronzezeit hatte ein Wagenrad nur vier Speichen gehabt, daher auch das Sonnenrad.

Die *geviertelte Scheibe des Sonnenpriester-Stabes*, die den Sonnenumlauf wie auch die Himmelsrichtungen und das Wettergeschehen symbolisierte, war als Sonnenscheibe bzw. Wetterrad in der Keltenzeit originalgetreu weiter überliefert worden, wie ein Fund im *Dürrnberger Grab Nr. 88*, aus der Zeit um 450 v. Chr., beweist. Im Linzer Schlossmuseum entdeckte ich dazu ein Gehänge aus der Hallstattzeit, an dem man noch die Entstehung des geviertelten Kreises nachvollziehen kann: Die vertikale Linie, die sphärische Achse und den Blitz darstellend, trifft auf die Horizontale, die Erde symbolisierend. Der Treffpunkt der beiden elementaren Achsen findet in einem Punkt statt, der sogar extra betont bzw. als schützendes Kreisauge ausgebildet ist.

Ein großartiges Ausstellungsstück im Linzer Schlossmuseum ist auch der römische Jupiterstein von Ansfelden, der eigentlich Taranis mit dem Wetterrad darstellt. Das Wetterrad, die geviertelte Scheibe, ist also in der späten Keltenzeit, im 1. Jh. n. Chr., eindeutig dem Sonnen- und Wettergott Taranis zuzuordnen.

Aber auch in Richtung *Swastika* hat sich die geviertelte Kreisscheibe entwickelt, wie der Fund einer bronzenen *Scheibenfibel der Antheringer Kirche, 2. oder 3. Jh. v. Chr.,* im Salzburger Landesmuseum deutlich macht. Indem es an den Enden aushakte, hat sich das geviertelte Sonnen-/ Wetterrad in Bewegung gesetzt und letzten Endes für weltweit schlechtes Wetter gesorgt. Wahrscheinlich schematisierte die Swastika zunächst nur den mit Fackeln besetzten brennenden und rauchenden Rand des in Brand gesetzten frühen Wagenrades, das vier Speichen hatte.

Die Kreisform ist auch noch in dieser stimmigen Kreuzform nachzuvollziehen, wie sie das *Tassilo-Kreuz* in der Münchner Pinakothek aufweist.

Andererseits hat der Prozessionsstab selbst die quadratische Kreuzform übernommen, wodurch die Scheibe an seiner Spitze wegfiel.

Das in Bischofshofen beheimatete *Rupertuskreuz* beispielsweise, im 8. Jahrhundert n. Chr. in der Gegend von Cambridge entstanden, ist im Grunde genommen als Quadrat angelegt und lässt sich als Endprodukt der Weiterentwicklung des Sonnenpriesterstabs sehen. Vier Rechtecke bilden dabei die Eckpunkte eines Kreuzes mit gleichen Abständen. Diese vier Rechtecke und ein fünftes Rechteck im Zentrum des Kreuzes sind bzw. waren mit Edelsteinen besetzt. An einer Seite ist das Kreuz stabartig nach unten zum Prozessionskreuz verlängert, sodass man im Schaft des Rupertkreuzes direkt den Stab des Sonnenscheibenträgers auf der Situla von Magdalenska Gora spüren kann. Da einige Steine fehlten, dachte man zunächst, sie wären verloren gegangen. Vielmehr dürfte es sich dabei um den Akt einer *rituellen Zerstörung* gehandelt haben, denn bei der Sanierung des Pongauer Doms fand man unter dem Altar ein Stück des Kreuzblechs mit einem der Edelsteine. Eine „heidnisch" rituelle Zerstörung also noch im frühen Mittelalter?

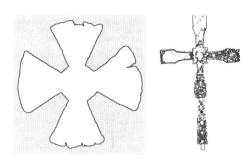

Wie im Naturhistorischen Museum zu sehen, dienten solche rituellen Zerstörungen dem Sichtbarmachen, dass das Kultobjekt als Götteropfer diente und zu profanen Zwecken nicht mehr zu gebrauchen war. In der Bronzezeit wurden besonders Sicheln zerbrochen, während es beim keltischen Taranis-Opfer von Leonding Haustiere und Menschen waren, die rituell verstümmelt wurden.

Das Gegenstück zum Rupertuskreuz fand ich beim Googlen im Stift Sankt Paul im Lavanttal beheimatet. Es trägt den Namen *Adelheidkreuz* und hatte die Funktion des *Reichskreuzes* für den Gegenkaiser Rudolf von Schwaben. Demnach stammt es aus dem 11. Jahrhundert nach Christus. Auf den ersten Blick erkennt man eine Ähnlichkeit mit dem Rupertkreuz, doch ist auf dem Reichskreuze eine Kreuzachse deutlich nach unten verlängert, das bedeutet, das Rechteck des ansonsten wie das Rupertkreuz quadratisch konzipierten Kreuzes ist nach unten versetzt. Dadurch wird das Konzept des Quadratkreuzes zerstört und der Schaft des Kreuzes wirkt bereits nicht mehr wie ein Trägerstab.

Erst mit einer solchen Kreuzform scheint die Tradition des Sonnenstabs überwunden worden zu sein. Allerdings wird das Adelheidkreuz in seiner

Gesamtgestalt mehr als Kreuz Christi empfunden, während das Rupertkreuz eher einer Prozessionsstange gleicht, der die Fahne fehlt.

Auf der Rückfahrt überlegte ich im Zugsabteil: Es müsste auch noch eine weitere Entwicklung des Sonnenstabes gegeben haben, nämlich zu einem Stab mit wesentlich größerer Sonnenscheibe darauf. Wo würde ich also den slowenischen Ritualeimer mit der Darstellung dieses Trägerstabes suchen müssen? Dann hätte ich den Beweis für die Funktion der großen schöpferartigen Scheibe mit Griff auf der Brust des toten Keltenfürsten vom Dürrnberg. Weder in den Büchern noch im Netz konnte ich einen Hinweis darauf finden, wo ich die slowenischen Situlen besichtigen könnte.

Aber eines konnte ich jetzt schon verallgemeinern: Alle diese Sonnensymbole sollten die Abhängigkeit des Menschen von der Sonne darstellen.

Schon unter den Nürnberger Ausstellungsstücken waren bronzezeitliche <u>Sonnenteller</u> mit Kettchen zu sehen gewesen, an denen zu *Klapperblechen* schematisierte Menschen hingen. Dies war auch von den Nürnberger Fachexperten als landwirtschaftliche Abhängigkeit der Menschen von der Sonne interpretiert worden. *Die <u>Scheibe aus Hallstatt Grab Nr. 779</u>* entwickelt dieses Motiv der Klapperbleche in Form von schematisierten menschlichen Umrissen für die Keltenzeit weiter. Und auch der oben erwähnte Scheiben -Fund aus dem *Dürrnberger Grab 88* führt diese Klapperblech-Tradion fort: Die Sonne als Motor für die Wiedergeburt der Natur, als Schwungrad für den Jahreszyklus.

Die Stunde der Wahrheit

Für jede Theorie kommt einmal die Stunde der Wahrheit, in der sich von Angesicht zu Angesicht mit dem Experten herausstellt, ob sie halten könnte oder nicht, so auch für meine These vom Sonnenstab auf der Brust der Attaschenfigur. Eine solche Stunde gönnte ich mir ausgerechnet zu jenem Zeitpunkt, als in Houston/Texas darüber entschieden wurde, ob es mit der bemannten Raumfahrt überhaupt noch weitergehen könne, denn es war im Moment mehr als fragwürdig, ob das 25 Jahre alte Shuttle, das beim Start argen Schaden an den Hitzekacheln erlitten hatte, noch zur blauen Murmel Erde zurückkehren könnte.

So, wie sich das Shuttle in Warteposition befand, bangend, ob eine Reparatur im All erfolgreich durchzuführen wäre, so wartete ich mit meinen Fragen im Mezzanin des Halleiner Keltenmuseums auf einen - gerade eben verschobenen - Termin mit dem Leiter des subterrestrischen Forschungszentrums und fragte mich, ob ich hier auf der richtigen Fährte wäre. Endlich bekam ich Starterlaubnis. Kurt Zeller hatte so gut wie alle wesentlichen Ausgrabungen auf dem Halleiner Dürrnberg geleitet und das örtliche Museum zu einem Museum von Weltrang gemacht. Dass Kurt Zeller gleich drei Termine gleichzeitig am Laufen hielt, das lag wohl daran, dass seine Sekretärin urlaubte. Dies hatte andererseits den Vorteil, dass ich von heute auf morgen einen Termin bekommen konnte.

Inzwischen verweilte ich noch etwas im Museum. Vitrine 40, wo die schönsten Fibeln des Dürrnbergs zusammengefasst sind, zog mich magisch an. Die Kunsthandwerker des 5. und 4. Jahrhunderts hatten den neuen La Tène-Stil auf dem Dürrnberg zu einer atemberaubenden Vielfalt an Formen und Mustern entwickelt, wie sie uns von keinem vergleichbaren Fundort Mitteleuropas bekannt ist. Die Fibeln zeigen eine Vorliebe für Tiere und Menschenfratzen, die miteinander kombiniert sind: ein Pferd bedeckt mit Sonnensymbolen, einen Eber mit einem Menschenkopf als Schwanz und einen Pferdekopf mit der Maske eines Menschen, der eine Haarkrone trägt und eine Art Schafs- oder Zucchini-Nase aufweist.

Nachdem mich Herr Zeller, ein stattlicher, aber etwas kurz gewachsener weißbärtiger Mann, aufgelesen hatte, stellte er mir zunächst seine Zeichnerin Petra Niederseer vor. Danach kamen wir rasch zur Sache.

„Herr Zeller, ich bin an Sie herangetreten, um einige Informationen über die Dürrnberger Schnabelkanne einzuholen, ich möchte darüber eine Diplomarbeit verfassen."

„Die Schnabelkanne dürfen Sie aber nicht als Einzelstück sehen, es gibt einige Stücke vom Dürrnberger Meister, die im Ensemble gesehen werden müssen! Es gibt da noch eine Eberfibel, über deren Zusammenhang mit der Kanne ich bereits 1991 geschrieben habe, also noch vor dem Glauberg-Fund. Und in der Gürtelschnalle des Fürsten vom Glauberg ist dann auch noch ein auffallend ähnliches Wesen vorhanden, das beweist, wie weit reichend künstlerischer Einfluss geltend gemacht werden kann. Dort geht man übrigens mit der Bezeichnung *Fürst* meiner Meinung nach etwas zu großzügig um. Bei uns unterscheidet sich ein Fürst dadurch vom übrigen Adel, dass er auf einem Streitwagen begraben wird. Die Rüstung allein macht noch lange keinen Fürsten aus, sie ist aber äußeres Zeichen von Adel. Der Fürst ist so etwas wie ein Primus inter pares. Es gibt auf dem Dürrnberg einen Zeitabschnitt von ca. 70 Jahren, in denen sich Fürsten herausbildeten, das entspricht zwei bis drei Generationen. Bisher haben wir zwei Fürstengräber, also Wagengräber, aus der Schnabelkannenzeit entdeckt, eines 1932 und eines 1959. Das eine zu Füßen des Mosersteins, das andere knapp unterhalb der Spitze dieses Felsens.

Das Grab der Dürrnberger Bronze-Schnabelkanne dürfte das ältere sein. Im jüngeren fand sich keine Schnabelkanne, sondern eine Röhrenkanne, mit dem Beschlag eines schnurrbärtigen Mannes, den wir zum Logo für unser Museum gemacht haben."

„Herr Zeller, Sie kennen ja auch die Glauberg-Kanne. Ich werde den Eindruck nicht los, dass an dieser vieles unstimmig ist, dass also meiner Meinung nach mehrere Leute daran gearbeitet haben müssen. Die Dürrnberg-Kanne hingegen wirkt völlig in sich harmonisch und gefällig. Wäre es möglich, dass die Dürrnberg-Kanne von nur einem einzigen Künstler geschaffen wurde, obwohl handwerkliche Tätigkeiten unterschiedlichster Art notwendig waren?"

„Sie haben Recht, unsere Kanne ist viel runder. Aber die Treibarbeiten auf der Glauberg-Kanne sind auch nicht zu unterschätzen. Sie sind wunderbar. Die Figuren dort haben weniger einen göttlichen als einen konkret menschlichen Bezug, wenn Sie nur an den Komposit-Panzer denken, den dort der Herr der Tiere trägt!"

„Ist eigentlich unsere Bronze-Schnabelkanne aus Grab Nr.112 hier auf dem Dürrnberg entstanden?"

„Ja, dafür habe ich ein Beweisstück, nämlich die vorhin erwähnte Eberfibel, die nur ein paar Meter weiter gefunden wurde, allerdings als Streufund in einer Siedlung, wodurch sie nur sehr ungenau datiert werden kann, weil eine aussagekräftige Umgebung fehlt. Die Figur ist genauso reliefbetont und fein gearbeitet, hat eine Kerbleiste am Rücken, wie die Widderhornschlange, und man merkt den Wunsch des Künstlers, innerhalb des Tiers durch Ornamente ein zweites Tier darzustellen. Meine Monografie darüber finden Sie in Salzburg Archäologie Nr.12, 1991. Leider haben wir die Fibel in Brandresten entdeckt, sodass die Oberfläche nicht mehr so glatt ist. Aber unter dem Mikroskop sieht man deutlich die feine Gestaltung durch den Künstler."

„Sie meinen also einerseits das Feinrelief und andererseits das bis ins kleinste Detail reichende Wechselspiel von Form und Gegenform. Welches Tierpaar erkennen Sie eigentlich auf dem Kannenrand der Dürrnberger Bronze-Schnabelkanne, zwei Eber?"

„Ich möchte nicht unbedingt Eber sagen, es sind auch keine Sphingen, denn diese hätten Flügel, es handelt sich einfach um das *Motiv Fressen und Gefressen-Werden*, das aus gestalterischen Elementen der übrigen Kanne hervorgeht."

„Herr Zeller, die französische Theorie von den drei Göttern Teutates, Taranis und Esus ist die im Museum ausgeschilderte offizielle Deutung für die Figuren auf dem Henkel der Dürrnberger Bronzeschnabelkanne. Hat diese aus dem Jahr 1980 datierte Ansicht heute überhaupt noch Berechtigung, schließlich ändert sich das Bild über die Kelten ständig durch neue Ausgrabungen?"

„Tatsache ist, wir wissen nicht, welche Religion und welche Kulte die Kelten um 400 v. Chr. pflegten. Das können wir erst für die späteren Jahrhunderte sagen. Hatt war der erste Archäologe, der es überhaupt gewagt hat, übergreifende Aussagen zu tätigen. Seine Interpretation ist halbwegs nachvollziehbar. Alle anderen Deutungen sind nebulos. Die Kanne stammt aus einer relativ kurzen Kunstperiode, in der sich die Ikonografie so auffällig gegenständlich und naturalistisch wie weder vorher noch nachher präsentiert. Daher ist die Absicht sehr wahrscheinlich, dass mit Hilfe der Gestaltungsmittel Figur und Motiv etwas erzählt werden sollte. In diesem frühen Stil der La Tène-Zeit werden vorderasiatische Motive bzw. Figuren so deutlich übernommen und in einen eigenständigen Formenschatz umgewandelt, dass von einer Orientalisierungsphase gesprochen werden kann, wie sie im griechischen Raum schon früher stattgefunden hatte. Wenn aber Figuren und Motive übernommen worden sind, dann mit Sicherheit auch die Inhalte. Das heißt, es könnte entsprechende Kulte gegeben haben, wovon ja auch Kultstäbe in den Dürrnberger Gräbern zeugen."

„Anlässlich einer dendrodatenmäßigen Fixierung eines wichtigen Hallstattgrabes ist eine kleine Korrektur der möglichen Entstehungszeit der Dürrnberger Kanne erfolgt, von der zweiten Hälfte des 5. Jahrhunderts auf um 400 v. Chr. Wäre es da nicht möglich, dass – in Bezug auf die Attaschenfigur – bereits buddhistische Einflüsse geltend gemacht werden könnten? Die Turmfrisur, das dritte Auge etc.?"

„Damit würde ich vorsichtig umgehen. Es werden zwar mit den importierten Symbolen und Motiven auch die Glaubensinhalte mit aufgenommen, doch gibt es für einen buddhistischen Kult keinen direkten Beweis. Und spekuliert wird viel."

„Aber zwei auf dem Dürrnberg gefundenen Ritualstäbe würden doch in Form und Funktion in Richtung Buddhismus weisen. Der eine sieht aus wie ein lamaistischer Donnerkeil, der andere wie eine tibetische Gebetsmühle. Aber es ist halt zeitlich nicht wahrscheinlich, dass ein Einfluss stattgefunden hat, außer es gäbe gemeinsame Wurzeln."

„Die beiden Kultstäbe vom Dürrnberg sehen zwar zentralasiatischen ähnlich, stammen aber aus Frauengräbern und es gibt dafür etruskisch-venetische Vorbilder."

„Halten Sie es eigentlich für möglich, dass es auf dem Dürrnberg einen ausgeprägten Sonnenkult gab? Könnte der Moserstein ein solcher Kultort gewesen sein?"

„Wir wissen nichts und glauben kann man viel! Wir wissen nicht einmal, ob es Kelten waren, die auf dem Dürrnberg siedelten bzw. ob sie sich selbst als Kelten gesehen haben, denn das Kunsthandwerk im 5. und 4. Jahrhundert ist etwas so unerwartet Neues, dass die Dürrnberger theoretisch auch zugewandert sein könnten. Was den Glauben an Kultstätten betrifft: Im Ramsautal wurden vermehrt Esoteriker gesichtet. Diese halte ich zwar für harmlos, aber sie ziehen rasch materiell denkende Menschen nach sich, die mit Metalldetektoren aufkreuzen. Daher haben wir dort rasch gegraben, um Grabräubern zuvorzukommen. Dabei sind wir statt auf einen Kultplatz auf ein Gräberfeld gestoßen. Ich habe also gar keine Freude mit den Anhängern von Kulttheorien."

„Könnte der tote Fürst vom Dürrnberg, das spätere Skelett aus Grab Nr. 112, eigentlich auf einer Bahre/Kline gelegen sein?"

„Ja, wahrscheinlich sogar!"

„In der Attasche fällt auch ein dreifach wiederholtes Motiv einer Scheibe auf, in der sich innen ein und außen sechs Kreisaugen befinden. (Ich zeichnete das Motiv Satellitenscheibe auf) Haben Sie dieses Motiv schon anderswo gesehen? Ich kenne eine solche Scheibe bisher nur von Hallstatt, Grab 778."

„Wahrscheinlich eine schematisierte Schädelinstallation. Die Installation von Schädeln war so beliebt, dass sie sich schon in altkeltischer Zeit zum Ornament entwickelte. In den Silberscheiben von Villa Vecchia aus Manerbio sul Mella in der Provinz Brescia findet sich dieses Motiv zeitgleich. Dort wird der Kreismittelpunkt anstelle von Kreisaugen von Köpfen umgeben. Auch auf dem Dürrnberg haben wir eine solche Scheibe gefunden. Sie ist sogar ausgestellt, in der Vitrine von Grab 68, zu datieren auf 460 v. Chr."

„Herr Zeller, danke für das Gespräch!"

Ich hatte meine Fragen bewusst ungeordnet und zusammenhanglos gestellt, um meine These vom Sonnenrad auf der Brust der Attaschenfigur nicht zu verraten. Ich war etwas enttäuscht vom Interview, weil Kurt Zeller in erster Linie seinen Artikel über die Eberfibel *pushen* wollte. Was er nicht ausgesprochen hatte, was aber während des Gesprächs ständig mitgeschwungen hatte, war das so genannte *Fuchsgesicht* am Ende des Henkels, dessen Existenz von den Salzburger Keltologen behauptet wird. Ich kann dieses Gesicht nicht nachvollziehen und es wäre auch völlig entgegen der Gestaltungsgesetze angeordnet. Würde es nämlich als Gegenfigur zur Figur am oberen Henkelende geschaffen worden sein, dann würde es auf alle Fälle vom Henkelende weg nach unten blicken, nicht nach oben. Davon lässt sich somit auch keine Verwandtschaft zu der zitierten Eberfibel ableiten, wie Zeller behauptet.

Im Anschluss an das Interview suchte ich nach der Satlitenscheibe des Museums. Zunächst dachte ich, Kurt Zeller habe damit jene Loch-Amulette gemeint, die aus Schädeldecken gefräst worden sind. Doch zum Glück entdeckte ich endlich auch die richtige Scheibe. Ich war zunächst mehrmals daran vorbeigegangen, weil das etwa sechs Zentimeter breite Rund in einen Bronzeeimer mit gleicher Farbe gelegt und nicht beschriftet worden war. Ich jubelte, denn es schien sich um jenes Beweisstück zu handeln, das ich lange Zeit gesucht hatte. Auf der Scheibe befand sich keine naturalistisch dargestellte Gruppierung von *Tete coupée*, also von abgeschlagenen Köpfen, sondern nur zwölf Kreisaugen. Kurt Zeller hatte mit seinem Verweis auf die abgeschlagenen Köpfe als Verzierung eines Ziertellerrands eine vordergründige Symbolik dieser Scheibe geklärt, wohlgemerkt nur eine vordergründige.

Da meiner Meinung nach auch die beiden anderen Satlitenscheiben auf der Attasche eine zweite Symbolik tragen, setzte ich das auch für die dritte und oberste Satlitenscheibe auf der Brust der Attaschenfigur voraus und wollte weiterhin in Richtung Sonnenrad ermitteln, denn Kreisaugen sind ja auch Sonnensymbole.

Auf Grund der geringen Größe kam die Satlitenscheibe aus der Museumsvitrine als Bestätigung meiner These von einem großen Sonnenrad nicht in Betracht. Ich glaubte meine These vielmehr über den Umweg Slowenien verifizieren zu müssen. Die beiden unteren Satlitenscheiben konnten meiner Ansicht nach der *Morgensonne* und dem *fliegenden Vogel* zugeordnet werden. Wenn sie abgeschlagene Köpfe symbolisierten, dann zusätzlich, es schienen sich halt wieder einmal mehrere unterschiedliche Motive zu überlagern, doch es galt, die strukturellen Verbindungen zu erkennen.

„Auf der Scheibe des Museums hast du also, um einen zentralen Knauf herum gruppiert, zwölf Kreisaugen gezählt. Hat Frau Era vielleicht doch Recht gehabt, als sie vermutete, bei der Zahl der Kreisaugen auf einer Satlitenscheibe könnte es sich um die Anzahl der Monate handeln?", fragte Eleonor.

„Schon möglich, aber treffender scheint mir die Deutung als schematisierte Radspeichen. Die sechs Kreisaugen als Speichen eines Sonnenrades. Die Scheibe im Museum ist zwar nicht drehbar, aber an etwas Organischem befestigt und über einen Eisenniet mit Kugelkopf lässt sie sich bewegen. Sie könnte laut Aussage Herrn Zellers als Haltegriff für einen Deckel aus organischem Material gedient haben, der inzwischen verrottet ist. Ein solches Rad, etwa in der Größe der Himmelsscheibe von Nebra, könnte also durchaus in gleicher Weise an einem Trägerstab befestigt und beweglich gewesen sein, wie ich es für die auf einem Stab getragene Scheibe auf der Situla von Magdalenska Gora vermute, die etwa zeitgleich zu datieren ist."

Da nun alles in allem meiner These von der Abbildung des toten Fürsten auf der Attasche der Schnabelkanne nichts mehr im Weg zu stehen schien, wagte ich eine erste Gesamt-Interpretation der Attasche, der noch mehrere folgen sollten. Allerdings durfte auch die Mehransichtigkeit der Kanne nie außer Acht gelassen werden.

„Ausgangspunkt meiner These war gewesen, dass auf der Attasche unserer Schnabelkanne nicht nur irgendwelche zufälligen bzw. modischen Ornamente und Muster dargestellt sind, sondern dass damit auch eine erzählerische Funktion verbunden wäre. Herr Zeller hat diese Absicht der Kunst für jene Zeitspanne, in der die Schnabelkanne entstanden ist, bestätigen können. Die auf den ersten Blick ungegenständlichen Motive scheinen allesamt Bedeutungen zu tragen und auf den toten Herrscher selbst bezogen werden zu können, der hier aufgebahrt liegt. Das Ende der Kline und deren Haltegriffe stellen offenbar die beiden aus der üblichen Richtung weisenden, begradigten, untersten Schwellranken dar."

„Zum Begriff *Kline* fällt mir das Gemälde *Der unbekümmerte Schläfer* von René Magritte ein. Auf diesem surrealistischen Bild liegt der Schlafende ebenso auf einer Kline."

„Ja, die Surrealisten zitieren erstaunlicherweise vieles aus der keltischen Tradition, ohne dass dies je von Kunstkritikern oder Kunsthistorikern erkannt worden wäre. Die surreale Geheimsprache, das Unverständliche und nur scheinbar zufällig Kombinierte ist in Wahrheit ein keltischer Code!"

„Das wirst du mir noch einmal genauer erklären müssen!"

„Gern, aber zurück zur Kannen-Attasche: Der Tote auf der Dürrnberg-Kanne liegt innerhalb eines vulvaförmigen Grabovals, dessen Umriss dem Attaschenrand entspricht. Über den Toten hinweg gleitet etwas Wellenförmiges, wie Wasser oder Nebel oder Licht, in Form von doppelspiraligen *Schwellranken*. Nur der Kopf des Toten ragt aus diesen Wellen heraus und dazu eine Scheibe mit sechs Objekten, die zu Kreisaugen schematisiert sind. Diese Scheibe ist zwar ein Zeichen für Macht über Leben und Tod, sofern es sich um sechs abgeschlagene Köpfe handeln sollte, wie Kurt Zeller glaubt, aber zusätzlich trägt die Scheibe möglicherweise die Funktion eines Sonnen- oder Lichtrads, denn Kreisaugen meinen in ihrer ursprünglichen Bedeutung auch bannendes, grelles Licht. Das massive Auftreten der Kreisaugen innerhalb der Satellitenscheiben weist meiner Meinung nach auf eine entsprechend hohe Potenzierung dieses Lichts hin. Ein real existentes Sonnenrad dürfte einem Kultstab für ein Ritual aufgesetzt gewesen sein, dessen Rätsel nur in Slowenien geklärt werden kann, wo auf dem Kessel von Magdalenska Gora ein Sonnenstabträger vorzukommen scheint. Ich habe vor, den Beweis dafür zu liefern, dass bei den Kelten neben dem Wetterradstab der Bronzezeit auch ein Sonnenstab mit Satellitenscheibe in Gebrauch war!"

„Na, dann viel Erfolg! Aber bleiben wir bei unserer Kanne: Der Tote ist also von Sonnen- und Wassersymbolik umgeben, beides Zeichen der Wiedergeburt?"

„Ja, es handelt sich um einen Wasservogel und dieser zeigt sogar mit seinem Schnabel in jene Richtung, in der die Wiedergeburt stattfinden wird. Über den langen Henkel-Schwanz des Mischwesens durchläuft die Wiedergeburt einen langen Aufstieg, sichtbar gemacht durch eine Vielzahl von Rippen entlang der Kerbleiste und viele verschiedene Tierglieder, in die der tote Fürst hineingeboren wird, bis er gleichsam als biblischer Jonas aus der Mundöffnung des Mischwesens auf den Kannenrand hervorgewürgt wird."

„Dieses Untier, das den Kannenhenkel bildet, hat auffällig viel von der Widderhornschlange: ein Symbol für Wiedergeburt und für den Gott Cerunnos selbst, der für die *Metamorphose zwischen Tier- und Menschengestalt* verantwortlich zeichnet!"

„Auf dem Kannenrand ist ein jugendlicher Fürst wiedererstanden. Dieser übt Macht aus, was sich darin zeigt, dass er Herr über die vorgelagerten Raubtiere ist, die einander verschlingen."

„Wer sagt dir, dass die Richtung stimmt, in der du deine Erzählung ablaufen lässt?"

„Du kannst die Szenen genauso gut in umgekehrter Richtung lesen: Beginn bei den *Rüsseltieren*: Da ergibt sich die Lesart, dass jedes Tier ein Ende findet, meist im Rachen seines Artgenossen. Diese Tiere unterliegen aber der Macht eines jungen Fürsten, der seinerseits wieder von einer höheren Macht aufgefressen werden wird, sei es von einem Untier oder einer Gottheit wie Cerunnos oder beidem. Am After dieses Wesens wird er dann unverdaut, aber tot ausgeschieden und liegt da, bereit zur Wiedergeburt, auf der Brust einen Sonnenstab höchster Strahlkraft!"

„Sehr gewagt interpretiert, ich kann mir nicht vorstellen, dass eine Deutung mit Sonnenstab halten könnte!" Eleonor gefährdete meine Theorie.

„Einen geschlossenen Kreislauf erkennen wir jetzt schon: Wiedergeburt, Leben in Form von Macht-Ausüben und schließlich Tod, ein ständiges Auf und Ab zwischen diesen Stationen!"

Meine Blicke eilten zwischen den Abbildungen in der Monografie über die Dürrnberger Kanne hin und her: „Die ganze Wasservogel-Symbolik in den Ornamenten der Kanne entspricht dem Transport ins Jenseits und scheint zugleich verschränkt zu sein mit der Symbolwelt eines Lichtereignisses. Die Wasservögel sind in der Gesamtgestalt der Kanne vorhanden, weiters in der Draufsicht auf die Kannenöffnung. Man sieht sie überdies auf dem Kannenkörper, als neunfach wiederholtes Motiv *Fliegender Vogel zupft an Blütenblättern* und schließlich taucht auch in der Attasche ein einzelner *Fliegender Vogel* auf. Sieh genau hin, er ist nicht leicht zu filtern: Zu Füßen des alten, toten Fürsten auf der Attasche erhebt sich ein schematisierter Wasservogel, dessen Aufgabe es offensichtlich ist, die unterste Satellitenscheibe von unten, dem Meer, nach oben, dem Himmel, zu ziehen."

„Bei dieser untersten Scheibe muss es sich schlüssigerweise um ein Abbild der Sonne selbst handeln."

„Der Vorgang, dass ein Vogel die Sonne vom Fisch übernimmt und am Himmelsgewölbe emporzieht, diese Vorstellung war seit der Bronzezeit Symbol für den Morgen, einen neuen Morgen, ein neues Morgen. Im Verlauf des Tageszyklus wird der Vogel dann von anderen Wesen abgelöst: Mittags übernimmt das Pferd, am Abend die Schlange und nachts wird die Sonne von einer Barke über den Nachtozean transportiert, wo sie am frühen Morgen vom Fisch abgeholt wird."

„Die Fahrt über den Nachtozean kennen wir ja auch von den Pharaonengräbern in Theben-West."

„Und vom Scheffauer Seestein."

„Könnte der stilisierte Wasservogel auf der Attasche nicht auch ein Symbol für die vogelähnliche Schnabelkanne selbst sein, die den Toten ins Grab und weiter in die Anderswelt begleitet?"

„Durchaus denkbar. Wenn die Schwellranken Wasser symbolisieren, dann liegt der Eingang in die Anderswelt unter Wasser und die These Rohreckers, dass die Toten in einer Höhle unter dem Seespiegel des Königssees verschwinden, um im Gollinger Wasserfall wiedergeboren zu werden, diese These wäre dann um ein Versatzstück reicher," meinte Eleonor.

„Dass unsere Kanne derart naturalistisch erzählt, rückt sie in die Nähe der *Fischerkanzel von Traunkirchen*, die auch sehr realistisch geschnitzt ist und dennoch auch in der Gesamtform ein einzigartiges Meisterwerk ihrer Zeit darstellt. Soll bedeuten, dass es beiden Künstlern in unterschiedlichen Jahrtausenden gelungen ist, volksnahe Darstellung mit hoher Kunst an Gestaltung zu vereinen!"

Der Geburtskanal

Touristen könne man als *hybride Reiselustige* bezeichnen, weil sie Luxus und Diskont gleichermaßen ansteuern, war in der Tageszeitung zu lesen gewesen. In der Rad-Servicestation im Eingangsbereich des Schlosses Mirabell hatte ich Frischluft getankt, um den Slalom zu schaffen, der zwischen diesen hybriden Wesen hindurch führte, die in der Altstadt zu einer undurchdringbaren Masse verfilzten, vor allem nahe dem *Macdonaldo*, so die japanische Bezeichnung für das Selbstbedienungsrestaurant im US-Stil. Nach einem solchen *Bodycheck* mit den Massen ließ ich mich mit Genugtuung vom Mönchsberg *verschlingen*. Dieses Abtauchen auf dem Radweg in die schmale Felshöhle hinein genoss ich ein jedes Mal, wenn ich etwas im Stadtteil hinter dem Neutor zu erledigen hatte, denn es war wie das Eintauchen in eine keltische Anderswelt, wie eine Heimkehr zu einem geliebten, aber verlorenen Menschen.

In Sekundenbruchteilen verändert sich alles um einen herum.

Der in schroffen Kanten gebrochene Fels rast auf einen zu und umschließt einen beinahe, es wird dunkler und dunkler, der Straßenlärm verebbt in raschen Dezibel-Sprüngen, die Luft wird feucht und feuchter, im Winter atmet man warmen Moder, im Sommer kühlen. Langsam gewöhnt sich das Auge an die Dämmerung. Am Ende des Anstiegs befindet sich ein kleines

Loch, welches Tageslicht verspricht. Man steuert wie auf glatten Tanz-Parketten darauf zu.

Ein geheimnisvolles Sickerwässerchen mäandert einem entgegen. Ich denke es mir an manchen Tagen als Wolfsmilch, an anderen als Saft. Wenn die Reifen aufgleiten, spritzt es leicht und angenehm. Man glaubt, auf sanften Pfoten durch eine Tropfsteinhöhle zu gleiten, glaubt in einen Kessel der Erneuerung einzutauchen, in den geheimnisvollen *Gral*, da glaubt man *Tannhäuser* zu sein, glaubt sich für kurze Zeit in dessen *Venusberg* gefangen, weiß sich aber im Berg der Kannenpionierin Nora W. Und tatsächlich tropft dieses Höhlenwasser aus einem See, der lange Zeit von der Menschheit vergessen im Berg ruhte.

Aus seitlich in den Fels gehauenen Nischen strömt farbiges Licht von buntem Glas und weckt Sehnsüchte nach Bedürfnissen. Die sanfte Musik eines Straßenkünstlers aus der Slowakei umsäuselt das Ohr, manchmal Gitarre, anderntags Akkordeon.

Manchmal sind es seltene Tabaksgerüche, die sich nachhaltig in die Wandspalten verhaken, Wandspalten die erst nach jener Zeit ausgeschremmt wurden, als der Vorarbeiter vor seinen Erzbischof trat und fragte: „Herr, dürfen wir den Tunnelbau einstellen? Wir kommen keinen Zentimeter mehr vorwärts!" und der Erzbischof antwortete: „Staubt es noch?", worauf der Vorarbeiter bejahte: „Ja, stauben tut´s noch!" und der Erzbischof nachsetzte: „Ja, wenn´s noch staubt, dann macht´s weiter!"

Die schönsten und gepflegtesten Frauen der Welt ziehen einen hier in der Radwegpassage in den Bann. Verträumt lächelnd und entspannt in eine Parfumwolke gehüllt, schweben die Keltinnen von heute aus der Tiefgarage und staksen auf Asphaltparkett in Richtung Festspielkassen, in Vorfreude auf die Lavendelwände der Waschräume/Waschträume von *Hubert Schmalix*. Überraschenderweise grüßen die Passanten hier einander, denn der Fußweg läuft jetzt parallel zum Radweg und jeder Benutzer ist ergriffen von der Stille dieses Geburtskanals. Es ist tatsächlich eine *Anderswelt*, hier drinnen. Der roh belassene Fels lädt ein, den Schritt ins Jenseits zu wagen, was denn auch nicht wenige vom Mönchsbergplateau aus versuchen.

Wie könnte der Mensch die Ergriffenheit im kleinen Neutor-Tunnel besser ausdrücken, als sich dem nächstbesten Passanten einfach durch Grüßen zu öffnen, bevor er sich nach draußen hin abnabelt?

Der originale Gral ist ein keltischer Wunderkessel, Kelch oder Stein. Er hat bekanntlich die Eigenschaft, Leben zu erneuern, also auch zu verjüngen. Der berühmteste der entdeckten Kessel ist der *Gundestrup-Kessel*, ein Silberkessel, der als Sakralgerät in einem dänischen Moor gefunden wurde, in seine Einzelplatten zerlegt, der aber etwa um 100 v. Chr. im Gebiet der Skordisker, im heutigen Serbien, in der Kontaktzone zwischen Kelten und Thrakern, entstanden sein dürfte. Auf einer der Silberplatten ist eine solche Wiedergeburt dargestellt, aber nicht über einen Kessel, sondern eine vulvaförmige Erdspalte, vielleicht einen Schliefstein oder aber eine Höhle, einen Stollen durch einen Berg hindurch oder durch einen Erdstall. Es dürfte sich dabei um die Wiedergeburt/Erneuerung von (gefallenen) Kriegern handeln.

„Eine solche Erdspalte stellt offensichtlich auch die Attasche unserer Schnabelkanne vom Dürrnberg dar!", erläuterte ich am Abend Eleonor, „Durch ihre unübersehbare Vulva-Form, deren Behaarungskranz durch Kerbleisten verdeutlicht ist, weicht sie von anderen Attaschenformen stark ab.

Der Kopf auf der Attasche könnte gerade (wieder-)geboren werden oder er versinkt im Spalt der Erdgöttin, umgeben von einem geheimnisvollen Wellen-Fluidum, welches aus Wasser, Nebel oder vielleicht sogar aus Licht besteht."

„Wenn die Schwellranken Wasserwellen symbolisierten und der Kopf nicht im Schoß der Erde versänke, sondern herauskäme, dann wären doch die Wasserspiralen auch als Fruchtwasser zu deuten!"

„Die Attaschenszene als Darstellung eines Geburtsvorgangs!"

"Lass mich diese wichtigen Erkenntnisse zusammenfassen: Die Attasche stellt also erstens die Graböffnung dar, in der gleichen Form, wie sie auch die Umrandungssteine des Kannengrabs auf dem Dürrnberg bildete, nämlich in Schlüssellochform. Und zweitens lässt sie sich als Geburtskanal lesen, markiert durch den vulvaförmigen Rand mit Behaarungskranz und den herausgestreckten Kopf!"

Es gibt ein solches Motiv aus der prähistorischen Zeit auch aus Ton, die Verstorbenen-Figur in Lebensgröße im Talmuseum von Agrigent:

„Es fällt auf, dass die Ornamente am Kannenkörper und auf der Schulter in neunfacher Anzahl vorkommen. Das könnte ein Hinweis auf Schwangerschaft sein."

„Allerdings müsste man dann den Kannenkörper als seelenschwangeren Bauch der Erdmutter ansprechen. Eine weitere Interpretationsmöglichkeit."

„Was immer die Deutung noch alles ergeben wird, mit Sicherheit lässt sich sagen, dass sich diese Kanne durch drei Parameter von anderen keltischen Schnabelkannen abhebt, erstens durch ihre einzigartige Form und diffizile Binnengestaltung, zweitens durch ihre lebensnahen Erzählinhalte und drittens durch ihre Mehrdeutigkeiten.

Welcher der Künstler unseres Zeitalters hätte es besser geschafft, mit einer einzigen Form allein auf der Attasche zwei inhaltlich verschiedene Geschichten zu erzählen, nämlich die Geschichte vom Begräbnis wie auch die Geschichte von der (Wieder-)Geburt?

Die Attaschengestaltung unserer Kanne ist nicht nur einzigartig, sondern geradezu eine Sensation!"

„Die Attasche als Tor zur Anderswelt und retour!"

„Aber auch die Figur am Henkelansatz kann auf zwei Arten gelesen werden:

Der jugendliche Fürst könnte gerade ausgespuckt, also geboren worden sein oder aber er könnte gerade von dem vielgestaltigen Ungeheuer Erdmutter/Cerunnos verschluckt werden, also sterben."

„Dann hätte Autor Fritz Moosleitner in Anlehnung an die Etrusker Recht gehabt mit der Annahme, das Ungeheuer fräße den jugendlichen Herrn der Tiere auf dem Kannenrand."

„Ich sag ja, man kann die Erzählung der Kanne in alle Richtungen drehen und wenden und wird sich immer im Recht fühlen, weil alle Einzelteile stimmig zueinander finden. Wie die Motive auch zusammengesteckt werden, sie machen in jedem Fall Sinn."

„Und die Motive sind so dicht zusammengesteckt wie die Tierleiber auf dem Henkelrücken!"

„Wir sind fast am Ziel unserer Recherchen angekommen, Eleonor! Zu einer schlüssigen Gesamtinterpretation fehlt uns jetzt nur noch ein winziges Detail: Was könnte das runde Ding bedeuten, das der Attaschenmann bei seiner Bestattung auf der Brust liegen hat? Das letzte fehlende Beweisstück für meine Sonnenstab-Theorie wäre wohl in Slowenien zu finden!", rief ich Eleonor in den Nassraum nach.

„Und wenn die Kreise auf der Scheibe einfach nur schematisierte Totenköpfe sind, wie Zeller sagte? Der Fürst könnte eine solche Scheibe ja als Amulett um den Hals hängen gehabt haben, einfach nur als ein Zeichen seiner Macht über Leben und Tod oder aber als ein Glückssymbol!"

„Du hast schon Recht, aber es sprechen zwei Kriterien dafür, dass es zusätzlich noch eine weitere übergeordnete Bedeutung gegeben haben muss: die doppelte Lesart für die unteren beiden Satellitenscheiben und die Tatsache, dass mir kein Amulett in einer solchen Größe bekannt ist, wohl aber eine Scheibe auf einer Prozessionsstange, wie sie eben auf der *Situla von Magdalenska Gora* zu erkennen ist."

„Und was hältst du von der alten Interpretation der Kannenfiguren als Götter, wie sie der französische Forscher Hatt vorgestellt hat?"

„Diese Deutungsvariante kann ich nur eingeschränkt bestätigen. Ich halte also vorerst an einer szenischen Darstellung von der Wiedergeburt des Fürsten aus dem Dürrnberger Grab Nr. 112 fest!"

„Dass der Künstler aus seinem Motive-Repertoire sehr überlegt ausgewählt hat, das beweisen die zahlreichen in sich stimmigen Deutungsvarianten."

„Was immer die Lösung sein wird, es bleibt die Bewunderung vor der einzigartigen Fähigkeit des Künstlers, dass er die Motive nicht nur verstreut und in unterschiedlichen Erscheinungsformen wiederkehren lässt, sondern sie auch derart miteinander verknüpft, dass sie sich gegenüber einer nur einseitigen Interpretation hermetisch verschließen, aber gegenüber einer Mehrdeutigkeit wie Blütenblätter öffnen. Nach dem Motto: *Pflück dir deinen Interpretationsansatz!* Der Kannenkünstler spricht zu uns: *Versteht mich so, wie es die neun fliegenden Wasservögel machen, die den Kannenkörper umgeben: Sie zupfen Blätter von den neun Blüten auf der Kannenschulter. Pflückt euch so die Motive und Aussagen, die ihr zu erkennen glaubt!"*

„Weißt du, Eleonor, ich werde diese oberste Satellitenscheibe, auf die sich künftig meine ganze Konzentration richtet, in Zukunft *das Große Rund* nennen, damit ich nicht immer erst ihre Position beschreiben muss, wenn davon die Rede ist!"

„Ja, ja, die topografische Position des *Großen Rund*! Rate mal, was wir vergessen haben!"

„Nämlich?"

„Du hast noch keine Deutung geliefert, was *das Große Rund* in der Wiedergeburtszene repräsentieren könnte!"

Nachdem ich kurz überlegt hatte, rief ich ihr nach: „Du verdorbenes Miststück!" und versuchte mit dem feuchten Handtuch ihren Po zu strafen.

Mit der gepressten Aufforderung „*Dai maru kami masu!*" beendete sie schließlich den theoretischen Teil unserer Kunstbetrachtung und gemahnte zum Aufbruch in ihren Garten.

Ich hoffte, Eleonor würde am Köder Slowenien anbeißen.

Der Kannenverlust

Wenn den ganzen Tag lang das Radio läuft, dann merkt man erst, wie rasch sich die Welt verändert, besonders dort, *wo die Sommerfrische am schönsten ist*, nämlich im eigenen Garten. Auf einem der zahlreichen Radiokanäle wurde überschwänglich über einen Rockstar berichtet. Im Interview beantwortete er die Frage, wie sehr ihm die Weltstadt gefalle, er hätte davon noch gar nichts sehen können, weil er nur zwischen Bühne und Hotelzimmer hin und her gependelt sei. Weil ihm auch sonst nichts mehr einfiel, worüber er hätte reden können, beschimpfte er den Moderator, bis dieser es aufgab, dem Rockstar Komplimente zu machen.

Aber nicht alle Ankünfte in dieser Stadt würden derart *reibungslos* verlaufen, bemerkte man angesichts der Nachrichten zur vollen Stunde:

Auf dem Salzburg-Airport setzten heute Nachmittag zwei Schwäne auf dem Flugfeld zur Landung an, überschlugen sich dabei und blieben bewusstlos liegen. Sie mussten mit dem Notarztwagen abtransportiert werden.

Der Verlust an Federn war groß. Wie hatte es zu diesem Unglück kommen können? Wegen der großen Hitze waren die Landepisten abgespritzt worden und in der Folge hatten die Tiere den Wasserfilm mit der Oberfläche eines Sees verwechselt.

Den Schwänen würde es an Intelligenz mangeln, heutzutage, könnte man denken, keine topografischen Kenntnisse mehr. Möglicherweise waren sie zu den Festspielen gekommen und einer von ihnen wurde jetzt *von irgendeiner Leda da draußen* vermisst? Oder ein Sänger erwartete ihn im *Lohengrin*? Vielleicht handelte es sich ja auch ganz einfach um ein Schwäne-Paar in den Flitterwochen? Beruhigend jedenfalls, zu hören, dass die Flughafen-Crew Initiative ergriffen hatte und die Tiere gesund zu pflegen versprach. Selbstverständlich würden sie auch die Patenschaften für die Tiere übernehmen, sobald sie im städtischen Zoogelände Fuß bzw. Schwimmhaut gefasst hätten. Man plane in der Folge, solche Patenschaften auch auf andere Vögel auszudehnen, hieß es. Ein Beweis dafür, dass man auch heute noch ein Herz für Wasservögel hat.

(Für den Löwen *Stinki* müsste sich doch auch irgendeine *Lobby* finden lassen, obwohl er keine derart spektakuläre *Bruchlandung* hinlegen kann! Aber wie bringt man einem Löwen bei, sich ausreichend tollpatschig anzustellen? Wenn so ein Löwe nur ein Mal *unkontrolliert das Maul aufreißt*, muss er doch glatt mit der *Todesstrafe* rechnen! Und auf der Bühne erwartet ihn keiner mehr. Sogar *Aida* singt lieber neben seinem Double aus Styropor.)

Mit fortschreitendem Premierenapplaus hob sich in der Festspielstadt auch der Pegel für die Anzahl und die Dreistigkeit von Überfällen auf Banken und Geschäfte. Dank optimaler Polizeipräsenz in der Altstadt konnten alle Verbrechen in kürzester Zeit aufgeklärt werden. Nur einer dieser Coups blieb ein Rätsel und traf die Salzburger mitten ins Herz, am meisten mich selbst:

WELTBERÜHMTES KUNSTOBJEKT GERAUBT

Aus dem Salzburger Museum raubten heute ein oder mehrere unbekannte Täter die weltberühmte Bronze-Schnabelkanne vom Dürrnberg. Während der Mittagszeit fuhr ein Geländewagen ohne Kennzeichen mit Vollgas auf das versperrte Museumsportal zu und drückte ohne Schwierigkeiten die Glastür ein. Nur wenige Sekunden brauchten der oder die Täter, um auch die Vitrine des keltischen Meisterwerks zu zertrümmern und das Kultobjekt zu bergen. Eine Geburtstagsfeier im Kreis der Mitarbeiter war die Ursache dafür gewesen, dass die Museumsbediensteten während der Mittagszeit außer Haus gespeist hatten. Die Schnabelkanne aus dem fünften Jahrhundert vor Christus ist eines der schönsten Beispiele für keltische Kunst. Vom Täter bzw. den Tätern fehlt bisher jede Spur. Ihm bzw. ihnen war zugute gekommen, dass sich die Vitrine mit der Schnabelkanne nur wenige Schritte vom Eingangsportal entfernt befindet. Bei Verfolgung durch alarmierte Sicherheitsstreifen entlang der Alpenstraße streuten der oder die Täter eiserne Krähenfüße nach hinten. Weil mehrere Polizeiwägen nicht mehr rechtzeitig ausweichen konnten, wurden sie durch Reifenplatzer an einer weiteren Verfolgung gehindert. Die Vorgangsweise des oder der Täter lässt auf eine Bande aus Osteuropa schließen.

Nach dieser unerwarteten Nachricht war ich wie am Erdboden zerstört. Meine geliebte Schnabelkanne, mit der ich durch meine Diplomarbeit so gut wie verheiratet war, ein Opfer der Ostmafia! Das konnte nicht sein. Das wollte ich einfach nicht wahrhaben oder gar hinnehmen. Noch letzte Woche in der Zeitung vorgestellt und heute schon geraubt! Derart rasch hatte man einen solchen Coup doch gar nicht planen können! Das konnte unmöglich eine Reaktion auf meinen Artikel in der Tageszeitung gewesen sein, dieser hätte allerdings seinerseits einen Anlass zum Raub abgeben können. Die Bande musste einen Informanten vor Ort haben!

Welcher Auftraggeber könnte dahinterstecken? Meiner Ansicht nach kamen dafür nicht viele Menschen in Frage, denn der Wert der Kanne war kurz vor dem Raub nur einer Handvoll Experten bekannt gewesen. Als Erster hatte ich öffentlich behauptet, der Wert der Kanne wäre auch ohne Versicherung höher zu veranschlagen als der von Benvenuto Cellinis Salzfass. Das hatte ich nur spaßeshalber hinzugefügt, um die Bedeutung meiner Reportage zu heben.

Doch offensichtlich hatte man diese Randbemerkung für bare Münze genommen. Die Kunstmärkte hatten nervös reagiert. Und ich fühlte mich für den Raub mitverantwortlich, sodass ich den irrwitzigen Vorsatz fasste, bei der Auffindung der Kanne behilflich sein zu wollen. Wenn es eine Chance gab, die Kanne wiederzubekommen, dann musste möglichst rasch gehandelt werden!

Die richtigen Fragen stellen

René Magrittes *Interieurs* könnte man als verräumlichte Schaukästen deuten, hinter deren Fassaden in gleich großen, rechteckigen Feldern verschiedene Wirklichkeiten zu sehen sind. Dies gilt vor allem für sein Tafelbild *Die Stimme des Blutes*: In nächtlich besuchten Baumstämmen lassen sich magische Türen öffnen, welche Nischen freigeben, in denen rätselhafte Dinge liegen, wie eine Kugel oder ein hell erleuchtetes Wohnhaus. Jedes dieser Felder könnte ein offenes Fenster zu einer magischen Wirklichkeit sein. Während der Betrachtung meines Posters versuchte ich die wichtigsten Fragen zu stellen, die mich weiter brächten. Diese Fragen und die offenen Schubladen in René Magrittes Bild verleiteten mich zu folgender pseudo-wissenschaftlich systematischen Analyse:

1. Welche Funktion hat das Fenster?
2. Welche Realitätsebenen öffnen sich mir?
3. Welche Kunstgriffe werden verwendet?
4. Für welche Epoche, welchen Stil sind die verwendeten Arbeitsweisen typisch?
5. Welche politischen, sozialen, philosophischen Rückschlüsse lassen sich dem Bild entnehmen?

Weil das Tatfahrzeug in Richtung Süden unterwegs war, aber der geraubte Gegenstand bei keiner Kontrolle aufzuspüren war, glaubte ich eine Bande aus Osteuropa ausschließen zu können. Es musste sich vielmehr um jemanden handeln, der hier jederzeit untertauchen konnte. Da nur wenige Leute den wirklichen Wert der Schnabelkanne gekannt haben, müsste auch ich den/die Täter kennen, dachte ich.

Ich setzte mich in Tante Bellas Lehnstuhl, sog via Strohhalm einen Schluck blau schimmernder Milch und überlegte einen Moment lang ionenscharf, auf welche Personen ich den Täterkreis eingrenzen könnte. Dann griff ich augenblicklich und furchtlos zum Hörer: „Hallo Ras, wie geht´s dir so?"

„Danke der Nachfrage! Seit ich mit einem Bein im Berufsleben stehe, kann ich endlich anwenden, was ich mir an Wissen in meinen zwei Studien-Jahrzehnten angeeignet habe! Ich hab´ da beispielsweise gerade eine barocke Strahlenmadonna im Kofferraum liegen, die ich gern verkauft hätte, hast du nicht eine geeignete Ecke in deinem Haus, für dieses seltene Stück?"

„Was soll sie denn kosten?"

„Du bekommst sie geschenkt, zu einem Tiefstpreis von 3000 Euro! Fast geschenkt, weil ich den Lagerplatz brauche und morgen für längere Zeit nach Wenzhou fliegen muss. Ich habe dort an der Uni einen Lehrauftrag für Psychologie bekommen, den ich geblockt durchziehe. Fuchs und Henne lassen grüßen, aber Pekunia non olet!"

„Hast mich doch tatsächlich kalt erwischt, ich kenne diese Stadt nicht!"

„Wenn einer sein Studium so rasch durchziehen möchte wie du, dann bleibt halt die eine oder andere Bildungslücke zurück, nicht wahr?"

„Übernimm dich nicht!"

„Also, was ist? Hopp oder dropp?"

„Ehrlich gesagt: Alle meine Wände sind mit Postern von Magritte oder selbst gemalten Bildern voll, der Platzmangel ist eklatant."

„Es muss grauenvoll sein, wie ein Narziss zu leben und ständig sein Spiegelbild an der Wand sehen zu müssen! Du hast mir ja erklärt, dass jeder Künstler im Grunde genommen nur sich selbst malt!"

„Noch ertrage ich es!"

„Wie viele Bilder verkaufst du so im Monat?"

„Ich male nur für mich!"

„Du wagst dich nicht an die Öffentlichkeit?"

„Die Öffentlichkeit ist nicht das Maß aller Dinge. Sag mal, warst du heute Mittag im Shakespeare? Ich glaubte dich dort sitzen gesehen zu haben, als ich von der Schranne kam."

„Heute Morgen hatte ich einen Kater, ich habe alle Termine abgesagt. Aber im Augenblick fühle ich mich wieder einigermaßen regeneriert!"

„Dann wünsche ich dir baldige Besserung, Servus!"

„Ba ba, kommst du auch zur Schaumparty?"

Ich resümierte:
1. Rasputins Fenster soll mir das Gefühl vermitteln, dass er ein belesener, intelligenter Mensch sei.
2. Es öffnet sich mir die Realitätsebene einer materiellen Unsicherheit, die auch durch unsaubere Geschäfte ausgeglichen wird.
3. Er verwendet den Kunstgriff, die Standardsprache mit Zitaten aufzufetten. Außerdem versucht er ständig, mich bloßzustellen, indem er mich während des Gesprächs zu einem Bildungsbereich locken möchte, in dem ich nicht sattelfest bin.
4. Diese Arbeitsweise ist für seine Psychologen-Generation typisch, die würden für Geld ihre Seele verkaufen.
5. So sind auch Rasputins Kontakte mit den Agenten der Supermächte zu verstehen.

Ich zog daraus den Schluss, dass er in hohem Maß verdächtig war, denn das Tatmotiv konnte materielle Bereicherung sein. Wer wusste schon, wo *Wenzhou* liegt! Vielleicht würde dort eine Bestellliste für Raubkunst aufliegen? Brauchte er den Lagerplatz der Strahlenmadonna etwa in Wahrheit für die Schnabelkanne? Eines war jedenfalls verdächtig: Die Größe betreffend glichen sich die beiden Kultgegenstände!

Mein nächster Interviewpartner sollte die protestantische Uni-Assistentin aus Nordirland sein. Ich rief sie an und plauderte ganz ungezwungen mit ihr über *Golf und die Welt*.

„... Eigentlich wollte ich Sie schon heute Mittag kontaktieren, weil ich mir von Ihnen eine kompetente Auskunft erwartete, aber Sie waren nicht erreichbar und in der Zwischenzeit hat sich das Informationsvakuum verflüchtigt."

„Heute Mittag? Da habe ich mich aufs Green zurückgezogen. Ich überlege gerade, wie ich am St. Patrickstag am besten eine Feier auf dem Campus-Gelände organisiere, zu der ich Anglistik-Studenten und den Mittelbau einladen will. Was halten Sie davon, Grün zum Motto des Festes zu machen?"

„Das könnte dann allerdings als politische Veranstaltung missdeutet werden!"

„Sie vergeuden Ihre wertvolle Studienzeit am Handy, junger Mann, sollten Sie sich nicht besser um die Fertigstellung Ihrer Diplomarbeit bemühen? Wie ich von einer Moz-Art-Eum-Kollegin hörte, wurden Sie dort schon längere Zeit nicht mehr gesichtet!"

„Wie meinen Sie?"

„Ich liebe an den Männern nur die Leistung! Mein Gott, wie mir die Zeit davonläuft! ... Hallo? ... Das war´s dann!"

Aus der Asymmetrie dieses Gesprächs schloss ich Folgendes:
1. Das Fenster dieser Dame hat die Funktion, vorzutäuschen, sie würde an Gott glauben und
2. vor Ort die Kultur Irlands repräsentieren, von der sie fälschlich der Meinung ist, dass sie mit der englischen Kultur deckungsgleich verläuft. In Wahrheit übte die englische Kolonisation seit dem 17. Jahrhundert Druck auf die keltische Kultur und Sprache aus, so lange, bis das Gälische und seine kulturelle Identifikation an der Westküste im Atlantik zu versinken drohte.
3. Dieses Miststück missbraucht ihren sozialen Rang zu Vorverurteilungen, obwohl sie gar nicht für mein Studium zuständig ist.

4. Sie verweist auf den Abgabetermin meiner Diplomarbeit und erzeugt dadurch Druck, dass sie mir das Gefühl gibt, ich würde nicht genug arbeiten.
5. Ihre Arbeitsweise entspricht dem Lebensgefühl der Golfer-Gesellschaft, die sich gerade aus der Generation der Fünzig- bis Sechzigjährigen rekrutiert.
6. Ich schließe daraus, dass sie noch etwas werden möchte, weil sie beabsichtigt, sich anzubiedern, indem sie ihr Handicap reduziert.

Als möglicher Beweggrund kommt zwar keine Absicht an persönlicher Bereicherung in Frage, aber die Ablehnung alles echt Irischen und damit Keltischen wäre ein Tatmotiv. Auch die Missgunst könnte sie dazu getrieben haben, Salzburg in Gestalt der Kanne das wegzunehmen, was hier seit dem Brand des Virgildoms die größtmögliche Identifikation mit keltischer Kultur repräsentiert hat.

Kaum hatte ich den Hörer aufgelegt, vibrierte das Telefon beim Regionalpolitiker Beau Temkin. „Guten Abend, Herr Temkin, entschuldigen Sie bitte die Störung, aber hatten wir nicht heute Mittag einen Termin vereinbart? Sie wollten sich doch von mir die Ikonografie der Schnabelkanne erklären lassen!"

„Oh, tut mir Leid! Offenbar hat meine Sekretärin vergessen, den Termin einzutragen. Lassen Sie sich bitte einen neuen geben und schauen wir, dass wir das Ganze gleich in Hallein durchführen können. Ich werde Presse einladen und Sie nehmen aus Salzburg die Kanne mit. Ich schicke Ihnen einen Chauffeur, der Sie hierher bringen wird. Abgemacht? Ich muss leider schon zur nächsten Ausschusssitzung, aber ich finde das Thema *Schnabelkanne* äußerst anregend, schließlich geht es dabei in erster Linie um die Restitution von Beutekunst aus Hallein!"

Daraus kombiniere ich:

1. Er ist vom Restitutionsgedanken besessen und möchte folglich einen Transfer der Schnabelkanne erreichen, vom Museum der Stadt Salzburg ins Keltenmuseum der Stadt Hallein.
2. Die Realität ist, dass die Salzburger Verantwortlichen die Kanne nicht loslassen werden, in dem Glauben, dass das Salzburger Museum dann kein adäquates Highlight mehr bieten könnte.
3. Die Arbeitsweise ist typisch für einen *Quotengeier mit Hang zum Märtyrer*, der mehrere Termine gleichzeitig vergibt und sich dann mit dem jeweils anderen Termin entschuldigt.

4. Dieser Mann erzeugt bei seinen Wählern Identifikations-Gefühle.
5. Fazit ist, er könnte damit die nächsten Wahlen gewinnen.

Sein einziges, aber klar ersichtliches Tatmotiv für den Kannenraub könnte sein, Stimmung zu verbreiten, um wieder gewählt zu werden.

In den Kreis der Verdächtigen musste unbedingt auch der Museumskonservator mit einbezogen werden: „Guten Abend, Herr Ekkehard! William Müller-Meister hier. Wie geht es Ihnen?"
„Gut, danke, ich habe gerade eine zerstörte Vase fertig aufgebaut."
„Was sagen Sie zum Raub?"
„Welchen Raub meinen Sie?"
„Den Raub der Kanne!"
„Ich verstehe nicht!"
„Wissen Sie etwa noch gar nicht, dass heute Mittag die Schnabelkanne vom Halleiner Dürrnberg aus Ihrem Museum geraubt worden ist?"
„Machen Sie keine Witze!"
„Ich mache keine Witze, Herr Ekkehard!"
„Das gibt´s doch gar nicht, da muss ich mal nachschauen gehen!"
„Hat man denn auf Sie ganz vergessen?"
„Entschuldigen Sie, aber ich muss jetzt auflegen und der Sache nachgehen. Leben Sie wohl!"

Nach diesem Gespräch kam ich zu folgender Erkenntnis:
1. Das Fenster ist das, was es ist. Und er sagt, was er denkt. Wahrscheinlich könnte man ihm noch eine Kanne rauben und er würde nichts merken.
2. Es öffnet sich mir die Realitätsebene eines Berufstätigen kurz vor seiner Pensionierung.
3. Er verwendet zwar Kunstgriffe, aber nur solche an Schnabelkannen.
4. Seine Arbeitsweise ist eine redliche und sparsame, denn er pflegt die Schnabelkanne vorübergehend in sein Jausenpapier einzuwickeln, wenn er sie als Leihgabe an ein anderes europäisches Museum verschicken muss. Einen Kleinlaster würde er sich sicherlich nicht mieten.
5. An sozialen Perspektiven kann prognostiziert werden, dass er nicht sehr liquid sein wird, sobald er statt der Schnabelkanne der Schnabeltasse Gesellschaft leisten muss.

Fazit: Ein mögliches Tatmotiv wäre vorhanden. Es wird gemunkelt, dass sich Angestellte des öffentlichen Sektors bei Pensionsantritt gern ein besonderes

Erinnerungsstück aus dem Amt oder aus der Firma mit nach Hause nehmen. Warum sollte das nicht auch mit der Schnabelkanne passiert sein?

Mit den kontaktierten Personen war der Kreis der Verdächtigen abgehakt. Nach den Ermittlungen konnte ich darangehen, den wahren Täter zu filtern. Ich ließ mich wieder in Tante Bellas Fernsehstuhl fallen und griff zum Glas Milch. Sobald ich jedoch scharf nachdenken wollte, fielen mir nur noch weiße Westen ein und schließlich träumte ich mich durch eine ganze Weltmilchnacht, veranstaltet von den Partnern Bunsen und Kirchhoff.

Am nächsten Morgen jedoch las ich in der lokalen Tageszeitung eine Meldung, die den Ring der Verdächtigen sprengte:

Musterprozess um Praktiken von Museen beim Objektankauf

Rom, Los Angeles: Ein spektakulärer Prozess gegen das Getty Museum (Los Angeles) wegen illegalen Handels mit antiker Kunst steht in Rom an. Es geht um den Verdacht illegaler Ausgrabungen in Italien sowie Schmuggel und Hehlerei antiker Kunstwerke in Millionenhöhe. Allein der Wert eines der strittigen Objekte, der Venus von Morgantina (um 400 v.Chr.), wird auf rund 20 Millionen Dollar geschätzt, berichtet die Mailänder Zeitung Corriere della Sera. Ein internationaler Kunstkrimi, schreibt das Blatt. Hauptangeklagte in der 86 Seiten umfassenden Anklageschrift ist eine Mitarbeiterin des Getty Museums, die für archäologische Erwerbungen zuständig gewesen sein soll. Es geht um mindestens 42 Einzelstücke aus etruskischer und römischer Zeit. Der illegale Handel ist in der Schweiz aufgeflogen. Angeklagt ist auch der Amerikaner Robin Hecht, der eine Schlüsselrolle in der Causa spielen dürfte. Er befindet sich jedoch nach wie vor auf freiem Fuß. Nach Ansicht des Außenministeriums in Rom handelt es sich um einen Musterprozess, der den Handel mit archäologischen Kulturgütern hinterfragen könnte. Dieser Handel spiele sich in einer rechtlichen wie auch ethischen Grauzone ab. Im Ministerium hofft man, der Prozess sensibilisiere die internationale Öffentlichkeit für dubiose Praktiken von Museen. Unter anderem werden etwa Vasen, die bei Ausgrabungen heil geborgen werden, zerschlagen, weil die Einzelteile gewinnbringender verkauft werden können. Die italienische Presse zitiert in diesem Zusammenhang den Direktor des archäologischen Museums in Bagdad, der sich besonders über US-Museen beklagt, die ohne große Skrupel Gegenstände aus illegalen Grabungen im Irak erwerben. Darüber hinaus benutzen internationale Verbrecher- und Terrororganisationen den Kunsthandel, um Geld zu waschen.

Und wieder kam mir dazu eine Szene in den Sinn, die René Magritte malen hätte können: Ich erinnerte mich an einen Traum, in dem sich Lara mit einem Kind angefreundet hatte, das von zwei netten Herren in grauen Mänteln beaufsichtigt worden war. Das Kind war sehr aufgeweckt gewesen und hatte mit Begeisterung von Onkel Luigi gesprochen. Das veranlasste Eleonor und mich, uns öfters mit diesen Leuten zu treffen. Als wir wieder einmal bei ihnen am Familientisch saßen und Onkel Luigi scherzte, wurde uns klar, dass wir inmitten eines Mafia-Clans festsaßen. Dieses imaginäre Magritte-Bild könnte heißen: *Im falschen Boot!*

Eine Nachricht der Täter

Als ich beim Museumskonservator eintraf, fand ich diesen über die Kopie einer Zeitungsseite gebeugt und in Gedanken versunken vor. „Kopieren Sie sie schon, die Zeitungen?", fragte ich ihn scherzhaft, denn der Scherbenkönig hatte öfters viele Zeitungsbögen herumliegen, in die er die Schnabelkanne einzuwickeln pflegte, sobald sein Jausenpapier nicht ausreichte.

„Mir ist nicht nach Scherzen zumute!", brummte Herr Ekkehard in seinen ergrauten Stoppelbart hinein, während draußen die Scherbenwaschmaschine rumpelte. „Die Polizei war gerade hier. Die Täter haben ein zerknülltes Blatt zurückgelassen. Darauf ein Gekritzel, wie es beim Telefonieren entstehen kann, ohne dass sich der Sprecher dessen bewusst ist. Ich habe mir eine Kopie davon angefertigt, das Original hat die Kripo mitgenommen."

„Wenn das einer der Täter während eines Gesprächs am Handy notiert hat, dann könnte es doch auch eine Information sein, die uns auf die Spur bringt!"

„Sehen Sie, hier, es handelt sich um die Zeichnung eines Kreisringes, innerhalb dessen um eine Achse herum in regelmäßigen Abständen sechs kleinere Kreise verteilt sind. Sieht aus wie der Querschnitt durch das Gefäßbündel von zweikeimblättrigen Pflanzen. Dieses Zeichen wird dann drei Mal übereinander wiederholt, sodass ein Turm entsteht. Können Sie sich einen Reim darauf machen?"

„Mir kommt es gerade so vor, als hätte jemand Kugellager zu zeichnen geübt, genauer gesagt Rillenkugellager. Eine innere und eine äußere Rille, dazwischen der Käfig, der die sechs Kugeln in ihrer Umlaufbahn hält!"

„Daran hatte ich noch nicht gedacht," antwortete er in Gedanken versunken,

„Wofür verwendet man denn solche Kugellager, wie Sie sagen?"

„Dafür gibt es Möglichkeiten wie Sand am Meer: Kugellager stecken in unterschiedlichsten Formen von Getrieben, in Schiliften genauso wie in Rolltreppen und Förderanlagen, in Elektromotoren ebenso wie in Kränen etc. In anspruchsvollen Geräten und Maschinen kommen sie häufiger zum Einsatz als in einfachen. Entsprechend groß ist die Konkurrenz am Markt. Ich weiß das, weil ich mal in einem Wälzlagerwerk gejobbt habe und mit der Enkelin des Senior-Chefs befreundet bin."

„Aber es kann doch keinen Zusammenhang zwischen einem Kugellager und der geraubten Schnabelkanne geben!"

„Na ja, irgendwie schon. Mir fällt auf, dass das Kugellagersymbol einem Modul auf der Attasche der Schnabelkanne sehr ähnlich sieht. Ich nenne dieses Modul *Satellitenscheibe*, weil die äußeren Kreise den zentralen Kreis wie Satelliten umgeben. Wie Sie ja besser wissen als ich, kommt dieses Modul auch auf der Schnabelkanne drei Mal vor, genau so wie im Gekritzel der Diebe. Aber auch an die sardische Priesterstatuette erinnert mich die Verdreifachung des Zeichens."

„Hier ist noch eine zweite Kopie, von einer weiteren Notiz am unteren Rand des Zeitungsblattes. Ein paar verstreute Buchstaben, die zusammen einen Begriff ergeben könnten."

„Offenbar hat das der Schreiber mit jener Hand verfasst, mit der er für gewöhnlich nicht schreibt. Man merkt deutlich, er hat sich dabei schwer getan. Das Schriftbild ist fahrig und mit einem Rufzeichen versehen! Ich kenne einen bildenden Künstler, der Rechtshänder ist und sich auf eine Schreibweise mit der linken Hand versteift. Er verwendet dieses Gekritzel sogar als Markenzeichen!

Meiner Meinung nach könnte das *M-u-s-p-i-ll-i* heißen, vielleicht ein Codewort oder ein Anagramm oder Ähnliches."

„Dem Volksmund nach könnte das als „Mehlbreibühel" übersetzt werden!"

„Existiert nicht ein altes Gebet unter diesem Namen? Ja, ich erinnere mich, es gibt ein uraltes Gebet, das so genannt wird, es bedeutet etwas Ähnliches wie *Weltuntergang, Weltvernichtung, Weltenbrand*. Ganz genau weiß man es nicht, weil die Konkordanz fehlt."

„Mein Gott, sind wir einem Komplott auf der Spur, das die Welt vernichten will?"

„Dann wären die drei Zeichen logischerweise die drei Triebwerke einer Rakete!", scherzte ich.

„So viele Düsen hat keine Rakete, wir müssen am Boden der Realität bleiben und des Rätsels Lösung doch bei alltäglicheren Dingen suchen!," meinte Ekkehard.

„Da die Notiz beim Schnabelkannenraub zurückgelassen wurde, hat die Zeichnung wohl eher mit der Kanne zu tun. Mir ist es nicht gelungen, diesen drei Symbolen eine Bedeutung im Hinblick auf die Schnabelkanne zuzuordnen, vielleicht hat ein Hobbyforscher wie Sie da mehr Glück?"

„Ich werde mal eine Nacht darüber schlafen!", antwortete ich und verließ Ekkehards Zimmer über den Nebenraum, einen Waschraum. Dieser war gerammelt voll mit Scherben von Ausgrabungen, die darauf warteten, in der Waschmaschine gereinigt zu werden. Aber auch Kopien von Museums-Originalen standen im obersten Regal. Auf dem schmalen Flur vor Ekkehards Kabinett waren gerade die Anstreicher am Werk, daher musste alles von dort vorübergehend im Waschraum Platz finden. Sogar die Kopie der Schnabelkanne glänzte aus einem Regal. Das Museum pflegte sie als Ersatz für die echte Kanne auszustellen, sobald diese auf Reisen ging. Bald würde sie in der Foyer-Vitrine des Museums das geraubte Kannenoriginal ersetzen, oder?

Das Muspilli

Ich wollte es Ekkehard gegenüber nicht gleich eingestehen, aber ich wusste sogar sehr viel über den Begriff *Muspilli* und durch zahlreiche Einträge im Internet war mir weiteres Wissenswertes bekannt geworden. Ich hatte den Deutschunterricht lebhafter in Erinnerung, als es dem Forscher Ekkehard lieb sein konnte, denn ich war seither wachsam geblieben und hatte alles gefiltert, was mir in dieser Richtung an Informationen untergekommen war. Ich beabsichtige der Erste zu sein, dem eine beweisbare Übersetzung gelingen könnte.

Wie man sich vom Deutsch-Lehrer sagen hat lassen, beinhaltet *Muspilli* einen alten Bericht über den Weltuntergang. Obwohl dieser deutlich vorchristliche Elemente enthält, wurde seine Niederschrift erst zwischen 821 und 836 n. Chr. vom Salzburger Erzbischof Adalram in Auftrag gegeben, nicht in ursprünglicher Bericht-Form, sondern in Form eines christlichen Gebetstextes, bei dem immer noch deutlich vorchristliche Elemente durchschimmern. Er wurde dem karolingischen Herrscher Ludwig dem Deutschen gewidmet und geschenkt, der von der Regensburg aus über das ostfränkische Reich herrschte. Vielleicht wollte er bloß an die künftige Todesstunde erinnert werden.

Der Regensburger Regent Ludwig war ein belesener Mann und Förderer der Literatur. Da er den Besitz von handgeschriebenen Büchern, den Codices, schätzte, widmete ihm auch der Elsässer Otfried von Weißenburg eine Evangelienharmonie. So erlebten Kultur und Gesellschaft Bayerns im 9. Jh. nicht nur materiellen Wohlstand, sondern auch eine künstlerische Blütezeit.

Salzburg ist in dieser Zeit auch als *das bayerische Rom* bezeichnet worden, denn Herzog Tassilo III. hatte hier im 8. Jh. den prachtvollen Virgil-Dom erbauen lassen, nach dem Vorbild der langobardischen Kirche *San Salvatore* in Brescia. Tassilo war jedoch Proponent der nicht sehr papsttreuen iroschottischen Wandermönchbewegung, weswegen er von seinem Cousin Karl dem Großen abgesetzt wurde und ins Exil verbannt. Karl begründete eine starke nach Rom orientierte Frankenpolitik und vernichtete mit Unterstützung Roms die Langobarden, die sich Herzog Tassilo durch Heirat verwandt gemacht hatte.

Warum schickte Erzbischof Adalram ein Jahrhundert später einen christlich verbrämten heidnischen Text an seinen Frankenherrscher? Wollte er seine Romtreue unter Beweis stellen? Wohl kaum. Es musste etwas Besonderes in diesem Text enthalten sein, das ihn so interessant und wertvoll machte, dass sich sogar der literaturverwöhnte Ostfrankenkönig dafür interessierte.

Ich musste wohl zunächst versuchen, das Bild-Rätsel zu lösen, dann erst konnte ich - durch Bezug auf den Inhalt des Muspilli - eine Gesamtdeutung beider Komponenten anstreben. Dieses Bild-Rätsel beinhaltete zugleich auch mein *Missing link* für die umfassende Interpretation der Schnabelkanne, nämlich das *Große Rund*.

Gelänge es mir, die Kannenerzählung zur Gänze zu entschlüsseln, dann ergäbe sich der Zusammenhang mit den Kugellagern wie von selbst und die Kannenräuber könnten dingfest gemacht werden.

Um eine schlüssige Aussage über das Satellitenscheibengekritzel zu erhalten, müsste ich eben vorerst den gesamten Code der Kanne knacken können, daran würde kein Weg vorbeiführen.

Ein Eimerfragment vom Dürrnberg

Die Unmöglichkeit, hier und sofort einen Täter für den Schnabelkannenraub namhaft machen zu können, zwang mich einen Augenblick lang zur Untätigkeit. In Anbetracht des Kannenverlustes blieb mir vorerst nichts anderes übrig, als zwischendurch einmal Inventur zu machen, Bestandsaufnahme der bisher verwendeten Literatur. Also ordnete ich die beschriebenen Karteikarten der Reihe nach.

Dann nahm ich das Standardwerk zur Hand, die Schnabelkannen-Monografie, und ging noch einmal alle fotografischen Aufnahmen durch. Besonders die schwarzweißen waren von dichter Körnung und somit ausgezeichneter Qualität, sodass man darauf gut aufbauen konnte.

Aber insgesamt stagnierte ich in der Auswertung des bisher Gelesenen. Um den Kannencode knacken zu können, brauchte ich Informationen ganz anderer Art. In Salzburg kam ich mit den Erkenntnissen nicht weiter, auch die Doppelbelastung mit dem Kannenraub wurde ich so nicht los, außerdem sehnte ich einen *Tapetenwechsel* herbei.

Sollten sich andere Leute Gedanken machen über den Verbleib der *Kanne der Saison*, ich war schließlich kein Kommissar, ich hatte es satt, Leute zu verdächtigen.

Es war ausreichend nachgedacht worden, es war genug gerätselt worden, alle waren wir am Ende verdächtig, die die Kanne je gewollt hatten. Ich besonders, denn ich hatte zeitweise sogar von *meiner* Kanne gesprochen, aber auch Eleonor sprach längst von *ihrer* Kanne.

„Übrigens," sagte Eleonor, „es hat auf dem *Dürrnberg* bei Hallein wieder einen tollen Fund gegeben. In einem Wagengrab wurde das Fragment einer *Situla*, eines keltischen Bronzeeimers, aus dem 6. Jahrhundert v. Chr entdeckt. Glücklicherweise ist ein großes Stück des Figurenfrieses erhalten. Er erzählt eine Szene aus einem Trink-Ritual, das an Asterix und Obelix erinnert."

„Ich sag es ja, das goldene Zeitalter ist mitten unter uns, verborgen nur unter ein paar Schaufeln Schutt!"

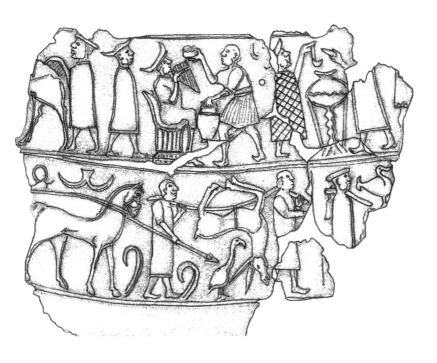

„Das obere Figurenband zeigt die Ausschank aus einem Standkessel, vor dem die Leute anstehen! Der Mundschenk ist in karierte Stoffe gekleidet, wie sie auch in Hallstatt gebräuchlich waren. Er sowie ein Leiermann und ein Panflötist tragen einen breitkrempigen *Petaso* auf dem Kopf, einen Tellerhut aus konzentrisch gefügter Birkenrinde. Dahinter versteckt sich sicherlich das alte Stierhörner-Motiv als Statussymbol und Zeichen der Macht. Schließlich muss ja auch der geflügelte Helm irgendwo seinen Ursprung haben, nämlich im Hörnerhelm der Sumerer und später Sarden."

„Ein solcher Petaso war Mode in der Oberschicht des 5. Jahrhunderts v. Chr., hat der Grabungsleiter erklärt."

„Auch heutzutage tragen die Festspielgäste wieder extravagante Hüte!"

„Die Musikanten werden von einem kahlköpfigen Diener mit kurzem Rock gelabt, und zwar aus einem Eimer heraus, so, wie es bei Uderzo und Goscigny zu sehen ist."

„Wo eine Haustierprozession beginnt, endet die Bronzescherbe. Doch in der zweiten Leiste darunter wird die Erzählung fortgesetzt. Dazwischen marschieren zwei mit Speeren bewaffnete Jäger, die eine tote Hirschkuh tragen. Auch zwei Wasservögel begleiten die Prozession.

Mehr als zehn Generationen lang soll das kostbare Stück zum unantastbaren Gut einer vornehmen Keltenfamilie gehört haben, steht in der Beschreibung, erst dann wäre es dem Letzten ihres Geschlechts ins fürstliche Grab mitgegeben worden."

„Und das glaubst du?" fragte Eleonor.

„Na ja, eigentlich nicht. Ich könnte mir vielmehr vorstellen, dass das fremde Eimerstück nicht als ganzer Eimer auf den Dürrnberg gekommen ist, sondern als reisegerechtes *Musterstück*. So, wie später Albrecht Dürer, Peter Brueghel und andere Maler der Renaissancezeit Skizzenbücher und Muster aus Italien in die Länder nördlich der Alpen gebracht haben, so wird auch dieses Stück auf den Dürrnberg gelangt sein und der Kunstproduktion zehn Generationen lang als Vorbild gedient haben, vielleicht sogar für ein Detail auf der Schnabelkanne.

Situlen mit ähnlichen Figurenfriesen seien vor allem in Slowenien, in der Ausgrabung Watsch, und in Venetien gefunden worden, wird im Fundbericht ergänzt.

Am ähnlichsten würden die Darstellungen auf dem Fries aber jenen auf einem Eimer aus Bologna sehen, soll der Ausgräber festgestellt haben."

„Die Ähnlichkeit mit dem Eimer von Kuffern in Niederösterreich ist dir nicht aufgefallen? Die Männchen darauf sehen doch genauso aus! Marschieren alle in eine Richtung, wahrscheinlich zur Tür hinaus, so wie du jetzt, ich muss morgen früh aus den Federn!"

„Schon unterwegs!"

„Der Müllsack sollte sich auch noch in die Prozession einreihen!"

„Übrigens: Der Sonnenstab fehlt wieder mal auf dem Eimerfragment! Das bedeutet, ich muss doch nach Slowenien reisen, und zwar mit deinem Auto!"

Die Situlenkunst Sloweniens

Unser ungelöstes Kannen-Rätsel blieb die oberste der drei Satellitenscheiben auf der Attasche, die ich respektvoll das *Große Rund*, auf Japanisch *Dai maru*, nannte und die zugleich des Rätsels Lösung bei der Suche nach dem Kannenräuber hätte liefern können.

Ich glaube darin ein Sonnenrad zu erkennen, das auf einem Sonnenstab getragen wird. Eine Darstellung des Prozessions-Frieses vom Eimer aus *Magdalenska Gora* in Slowenien hatte mich zu dieser Interpretation gebracht und dieselbe Darstellung war bisher der einzige Anhaltspunkt für eine These vom Sonnenstab.

Um dem Geheimnis des *Großen Rund* auf die Spur zu kommen, müsste ich das slowenische Original des Eimerfrieses ausfindig machen und darauf den Sonnenstab verifizieren, denn anderswo hatte ich noch keinen entdecken können.

Da kam mir der Zufall zu Hilfe.

In den Abendnachrichten erfuhr ich von einem größeren Erdrutsch in Slowenien, gleich hinter der Grenze. Ein Erdrutsch in einem archäologisch höffigen Gebiet bedeutet immer auch ein kurzes Fenster für uns Hobby-Archäologen, so lange eben, bis die Polizei eintrifft.

Also warf ich den Schlafsack und das Notwendigste in den Wagen, den ich mir von Eleonor leihen durfte, und raste in Richtung Slowenien los, wo sich nicht nur die Chance auf einen schönen Eimerfund zu eröffnen versprach, sondern wo auch die Rätselauflösung für die Symbolik der figürlichen und ornamentalen Gestaltung der Dürrnberger Schnabelkanne zu finden sein könnte.

Im Südosten Kärntens, der zweiten Heimat des deutschen Malers Werner Berg, lag ein *Sfumato*, als befände man sich bereits in der Nähe des Meeres. Als Kelten-Spezialisten machte ich einen Hobby-Archäologen ausfindig, der in einer Toristeninformationsstelle am Klopeinersee arbeitete. Ich war auf die Hilfe von deutschsprachigen Slowenen angewiesen, weil auf deutschsprachigen Internetseiten der Standort des Eimers von Vace nicht zu finden war. Anfangs weigerte sich der Angestellte im Touristenbüro, slowenische Internetseiten durchzublättern, bis ich mich aus Verzweiflung selbst darin versuchte. Es dauerte eine halbe Stunde, bis er die Geduld verlor. Plötzlich fiel ihm ein, dass er doch slowenisch lesen konnte. Auf mein Drängen hin recherchierte er endlich, dass die slowenischen Situlen gesammelt im *Laibacher Nationalmuseum* zu besichtigen wären. Laibach würde also mein nächstes Ziel sein.

Um in den vermurten Grenzgebieten nicht als Archäologe aufzufallen, nahm ich den Umweg über Bleiburg in Kauf. Es fiel auf, dass die Besiedlung zwar sehr dünn war, aber die Straßen neue Asphaltdecken hatten, vermutlich ein Ergebnis der Grenzförderung der EU. Doch die Verkehrswege zwischen den nun folgenden Städten weiter landeinwärts erwiesen sich nicht nur als verkehrsreich, sondern auch als sehr reliefreich. Leider war die Polizei diesmal vor mir am Unglücksort der Hangrutschung und bewachte diese. Also zog ich unverrichteter Dinge weiter, um zum Eimer von Vace zu gelangen.

Laibach/Lubljana war größer als gedacht. Es machte auf mich zunächst den Eindruck einer Mischung aus Graz plus einer sowjetischen Stadt. Ich hätte mir vorher einen Stadtplan besorgen sollen. Ohne einen solchen irrte ich auf gut Glück die Ringautobahn entlang, auf der Suche nach der Presnerova-Straße. An Kreuzungen warf ich Anker, indem ich mich von Autofenster zu Autofenster vorwärts tastete. Ein älterer Slowene entschloss sich spontan dazu, mich in Schlepptau zu nehmen. Auf diese Weise fand ich doch noch das Narodni muzej. Wer etwas räumliche Fantasie hat, braucht kein GPS oder Galileo!

Vor dem Rathaus bezahlte ich Parkberechtigung für zwei Stunden. Dann schlenderte ich dorthin, wo ich dem Wagen des alten Mannes zu folgen aufgehört hatte. Ein Serbe hatte mir einmal gesagt, eine Frau müsse sein wie ein Fisch. Und ein solcher Fisch begegnete mir mit einem geheimnisvollen Lächeln, als ich ein letztes Mal nach dem Nationalmuseum fragte. Zufällig trafen unsere getrennten Wege durch den vorgelagerten Park noch einmal aufeinander und sie lächelte wieder, als fände sie es unfassbar, dass sich ausgerechnet ein Ausländer fürs Nationalmuseum, oder richtiger, dass sich ein Ausländer ausgerechnet fürs Nationalmuseum interessieren könnte. Hoffentlich heißt sie Wesna, dachte ich, denn Wesna zu heißen, fand ich schick.

Das gleiche kafkaeske Lächeln dann bei der jungen Dame an der Kassa, als ich den Direktor des Museums sprechen wollte. Sie hielt kurz Rückfrage am Handy und beteuerte, es würde ihr Leid tun, mitteilen zu müssen, dass der Chef an diesem Tag nicht im Haus sei.

Leider waren die eindrucksvollen Guidebooks nur in Englisch und Slowenisch vorhanden, obwohl an der Rückseite der Eintrittskassa das Halbrelief des österreichischen Kaisers mit deutschen Worten daran erinnerte, dass er das Museum hatte bauen lassen, damals - mangels elektrischen Stroms - noch mit ausladendem Glasdach für eine Tageslicht-Beleuchtung.

„Ich interessiere mich nur für Situlen!", schränkte ich ein, in der Hoffnung, nicht fürs gesamte Museum Eintritt zahlen zu müssen. Doch damit konnte ich nicht punkten, weil es außer Situlen wenig zu sehen geben sollte.

Das Museum war dem Salzburger Bahnhofsgebäude nicht unähnlich.

Die sehr hohe Situlen-Halle bildete - wie mein Arbeitsplatz auf dem Perron – das Zentrum, mit dem Unterschied, dass der riesige Raum in künstlichem Dämmerlicht gehalten war. Im Gegensatz zur ursprünglichen Konzeption war das von oben einflutende Tageslicht abgeschirmt und punktuell durch Kunstlicht ersetzt worden. Über die Gesamtfläche verteilt standen unzählige Vitrinen mit Situlen, einige ganz erhalten, andere wie eine leere Konservenbüchse verformt, wieder andere in Fragmentform.

Die besondere Stimmung des Raums entstand durch das grüne Leuchten der Bronzefriese auf den Situlen, deren Erzählungen in der Dunkelheit jedoch kaum zu erkennen waren, weil Punktlichter fehlten.

Ich musste daher immer wieder die aufgeblähten Banner und Segel an den Wänden zu Hilfe nehmen, auf denen die Friese zur Gänze und in allen Details herausgezeichnet und stark vergrößert dargestellt waren.

Der obere Fries der *Situla von Vace* wurde in Umrisslinien als Filmschleife an die Wand projiziert.

Eine glückliche Gesellschaft präsentierte sich da, eine lange Reihe aus Haustier-Prozession und Streitwagen-Vorführung, Fäustel-Boxkampf und schlachtentauglicher Reiterei. Sogar Beischlafszenen und Trankopfer mit Eber-Standarten und Musikanten fand ich auf den Eimern. Die künstlerische Handschrift des Gestalters deckte sich mit jener auf dem Eimerfragment vom Dürrnberg.

Das Original der Situla von *Magdalenska Gora* ließ sich jedoch einfach nicht auffinden. An der Wand lungerten zwei Slowenen unterschiedlichen Geschlechts und in meinem Alter. Ich hielt sie für das Wachpersonal und fragte sie nach dem Eimer. Einer der beiden stellte sich als Archäologie-Student vor und half mir bei der Suche. Zwecks Identifikation beschrieb ich ihm das große Rund auf einem Stab, den ein Festzugsteilnehmer trägt.

Auch im alten Ägypten trugen die Priester Abbildungen ihrer Gottheiten an langen Stäben. Und einen solchen Stab mit Sonnensymbolen glaubte ich auch auf dem *Vace*-Eimer erkannt zu haben. Aber vielleicht würde dieser Eimer gar nicht hier, sondern in einem anderen Museum ausgestellt sein?

Ehrlich gesagt, ich rechnete mit keiner positiven Antwort.

Umso überraschter war ich jedoch, als mir der Student Iwan aufs Gesicht zu sagte, dass sich die von mir beschriebene Satellitenscheibe nicht auf einem Stab befinde, sondern dass es sich nur um einen vermeintlichen Stab handeln würde, eine optische Täuschung, verursacht durch eine senkrecht verlaufende Bruchstelle im Material.

Für diese Auskunft hatte der Student nicht einmal irgendwo nachsehen müssen, weder in der Vitrine noch in einer der Broschüren. Ich zollte ihm Respekt. Leider sollte Iwan Recht behalten: Auf dem Banner, auf dem der Eimer fotografisch *aufgeblasen* war, konnte ich das *Große Rund* genau erkennen, weil die Zeichnung schwarz und die Bruchstellen blau eingezeichnet waren. Auf der Situla selbst war sogar nur noch ein einziges Kreisauge als Rest des Großen Runds vorhanden, der Rest ausgebrochen.

Bei den mir bisher bekannten Zeichnungen war also das *Große Rund* ergänzt worden.

Großes Rund ja, aber ein Sonnenstab war beim besten Willen nicht erkennbar. Eine Schwarzweiß-Kopie des Frieses hatte mich also genarrt. Meine Theorie von diesem Sonnenstab war somit in Sekundenbruchteilen zu Staub geworden, die Reise nach Slowenien nicht vom gewünschten Erfolg gekrönt.

Iwan war Schüler von Professor Peter Turk und konnte mir eine Menge über diese Kultur erzählen, die er *Dolenjska-Kultur der Niederkrain-Gruppe* nannte. Diese Eimer-Kultur erstreckte sich von Ost-Slowenien bis nach Bologna und dauerte vom 7. bis Anfang des 5. Jahrhunderts v. Chr.

Wie die Salzburger Schnabelkanne dienten die Eimer als Grabbeigaben in Fürstengräbern, wobei es sich um den auch in Deutschland üblichen weiter gefassten Fürstenbegriff handelt, also auch um Herrscher ohne Streitwagenbestattung.

Anfang des 5. Jahrhunderts erreichte die Eimerkunst ihren Höhepunkt, danach verschwand sie plötzlich aus den Gräbern. War der Aufwand zu teuer geworden oder hatte sich die Grabmode geändert?

Ich war verblüfft, wie sehr die Motive von Vace denen auf der Salzburger

Schnabelkanne gleichen. Meine Erkenntnis war, dass die Dürrnberger Kanne mit Motiven aus Vace spielt! Ich gewann diese Überzeugung in der Vitrine mit der *Grab Nummer XIII/55 von Preloge, Vace. Nad Lazom*. Da auf dem Dürrnberg ein Situlenstück gefunden wurde, das eindeutig zwischen Bologna und Ost-Slowenien entstanden ist, stellt sich die Frage, ob der Meister vom Dürrnberg ein Vertreter der Dolenjska-Kultur gewesen sein könnte. Ich lehnte eine solche Vermutung ab. Als Wanderkünstler hatte er die Motive dieser Kultur zwar aufgenommen, aber er war wahrscheinlich nicht selbst aus dem Kulturkreis von Oberitalien-Slowenien gekommen, denn einige Details in der Umsetzung der Motive zeigen Abweichungen:

- Bei Dolenjska-Eimern kommen Muster vor, aber keine Ornamente.
- Dolenjska-Künstler verwenden Kerbleisten mit Links- und Rechts-Schraffur, aber sie setzen sie nicht als Differenzierungsmittel plastischer Teile ein, welche organisch zu interpretieren sind, sondern lediglich als Musterband, beispielsweise auf einer Paukenfibel.
- Auf den Eimern kommen Vögel vor, die mit Palmettenschwanz zwar gleich stilisiert, aber nicht extremperspektivisch verzerrt sind, wie es auf der Dürrnberger Kanne der Fall ist.
- Auf den Eimern ist eine starke Tendenz augenfällig, Leerräume zwischen Figuren mit Einzelmotiven zu füllen. Doch diese Motive werden in meist singulärem Vorkommen zu anderen nur hinzugefügt und nicht komponiert. Sie wären jederzeit durch andere Motive ersetzbar. Solche Einzelmotive sind beispielsweise das große Rund, eine Art Schlangenschwanz, ein Venus-Symbol, ein fliegender Vogel und andere.
- Im Bereich Unterkiefer-Ohren existieren bei manchen Trankopfer-Spendern große konzentrische Kreise, die der Meister vom Dürrnberg zu Spiralen umgesetzt hat.
- Hirschohren, in der Mitte geschlitzt, die beispielsweise auf dem *Gürtel von Molnik* noch flach dargestellt sind, hat der Kannenkünstler plastisch ausgeformt. Es muss sich bei den anhaftenden Ohren am Scheitel der Attaschenfigur auf der Dürrnberger Kanne also tatsächlich (auch) um Hirschohren handeln, wie Jean-Jacques Hatt vermutet hat.

Dem Meister vom Dürrnberg könnten also die venetischen Dolenjska-Motive über das auf dem Dürrnberg gefundene Eimerstück bekannt gewesen sein. Es könnte sich beim Eimerbruchstück um einen Vorläufer des späteren Musterbuchs handeln, um ein Musterstück für weitere Erzählleisten.

Die Priesterin vom Dürrnberg

Die ungelöste Frage, die mir weiterhin auf den Lippen brannte, war: Welcher Erzählinhalt verbarg sich hinter dem Symbol *Großes Rund*? Die Satellitenscheiben der Dolenjska-Friese haben entweder unzählige oder aber fünf Kreisaugen um den zentralen Punkt herum gruppiert. Auch die Hallstätter Satellitenscheibe zählt fünf Kreisaugen. Nicht so auf dem Dürrnberg. Die Satellitenscheiben auf der Salzburger Schnabelkanne haben sechs Kreisaugen rund um das Zentrumsauge gruppiert und die Knochenscheibe vom Dürrnberg weist sogar zwölf Kreisaugen-Satelliten auf. Damit könnten nicht nur ein Rad oder eine Ansammlung abgeschlagener Köpfe, sondern auch - wie Frau Era meinte – die Monate eines halben bzw. eines ganzen Jahres in Verbindung gebracht werden. Dann würde der Tote vor seiner Wiedergeburt vielleicht nur sechs Monate schlafen, wie Cerunnos oder Esus? Hatte Hatt am Ende doch Recht mit der Deutung seiner Attaschenfigur?

Ich wollte einen anderen Fachmann beiziehen, einen unbefangenen ausländischen. In welcher Funktion sah mein slowenischer Begleiter die Satellitenscheibe?

Einem ganz anderen Kulturkreis verhaftet, glaubte er darin sofort ein Pektorale, den Brustschutz einer antiken Rüstung, erkennen zu können. Nun begann ein wildes Raten und Abwägen, was für die Interpretation des *Großen Runds* tatsächlich in Frage käme:

Ich war verblüfft, als ich zum ersten Mal die Deckel der Situlen sah. Größe und Struktur passten. Könnte der tote Fürst vom Dürrnberg einen Situlendeckel auf der Brust liegen haben? Nicht wirklich: Situlendeckel haben zwar einen Knaufgriff in der Mitte, der in Draufsicht aussieht wie ein Kreisauge, darum herum aber sind nur vier gleiche Kreismotive gruppiert.

Auch an einen Tellerhelm, der dem Deckel einer Situle gleicht, ließe sich denken. Das *Große Rund* wäre demnach der Knauf eines der Helm-Teller.

Eine weitere Möglichkeit wäre noch ein Bronzespiegel. Ich fand einen solchen Rundspiegel aus weißer Bronze im Obergeschoß des Museums. Er stammte allerdings erst aus dem 5. nachchristlichen Jahrhundert. Bemerkenswert war jedoch, dass sich auf diesem Spiegel um ein zentrales christliches Kreuz herum mehrere Hakensonnen als Satelliten gruppierten, was die Interpretation nährt, dass auch die Kreisaugen auf dem Dürrnberger *Großen Rund* als Sonnen- bzw. Lichtsymbole gedeutet werden müssten.

Der von uns vermutete keltische Sonnenstab existierte also gar nicht, aber die Sonnenscheibe.

Als Resümee meiner Slowenienfahrt glaubte ich den Schluss ziehen zu können, der mächtige Fürst vom Dürrnberg hätte entweder ein glänzendes Amulett oder aber einen glänzenden Deckel auf der Brust liegen, der zu einem Gefäß gehörte, vielleicht war er das Gegenstück eines Seelentopfes, oder - die bestmögliche Deutungsvariante – das *Große Rund* war ein Gold- oder Bronzespiegel.

Dass er alles Licht spiegelte, könnte der Meister vom Dürrnberg dadurch sichtbar gemacht haben, dass die Rankenwellen rund um das *Große Rund* zusammenlaufen. Auch in Japans ältestem *Shinto*-Heiligtum, dem kaiserlichen Schrein von Shingu, genießt - als einer der ältesten Kultgegenstände - ein Bronze-Spiegel höchste Verehrung.

Eleonor war außerordentlich interessiert an meinen slowenischen Recherchen. Sie interpretierte am Telefon aus einer feministischen Position heraus: „Es liegt wohl in der Natur des Mannes, dass er immer nur an sein Geschlecht denkt, wenn es um die Interpretation von Machtsymbolen geht. So etwa hat dein slowenischer Begleiter sogleich an den Brustschutz eines männlichen Kämpfers gedacht, als du ihn um eine Interpretation der Satellitenscheibe bzw. des *Großen Runds* gebeten hast, aber wäre nicht eine Frauendarstellung viel logischer?

Ist dir eigentlich nie aufgefallen, dass die beiden Köpfe auf der Schnabelkanne vom Dürrnberg keine Schnurrbärte tragen, wie es damals üblich war? Für eine Frau sprechen außerdem die großen Spiralen anstelle der Ohren."

„Damit hast du sicherlich Recht, sie sind eine Umsetzung jener konzentrischen Kreise, wie sie auf der Situla Providence der Dolenjska-Kultur vorkommen, ausschließlich bei Frauen. Es könnte sich um Schläfenschmuck handeln, wie wir ihn in anderer Form auch von Skythinnen kennen. Die Frauen auf dem Eimer spenden Trankopfer und tragen sehr langes Haar.

Das Haar der Dürrnberger Attaschenfigur ist ebenfalls sehr lang, sodass es zu einer Art *Kranzlfrisur* verschnürt ist, wie sie noch in salzburgischen Gebirgsregionen vorkommt oder bei der iberischen *Dame von Elche*."

„Bei einer toten Fürstin auf der Schnabelkanne bekämen auch die beiden Ringe in den Mundwinkeln der Attaschenfigur Sinn, denn aus Dürrnberger Frauengräbern höher gestellter Persönlichkeiten wurden Ringpaare geborgen", fuhr Eleonor fort.

„Die Mundringe könnten ja auch die Enden von Kettchen sein, mit denen das tote keltische Wesen am Totengott festhängt! Solche Kettchen laufen ja auch rund um die obere Henkelfigur!", warf ich ein, doch Leonor ließ sich nicht beirren:

„Die Doppelkreispunze an der Nasenwurzel könnte einen aufgemalten Punkt darstellen, wie ein Kastensymbol oder ein Ehestandsmerkmal.

Und außerdem: Wurde nicht in zwei Dürrnberger Frauen-Gräbern aus der Hallstatt-Periode je ein szepterartiger Gegenstand gefunden? Abgeleitet vom überlangen Stab des bronzezeitlichen Sonnenpriesters könnte es sich beim Sonnenszepter um ein geschrumpftes Machtsymbol handeln, das bequemer handhabbar war und von einer Herrscherin benutzt wurde."

„Oder es handelt sich um den Bronzespiegel einer Priesterin. Aus einem skythischen Grab kennen wir die Darstellung einer Priesterin der Göttin Argimpasa, Beschützerin der skythischen Könige, mit einem runden Bronzespiegel in der Hand. Solch skythische Rund-Spiegel sind auch hundert Jahre älter als unsere Kanne. In der Mitte befindet sich oft eine ebenso kreisrunde erhabene Platte mit einem Stammessymbol.

Zeichen und Symbole auf den Rundspiegeln sollen gemäß den Angaben des Albertina-Direktors auf die Gründung neuer Kolonien hinweisen und mit dem griechischen Apollon-Kult in Verbindung stehen."

„Apollon wurde übrigens im 5. Jh v. Chr. mit dem Sonnengott Helios gleichgesetzt.

Die Konturen zwischen den beiden Göttern verwischten sich und beide standen als Zeichen für die Sonne und ihre fruchtspendende Wärme!"

Als ich die Funkstille im Karawankentunnel hinter mich gebracht hatte, sagte mir Eleonor über die Fernsprechanlage weiter ein, wie ihre feminine Deutungsversion lauten könnte:

„Die tote Fürstin oder Priesterin auf der Attasche liegt im Graboval und wartet auf ihre Wiedergeburt. Begleitet wird sie von dem am Ende der Trage sitzenden Wasservogel, der mit der Sonne den neuen Morgen heraufzieht. Auf dem Schnabelansatz dieses Vogels glänzt sogar die gleiche Ringpunze wie auf der Stirn der Fürstin, auf deren Mund sich zwei kleinere Ringe befinden.

Vom Kinn bis zur Brust liegt seitenverkehrt ein Bronzeszepter, meinetwegen auch Bronzespiegel, in dem sich das Sonnenlicht spiegelt, symbolisiert durch die Schwellranken. Aufgrund der Anzahl seiner sechs Außenkreise ist dieses Kultobjekt Symbol für die landwirtschaftliche Zeitrechnung und sein Besitz demonstriert die Macht über den jährlichen Zyklus der Natur und damit über alle Menschen, die vom landwirtschaftlichen Ertrag abhängig sind.

Auch die wiedergeborene junge Fürstin auf dem Kannenrand oben trägt einen Schläfenschmuck und das Haar dahinter gekämmt. Der Doppelkreis auf der Nasenwurzel verbindet sie inhaltlich mit dem Attaschenkopf. Volle, sinnliche Lippen sind ihr eigen und um ihren Hals hängt eine Kette, die sie an den Kreislauf der Wiedergeburt kettet."

Eine schlüssige Interpretation, könnte man meinen. Doch ich schränkte ein, dass die etwa zeitgleich entstandene Männerdarstellung aus Grab 44 vom Dürrnberg ähnlich spiralige Ohren aufweise, wenn auch kleinere. „Eine tote Fürstin mit Streitwagen?", zweifelte ich.

„Aber der Streitwagen war doch - wie die Kanne - sehr sorgfältig und kostbar gearbeitet!," entgegnete Eleonor. „Außerdem kann ein Streitwagen nur Statussymbol gewesen sein. Er hätte auf unebenem Gelände ohnehin nur ein paar Meter weit fahren können. Er war wohl extra für die Bestattung angefertigt worden. Die aufgebahrten Leichname mussten auf solchen Streitwägen eine kurze, symbolische, mit Holzplanken unterlegte Prozessionsstraße entlang bis in den Grabhügel hinein befördert werden, weiter nicht!"

„Es klingt zwar zunächst ein bisschen ungewohnt, dass es sich um ein Frauengrab handeln könnte, aber es kann nicht ausgeschlossen werden."

„Auch die Fürstin von Mitterkirchen hatte einen Streitwagen im Grab mit dabei!"

„Gut, beziehen wir die Damenvariante künftig in die Interpretation mit ein! Nicht uninteressant ist, dass die beiden fast zeitgleich zu datierenden Streitwagengräber aus der La Tène A-Zeit unterschiedliche Gefäßbeigaben aufweisen. Beim etwas älteren ist eine sehr kostbar gearbeitete Schnabelkanne das herausragende Gefäß, beim anderen sind es eine Röhrenkanne, eine Linsenflasche und ein riesiger Bronzekessel ohne Verzierung. Der Eimer vom Dürrnberg hingegen, der eindeutig dem Kulturkreis südlich der Alpen zugeordnet werden muss, wurde Generationen lang weitergegeben, genoss also eine ganz besondere Wertschätzung, oder er war – als Fragment – ein so genanntes Musterstück für die Toreuten und bereits als ein Fragment auf den Dürrnberg gekommen. Die Salzburger Schnabelkanne bezieht sich formal auf die etruskische Kunst, aber motivisch auf die *Dolenjska-Kultur*. Daher scheint der tote Fürst/ die tote Fürstin im Schnabelkannengrab einen besonderen Bezug zur Krain/zum Veneto gehabt zu haben."

„Vielleicht wurde von dort her eingeheiratet oder ein Clan zog von dorther auf den Dürrnberg, wo nach dem Tod eines Neusiedlers eine Kanne in Auftrag gegeben wurde, die ein hier ansässiger Künstler nach Krainer Eimer-Motiven schaffen sollte?"

„Warum kann nicht ein ganzes Volk den Standort gewechselt haben? Die Daten würden übereinstimmen: Emigration der Krainer/Veneter im 5. Jahrhundert vor Chr., daher das Ende der Grabbeigaben. Immigration auf dem Halleiner Dürrnberg ebenso im 5. Jahrhundert, daher Beginn einer neuen Bergbautechnik auf dem Dürrnberg und Beginn einer neuen, maskenartigen Darstellungsweise in Erzähleisten auf Bronze-Kesseln und Kannen sowie auf

Fibeln. Die Veneter oder Venedigermännlein, wie sie in den heimischen Sagen genannt werden, sind uns als die besten Bergleute der Alpen überliefert. Denk an die Sage vom Zauberspiegel! In Alpensagenbüchern werden sie nicht von ungefähr mit Wangen- und Kinnknollen dargestellt, die an den keltischen *Maskenstil* unserer Kanne erinnern."

„Fällt dir jetzt noch etwas ein, was meine Fürstinnen-Theorie untermauern könnte?"

„Das Neusiedler-Zeichen auf dem Rundspiegel der Attaschenfigur!"

„Das Große Rund als Symbol für die neuen Siedler, quasi ihr Wappen!"

„Ach ja, fast hätte ich es vergessen, Herr Reiterer, der technische Fachmann für die Schnabelkanne, hat mich extra darauf aufmerksam gemacht, dass im Schnabelkannengrab keine Leiche gefunden worden ist. Auch der Grabraub des La Tène A-Grabes ist nur eine Vermutung.

In der La Tène B-Zeit ist dann eine Sekundärbestattung in einer kleineren Grabkammer erfolgt, wobei der Inhalt von La Tène A zur Seite geschoben worden sein könnte, wie auch in anderen Gräbern durchaus üblich. Als die La Tène B-Schicht später beraubt wurde, geschah das nur in diesem kleineren Bereich. Dabei könnten auch Gegenstände der A-Schicht mit ausgegraben worden sein, jedenfalls ist das Skelett des/der Schnabelkannentoten verloren gegangen."

„Und mit dem Skelett sind typische Erkennungsmerkmale einer Frau verschwunden ..." resignierte Eleonor: „... ein Gürtel mit Amulettbehang, Arm- und Beinringe und alpiner Schläfenschmuck, eventuell in Form von Ammonitenscheiben!"

„Also gut, wenn es dir so viel bedeutet, muss ich deine Argumentationslinie doch noch unterstützen: Bei deiner Version von einer Dürrnberger *Norma* hast du ein wichtiges Pro-Argument vergessen. Erinnere dich daran, dass in der Keltikée am 1. Feber die Heilige Hochzeit erfolgt ist, ein Coitus zwischen Stammesfürst und der ranghöchsten Priesterin der Erdgöttin. Wir könnten es mit einer solchen Priesterin zu tun haben. Unsere Tote aus dem Schnabelkannengrab hätte damit das Sommerhalbjahr in Schwung gebracht, das ja aus sechs Monaten besteht, deshalb die Zahl Sechs auf ihrem Amulettrad!"

„Und damit wäre auch das auffällige Zitat der Widderhornschlange auf dem Kannenhenkel, als Begleittier der Erdmutter, der die Priesterin untersteht, bzw. des Cerunnos nachvollziehbar!"

Ein großes Feuerrad am Himmel

Der ganze Berg ein chinesischer Gelehrtenstein. Die felsigen Ufer des Sees an Österreichs Südgrenze wirkten diesmal auf mich wie ein einziger Knochenhaufen. Das Konglomeratgestein unter der alten Festung Noreia/Gracarca hatte sich in feinen Verästelungen verkrustet und sah aus wie ein Berg von Knochen jener Südkelten, deren Hauptstadt aus der Geschichte spurlos verschwunden ist.

Ein Sommersturm hatte gewütet und hatte älteste Bäume wie Streichhölzer abgerissen oder aus der Verankerung gehoben. Ich stocherte im Wurzelwerk einer mächtigen umgestürzten Buche herum und entdeckte ein verdächtig regelmäßiges Stück Sandstein.

Steine sind bekanntlich Freunde: Je länger man sich mit ihnen beschäftigt, desto besser lernt man sie kennen. Mit der Zeit bekommt man ein instinktives Gefühl dafür, ob sie natürlich verwittert sind oder vom Menschen geformt.

Dieser Stein hatte die Form eines Stierhorns und war an der dickeren Seite abgebrochen. Das Horn war aber zur Gänze erhalten und nach der ersten Reinigung waren mir sogleich Gravuren aufgefallen, ein wunderbar feines Relief, vergleichbar mit den Isolinien auf Kopfplastiken der Benin-Kunst.

Da es sich nicht um Kalkstein, sondern Sandstein handelte, musste dieser vom Menschen geformt worden sein. Im Abendlicht offenbarte sich mir sogar eine konzentrisch verlaufende Riffelung in zarten Linien.

Ich beschloss, das Fragment, das ich als Teil des Flügelhelms einer keltischen Stammesgottheit oder aber als Bruchstück eines mondförmigen Spießhalters deutete, im Museum abzuliefern.

Vor der Abgabe meines Fundgegenstands wollte ich die Einrichtung testen, wie sich die Fachleute im Fall einer Fundmeldung verhielten. „Das kann aber nicht der *Original-Eber von der Gracarca* sein!", fragte ich einen Museumswärter vor dem entsprechend beschrifteten Ausstellungsobjekt, „der ist doch inzwischen ausländisches Eigentum!"

„Na ja," meinte er, „da haben sie nicht Unrecht, das *schönere* Stück befindet sich in München!"

Das *Original* nur als *schöneres Stück* zu bezeichnen, über diesen Schurkenstreich musste ich lachen. Damit wurde auf elegante Art verharmlost, dass es uns Hobby-Archäologen immer wieder gelingt, schöne keltische Funde ins Ausland zu verkaufen. Im

Münchner Frühgeschichtemuseum kann man unter dem echten *Eber von der Gracarca* als eine verschleierte Herkunftslegende lesen: *Eber-Statuette aus dem südöstlichen Alpenraum.*

Da ich die Keltenabteilung des Klagenfurter Museums als überladen erlebte, konnte ich mir nicht vorstellen, dass hier auch neu Ergrabenes Platz finden könnte. Außerdem wurde ich das Gefühl nicht los, dass der Museumswächter einen Fund als weniger wertvoll erachtete, wenn er von der Region südlich der Drau stammte. Die dort ansässige Ethnie wurde mit einer geringschätzigen Geste als *Karanthanen* abgetan, wobei der Wächter ganz offensichtlich die Slowenen meinte. In diesem so genannten „Karanthanengebiet" lag die Fundstelle meines Sandsteinhorns.

Da sich der zuständige Forschungsleiter auf Urlaub befand und ein anderer sich regional nicht zuständig erklärte, *outete* ich mich gegenüber dem Abteilungspersonal probehalber als Finder einer hallstattzeitlichen Tonscherbe.

Daraufhin übte der Bewacher der Keltenabteilung Druck auf mich aus und drängte mich, den Fund am Ausgang zu hinterlegen.

Erst viel später, nach Besichtigung aller weiteren Räume des Hauses, kam ich beim Portier vorbei, da trat der Mann von der Kelten-Abteilung aus der Portierloge hervor und forderte mein Fundstück auf eine unangenehm forsche Art ein.

Was ich vom Museumsbesuch in der Landeshauptstadt behielt, war ein winziges Detail, das mich in der Schnabelkanneninterpretation weiterbringen sollte. An der Wand hatte ich eine Tafel mit dem venetischen Alphabet entdeckt und war zu der Erkenntnis gelangt, dass sowohl das Kreisauge als auch der geviertelte Kreis für den Laut -th- stehen können. Da beide als lautlich gleichwertig definiert sind, liegt es nahe, dass sie auch als Dingsymbole die gleiche Bedeutung haben müssten: Sowohl die Sonne oder grelles Licht als auch das Bannen des bösen Blickes könnten damit gemeint sein.

Wenn dies für die Veneter zutrifft, folgerte ich, muss es auch für die Kelten nördlich der Alpen zutreffen, die von dieser Kultur stark beeinflusst wurden. Sowohl auf dem Dürrnberg als auch in der Wachau hat man venetische Eimerfragmente gefunden, die hier vielleicht gar nicht in Gebrauch waren, sondern die den Toreuten lediglich als Musterstücke gedient haben könnten.

Dies würde die lange Nutzung von 200 Jahren erklären, die für das Halleiner Eimerstück vermutet wird, weil es nicht zu jenen Utensilien passt, in deren Umgebung das Eimerstück aufgefunden wurde.

Ich musste jetzt nur noch die Verbindung der venetisch/keltischen Licht- bzw. Bannzeichen zu dem frühmittelalterlichen Begriff *muspilli* herstellen.

Weil das Zimmer, das ich in Villach bezog, über einen Internet-Anschluss verfügte, konnte ich einen Übersetzungsvorschlag für das Schrecken erregende Gebet googlen, das Erzbischof Adalram im 9. Jh. n. Chr. in Auftrag gegeben hatte und das offensichtlich den Weltuntergang thematisiert:

uuanta sar so sih diu sela in den sind arhevit...Sobald sich die Seele auf den Weg macht...und die Leibeshülle liegen lässt ... enti si den lihhamun likkan lazzit, ... kommt von den Sternen her ein Heer ... so quimit ein heri fona himilzungalon, ... ein anderes aus dem Höllenfeuer ... daz andar fona pehhe: und beide kämpfen um sie. ... Dar pagant siu umpi.
... Sorgen muss sich die Seele, bis das Urteil ergeht, von welchem Heer sie geholt werde. Wenn nämlich das Gesinde Satans gewinnt, führt sie dieses sogleich dorthin, wo ihr Leid geschieht, also in Feuer und Finsternis.
Das ist ein schreckliches Urteil.
Wenn sie jedoch jene holen, die vom Himmel kommen und die Engel ihrer habhaft werden, bringen diese sie ins Himmelsreich.
Dort gibt es ein Leben ohne Tod, Licht ohne Finsternis,
Wohnen ohne Sorgen, niemand ist da krank.
Wenn der Mensch im Paradies einen Platz erwirbt,
ein Haus im Himmel, dann erhält er genug Hilfe.
Daher ist es sehr wichtig, dass jeder Mensch darauf seinen Sinn richtet,
dass er Gottes Willen bereitwillig tue
und das Höllenfeuer unbedingt vermeide, die Pein des Peches.
Dort hält der älteste Satan heiße Lohe bereit.
Darüber muss besorgt sein, wer sich sündig weiß.
Wehe dem, der in Finsternis seine Frevel büßen muss, brennen im Pech.
Das ist ein wahrhaft schreckliches Schicksal, dass der Mensch auf Gott hofft und ihm keine Hilfe zuteil wird.
Es wähnt sich in Gnade die unglückliche Seele,
doch ist sie nicht im Gedächtnis dem himmlischen Gotte,
weil sie hier in der Welt nicht danach handelte.
So denne der mahtigo khuninc ... Wenn dann der mächtige König den Gerichtstag bestimmt ... daz mahal kipannit, ... muss dort jedes Geschlecht erscheinen.
...Dort muss er vor dem Herrscher Rechenschaft ablegen über alles, was er je in der Welt getan hat.
Das hörte ich die Weisen des weltlichen Rechts erzählen, dass der Antichrist mit Elias kämpfen wird. Elias kämpft für das ewige Leben, er will den Rechtmäßigen das Reich sichern. Der Antichrist steht beim Satan, der ihn versenken wird, daher wird er auf dem Kampfplatz verwundet niedersinken und ohne Sieg bleiben.

Doch glaubt ein Teil der Geistlichen, dass Elias dabei verwundet wird.
Wenn sein Blut auf die Erde niedertropft, ... so daz Eliases pluot in erda kitriufit, ... Dann entbrennen die Berge, ... so inprinnant die perga, ... kein Baum bleibt mehr stehen, ... poum ni kistentit ... die Gewässer vertrocknen, ... enihc in erdu, aha artrunkent, ... das Moor verschlingt sich. ... muor varsuuilhit sih, ... Es schmilzt in Lohe der Himmel, ... suilizot lougiu der himil, ... der Mond fällt herab, ... mano vallit, ... Midgard, die Erde, brennt, ... prinnit mittilagart, ... kein Stein bleibt aufrecht. ... Sten ni kistentit. ...
Dann kommt der Gerichtstag ins Land, er kommt mit dem Weltbrand, um die Menschen heimzusuchen.
Da kann kein Verwandter dem anderen mehr helfen, vor dem Muspilli, der Weltvernichtung.
Wenn der breite Feuerstrom alles verbrennt und Feuer und Luft alles wegfegen, wo ist dann die Region, um die/ in der man gemeinsam gekämpft hat?
Das Land ist verbrannt, die Seele gefangen.

Dieser Text beschreibt offensichtlich die Apokalypse in Form eines Naturereignisses, wie auf eine Bühne gehoben von damals bekannten wie gefürchteten und überdimensional aufgeblasenen Mythenträgern, die vor meinem geistigen Auge auf Stelzen daherwackelten.

Um welches Naturereignis könnte es sich handeln?
Die Antwort brachte der Zufall.

Als ich am späten Abend mit Eleonor telefonierte, um mit ihr zu gruscheln, erzählte sie mir von einer Fernseh-Dokumentation über den bayerischen Chiemgau, die sie gerade gesehen und für interessant befunden hatte, weil davon die Keltenzeit betroffen war. Im Jahr 465 v. Chr., berichtete sie, wäre dort eine ganze Kulturregion durch einen Meteoritenhagel vernichtet worden, die Hochblüte der Kelten in Südbayern.

Damit war für mich klar: Mit dieser Kollision eines exterrestrischen Objektes mit der Erde musste das geheimnisvolle Ereignis *Muspilli* gleichzusetzen sein.

„Nahe unserem Filialbetrieb im Chiemgau haben Hobby-Archäologen mit Metalldetektoren ganze Wälder abgesucht und überall seltsame Metallklumpen in Walnussgröße an die Oberfläche befördert. Bayerische Landes-Archäologen waren darauf aufmerksam geworden, weil es dafür keine geologisch schlüssige Erklärung gab. Doch auch sie waren zunächst ratlos. Chemische Analysen haben es schließlich an den Tag gebracht, dass diese Metallknollen außerirdischen Ursprungs sind und älter als unser Sonnensystem. Wegen ihrer Vielzahl und einer noch größeren Menge an kleineren Splittern im Boden tippte man auf einen Meteoriteneinschlag, dessen Spuren inzwischen auch in kreisrunden Seen und Trichtern am Grund von südwestbayerischen Seen, vor allem auf dem Grund des Chiemsees, nachgewiesen worden sind.

Bei der Untersuchung der Bodenhorizonte stieß man auf zwei Schichten keltischer Besiedlung, darüber auf eine dünne schwarze Brandschicht, verbunden mit gebackenen Steinen, die so weich waren, dass sie sich zwischen den Fingern zerbröseln ließen.

Der Meteoriteneinschlag könnte die Ursache dafür sein, dass es in Südbayern keine Funde aus der keltischen Blütezeit, der figuralen Epoche, gibt. Bisher hatte man fälschlich Raubgräber im Verdacht gehabt, Artefakte beiseite geschafft zu haben!

Man muss sich das einmal vor Augen halten: Der Meteor muss beim Eintritt in die Erdatmosphäre zerplatzt sein und die gleißenden Metallteile müssen wie von einer Riesenzentrifuge verteilt auf die Erde gestürzt sein!"

„Das hat für außenstehende Beobachter, wie die Kelten vom Dürrnberg und vom Hellbrunner Berg, sicherlich ausgesehen wie ein großes Feuerrad, das sich vom Himmel auf die Erde senkte!"

„Wobei die Chiemgau-Kelten keine Chance auf Flucht hatten und verdampft sein mussten."

„ Und wie verhielten sich die Bewohner der Region Salzburg? Sie mussten ja Zeugen der Rauch und Feuer-Walze gewesen sein, die sich in den geschlossenen Waldgebieten des Chiemgaus rasch ausbreitete und unaufhaltsam auf sie zu loderte. Vielleicht war das der Grund, weshalb die Salzachtal-Bewohner in dieser Zeit auf den Dürrnberg auswanderten, der dann rasch übervölkert war?

In der Forschung wird ja immer wieder eine Erklärung dafür gesucht, warum der niedrige Hellbrunner Berg im heutigen Stadtgebiet verlassen wurde und warum es gleichzeitig auf dem Dürrnberg zu einer starken Bevölkerungsvermehrung kam, obwohl dafür kein kriegerischer Konflikt zu erkennen ist."

„Das würde auch erklären, warum es Mitte des 5. Jahrhunderts auf dem Dürrnberg zu einem ganz neuen Gestaltungswillen und einem Aufblühen der Kunstproduktion kommt.

Hatte man die Gebrauchsgegenstände auf dem Dürrnberg vorher hallstattartig verziert, also mit Tierornamenten, so entstehen in dieser Zeit plötzlich masken- und perchtenartige Gesichter, sowohl für Menschen als auch für Tiere. Zur Verehrung von Naturwesen gesellen sich nun plötzlich Götter mit grässlichen Fratzen. Auch unsere Schnabelkanne stellt maskenhafte Fratzen dar, sogar Mischformen von Wesen."

„Beide Ereignisse, sowohl die Migration der Hellbrunner Kelten auf den Dürrnberg als auch die Veränderung der künstlerischen Motive hin zum Grotesken, können also mit dem kosmischen Ereignis in Verbindung gebracht werden. Der Meteoritenschauer über dem Chiemgau und die darauf folgende Feuerwalze müssen den Überlebenden großen Respekt eingeflößt haben!"

„Das Maskenhafte steht ebenso für das Grausame. Wahrscheinlich lässt sich der Meteoritenschauer auch mit dem Taraniskult in Verbindung bringen, der um diese Zeit Menschenopfer verlangte. Etwa zur Verhinderung eines zweiten solchen Katastrophenszenarios"

„Das Näherkommen des überdimensionalen Himmelskörpers und der explodierende Hagel aus glühenden Eisenteilen müssen den verschonten Zeitgenossen im Salzachtal wie ein stürzendes Feuerrad vorgekommen sein."

„In den Grausamkeiten des *Taranis-Kults* wurde ein solches Feuerrad und seine verheerende Wirkung vielleicht sogar nachgestellt: Das brennende Rad, voll besetzt mit Menschenopfern, das in den tiefen Schacht stürzt, die Anderswelt."

„Denk an den Gundestrup-Kessel! Es wäre möglich, dass die Kelten in der Absicht handelten, dem Sonnen-Gott sein Feuerrad zu entreißen!"

„Dann wäre es nur noch ein kleiner Schritt bis zur Deutung unseres Kannensymbols: Der Tote auf der Henkelattasche hat ein *Großes Rund* auf der Brust. Es könnte sich demnach um ein Feuerrad handeln, als schematische Darstellung eines Meteoriteneinschlags!

Die Menschen damals kannten ja das Rad als konkrete wie abstrakte Form und könnten es auch zur Beschreibung der Masseexplosion des eindringenden Himmelskörpers verwendet haben.

Beachte mal folgende Verszeile im Muspilli: *Mano vallit, der Mond fällt herab.*

Den herabstürzenden Himmelskörper und seine vor sich her geschobene dunkle Wolke stellten sie offenbar als eine Scheibe dar, auf der sechs kleinere Lichtsymbole rund um ein größeres Lichtsymbol die Lichtexplosionen verkörpern, vergleichbar mit einer Radnabe und sechs Speichen, hell wie sechs Sonnen am Firmament!"

„Die Erzählung vom verheerenden Meteoriteneinschlag ist also mehr als tausenddreihundert Jahre lang mündlich weitergegeben worden, bevor der Salzburger Bischof Adalram ein christliches Gebet dazufügte, um an die irdische Vergänglichkeit zu gemahnen. Gegen Ende des ersten Jahrtausends waren die Christen ja auch in dem Glauben gewesen, die Welt würde nicht länger existieren können."

„Wenn man eins und eins zusammenzählt, kann man zur Lösung des

Rätsels gelangen, das die Räuber der echten Kanne hinterlassen haben. *Glied zu den Gliedern, als ob sie aneinander geleimt wären!* Das Wort *Muspilli* im Zusammenhang mit den drei Satellitenscheiben auf der Kannenattasche müsste also folgende Lesart ergeben: Das Weltenende tritt ein, sobald sich die Motivreihe schließt: Wo/wenn der Vogel die Sonne hochzieht, wird das Feuerrad dem Toten auf die Brust gelegt ..., also mit ihm bestattet.

Falls es sich, wie ich annehme, um eine topografische Verschlüsselung handelt, müsste es sich beim Kannenversteck um den Südosten der Voralpenregion handeln, wo sich die Sonne am Vormittag befindet.

Wo ist jedoch der Ausgangspunkt für diesen Richtungspfeil zu finden? Ohne ihn kann ich keinen Endpunkt fixieren. Die Lösung des Vektoren-Rätsels müsste innerhalb der Zeichnung liegen, die die Kannenräuber hinterlassen haben. Es könnte sich um eine in sich abgerundete Botschaft handeln. Die Räuber spielen Katz und Maus mit uns!"

„Ruf mich an, sobald dir etwas einfällt, vor lauter Fachsimpelei ist aus dem Gruscheln nichts geworden. Also heute nur: Küsschen und bis morgen! Du kommst doch morgen zurück? Ich will übrigens endlich wieder mal nach Linz fahren, um alte Freunde zu besuchen. Ich werde also nicht gleich da sein, wenn du zurückkehrst! Macht dir das was aus?"

„Wenn du nicht gerade auf ein *„Siereiterfest"* gehst!"

„Das sicher nicht!", lachte sie, „Ich hab ganz was anderes vor, aber damit möchte ich dich überraschen!"

Vielleicht war die Lösung ja im Taranis-Kult zu finden? Aber über diesen weiß man kaum etwas. Obwohl ... im Frühgeschichte-Museum Asparn an der Zaya hätte man einen Taranistempel nachgebaut, die Schädel der Menschenopfer sind im Eingangsportal integriert:

Kaum hatte ich die Bettdecke zurückgeschlagen, vibrierte mein Handy noch einmal.

Rasputin war am Apparat. Ich war ob der fortgeschrittenen Zeit unangenehm überrascht, was er so spät am Abend noch wollte, und besorgt, dass es sich wieder um die Aufforderung zu einer nächtlichen Grabungsaktion handeln könnte. Ohne Umschweife kam er gleich zum Thema:

„Du, stell dir vor, ich hab herausgefunden, dass die geheime Zentrale der Wälzlagerwerke am Chiemsee liegt und ich bin gleich hingefahren. Die Fabrikhalle steht genauso menschenleer wie andere Filialen. Eine Totenstille ist das hier. Die gesamte Getriebe-Erzeugung ruht. Keine Fräsmaschine in Gang, keine Drehmaschine, keine Pressmaschine, die den Innenring zwischen die Kugeln im Käfig pressen würde, nichts! Auch keine der restlichen Rolllager-Maschinen bewegen sich. Ich hatte schon das Gefühl gehabt, die Produktion wäre geschlossen worden, um sie nach Malaysia, China, Südkorea oder Brasilien zu verlagern, denn von diesen Ländern habe ich großmaßstäbliche Karten herumliegen gesehen. Da kommt doch zufällig die Nachbarin mit ihrem Zwergpinscher vorbei und klärt mich darüber auf, dass der Seniorchef unauffindbar sei und die Arbeiter ohne Aufträge nach Hause gegangen wären."

„Bist du an irgendeine Kontaktadresse herangekommen?"

„Die Nachbarin hatte nur die Handy-Nummer des Seniorchefs, keine Privatadresse. Es meldet sich dort eine altersschwache männliche Tonbandstimme, die einen Text wie ein Gebet wiederholt. Ruf du mal an, um dir diese Tonbandschleife anzuhören!"

Sobald ich mich eingewählt hatte, vernahm auch ich es:

„ ... *Allmächtiger Gott, der du Himmel und Erde geschaffen hast*
und den Menschen so viel Gutes gegeben hast,
gib mir in deiner Gnade rechten Glauben und guten Willen,
Weisheit, Klugheit und Kraft, den Teufeln zu widerstehen,
Böses zu vermeiden und deinen Willen auszuführen!
Sorgen muss sich die Seele, bis das Urteil ergeht,
von welchem Heer sie geholt werde.
Wenn das Gesinde Satans gewinnt,
führt sie dieses in Feuer und Finsternis."

Dass der Text, den der Alte auf dem Tonband murmelte, eine Stelle aus dem *Muspilli* sein musste, das war offensichtlich und bot mir auch die Gewissheit, auf der richtigen Spur zu sein:

„ ... Der älteste Satan hält heiße Lohe bereit.
Darüber muss besorgt sein, wer sich sündig weiß.
Wehe dem, der in Finsternis seine Frevel büßen muss, brennen im Pech.
Es schmilzt in Lohe der Himmel,
der Mond fällt herab, die Erde brennt.
Es kommt der Gerichtstag ins Land, er kommt mit dem Weltbrand,
um die Menschen heimzusuchen.
Da kann kein Verwandter dem anderen mehr helfen, vor der Weltvernichtung.
Wenn der breite Feuerstrom alles verbrennt und Feuer und Luft alles wegfegen,
wo ist dann die Region, um die man gemeinsam gekämpft hat?
Das Land ist verbrannt, die Seele gefangen, sie weiß nicht,
womit sie etwas gutmachen kann.
Der Mensch weiß nicht, ob der Teufel zusieht,
wenn er Gerechtigkeit durch Bestechung verhindert.
Der Teufel hält die Anzahl der Vergehen fest und deckt sie auf, wenn
der Tote vor das Himmelsgericht kommt.
Daher sollte der Mensch keine
Bestechungsgelder oder Miete annehmen.
Wenn das himmlische Horn zum Tönen gebracht wird
und sich der Richter über die Lebenden und die Toten
auf den Weg macht, dann begleitet ihn das größte aller Heere,
dem sich niemand widersetzen kann.
Dann begibt sich der Richter auf den abgesteckten Gerichtsplatz und das
Gericht beginnt.
Dann fegen Engel über die Regionen hinweg und rufen die Völker zum Gericht.
Jeder der Toten wird sich aus dem Staub erheben,
wird sich von der Last des Grabhügels befreien und seinen Leib zurückbekommen,
damit er vor Gericht treten kann und damit über ihn Recht gesprochen werden
kann.
Wenn sich der Richter setzt, dann stehen alle Engel und Menschen im Kreis um
ihn.
Obwohl so viele Tote dorthin kommen werden, wird keiner Böses verheimlichen
können.
Seine Hand wird für ihn sprechen, sein Haupt ebenso, jedes seiner Glieder,
bis in den kleinsten Finger hinunter.
Da gibt es keinen einzigen Menschen, der schlau genug ist,
etwas erlügen zu können, etwas verbergen zu können."

Ich wählte noch einmal Rasputin an und erzählte ihm, was ich von Eleonor in Erfahrung hatte bringen können: „Ich habe die Lösung, Rasputin! Ich weiß zwar nicht, wo der Alte wohnt und die Kanne versteckt hält, ich bin mir aber sicher, dass er darauf Wert legt, mit der keltischen Schnabelkanne bestattet zu werden. Offenbar symbolisieren die Satellitenscheiben tatsächlich seine drei Wälzlagerwerke und er will sie in dieser Form auf die Reise ins Jenseits, in die Anderswelt, mitnehmen. Der Ort, an dem er gerade stirbt, liegt irgendwo da draußen im Chiemgau, wo einst ein Meteoritenhagel niedergegangen ist. Und die Stelle, wo er samt Schnabelkanne begraben sein möchte, muss sich südöstlich davon befinden, genau dort, wo - von seinem Wohnort aus gesehen - der Vogel die Sonne am Vormittag hochzieht!"

„Wie das?", antwortete Rasputin verständnislos. Ich erklärte ihm meine Version der Rätsellösung von der Henkelattasche. Aber er hakte nach:

„Wenn die drei Kugellager, die du die drei Satellitenscheiben nennst, in sich eine logische Geschichte ergeben, warum steht dann ein Begriff dabei, der erst mehr als 1300 Jahre später in Gebrauch war?

„Bei dem tragischen Ereignis kam fast der ganze südbayerische Keltenstamm ums Leben! Und die Niederschrift dieser Begebenheit nach so langer Zeit bedeutete so etwas wie ein endgültiges Bannen des Schreckens. Man fing den Schrecken in einem Gebet ein und zähmte ihn auf diese Weise. Als der Salzburger Erzbischof Adalram den Auftrag zur Niederschrift oder eventuell sogar Abschrift erteilte, wollte er dem fränkischen König natürlich auch eine Lektion *Memento mori* erteilen.

Aber die Hauptaufgabe der Aufzeichnung war wohl gewesen, ein Jahrhunderte altes mündlich transferiertes Schreckensszenario katastrophalsten Ausmaßes für die Nachwelt festzuhalten, nämlich die Machtlosigkeit der Menschheit gegenüber einem Himmelskörper, der einem auf den Kopf fällt! Im Text heißt es doch: *Es schmilzt in Lohe der Himmel, mano vallit, es stürzt der Mond herab, Midgard, die Erde, brennt, kein Baum bleibt mehr stehen, die Gewässer verdunsten, eine Feuerwalze und der heiße Wind fegen alles weg.*

Schau, was sich dazu googlen lässt:

Der 1,1 km mächtige kosmische Querschläger, der von Jupiter und Saturn aus seiner Bahn gebracht worden war, explodierte beim Eintritt in die Erdatmosphäre in siebzig Kilometern Höhe über dem Boden. Ein Regen aus glühenden Metallteilchen raste mit 4.300 km/h auf Südbayern zu. Im Chiemgau wirkte eine Kraft von 8000 Hiroshima-Bomben auf eine Fläche von 1.200 km². Mit einem Schlag war alles Leben ausgelöscht. Der thermische Schock brachte sogar die Oberflächengesteine zur Schmelze.

Unheimliche Riesenblitze und ohrenbetäubender Donner mussten den Feuerregen begleitet haben, der auf Felder und Siedlungen niederprasselte. Die Kelten des Chiemgaus müssen regelrecht durchbohrt worden sein, von den vielen Metallkugeln, die sich später im Boden wiederfanden, bis in eine Tiefe von fünfzig Zentimetern. Wie die rasende ägyptische Totengöttin *Amentet* muss der Kosmos auf die Erde gestürzt sein. *Da kann kein Verwandter mehr dem anderen helfen*, heißt es im Text. Möglich wäre ja, dass der auf der Schnabelkanne dargestellte tote Fürst durch den Meteoritenschauer ums Leben gekommen ist!

Beim Dürrnberger Schnabelkannengrab würde es sich dann aber um einen *Kenotaph* handeln, denn das Skelett des Toten oder auch nur Reste davon wurden nie gefunden. In diesem Fall hat man einem mächtigen Fürsten, der im Chiemgau verkohlt oder verdampft ist, ein Denkmal gesetzt, ein Denkmal in Form eines leeren Grabes auf dem Dürrnberg. Dies würde auch die aufwändige Machart der Schnabelkanne erklären, zu der der Künstler sicherlich mehrere Monate Zeit gebraucht und die er auch bekommen hat, viel länger, als man einen Toten frisch halten könnte, auch wenn er im Winter stirbt!

Erst zweihundert Jahre nach der Katastrophe mit den vielen Toten rückten laut Fundlage Kelten aus anderen Stammesgebieten nach und fanden die Metallklumpen und Metallsplitter, die sie für Eisenerz hielten. Doch sie bestanden aus Materie, die es auf der Erde nicht gab, ein kohlenstoffreicheres Erz und älter als unser Sonnensystem. Nach der Verhüttung hatten die fäustelgroßen Klumpen die Eigenschaft, härter zu sein als alle Metalle der Welt. Die keltischen Metallsammler schmolzen sie ein, zunächst wahrscheinlich in dem Glauben, es handle sich um gewöhnliches Eisen. Später gaben sie es bei der Herstellung von Waffen nur in geringen Mengen bei und erzeugten so den härtesten Stahl der alten Welt, jenes berühmte *norische Eisen*, auf das bald die Römer aufmerksam wurden. Die konnten das Geheimnis der norischen Waffen nie lüften, deshalb betrieben sie mit den Norikern friedlichen Handel, damit die Quelle ihres Erfolgs, die Produktion ihrer Wunderwaffen, der Glades, der keltischen Kurzschwerter, nicht versiegte. Andere Keltenstämme unterwarfen sie hingegen durch Kriegszüge.

Die Ironie des Schicksals wollte es, dass die Kelten am Ende durch ihre eigenen Waffen und durch die eigenen Verwandten geschlagen wurden, nämlich im Gallischen Krieg."

„Na, das kennt man ja auch aus den Sagen nördlich der Alpen. Sie berichten von geheimnisvoll harten Schwertern, die sogar eigene Namen erhielten, weil man ihnen magische Kräfte nachsagte. Denk nur an Siegfrieds Schwert *Balmung*, das später Hagen von Tronje an sich reißt. Der eine oder andere

Schmied hat auch den Ammoniakgehalt vermehrt, indem er Gänsen Metallsplitter verdauen ließ. "

„Du sagst es. Wie du siehst, haben wir es bei dem Alten mit jemandem zu tun, der die Schrift erfüllt haben möchte. Ein Fundamentalist, vielleicht ein Opus Dei – Anhänger. Er möchte das *Muspilli* sogar auf seine Art, nach seinem Verständnis nachvollziehen!"

„Stopp jetzt! Das klingt alles viel zu verrückt!," antwortete Rasputin, „Meiner Meinung nach bedeutet das Gekritzel auf dem Zettel nichts weiter als den Niedergang eines Unternehmens, das aus drei Wälzlagerbetrieben besteht!"

„Und warum hätte man den Zettel dann im Zusammenhang mit dem Verschwinden der Kanne gefunden?"

„Wahrscheinlich hat ein Täter den Zettel nur zufällig verloren!"

„Da bin ich aber ganz anderer Meinung! Such du weiter nach dem Aufenthaltsort des sterbenden Unternehmers, Rasputin, dann haben wir die Schnabelkanne noch vor ihrer Wiederbestattung aus dem Verkehr gezogen! Möglicherweise wollen sich sogar die Begleiter des Sterbenden die Kanne aneignen, wer kann das wissen? Ich werde auf der Heimfahrt weiter darüber nachdenken, wo der südöstlich vom Chiemgau gelegene Punkt zu lokalisieren sein könnte, an dem sich der Unternehmer samt Kanne bestatten lassen will. Vielleicht ist es ja der Ort Kuchl, denn dort gibt es eine Geschichte über ein Heuschreckenwunder und Heuschrecken haben bekanntlich etwas mit dem Tod von Unternehmen und Unternehmern zu tun!," scherzte ich über Hedgefonds und Börsenhaie.

In Wahrheit jedoch dachte ich eher an den Dürrnberg als an Kuchl, denn nur der war genetisch mit der Schnabelkanne in Verbindung zu bringen.

Rasputin fraß mir aus der Hand. Er war jetzt in seinem Element, dem Ausspionieren von Privatem. Auf diese Weise konnte ich ihn für meine Absichten benutzen. Es fehlte nicht mehr viel und er würde mir verraten, woher er Mozart kenne. *Abwarten, nichts übereilen*, war meine Devise.

Mehransichtigkeit am Ende

Inzwischen klopfte ich am nächsten Artikel weiter, den ich diesmal als Blog veröffentlichen wollte. So plausibel diese letzte Variante meiner vielen Interpretationen auch sein mochte, so würde sie immer nur als die wahrscheinliche gehandelt werden, denn wegen des Fehlens schriftlicher Aufzeichnungen der Kelten wäre keine gesicherte Beweisführung möglich. Folglich blieben unterschiedliche Deutungsvarianten im Raum stehen. Diese zeigten jedoch auf, dass schon allein durch Vergleich von Kulturgegenständen eine Mehransichtigkeit der Dürrnberger Kanne schlüssig nachzuvollziehen ist.

Das geschulte Auge eines bildenden Künstlers sieht eben mehr als das Auge eines Historikers oder Archäologen, er entdeckt die geheimnisvollen Verbindungen, die zwischen den figürlichen und den scheinbar abstrakten Zeichen existieren.

Die Möglichkeiten zu immer neuen Ansichten über Perspektiven, Aspekte, Zusammenhänge und die sich daraus ergebende Multivalenz machen die Dürrnberger Schnabelkanne trotz ihres Alters von etwa 2500 Jahren zu einem höchst modernen Produkt.

Das Interpretationspotential der Kanne scheint unerschöpflich zu sein und jeder neuen Generation wird dieses Kultobjekt neue Deutungsmöglichkeiten und Sinnbezüge offenbaren. Deshalb wird über die von mir entdeckte Triade der drei Interpretationsebenen *Symbol – Motiv – Gesamterzählung* immer nur ein Roman geschrieben werden können, denn bereits in jenem Augenblick, in dem man sich einer Sache sicher glaubt, verwandelt sich der Betrachtungsgegenstand - wie Cerunnos - in eine andere Gestalt und durch diese Metamorphose bewahrt sich die Kannenerzählung ihre Jungfräulichkeit.

Aus einem Haarteil kann plötzlich ein Fuchsgesicht werden, aus einer Backe ein asymmetrisches Blatt. Doch im Moment der Zuordnung verflüchtigt sich dieses, weil sich auch die vom Betrachter entdeckten Feinpunzen auf dem Attaschengesicht wieder verlieren und zu Unebenheiten des Materials werden.

Ich überlegte lange, ob ich angesichts der Mehrdeutigkeit der Kanne und der vagen Aussagen darüber nicht besser auf die Form einer wissenschaftlichen Arbeit verzichten und die Textsorte Roman wählen sollte. Doch würde ein Roman als Doktorarbeit angenommen werden? Das wohl keinesfalls!

Trotz eingeschränktem Empfang in den Tunnels erreichte mich zwischendurch die aktuelle Durchsage des Salzburger Regionalsenders:

Die groß ange ------ ktion der Exekutive zur Wiederauffindung der keltischen Schna -------- vom Dürrnberg ist abgebrochen worden. Da bisher kein polizeili-

cher Zugriff erfolgen kon ------------gentur für unlösbare Aufgaben" mit weiteren Nachforschungen betraut.

Die künstlerische Deutung der Kanne war zu meinem Lieblingsproblem geworden. Doch wenn die Exekutive die Kanne vom Dürrnberg nicht wieder finden konnte, wie sollte ich dann weiter darüber Aussagen treffen können? Es gab ja nur ganz wenige Abbildungen, auf die man zählen konnte.

Das Salzburger Museum hatte inzwischen an einer allerersten Adresse im Zentrum der Altstadt wiedereröffnet, in der Neuen Residenz der Erzbischöfe. Aber ohne die Schnabelkanne vom Dürrnberg wäre die Samlung des Museums um eine wichtige Facette ärmer. Ohne die Starbesetzung mit Schnabelkanne wäre keine Ausstellung sinnvoll. Doch was half alles Jammern, das Original blieb verschwunden!

Trotz einer detailgenau ausgeführten Komposition lässt sich der Meister vom Dürrnberg keinesfalls auf eine einzige Interpretation festlegen. Ich habe den Eindruck, er ist ein Schalk und treibt seinen Spaß mit uns.

Die Schnabelkanne eignet sich somit als ein idealer Gegenstand für die moderne Psychologie, eine Richtung, wie sie Konrad Grossmann in Gallneukirchen, einer seit Jahren wachsenden und aufstrebenden Gemeinde nördlich der Donau, anwendet: Seine Seminarteilnehmer müssen eine Schilderung ihrer Wahrnehmungen eines Vorgangs oder eines Objektes zu Papier bringen. Dabei entstehen die unterschiedlichsten Sichtweisen, mitunter darüber, ob sich die Wellen unter einem Wasserfall hinein oder heraus bewegen.

Gleichermaßen könnte man den Seminarteilnehmern die Frage stellen, ob die Attaschenfigur geboren oder begraben wird, und dann könnte der Psychologe die unterschiedlichen Empfindungen in Prozentzahlen festhalten. Das uralte *Motiv der gegenläufigen Spiralen* ist also das der Schnabelkanne zugrunde liegende Bauprinzip. Derart ließe sich die Doppeldeutigkeit der Kannenszenen beweisen, sowohl für die Attaschenszene als auch für die Szene am Kannenrand. Doch dazu müsste die Kanne erst zum Vorschein kommen.

Ochs und Esel

Im Haus von Tante Bella erwartete mich eine unliebsame Überraschung. Das Stuttgarter Ehepaar *Öchsle* war nun drei Wochen lang zu Gast gewesen. Sie hatten bislang drei Mal am Tag gekocht und ebenso oft und ausgiebig geduscht, obwohl sie nur die Übernachtung in Rechnung gestellt bekamen. Doch bei ihrer Abreise wollten sie trotzdem nur noch ein Drittel von der ursprünglich am Telefon vereinbarten Summe bezahlen, mit der Begründung, bei ihrer Unterkunft habe es sich um keine abgeschlossene Wohneinheit gehandelt, sondern um eine *Einlegerwohnung*. Laut EU-Recht hätte ich das im Inserat anführen müssen, behaupteten sie.

Das hätten sie ja auch gleich kritisieren können, erwiderte ich erzürnt, doch sie drohten mir mit einer Anzeige. Auf diese Art erpresst, musste ich davon Abstand nehmen, wütend zu werden.

„Wenn Sie sich weigern, die Preisreduktion zu akzeptieren, werde ich es meiner Mutter sagen! Sie ist Bankdirektorin und verfügt über ausreichend Einfluss, weit über Stuttgart hinaus!," schimpfte das wohl genährte Öchslein.

„Muttersöhnchen, Weichei, lahme Ente!," und Ähnliches dachte ich mir bloß und ließ den Ochsen mit seiner Kuh ungewaschen dahinziehen.

Was hatte ich bloß falsch gemacht? Als sie angekommen waren, hatte ich mit ihnen eine nette Plauderei begonnen. Dabei hatte ich jedoch vergessen, ihre Pässe einzuholen. Sobald sie ihre Sachen ausgebreitet hatten, hatte ich keine Chance mehr gefunden, an eine Zahlungssicherheit heranzukommen.

Wer entpuppte sich nun am Ende neben den Ochsen als Esel?

Die anfallenden Stromkosten würden meine Gewinne schmelzen lassen. Außerdem hatte ich die Slowenien-Reise schon auf Pump unternommen und dafür die Einnahmen durch die Ochsen aus Stuttgart verplant. Ein großes finanzielles Loch würde sich auftun! Ich musste versuchen, den Verlust beim Lotto oder Toto hereinzuspielen oder im Casino.

Beim Wälzen solcher Existenzprobleme kam mir wiederholt die Tante in den Sinn. Wie würde es ihr wohl ergehen?

Sie meldete sich selten aus Bollywood.

Es war nun schon länger her, dass sie kurz angerufen hatte, dass alles in Ordnung sei. Doch machte ich mir keine Sorgen um ihre resolute Erscheinung.

Pektorale mit Sonnenkranz

Ich habe bisher bequemerweise verschwiegen, dass meine Theorie von einem Sonnenamulett auf der Brust des toten Fürsten am unteren Ende des Henkels gewaltig hinke, betreffend Größe nämlich. Uns waren keine größeren Rad-Amulette bekannt als die kleinen Talismane, die von einer keltischen Prinzessin auf dem Dürrnberg neben vielen anderen Amulettarten an Kettchen getragen wurden. Erwachsene trugen Kettchen mit Amuletten sogar bis ins frühe Mittelalter. Aber ein richtig großes Radamulett um den Hals bzw. auf der Brust, davon hatte ich noch kein Beispiel kennen gelernt. Doch auch das sollte sich ändern.

Endlich war Leonor an der Tür. Sie kam gerade aus Linz zurück. „Ich bringe eine positive Neuigkeit für dich mit! Ich habe die Lösung für das *Große Rund* gefunden!", sagte sie. „Nach dem Shoppen war ich beim Afrika-Galeristen Wolfgang Hanghofer, am Steinmetzplatzl, und da lese ich als Legende unter einer verzierten Metallscheibe folgende Worte, kleinen Moment ich habe es auf der Rückseite einer Rechnung notiert ... : *Pektorale der Asante in Ghana, frühes 20.Jh., Gold, Durchmesser 8,7 cm. Goldene Scheiben mit Sonnenmotiv wurden vom König und hohen Würdenträgern als Brustschmuck getragen.*"

„Hat es also doch auch Pektorale für Menschen gegeben! Das freut mich. Dass es welche für Pferde gab, wussten wir ja schon seit dem Besuch der persischen Kunstausstellung."

„Das Pektorale eines Menschen war rund, aus Gold und gleichzusetzen mit einem Talisman. Die meisten Schmuckgegenstände am Körper waren rund, die Rundform sollte den inneren Raum des Menschen gegenüber der Umgebung abgrenzen."

„Die archaische Vision von einem schützenden Ring, der wie ein Faradayscher Käfig wirkt. Die ästhetische Wirkung des Schmucks war offenbar zweitrangig."

„Stell dir vor, wie es der Zufall so will, hatte Wolfgang Hanghofer auch den Katalog einer Wechselausstellung über präkolumbianisches Gold aus Bogotá im Hinterzimmer seiner Galerie liegen. Als ich darin blätterte, las ich es wieder, dieses Wort: Pektorale, diesmal aus Goldblech, mit einem Fledermausgesicht in der Mitte und acht Satellitenhalbkugeln, die „*Sonnenkranz*" genannt wurden.

Eine Treibarbeit aus Palmira, Valle Cauca, um 800 n. Chr. Dieses runde Sonnensymbol mit dem Sonnenkranz hatte der präkolumbianische Schamane um den Hals, der die Verbindung zu Sonne und Mond herzustellen hatte."

„In den alten Kulturkreisen dürfte es also weit verbreitet gewesen sein, dass der Schamane ein Pektorale mit Sonnensymbolen trug.

Die auf unserer Schnabelkanne dargestellte Tote oder Wiedergeborene könnte also doch Schamanin oder Priesterkönigin gewesen sein. Ein Pektorale mit dem Sonnenkranz war dann wohl das Statussymbol!

Und die kreisrunden Spiral-Ohrringe der Happy people der Dolenjska-Kultur sind dann natürlich ebensolche Sonnensymbole."

„Ich habe noch mehr in Erfahrung bringen können: Die präkolumbianischen Indianer haben sich vorgestellt, dass der Schamane nach seinem Tod in die Anderswelt reist und so die Verbindung herstellt zu den Ahnen, die übrigens in Sonnennähe wohnen.

Er hatte alle Weisheit in sich vereint. Daher muss alles Notwendige getan werden, um seine Wiedergeburt zu ermöglichen. Sein Symboltier ist die Fledermaus. Das Blut eines Lebewesens galt den Indianern als ein Transportmittel von Weisheit und Kraft. Fledermäuse können den Blutfluss anzapfen, dadurch sammeln und vereinen sie die kostbarsten Eigenschaften aller Lebewesen in sich. So auch der Schamane!"

„Verblüffend, welch auffällige Parallelen die alten Glaubensvorstellungen aufweisen, obwohl sie auf unterschiedlichen Kontinenten zu finden sind. Jetzt erinnere ich mich daran, dass mich auch die Köpfe auf der Kanne vom Glauberg zunächst an Fledermäuse erinnert haben, später an Eulen, nie an Sphingen.

Die Fledermaus als Symboltier des Schamanen. Die Schwalbe der Nacht war schon immer meine Lieblingstier. Ihr Pelz glänzt wie schwarze Seide und greift sich auch so gut an!"

„Und die Vampir-Eigenschaft beunruhigt dich nicht? Stell dir vor, du schläfst und eine dunkle, pelzige Schwalbe trinkt von deinem kostbaren Blut!"

„Na wenn schon, ein bisschen Blut zu verlieren ist sogar gesund. Früher hat man sich das Blut literweise abzapfen lassen, um sich besser zu fühlen!"

„Dann werde ich heute Abend dein Vampir sein!"

Eleonor knöpfte meinen Hemdkragen ein Stück weit auf und verbiss sich an meinem Hals.

„Und ich dein Schamane!"

„Belassen wir es doch bei meiner Theorie von einer Frau auf der Kanne, die ist doch wunderbar!"

„Ich möchte doch nicht umsonst nach Slowenien gereist sein!", entgegnete ich.

„Dafür hast du aber meinen Wagen benützt!"

„Für eine männliche Auslegung des Wiedergeborenen sprechen immerhin mehr Argumente!"

„Wenn die Kanne wirklich einen schwangeren Bauch repräsentieren sollte, wie der Keltenautor Rohrecker aus dem Bauch heraus behauptet, dann würde das Wiedergeborene sicherlich ein Junge, denn der Rand des Bauches, also die Kannenschulter, weist spitz nach oben!"

Bei einem seitlichen Blick auf das Handy bemerkte ich eine SMS von Tante Bella, eine folgenschwere SMS:

Probezeit vorbei – Haus gehört dir – Habe mein Glück in Mumbai gefunden – Tante Bella

Ich simste sofort zurück, um ihr erfreut mitzuteilen, dass ich zu jener Mehrheit an Menschen zähle, die *nicht nein sagen können*. Doch die Leitung blieb tot.

„Hoffentlich trägt sie noch mein Geschenk bei sich, die keltische *Triskele*, die ihr als Talisman dienen soll! Was sie wohl unter dem Begriff *Probezeit* versteht? Welche Probezeit soll vorbei sein?," fragte ich Eleonor, „Ist ihre Probezeit in Indien abgelaufen oder hat sie etwa mich getestet?"

„Das Leben besteht aus nichts als Ahnungen und Vermutungen!", resümierte Eleonor.

„Eigentlich sollte ich Entscheidungen treffen, aber diese werden stets für mich getroffen!"

Im Beisein Eleonors fasste ich den Entschluss, mich bei der Tante als dankbar zu erweisen.

Ihr zu Ehren würde ich an der Gartentorsäule eine Marmortafel anbringen, mit einem *Happy people*-Sinnspruch, den ich auf einer Hütte in den Bergen notiert hatte. Dazu stellte ich mir die stolzen und selbstzufriedenen Gesichter auf den Eimerfriesen vor:

Wer über andere Schlechtes hört,
der soll's nicht weiter künden.
Gar leicht ist Menschenglück zerstört,
gar schwer ist Menschenglück zu gründen!"

Zuvor jedoch würde ich ein letztes Mal meine gesamte Energie auf das Thema Schnabelkanne richten müssen und noch einmal alle Möglichkeiten eines Auffindungsortes ins Kalkül ziehen, denn allein auf den Fahndungserfolg der *Agentur für unlösbare Aufgaben* zu setzen, das schien mir zu gewagt.

Im Materialschuppen

„Haben Sie meine Freundin gesehen?", fragte ich die Toilettendame, „Sie sagte, sie käme mich abholen, doch ich kann sie nirgends entdecken, wo sie doch sonst so pünktlich ist!"

Frau Fama zeigte in Richtung der Materialbaracken hinter dem Bahnhofsgebäude.

„Sie ist dort hinüber gegangen, dem Mozart hinterher!"

Mit einem Gefühl der Unsicherheit, was mich dort erwarten würde, eilte ich ihnen nach.

Als ich verhalten gicksende Schreie von Eleonors Sopran-Stimme wahrnahm, die zwischen den Holzverschlägen hervorquollen, deutete ich diese nicht anders, als dass Eleonor in Bedrängnis geraten sein müsste.

Sobald ich das Tor aufgezwängt hatte, welches stark verzogen war und – wie fast alles im Bahnhofsgelände - intensiv nach Holzschutz-Imprägnierung roch, da sah ich, wie Mozart sich an Eleonor klammerte, die mit Fäusten auf ihn eintrommelte.

Mozart war nur halb bekleidet.

Seine Wechselkleidung hatte er auf eine mannshohe Kupferdrahtrolle gelegt.

Und die Plüschjacke hing an einem Nagel an der Bretterwand. Offenbar hatte er sich entkleiden wollen, um über Eleonor herzufallen. Sein jetzt offenes langes schwarzes Haar über der edlen Rüschenbluse sollte sie wohl bezirzen.

Der Begriff „*Latin Lover*" kam mir in den Sinn. Doch sie war im Begriff, sich dagegen zu wehren.

Ein kurzer Raufhandel mit Mozart ging zu meinen Gunsten aus. Da er zart gebaut war, musste er bald klein beigeben. Eleonor befreite sich mit einer raschen Bewegung unter ihrem T-Shirt von ihrem BH und fesselte Mozart mit Hilfe des Gummibands. Dabei zeigte sie ungeahnte Professionalität, während ich ihn am Boden fixierte. Mozart kicherte, als ihm bewusst wurde, womit er gefesselt worden war.

„Setz ihm das Messer an!", hörte ich Eleonor keifen und sah sie wie wild auf ein abgewetztes Besteckmesser deuten, das offenbar zum Aufdröseln von Kupferenden scharf angespitzt auf eine Kabelrolle gelegt worden war.

Ich folgte ihrer Aufforderung.

„Schlachte ihn ab, dieses Schwein!" forderte sie weiter.

Doch ich blickte sie erstaunt an. Zu welch einer Furie hatte sich doch die bisher so sanfte Keltologie-Studentin verändert!

„Lass mich mal ran!" herrschte sie mich an und riss mir das Messer aus der

Hand. Sie zerrte Mozart an den Haaren empor, bis in den Kniestand, und setzte die Messerspitze an seiner Halsschlagader an.

„Ich stech dich ab wie eine Sau, wenn du mir nicht sofort sagst, für wen du arbeitest!"

Als Mozart zögerte, drückte sie die Spitze tiefer in seine Haut und hob seine am Rücken verschränkten Arme an, bis er vor Schmerz das Gesicht verzog.

„Tschernowsky!", flüsterte er schließlich kaum hörbar und resigniert.

Ich verstand Bahnhof.

Seltsamerweise konnte Eleonor dieses Codewort zuordnen.

„Wer ist Tschernowsky?", fragte ich sie verwundert.

„Ein noch viel größeres Schwein als das hier und somit der persönliche Feind unserer Familie!"

„Was wird hier eigentlich gespielt?", war meine verblüffte Antwort.

„Tschernowsky ist ein Moskowiter, ein Roter, ein extremer Linker, einer von denen, die Stalin als Statthalter in den Provinzen eingesetzt hat, um die Leute zu unterdrücken, zu bespitzeln und zu verraten, damit er sein Foltergefängnis Lubljanka und die sibirischen Vernichtungslager befüllen konnte. Die Moskowiter waren es, die die Todesmaschinerie Stalins erst ermöglicht haben. Dafür waren sie überall verhasst und nach Stalins Tod wurden sie von den Angestammten verjagt.

Doch heute begegnen sie uns hier, mit ihren intelligenten, aber eiskalt berechnenden blauen Augen. Wir Kosaken sind schon 1917 vor den Roten hierher geflohen und haben daher ein größeres Anrecht auf Integration in Österreich! Verschwindet endlich von hier, ihr Todesengel! Macht, dass ihr wegkommt, aus diesem wunderbaren Land! Ihr ruiniert alles, was andere aufgebaut haben! Wollt euch wohl wieder als Führungsschicht etablieren, für eine fremde Supermacht Politik betreiben und euch dabei an den Angestammten bereichern! Ihr habt keinerlei Rechte, dieses unser Land zu eurem zu machen, diese Volkswirtschaft an eine Supermacht zu verscherbeln!"

Mit diesen Worten schleuderte Eleonor Mozart mehrmals so heftig gegen den Steinboden der Bahnbaracke, dass ich um seine Gesundheit fürchtete.

Ich hielt Eleonor nun gewaltsam zurück und redete auf sie ein: „So beruhige dich doch, Eleonor, niemand unterdrückt hier irgendjemanden!"

Doch Eleonor verfiel in Schluchzen, wurde von Weinkrämpfen geschüttelt. Bevor ich mich um sie kümmerte, durchschnitt ich Mozarts delikate Fessel und deutete ihm, er möge rasch von hier verschwinden.

Eigentlich hatte ich gedacht, Mozart hätte Eleonor in den Materialschuppen gelockt, um sich an ihr zu vergehen. Doch die beiden hatten lediglich eine handfeste Auseinandersetzung gehabt, deren Ursache ich im Moment nicht nachvollziehen konnte.

Sie kannten sich doch kaum!

Ich war jedenfalls erleichtert, dass keine Anzeichen von Vergewaltigung bestanden.

Offensichtlich befanden wir uns in jenem Schuppen, in dem Mozart seine Kleider zu wechseln pflegte. So viel ließ sich mit Sicherheit feststellen. Bisher hatte ich ihn nur in seinem vollen Rokoko-Ornat erlebt. Im Augenblick hatte er eine Jean übergezogen, trug aber noch die weiße Rüschenbluse, die stark verschmutzt worden war und ein wenig aus den Nähten platzte.

Er nahm den Rest der Kleider auf, legte sie in eine breite Plastiktüte und verschwand mit einem Fluch auf den Lippen, der so eigenartig klang wie „Damit ka Thema!" oder „Damid ka Thima" oder so ähnlich. Er schien weder der spanischen noch der portugiesischen Sprache entlehnt zu sein, klang eher wie Kärntner Dialekt.

Über Eleonors *Ausflippen* war ich regelrecht entsetzt gewesen, denn ich hatte von ihr bisher nur die sanfte Seite kennen gelernt, jene des Betrachtens und Bestaunens und Bewunderns von Artefakten. Eine Haltung, die angeblich in der Spätrenaissance ihren Ursprung haben soll, was ich nicht so recht glauben kann. Diese Betrachterhaltung müsste doch mindestens so alt sein wie die erste künstlerische Äußerung des Menschen und war zuvor sicherlich schon gegenüber den Kunstwerken der Natur selbst gelebt worden.

„Er hat mich provoziert!", sagte sie entschuldigend, „ Er drohte damit, mir ein junges Krokodil zwischen die Beine zu stecken, wenn ich seine Umkleide nicht sofort verließe! Doch ich wollte unbedingt wissen, warum er dich nach mir ausgefragt hat!"

„Das mit dem Krokodil, das ist eben seine komische Phantasiewelt! Er kommt schließlich aus Lateinamerika! Politische Freunde von ihm sind zu Tode gefoltert worden, indem man ihnen Pflöcke ins After schob, mit Senf bestrichen oder sogar mit Glassplittern besetzt! Deshalb diese Zwangsvorstellung von einer Krokodilpenetration!"

„Fängst du auch noch mit dem Quatsch an! Ich bin überzeugt, er hat so wenig mit Lateinamerika gemein wie du mit Russland. Ich vermute, dass er ein Illegaler ist, ganz ein Schlimmer, ein Schleicher, dem wir auf die Schliche gekommen sind! Wahrscheinlich ist *Mozart* auch der Deckname, unter dem er operiert. Genauso gut könnte er sich englisch „Arthur" oder bayerisch „Ascher" nennen oder slowenisch „Petar"!

„Was meist du mit „operiert"?

„Die Roten wollen uns Kosaken aus der Deckung locken, indem sie uns ausfindig machen und uns dann so lange provozieren, bis wir im Zorn etwas Falsches sagen, was unserer Gruppierung das Genick bricht, indem es uns ins rechte Eck rückt! Auf diese Weise bringen sie uns um Ehre und Ansehen und erreichen unsere gesellschaftliche Ächtung!"

„Warum arbeitet er dann auf dem Bahnhof?"

„Weil er hier die beste Übersicht über familiäre Strukturen und Freundeskreise gewinnt! Und es fällt erst gar nicht auf, wenn er sich in die Nähe von Reisenden drängt, um auf ihre Muttersprache zu achten, weil er als Werber für Skyllas Pension scheinbar eine Funktion ausübt!"

„Vielleicht arbeite ja auch ich für irgendeinen Geheimdienst, Eleonor! Hast du das schon einmal in Betracht gezogen?"

„Verarsch du mich nicht!", herrschte sie mich geringschätzig an, zeigte mir den gestreckten Mittelfinger und wandte sich wütend zum Gehen.

Ich hielt sie nicht zurück, lief auch nicht hinterher, um sie zurückzuholen, denn diese neue, betont aggressive Seite an ihr schätzte ich keineswegs.

Um den Kopf frei zu bekommen, beschloss ich, in den nächsten Tagen alle bisher aufgeschobenen Projekte zu erledigen. Dazu gehörte es auch, mein Versprechen gegenüber Semele W. einzulösen, der Ur-Enkelin der Entdeckerin der Schnabelkanne. Eleonor würde es sicherlich nicht zu stören, wenn ich mit Semele eine Ausfahrt unternähme, dachte ich, sie sähe das gewiss als einen Teil unserer Forschungsarbeit an.

Die Wiederentdeckung

Es ist ein wenig bekanntes Gemälde von René Magritte:

Eine Amazone reitet zwischen den Bäumen. Doch je näher man kommt, desto mehr wird die Szene zum Vexierbild. Die Ebenen springen dann vor und zurück, Bildausschnitte bleiben hängen, vertauschen einander und am Ende doch nicht, es handelt sich um Ebenen, die verschleifen und sich mit falschem Inhalt füllen, und doch bleibt hinter den optischen Veränderungen stets der gleiche Wald mit der gleichen Reiterin stehen.

Diese Einheit aus Frau und Pferd verdeckt Bäume, wo Bäume sichtbar sein sollten, anderswo verstecken Bäume die Frau, wo ihr Körper und der des Pferdes im Gleichklang wippen sollten.

Sichtbare Dinge könnten andere sichtbare verbergen, kommentierte Magritte dieses Bild, das den hässlichen Titel *Die Blankovollmacht* trägt.

Die vielen Nischen, die ich in den letzten Tagen geöffnet habe, um den

Raub der Schnabelkanne aufzuklären, haben sich abgeschliffen, die Inhalte tauschten einander aus, der Blick in diese Fensteröffnungen wurde irregeleitet.

Wie die Bilder, so zerfielen mir die Gedanken.

Während mein Blick noch an dem dichten Wäldchen hing und vergeblich etwas Klares zu fassen versuchte, hatte Frau W. vom Parkplatz her aufgeschlossen. Sie hatte ihre langen Beine in Reitstiefel gezwängt. So betraten wir das Gelände wie eine Bühne.

Ich hatte versprochen, ihr jene Stelle zu präsentieren, wo ihre Urgroßmutter 1932 die Schnabelkanne entdeckt hatte. Dieses Versprechen wollte ich endlich abgehakt wissen.

„Wenn man Dinge nicht rechtzeitig abhakt, spitzen sie sich zu, nicht wahr?", suchte ich ihre Zustimmung zu erheischen.

„Wo hatte der Schnabelkannenkünstler seine Werkstatt?", fragte sie.

Dort drüben im Ramsautal, da waren die Werkstätten, vergleichbar mit einem heute als solches ausgewiesenen Gewerbegebiet. Da wurde alles erzeugt, was man im Berg brauchte, wie zum Beispiel die Hauen, die Kraxen und die Leuchtspäne, aber auch vieles, was sich die Bergleute dann kaufen sollten, wie Fibeln, Triskelen und Begräbniszubehör. Dort wurde auch unsere Kanne hergestellt."

„Ist der Fundort weit von hier?", lispelte sie.

„Ich kann Sie beruhigen, wir brauchen keine fünfzig Meter zu steigen. Dort, an der Hexenwand muss es sein."

Wir stapften durch eine beschattete Stille, durch mannshohes Unkraut. Frisch aufgeworfene Erde kennzeichnete jene Stelle, wo der große Dürrnberg-Experte Zeller soeben seine Grabung abgeschlossen hatte.

Wie in der Tagespresse zu verfolgen war, hatte er das Kannen-Grab noch einmal geöffnet. Zwar glaubte niemand auch nur entfernt daran, irgendetwas in diesem Grab könnte übersehen worden sein.

Doch in anderen Ländern hatte man inzwischen bei Nachgrabungen entdeckt, dass sich in Keltengräbern unter bereits bekannten Grabungshorizonten noch weitere, ältere Gräberschichten befinden können. Und tatsächlich war er dabei fündig geworden.

„Was war es denn, das er fand?"

„Naja, keine neue Schnabelkanne, nichts derart Mythisches, aber etwas technisch Interessantes. Er entdeckte eine frühkeltische Fibel mit einem seltenen Achsenmechanismus. Dessen Erfindung war bislang den Römern zugeschrieben worden und musste in Folge auf die Kelten rückdatiert werden."

Frau Semele schloss die Augen und holte tief Luft.

Sie atmete den Schmelz dieser Örtlichkeit ein und verinnerlichte ihn. Schließlich hatte dieser natürliche Schauplatz ihre Familie weltberühmt gemacht, denn mit dem weltweiten Interesse an dem Kunstobjekt war untrennbar auch das Interesse an seiner Entdeckungsgeschichte verbunden.

„Wahrscheinlich wird ein Musical-Produzent die Story aufarbeiten und um die Welt tragen, wer weiß ... !"

„Ihre Urgroßmutter, Frau Nora W., hatte so unwahrscheinliches Glück gehabt, dass jeder, der eine Wahrscheinlichkeitsrechnung anstellte, den Kopf schütteln würde: Kommt zu Besuch zu einer Grabung, erhält die Erlaubnis, ein wenig in der gelockerten Erde zu wühlen und legt im nächsten Moment die schönste Schnabelkanne der Welt frei!"

„Ja, es ist und bleibt ein Märchen!"

„Frau Nora muss auch im Alter noch so rüstig gewesen sein, dass sogar die Deutschen witzelten: Die findet doch glatt noch mal ne Schnabelkanne!"

„Ja, sie war beliebt, unter den Leuten! ... Eine wunderbare Aussicht haben wir hier: Man überblickt das ganze Salzach-Becken, bis hin zum Mönchsberg! Haben sie sich eigentlich verteidigen müssen, die Dürrnberger Kelten?"

„Der Zugang zum Dürrnberg erfolgte über den langen Reingraben, der von Natur aus so gut zu verteidigen war, dass keine Befestigungen gebaut werden mussten."

Frau Semele bemerkte, dass in einer Felsspalte oberhalb des Grabungsplatzes ein kleiner Feldblumenstrauß steckte.

„Die Leute hier oben wissen halt noch, was sich an einem Grab gehört: Respekt den Toten dieser Erde!" Sie bückte sich ehrfurchtsvoll und griff nach dem lockeren Humus. Diesen ließ sie durch die Finger gleiten, knetete ihn und ließ ihn wieder zu Boden bröseln.

Frau Semeles Urgroßmutter hatte hier noch Ritzzeichen gesehen, das lässt sich dem Grabungsprotokoll aus dem Jahr 1932 entnehmen. Während ich gerade im Felsen kletterte und die Steilwände nach diesen Ritzzeichen absuchte, rief sie plötzlich erregt: „Ich spüre etwas, ... etwas Hartes!"

„Sicherlich ein Stück Wurzel!", antwortete ich.

Als ich noch höher stieg, ertönte so etwas wie ein Urschrei.

„Um Gottes Willen, was ist denn passiert?"

„Sehen Sie mal, sehen Sie, eine Fibel! Ich habe eine Fibel gefunden! Aber ich kann sie nicht ... freilegen!"

„Vorsicht!"

Elegant wie der *Freischütz* sprang ich nun aus der Wand heraus und eilte hinzu, als ginge es darum, ein Jäger zu sein und sie meine erlegte Schürze:

„Dieses Teil dürfte gar nicht hier sein, denn Herr Zeller hat seine Grabung längst abgeschlossen!"

„Moment mal .... Hier vorn bin ich durch, ich tupfe es jetzt mit dem Taschentuch ab."

„Wahrscheinlich handelt es sich bloß um eine außergewöhnlich geformte Getränkedose!"

Im gleichen Moment musste ich mich selbst korrigieren, denn was da an Blechmenge zum Vorschein kam, Zentimeter um Zentimeter, entsprach ob seiner Größe einer ärgeren *Umweltverschmutzung*.

„Das Stück erinnert mich an irgendetwas!"

Wir spielten nun Mülldetektive und wuchsen im Nu zu einem eingespielten Grabungsteam zusammen. Und als wir einen Henkel mit spitzem Ausguss freigelegt hatten und mehr noch, stellten wir fest, dass es sich um die gesuchte Bronze-Schnabelkanne handeln musste.

Um rasch Klarheit darüber zu erlangen, trugen wir das Kultobjekt gemeinsam zum Wasserfall hinauf und wuschen es gefühlvoll ab. In der Abendsonne begann das gesäuberte Objekt bald golden zu schimmern. Ein überwältigender Anblick bot sich uns.

„Ob sie echt ist?" fragte Semele und strich mit zwei Fingern den Fuß auf und ab: „Hier, am Schaft, hier kann man deutlich eine Unregelmäßigkeit im Material spüren!", stutzte sie.

„Sie ist repariert worden. An einem der neun Zungenornamente. Gleich nach ihrer Entdeckung musste sie dafür nach Köln reisen. Das ist der Beweis für ihre Echtheit!"

„Wer um alles in der Welt hat einen solchen Frevel begangen?"

Ich prüfte im Kopf noch einmal alle Verdächtigen. Aber die Vexierbilder blendeten mich.

Da kam mir der alte Mann am Telefon in den Sinn. Auch die Richtung stimmte: Der Dürrnberg liegt südöstlich des Chiemgaus. Die Vektorentheorie hatte die richtige Lösung in sich gehabt, doch weder Rasputin noch ich hatten darauf vertraut gehabt. Und so war uns der Zufall zu Hilfe gekommen.

„Ist doch jetzt egal, wer die Kanne gestohlen hat!"

Frau Semele presste es aus tiefer Kehle hervor und man konnte erahnen, dass sie im nächsten Moment von tiefen Gefühlen übermannt würde.

Derart verwirrt fiel sie über mich her und küsste mich vor Freude auf den Mund.

Als ich etwas spröde reagierte, insistierte sie und hakte sich kompromissbereit bei mir ein.

„Du hast etwas Außergewöhnliches an dir", flüsterte sie, *„wie gut, dass es dich gibt!"*

Dabei drückte sie sich an mich und mit dem anderen Arm hielt sie die feucht glänzende Kanne wie ein Baby im Arm.

Ja, seufzte ich: *„Wer die Kanne hat, hat's gut!"*

Do Re Mi: Semele, die Kanne und ich, so schritten wir im milden Abendlicht zu dritt über die Wiesen des Dürrnbergs, Arm in Arm, wie eine zeitgemäße Innovation der *Trapp-Familie*.

Tja, *das Träumen hört nie auf*, auch wenn eines Tages der Produzent meiner Sportschuhe in Konkurs gehen sollte: Mit der Ur-Enkelin von Nora W. wollte ich mir auch ein Stück lebendige Kannengeschichte einverleiben!

Wir brachten das Ding unverzüglich zu Herrn Ekkehard ins städtische Museum, der schon jede Menge Jausenpapier bereit gelegt hatte, und danach steuerten wir in Semeles Cabrio *neuen Abenteuern entgegen*.

Ich sagte zu ihr: „Semele, du von Jupiter Geblendete!"

Und sie zu mir: „Selbst Jupiter!"

Die entscheidende Frage war: Würden wir eine *Seepferdchen-Beziehung* leben, also in trauter Zweisamkeit, oder würde sie den *Schmetterling in mir* akzeptieren können?

Last but not least hatte ich von der Kanne eines gelernt: *Man muss schon ordentlich strahlen, wenn man glänzen will*, das gilt auch für Schmetterlinge.

Der Wartesaal

„Das Bahnhofsrestaurant hat ein letztes Mal die Pforten geöffnet, deshalb habe ich es für ein Treffen mit Ihnen ausgewählt. Am Nachmittag wird es für immer geschlossen bleiben und sich danach *in Schutt und Asche* verwandeln.

Ich darf mich darüber nicht aufregen, ich sollte mich vielmehr entspannen, denn für den Nachmittag habe ich die Presse in mein Haus bestellt. Die Medienvertreter werden geschlossen über das Auffinden der geraubten Kanne informiert werden und dabei möchte ich mich nicht durch diverse Interviews in Widersprüche verwickeln lassen.

Man muss *in Zeiten wie diesen* sehr darauf achten, dass man sich nicht selbst eine Falle stellt, sobald man einen Satz ins Mikrofon spricht!

An diesem Morgen - man könnte direkt sagen: für die Zeitdauer einer Romanhandlung - genieße ich zum letzten Mal *das Flair meines Arbeitsplatzes*, bevor dieser der Spitzhacke zum Opfer fällt.

„Eine Zigarette gefällig? Sie rauchen nicht? Heutzutage stellt es sich schon eine

Rarität dar, wenn eine Frau nicht raucht!" In meinem Kopf wiederholt sich ein Film, über den ich keine Kontrolle habe und ... mein ganzer Körper wird davon in Erregung versetzt, denn der Film ist mein Leben.

„Die Gäste, die jetzt noch den Marmorsaal mit den schweren, blechbeschlagenen Flügeltüren betreten, ... sind das nicht eigentlich schon jene vorauseilenden Abbrucharbeiter, die die Kostbarkeiten des Saals mit Brechstangen aus den Angeln heben wollen, um den Raupenfahrzeugen Vorarbeit zu leisten? Hören Sie die Schritte hinter sich? Gleich werden die Restaurantgäste über die alten Muschelplatten aus *Adnet* herfallen. Sehen Sie, es ist, wie ich sagte: Sie wollen die Wandvertäfelung herausbrechen! Zweihundert Millionen Jahre alte Fossilien lösen sie - so mir nichts, dir nichts - aus ihren Verbänden. Die Fossilien müssen wieder frei atmen, sagen sie, ob sie wollen oder nicht!

Auch die Luxusvasen werden von ihren Sockeln gestoßen. Sie fallen wie monströse Diktatorenstatuen. Salzburger Stalins. Die Nelken werden achtlos über die Marmorsplitter gestreut und zertreten. Der noble Kaffeebohnenspender mit Mohrenkopf aus Porzellan, der würde mir schon gefallen! Aber es ist zu spät. Er zerbirst gerade, *zerpeckt* von einer Spitzhacke.

Mein Gott, das kann er doch nur aus purer Neugier tun, der Gast, der eine Spiegel-Anrichte aus der Verankerung reißt. Sicherlich will er nur wissen, wie man die Aufhängung früher bautechnisch gelöst hat. Haben Sie´s gesehen? Einen alten Schreibtisch tragen sie hinaus, in der klobigen Art, wie ihn der vorletzte Kaiser zu benützen pflegte. Jetzt wird er zwischen die Geleise geworfen. Soll wohl den Baggern als Auffahrtsrampe dienen.

Und das großformatige Gemälde, auf dem sich gerade noch die *Großglockner Hochalpenstraße* bis zur Saaldecke hinauf bemüht hat, es wird jetzt von einem Fleischermesser durchbohrt. Da hat jemand seine Lust an der Zerstörung nicht zurückhalten können.

Typisch Mann! Dass mein Geschlecht auch immer der Metamorphose nachhelfen muss!

Sehen Sie die gepflegte Dame dort? Sie kann nicht mehr jung sein! Sie zieht sich unbemerkt zum Ausgang zurück. ... Jetzt erkenne ich sie: Es ist die verblichene *Noblesse*! Im Vorbeigehen nimmt sie eine kleine Holztafel mit, die den ganzen Sommer über vor den schweren Schwingtüren gestanden war: *Stets aufmerksame und freundliche Mitarbeiter machen den Tag zum Fest.*

Unterwürfiges Verhalten hat die Tafel versprochen, in Schulkreideschrift und gegenüber allen potentiellen Kunden.

Wenigstens die eiserne Markthallenkonstruktion soll bleiben, das Denkmalamt hat dem Abriss des Ganzen einen Riegel vorgeschoben, aber leider zu wenig ausreichend, um den alten Charme des Bahnhofs zu erhalten.

Die Dame Noblesse zieht sich auf ewig zurück. Warum machen Sie es nicht ebenso?

Könnten Sie mich nicht erst nach der Pressekonferenz abholen?

Warum fällt es nur so schwer, Abschied zu nehmen?

Die Fiaker haben wohl nie einen Standplatz vor dem Bahnhof angestrebt!

Ich soll mich nicht täuschen, meinen Sie? Es warte auch vor dem Bahnhof eine Kutsche? Ich habe keine gesehen. Vergessen Sie Ihren schwarzen Hut nicht! Bis später, Madame!"

Ich muss auch nach draußen. Ist das nicht Skylla, die inmitten der ankommenden Reiseschar zwei letzte Rucksacktouristen abschleppt?

Heute wird also meine große Chance kommen, im Rampenlicht zu stehen. Den Augenblick, in dem alle wichtigen Medien mich und Semele, uns beide, über die Umstände des Kannenfundes interviewen werden, ich kann ihn kaum erwarten, den Moment, während fünfzehn Minuten meines Lebens weltberühmt zu werden! Und das an der Seite der Ur-Enkelin der Kannenpionierin!

Ein paar Münzen für den Fledermausgeruch Famas: Bitte sehr! Sie wird sich jetzt auch nach einem neuen Standplatz umschauen müssen, nicht wahr?

Ein ganzer Bahnhof nur für mich. Niemand da, auf dem Perron. Da kommt ein Junckie auf mich zu. Was will er? Natürlich Geld. Wofür? Aha, für das Begräbnis seiner Freundin. Woran ist die Bedauernswerte denn gestorben?

Das ist aber eine ganz und gar verrückte Geschichte!

Was quasselst du, Junge? In einem der Zimmer im Bahnhofsgebäude sollen Menschen gewürgt, zersägt und in Plastiksäcke verschweißt werden?

Ja, unternimmt denn niemand etwas dagegen? Vielleicht glauben deine Story nicht einmal die Bullen? Und wenn du dich noch einmal an sie wendest, liefern sie dich dann wieder in die Doppler-Klinik ein?

Aha, deshalb schilderst du dieses Szenario nur noch ausgewählten Passanten wie mir, bei denen du auf Verständnis hoffst?

Aber sag mal, woher willst du eigentlich wissen, dass ich keiner der Folterknechte bin? Da bleibt dir wohl nichts anderes übrig, als dich ungläubig zurückzuziehen, was? Du denkst wohl, du hättest es mit einem Irren zu tun?

Was wollen denn diese beiden Kobolde an der Treppe? Die Mäntel viel zu lang und die Haare stehen ab wie Äste. Sehen aus wie australische *Aborigines* oder aufgeblasene *Kasmandeln*. In einer Hand halbleere Bierflaschen, tänzeln von einem Bein aufs andere und grölen. Der Song hat mit Baggerfahrern zu tun:

> Oben die Zinnen,
> unten die Zacken,
> so wolln wir mal wieder Gemäuer knacken!
>
> Heut isses mal wieder enlich so weit,
> dass es allerorden nach Vernichtunj schreit.
>
> Wir wolln uns mal wieder im Staube baden
> und uns an die Filetierung wagen.
>
> In der Morgensonnje oben
> glänzen noch die Zinn...,
> un unden könn schon die Zaggen
> mit dem Tagewerch beginn...!
> Prooo...st"

Sinnloses Zeugs!
Heute mal wieder durch den Vordereingang, sag ich.
Ein letzter Blick auf die Neptunstatue, bevor sie von den Panzerketten zerdrückt wird.

Hab ich ´s doch schon mal in Linz erlebt, wie schrecklich es ist, wenn eine Bahnhofshalle, voll von Erinnerungen und Emotionen, zum Einsturz gebracht wird.

Meine Mitschüler, alle sind sie zum Bahnhof, um die Zerstörung als Ankunft einer neuen Zeit zu feiern. Doch ich hab getrauert, um die farbenfrohen Saalwände. Die *Pferdeeisenbahn* von Linz nach Budweis war da an die Wand gemalt und viele andere allererste Eisenbahntypen mit einem Landschaftshintergrund in Apfelgrün.

Linz-Reisende aus Japan müssen zu Schreck erstarrt sein, angesichts der Respektlosigkeit gegenüber der Saaldecke. Die vielen Chrysanthemen, die da vom Himmel gestürzt sind! Diese Kassettendecke hatte japanische Gäste immer in Staunen versetzt, weil sie in der Chrysantheme für gewöhnlich das Symbol für ihren Kaiser sahen. In ganz Japan gab es keine so ausladende Darstellung eines Chrysanthemenhimmels wie hoch über den Bahnreisenden in Linz!

„Oto..." wird so mancher Japaner die Luft abgelassen haben.
Tja, so kann *Linz beginnt´s* auch sein:
Die Abrissbirne *leistet ganze Arbeit.*

„Ah soi masén, tscho tomate kudasei..!" hätte wenigstes einer der Japaner rufen sollen, im richtigen Augenblick.

Aber so sind Touristen eben: Zuerst halten sie nichts dagegen und wenn's passiert ist, dann bleiben sie einfach weg und suchen sich die Chrysanthemen anderswo.

Zerstört, weil nicht erkannt, kann man da nur bedauern.

In Salzburg wiederholt sich der Vorgang zeitverzögert. Am Hauptportal fehlen schon die Glastüren!

Das Geräusch des ersten Caterpillars muss das sein. Er nähert sich dem Portal.

Mein Gott, da wartet ja eine ganze Kolonne aus Raupen und LKWs! Die alle wollen mit ihren griffigen Untersätzen über den Bahnhof herfallen? Offenbar wollen sie das Bauwerk von innen nach außen stülpen!

Was ist denn los?

Gibt es denn noch Gedankenübertragung?

Warum hält denn der erste Baggerfahrer an, mitten im Portal?

Warum stellt er jetzt den zitternden Motor ab, springt vom Führerhaus herunter, eilt auf mich zu und ... umarmt mich?

Aha, jetzt erkenne ich dich, du bist Balder!

Unter solch traurigen Umständen müssen wir uns wiedersehen!

Musst du unbedingt tun, was du tun musst?

Pass auf, was jetzt passieren wird!, willst du mir das zu verstehen geben?

Den Zündschlüssel hebt er jetzt in die Höhe, raschelt damit wie *Václav Havel* und dann bückt er sich und lässt den Schlüssel demonstrativ zwischen den Stäben des Kanalgitters in die Tiefe plumpsen. Er gestikuliert deutlich und zeitverzögert, sodass es die anderen Fahrer sehen können.

„Hab ich von dir gelernt!", ruft er zu mir herüber.

Meint er wirklich mich?

Er zwinkert mir zu und läuft los.

Er stürzt einfach davon. Seine Kollegen lässt er verdattert und vergrämt zurück. Sie lamentieren schon, denn Balders Bagger verhindert den triumphalen Einzug der Raupen-Flotte in die Bahnhofshalle.

„Wir sehen uns!"

Armer Balder, jetzt ist es aus mit dem Luxus, den Flottwell dir geboten hat, aber du hast ein wichtiges Zeichen gesetzt.

Die Medien werden deine Botschaft weitertragen.

Der Nachtigallen-Flur

Frau Glas hat die beneidenswerte Aufgabe, die Festspielakteure mit passenden Wohnverhältnissen auszustatten. Die wenigen Wochen der Festspielzeit bringen den VermieterInnen so viel Geld ein, wie sie bei anderen Mietverhältnissen oft ein ganzes Jahr nicht verdienen können.

Am späten Vormittag, hat sie versprochen, besucht sie mich, diese Frau Glas.

Lange Zeit habe ich in telefonischen Vorzimmern auf einen Termin gewartet.

Endlich ist es mir gelungen, die allseits begehrte Dame in meine vier Wände zu locken. Alles, was ich von ihr erwarte, ist eine sorgenfreie nächste Sommersaison.

Im Obergeschoss brennt noch Licht. Eleonor muss hier gewesen sein!

Irgendwie habe ich das Gefühl, dass sie immer noch hier ist, obwohl ich sie nicht sehen kann. Auf irgendeine Weise ...

Jetzt die Treppe ins Obergeschoss, ich merke schon, dass Frau Glas dem Nachtigallenflur nichts abgewinnen kann. Das Knarren und Quietschen der Dielen hinterlässt bei ihr nicht den gleichen Respekt vor der Tradition wie bei mir. Dabei gäbe es große Vorbilder für meinen knarrenden Flur, die Frau Glas offensichtlich nicht kennt. Ich frage mich, ob diese Dame die Region jemals verlassen hat.

Vor vierhundert Jahren hat der japanische Militärregent Ieasu einen solchen Nachtigallenboden extra anfertigen lassen, bei mir gibt es ihn gratis. In seinem weitläufigen Palast in Kyoto wollte er rechtzeitig vor Meuchelmördern gewarnt sein. Sogar Kleineisenteile hat er raffiniert unter den Dielen montieren lassen, um das Quietschen akustisch zu verstärken, was bei meinen Dielen gar nicht notwendig ist, denn die knarren auch ohne Verstärker laut genug.

Für den Traditionswert knarrender Dielen hat Frau Glas also kein Gespür.

Die ausdruckslose Miene von Frau Glas will sich nicht verbessern, nicht einmal, wenn ich ihr die *Sichtgasse* auf eine frei stehende Badewanne präsentiere.

Wo gibt es so etwas heute noch? Höchstens im Porzellanmuseum von Gmunden.

Auch von der schönen Aussicht auf den Garten und auf den Kapuzinerberg ist Frau Glas wenig angetan. Sie lässt sich aber auch nicht vom stickigen Geruch der alten Kästen ablenken. Dass der Gestank gerade heute so Ekel erregend sein muss!

Aha, Eleonor hat mir – wie versprochen – Tollkirschenzweige gebracht. Liebevoll arrangiert hat sie. Ich hatte ihr versprochen, sie zu sieden und gemeinsam wollten wir die Wirkung dieses Suds testen.

Angewandte Keltenforschung nennt sich das. Einbeeren, Fliegenpilze und Engelstrompeten haben wir ja bereits probiert. Nach deren Konsum ist uns allerdings erschreckend übel geworden. Diese Experimente mit alten Drogen, ich ordne sie dem Wissenschaftsbereich *experimentelle Keltologie* zu. Was tut man nicht alles für die Keltenforschung!

Meinen japanischen Gästen würde ich sogar *Noli*, getrockneten Seetang, zum Frühstücksreis servieren, das ist meiner Meinung nach ein absolut notwendiger Service gegenüber diesen Gästen. Vor einem Frühstück nach westlicher Art müssen sie ja verzweifeln!

Die Dame mit Louis Vuitton-Täschchen lässt sich auch von dieser Dienstleistung nicht beeindrucken. Es ist wohl nicht wirklich Missmut über das Wetter, was ihr Gesicht wie Wachs aussehen lässt, sondern unser beider unterschiedlichster Wertekanon in Sachen *Qualitätszimmer*.

Was sollte ich machen? Sie seufzt nur gelangweilt. Daran erkenne ich, dass jenen die Schönheit gepflegter Tradition auch weiterhin vorenthalten bleiben wird, die es verdient hätten, nämlich den Top-Stars der Salzburger Festspiele. Besonders schade für unsere japanischen Gastmusiker, die sich in meiner Obhut sicherlich wohlgefühlt hätten.

Frau Glas hat rein gar nichts übrig für das Romanhafte, für die Klarträume.

Aber welche Folgen hat diese unmenschliche Entscheidung für mich?

Sie bedeutet die Rückkehr zur knochenharten Arbeit täglicher Vermietung. Von nun an werde ich meine Gäste wohl oder übel an Tankstellen und Autobahnabfahrten rekrutieren müssen, denn der Bahnhof wird für lange Zeit gesperrt bleiben.

Der Jüngste Tag

Semele sollte längst hier sein, wo steckt sie bloß?

Die Pressekonferenz müsste bald beginnen. Ob sie überrascht sein werden, die Journalisten, weil ich nur einen alten Waschtisch und ein paar abgewetzte Sessel aufgestellt habe? Dafür dürfen sie ins Schlafzimmer der Tante.

Pietätlos, nicht wahr?

Aber es gibt leider keinen größeren Raum im Haus. Noch ein Leintuch über den Waschtisch breiten und die Vase mit Eleonors Belladonna-Zweigen daraufstellen ...

Ich höre schon Wagentüren zuschlagen und laute Stimmen.

Es kann losgehen.

„Bitte, kommen Sie herein, hereinspaziert!"

Warum haben sich denn so viele Schaulustige eingefunden?

Kein geringerer als Mozart persönlich gibt mir da die Ehre seiner Anwesenheit.

Keine Rüschenbluse und keine Plüschjacke und kein Zopf mit Masche, nur ein schwarzes T-Shirt. Was ist denn da aufgedruckt? Der Flügelhelm? Nein, der Helm ist bloß der Text. *„Tu felix Austria"* steht da und darüber beiderseits ein Hirschgeweih, als würde einer unserem Land Österreich Hörner aufsetzen wollen, untreu sein.

Aber gewiss hat er bloß an Cerunnos gedacht, als er das T-Shirt kaufte, den Gott des Waldes.

Auch die irische Uni-Assistentin hat er mitgebracht.

„Habe die Ehre!"

Aber zu welchem Zweck ist Herr Ekkehard gekommen? Als Kustos müsste er doch Dienst im Museum verrichten!

Eleonor ist zwar nirgends auszumachen, aber ich spüre, wie sie immer noch an mir zieht. Im Grunde genommen ist das nichts als peinlich, denn nun sauge ich Nektar aus Semeles Blüten.

Eigenartig, dass auch Rasputin auftaucht. Hat er Neuigkeiten? Meine Cousine Holly ist auch gekommen, auf Gülay Ühserl gestützt.

Sie winken mir zu. „Nichts mit Hochzeit?"

Ein Herr mit Melone und grauem Mantel, er will offenbar in ein Gemälde von René Magritte zurückkehren. Wahrscheinlich hat er sich verirrt, denn er zückt seine Dienstmarke.

Die Melone dreht er unsicher zwischen den Fingern.

Als Kommissar Otter stellt er sich vor und verweist darauf, dass er gern einige Fragen an mich richten würde, aber erst im Anschluss an die Pressekonferenz.

„Warum nicht, heute ist ein großer Tag, ein Tag der Weichenstellungen! Morgen werden die Medien meine Berühmtheit in alle Haushalte hineintragen.

Heute will ich für alle Fragen offen sein, heute bekommt jeder eine Antwort!

Wenzhou, Wenzhou! Nehmen Sie doch inzwischen in einem der Magritte-Gemälde Platz!"

Mist, hab ich doch vergessen, den Medienrummel bei der Polizei anzumelden, als eine öffentliche Veranstaltung.

Deswegen hat sich wohl der Polizist dort hinten aufgepflanzt und macht Männchen. Sogar zwei Leute von der Einsatztruppe stehen neben ihm bereit.

Das ist doch wohl übertrieben, eine Überreaktion der Polizei, jeder kann mal was vergessen, eine Ermahnung würde ausgereicht haben.

Ich bin doch sonst so gewissenhaft.

Irgendwie werde ich das Gefühl nicht los, dass sich die bewaffnete Truppe zu mir durchkämpfen will.

„Sehen Sie nicht, dass die Veranstaltung schon begonnen hat, können Sie nicht bis zum Ende warten?"

Selbst die Kirschen blicken mich heute streng an, mit ihren schwarzen Pupillen!

Ach, Unsinn, was ich mir alles einrede!

Die Journalisten drängen derart, dass kein anderer durchkommt.

Gern hätte ich Mozart begrüßt, den Kustos, sogar die Fiakerin scheint in der Menschenmenge zu baden, oder kann auch jemand anderer so hämisch grinsen?

Eigentlich grinst sie wie ein Totenkopf.

„So stellt doch einen Ring von Mikrofonen um mich herum auf und ich werde nur so raussprudeln, mit den Eindrücken beim Auffinden der Kanne. Alles werde ich euch jetzt erzählen, jede noch so kleine Einzelheit!"

Aber wenn Semele nicht daherkommt, dann werde wohl ich der einzige Interviewpartner bleiben. Dann werde ich allein von dem Rätsel berichten, wie die Räuber mit uns Katz und Maus gespielt haben.

So viele Blitzlichter meinetwegen, oder handelt es sich bloß um ein Wetterleuchten?

Wo ist Rasputin im Moment?

Unterhält sich mit Mozart und der Uni-Assistentin, anstatt aufzupassen, was ich daherquassle?

Soll doch die Chance nützen und endlich herkommen, damit die Weltöffentlichkeit auch ihn kennen lernen kann.

Ich werde auch von den falschen Fährten berichten und von den vielen Gedankenschritten, die zur Auffindung der Kanne geführt haben.

Warum unterbricht mich der Journalist ständig, jetzt fängt auch der andere an, dazwischenzureden?

Wenn ich schon beim Einzählen bin, lasse ich mich nicht gern unterbrechen!

„Warum graben Sie denn da draußen im Garten herum? ... Frechheit!

Die Polizei hat keinen Respekt mehr vor den Bürgern.

Als Hausbesitzer hat man heute schon weniger Rechte als ein Einbrecher.

Aufhören! Hören Sie auf!"

Wenn man sie braucht, dauert es geschlagene zwei Stunden, bis sie eintreffen! Und jetzt nehmen sie sich auch noch das Recht heraus, in meinem Garten zu graben. Wollen die denn meinen Blitzableiter freilegen?

„Mehr Respekt, meine Herren! Wenn Sie mehr Informationen wollen, muss das Gemurmel endlich aufhören!

So stoppen Sie doch bitte die Polizisten da draußen, die ruinieren mir den frisch gesäten Rasen!

Warum hilft mir denn keiner? Was wird denn hier überhaupt gespielt? Packen Sie jetzt wieder die alten Hierarchien aus und üben Macht und Gewalt aus? Wo sind wir denn eigentlich?"

Worüber bücken sich da die Leute im Flur?

Eine Maus im Haus oder eine Ratte unter der Latte?

Jetzt winken die Polizisten, sie rufen etwas vom Vorhaus her.

Was heben sie denn da in die Höhe? ... Die Schnabelkanne?

Das gibt´s doch gar nicht!

Ist das schon ein luzider Traum?

Ich muss mich beruhigen.

Wie die Kirschen wohl schmecken?

Ich koste mal eine.

Schmecken süß,

rutschen leicht hinunter.

„Das ist aber lieb von Ihnen, Herr Inspektor, wäre doch aber nicht nötig gewesen, die Kanne zum Interview mitzubringen!"

Deshalb ist wohl auch der Museumskustos hier.

„Kommen Sie nur her, Herr Kustos, sagen Sie auch etwas ins Mikrofon, Herr Ekkehard! Es ist ja so laut hier, man versteht das eigene Wort nicht mehr!
Wollen auch Sie eine Kirsche?
Nein?
Dann esse ich eine für Sie!"
Was sagt er? Ich hätte ihn betrogen?
Ich hätte ihm gestern die falsche Kanne gebracht, eine Kopie von der echten, die hätte ich kurz zuvor aus seinem Regal entwendet und auf dem Dürrnberg verbuddelt?
Was redet der denn da?
Und das da hinten soll die echte Kanne sein, die hätte ich unter den Dielen im Flur verborgen gehabt?
Ich soll also der lang gesuchte Kannenräuber sein?
„Ein Räuber aus Leidenschaft, nicht wahr?
Was soll man denn dazu noch sagen!"
Aber ich komme ja gar nicht mehr zu Wort.
„Wer will überhaupt noch mit Sicherheit sagen können, welche der Kannen die echte ist?
Eine Kirsche für Semele!"
Was ist das denn jetzt wieder für ein Tumult, da hinten?
„Ich hab die losen Dielen doch gerade erst angenagelt!"
Jetzt reißen sie mir noch mehr davon aus dem Boden!
Sind die denn total verrückt?
Und das vor laufenden Kameras!
Wenn bloß die Tante davon unberührt bleibt, die dreht sich noch im Grab um!
Drei Mal auf Holz geklopft!
"Schmatzt da jemand?"
Und eine der Kirschen für Leonor verzehrt!
„Was hat es denn mit dem Holzboden auf sich?"
Alles schwankt um mich herum, ich bekomme gar keinen festen Tritt mehr.
Alles schwarz vor meinen Augen, alles pocht.
Nur die Tante, die setzt sich jetzt den Kopf wieder auf und schaut mich unfreundlich an und behauptet einfach, ich wäre ein schlechter Junge.
„*Taugenichts* nannte sie mich!"
Was fragen sie mich denn?
Ich kann bei dem Lärm nichts verstehen, alles um mich herum dreht sich.

„Warum ist sie denn nicht in Indien geblieben?

Den Bock zum Gärtner gemacht, sagt sie, dabei habe ich ihr die schönste Totenkanne der Welt besorgt!"

Meine Gedanken rattern unkontrolliert dahin, ich kann nichts mehr koordinieren, planen.

Ist das noch Tantes Zimmer oder schon ein Karussell, eines vom *Ruperti-Kirtag*?

Ich muss mich festhalten.

Die Zentrifuge.

Da da das Dai Maru!

Großes Rund!

Die große Satellitenscheibe, an der die Welt hängt!

Jetzt dreht sie sich aus der Vertikale in die Horizontale, wird zum Einrad, wird auseinander gezerrt.

Eine weitläufige Spirale führt nun in die Tiefe.

Stammt die aus einer *Kubin*-Radierung?

Muss ich jetzt abwärts stürzen?

Schneller, immer schneller.

Die Windungen werden zunehmend enger.

„Die Toten reiten schnell!"

Was für ein Panoptikum: die Kanne, der Bahnhof, die Tante, die unter dem Holzboden hervorquillt. Dabei hatte ich sie so ordentlich in Plastik verschweißt, der Hygiene wegen, als Packerl für die Wiedergeburt!"

Wo sind da noch die richtigen Zusammenhänge?

Im Stirnhirn der Super-Gau: Alles falsch verbunden, die Synapsen, sie spielen verrückt, *der Zug fährt ab!*

„Seine Hand wird für ihn sprechen, sein Haupt ebenso, jedes seiner Glieder, bis in den kleinsten Finger hinunter.

Da gibt es keinen Menschen, der schlau genug ist,

etwas erlügen zu können, etwas verbergen zu können.

Die *Agentur für unlösbare Aufgaben* lässt mich zum Eingang rufen?"

Was bilden die sich ein?

Sie sind uns mehr als eine Erklärung schuldig!, wie das nur klingt!

„Das Opfer suchte seinen Täter, kann ich da nur sagen!

Das Opfer machte seinen Täter!"

Alles Hirngespinste!

Die Paviane der Nacht kommen auf mich zu!

Ich bin am Ende, ich kann nicht mehr.

Die Beine versagen mir.

Leuchtet mir denn kein Licht irgendeiner Kirche?
Nein?
Nur Wetterleuchten von Fotografen?
„Wenn ´s unbedingt sein muss, dann lasst mich jetzt eintauchen, in die schwarze Gischt der Kirschen!
Geht weg, Kinder!
Verschwindet!
So lasst mich doch ... !
Welche Farbe hat die Kutsche da vor der Tür?
Schwarz?
Ein schwarzes T-Shirt auch ... mit weißen Balken drauf oder einem Geweih?
Ach Sie sind es, Tödin, ... jetzt schon?"

II.
Die Klasse

„Guten Tag. Ich heiße *Eleonor*, nicht *Eleanor* wie *Eleanor Rigby* von den Beatles, auch nicht *Leonore*, wie die Untote bei Gottfried August Bürger, sondern *E-l-e-o-n-o-r* und gehöre seit heute zum Informations- and Securitypersonal des Hauses. Wir befinden uns hier im Urgeschichtemuseum Hallein. Ich will euch gern für ergänzende Informationen zur Verfügung stehen. Ihr könnt mir also jederzeit Fragen stellen. Euer Lehrer wird euch mit der Bronze-Schnabelkanne vom Dürrnberg bekannt machen, einem wertvollen Kultgegenstand aus der Keltenzeit, genau genommen der frühen La Tène-Zeit. Ihr habt großes Glück, dass ihr die Kanne heute sehen könnt, denn sie war bis vor wenigen Monaten noch geraubt gewesen. Ich hatte die zweifelhafte Ehre gehabt, den Täter persönlich zu kennen. Er hatte die Kanne neben seiner an Herzinfarkt verstorbenen Tante bestattet. Er wollte zwar damit der Tante die letzte Ehre erweisen, aber auch weiterhin ihren Dauerauftrag nutzen können.

Überdies hatte der Täter auch noch die Kopie der Schnabelkanne beim Museumskustos entwendet, um sie anstelle des Originals am Kannenfundort auf dem Dürrnberg zu bestatten. Er wähnte sich in dem Glauben, er würde dann als der große Held gefeiert werden, wenn er sie wieder ausgräbt und zurückbringt. Ein doppelter Kriminalfall also. Die Polizei hat dem extremen Bedarf dieses Kannenfetischisten allemal ein Ende gesetzt und seither muss er sein Leben neu erfinden, innerhalb der Mauern einer psychiatrischen Klinik.

Die Salzburger Schnabelkanne wird übrigens auch auf legalem Weg weltweit so stark nachgefragt, dass sie mehr Zeit im Ausland verbringt als an ihrem Standort hier!"

„So viele Fehlstunden möchte ich auch haben dürfen!"

„Was ist, wenn man zur falschen Zeit kommt? Muss man dann auch das gleiche Eintrittsgeld bezahlen, obwohl die Kanne gar nicht ausgestellt ist?"

„Als Schülergruppe zahlt ihr ohnehin keinen Eintritt. Aber eure Kritik ist natürlich berechtigt. Ohne einen Doppelgänger käme die Kanne nicht aus. Die technischen Daten 45,8 cm Höhe bis zur Schnabelspitze und 17,7 cm Breite sagen zwar wenig aus..."

„Das sind ja Model-Maße!"

„Mit solchen Proportionen müsste sie schon magersüchtig sein!"

„In welchem Alter ist sie denn schon gecastet worden?"

„Das Besondere dieses Kultgegenstandes ist tatsächlich seine schnittige und feminine Form. Sieht sie nicht aus wie eine Mischung aus der eleganten Frau und einer riesigen Espresso-Kanne? Dabei hat das gute Stück ein Alter von 2500 Jahren auf dem Rücken, von denen es den Großteil im Dunkel einer Grabkammer verbracht hat."

„Das ist also das Geheimnis, warum sie sich so lange jung halten hat können: indem sie sich nicht an die Sonne wagte!"

„Dann ist die Dame aber eine Zombie!"

„Wozu war diese Kanne überhaupt zu gebrauchen? Ich meine, welche Funktion hatte sie? Trank man damals Wein in solchen Mengen?"

Schnabelkannen aus Bronze gehörten zum Luxusgeschirr von etruskischen Adeligen und wurden diesen auch für das Leben im Jenseits ins Grab gestellt. Die Ware gelangte auf verschiedenen Handelswegen zu uns, vorwiegend über das Rhonetal. Wie Michael Grant schreibt, kamen die gestalterischen Einflüsse für die etruskischen Kannen über die Griechen nach Etrurien, die allesamt an dessen Erzreichtum mitnaschen wollten und im Gegenzug Gold und Keramik anboten, anfangs in sicherer Entfernung zu den etruskischen Piraten auf griechischen Märkten in Campanien. Der Seehandel wurde vom jeweils dominanten griechischen Stadtstaat durchgeführt. Dem mäandrischen und Zickzack-Muster der mykenischen Zeit folgte der Einfluss der Stadt Al Mina, dem bedeutendsten Handelsplatz vorderasiatischer und mittelmeerischer Handelsgüter, an der Mündung des Orontes in Syrien gelegen, der sich in Form vielfältiger orientalischer Motive aus Mesopotamien, Phönizien und Ägypten äußerte. Auf die bizarren Muster der Korinther folgte eine Stilisierung des Dekors durch die Ionier, die durch besonders feine und aufwändige Bearbeitung gefielen. Sobald jedoch Etrurien der aggressiven griechischen Expansionspolitik überdrüssig wurde, die bewirkte, dass sich die Stadtstaaten am Mittelmeer wie Frösche am Teich drängten und Etrurien von griechischen Neusiedlern überflutet wurde, zerbrach eine Jahrhunderte alte Handelsbeziehung, die Etrusker breiteten sich nun von der heutigen Toskana in die Po-Ebene aus und suchten nach neuen Geschäftspartnern, die sie u.a. in den Kelten fanden. Ein zweiter Grund für die Distanz zu den Griechen lag in der Ablehnung der im 5. Jh. v. Chr. aufkeimenden klassischen attischen Kunst, die sich von den Göttern ab- und den menschlichen Körpern zuwandte. Der neue Rationalismus der Griechen widersprach der fatalistischen Götterfurcht und Naturmagie der Etrusker und ihren Vorlieben für Unheimliches, Grauenhaftes und Groteskes in der Kunst. Zwischen 450 und 400 v. Chr. änderte sich auch der Kunstgeschmack der Kelten.

Plötzlich hatten griechische Objekte an Reiz verloren und etruskische Kunst wurde modern. Man gab den Toten jetzt alle Waffen mit ins Grab und ebenso Speisen in Schüsseln sowie Honigwein in Schnabelkannen. Auch in der Gestaltung der Objekte war der etruskische Stil gefragt.

Ein etruskischer Gussmodel wurde zunächst originalgetreu nachgeformt, bis sich daraus ein eigener Stil entwickeln konnte. Vor allem Blumenmuster wurden beliebt und Zirkelmuster. Aber auch der orientalische Einfluss war unverkennbar, von den Persern und den Skythen. Solche skythischen Einflüsse sind beispielsweise die Kombination von zwei Tieren in einem Körper oder das Rückwärtsblicken eines Tiers, das sich erschöpft und resigniert dem tödlichen Biss hingibt.

Aus Persien stammt das Motiv *Herr der Tiere*, also ein menschliches Wesen in Verbindung mit einem gleich aussehenden Tierpaar, und die Art der Kopfdarstellung und der Schuhe.

Geht jetzt bitte langsam um die Kanne herum und prägt euch möglichst viele Einzelheiten ein, für die auf euren Arbeitsblättern angegebenen Arbeitsaufträge. Wir treffen uns im Sitzkreis um die Kanne herum, sobald die Mehrheit mit der Bearbeitung fertig ist! ...

Mein Sack ist voll mit verschiedensten Dingen. All diese Gegenstände stehen in Zusammenhang mit dem Objekt unserer Betrachtung. Ihre Anzahl entspricht der Personenzahl, sodass jeder von euch in den Sack greifen und ein Ding ziehen wird. Am Ende sollt ihr erklären können, welcher Zusammenhang bestehen könnte zwischen dem gezogenen Los in eurer Hand und der Schnabelkanne!

Alle Informationen, die euch auf der Suche nach der Lösung eures Rätsels weiterbringen könnten, fallen ganz beiläufig. Deshalb passt gut auf, was über die Kanne ausgesagt wird, damit euch kein Detail entgeht, denn es könnte der Hinweis auf eure Problemlösung sein!

Welche Eindrücke hat die Schnabelkanne hinterlassen?"

„Ganz nett", „Interessant", „Weiß nicht!".

„Welche Grundstimmung vermittelt sie?"

„Sie wirkt geheimnisvoll, aber irgendwie auch bedrohlich."

„Ich muss gestehen, dass mich Schnabelkannen allgemein immer schon magisch angezogen haben, aber in dieser Hinsicht bin ich nicht die Einzige! Bis Anfang des 20. Jahrhundert waren Schnabelkannen als Raumschmuck sehr beliebt, wie Abbildungen von William Blake, James Whistler oder Aubrey Beardsley beweisen. Besonders schöne und trendige Exemplare stammen aus der New Yorker Werkstätte *Tiffany*. Ihr wisst schon: Frühstück bei Tiffany! Was macht eine solche Kanne denn auf den ersten Eindruck hin so anziehend?"

„Der freche Schnabel!"
Die Schüler lachen.
„So ist es! In welche Richtung weist denn der Schnabel?"
„Nach vor und zugleich nach oben."
„Bei der Führerscheinprüfung letzte Woche hätte ich gesagt nach halb rechts!"
„Habt ihr dieses Gestaltungsprinzip schon bei einem anderen Sujet kennen gelernt?", fragt der Lehrer weiter.
Keine Antwort. Na, erinnert euch an das politische Plakat! Und was könnte die Betonung dieser Richtung signalisieren?"
„Wahrscheinlich Aufbruchstimmung, wie in der Politik halt."
„Auch Fahnenträger halten ihre Stangen so."
„Ich hätte eine Frage an Eleonor: Wo wurde diese Schnabelkanne hergestellt?"
„Die Kelten lebten hier vom Salzhandel und der Schmiedekunst. Der Dürrnberg war ein Zentrum für beides. Es gilt als ziemlich sicher, dass die Kanne dort entstanden ist. Über die Etrusker gelangte, wie gesagt, die Fertigkeit, bronzene Schnabelkannen zu produzieren, nach Norden. Man formte sie zunächst aus Ton. Dabei ließen sich jedoch nicht so elegante Formen herstellen. Erst durch den Materialwechsel konnte der Kannenkörper auf Model-Maße getrimmt werden, wie du das vorhin formuliert hast. Außerdem war es plötzlich möglich geworden, den Gebrauchsgegenstand mit Ornamenten und Figuren zu besetzen."
„Wie geht es der ersten Gruppe? Habt ihr herausgefunden, aus welchen Teilen eine Bronzeschnabelkanne besteht?"
Die Schüler sehen Kannenhals, Gabel und Schnabel als eine Einheit an.
„Beinahe richtig, aber der Kannenhals ist Teil des Kannenkörpers. Gabel und Schnabel sind nur befestigt. Bei dieser Gelegenheit können wir gleich die wesentlichen Teile einer Kanne benennen. Wie könnten sie heißen? Wenn man von der Gestalt einer Frau ausgeht, wie könnte die Gesamtform zu nennen sein?"
„Vielleicht weiblicher Körper?"
„Der Begriff Körper genügt!"
„Und dieser Teil?"
„Das ist der Hals!"
„So ist es!"
„Und das?"
„Der Schwanz! Aber bei Frauen ...?"
„Heißt nicht Schwanz, sondern Henkel! Die Teile heißen also *Kannenhals*,

Kannenkörper und *Henkel*. Der Henkel hat drei Arme, um am Körper befestigt werden zu können. Unten haftet der Henkel über einen Schild, die so genannte *Attasche*, am Kannenkörper und oben haftet der Henkel über zwei auseinanderstrebende Metallbügel, die sogenannte *Gabel*, am *Kannenrand*. Insgesamt sind es also nur drei kleine Niete, die den schweren Kannenkörper am Henkel halten. Wie der Henkel wurde auch der Schnabel extra gegossen und am Kannenrand befestigt, mittels heißer Bronze.

Diese besprochenen Teile einer Schnabelkanne sind bei allen Bronzeschnabelkannen, die nördlich der Alpen gefunden wurden, vorgegeben. Und doch unterscheidet sich jede einzelne von ihnen gravierend von den anderen. Da vier Teile notwendig waren, konnten auch vier verschiedene Hersteller daran beteiligt gewesen sein, doch macht es einen sichtbaren Unterschied, ob bei der Herstellung einer Kanne ein oder mehrere Künstler am Werk waren!"

Der Lehrer hebt eine Folienmappe im Din A3-Format hoch:

„Wenden wir uns dem Henkel der etruskischen Kanne des Fundorts Wiesbaden zu und vergleichen wir ihn mit einem Henkel aus Perugia.

Wir können daran erkennen, dass der Übergang des vertikalen Haltegriffbogens in einen horizontalen Bogen ein künstlerisches Problem, eine Herausforderung für den Kunstschaffenden, darstellt.

Der Henkel vom Fundort Wiesbaden ist noch streng geometrisch und erhält seine spannende Form nur durch seinen Griffbogen, während im Fall Perugia der Richtungswechsel durch eine figürliche Lösung verdeckt wird: der Griff als ein gestreckter Löwe, der Richtungswechsel als ein menschlicher Kopf und die Arme des liegenden Bogens in Form von liegenden Ebern.

Wie lässt sich nun der Wechsel mit dem vertikalen Griff verbinden?"

„Indem das Löwenmaul die Gabel umfasst!"

„Sehr gut beobachtet, Leo! Dass die beiden Eber zwar in den Proportionen harmonieren, aber keinen formalen Bezug zum menschlichen Kopf finden, darin ist auch bei den späteren Schnabelkannen nördlich der Alpen das Gestaltungsproblem gelegen, das es zu bewältigen galt.

Es scheint leichter zu sein, eine Einheit für das lange Stück zwischen der Attasche und dem oberen Henkelansatz herzustellen als für das ganz kurze zwischen den Figuren auf den Henkelarmen und dem oberen Henkelansatz. Leicht ist diese Aufgabe noch zu bewältigen, wenn das Geometrische dominiert und nur die Endstellen von Köpfen besetzt werden, wie in der Kanne von *Kleinaspergle* in Baden-Württemberg.

Doch wenn alles figürlich werden soll, dann müssen wir den Meister seines Faches dort suchen, wo die Gestaltung der Henkelfiguren und die Gestaltung der Gabelfiguren übereinstimmen!

Was hat Gruppe 2 über den figürlichen Besatz herausgefunden?"
Die Schüler addierten Auffälliges.

„Darüber hinaus gibt es aber auch die Frage nach der Komposition des figürlichen Teils. Vergleicht einmal die Sphingen der Schnabelkanne vom hessischen Glauberg mit dem sitzenden Krieger dort am Henkelansatz! Haben beide Darstellungen Formen und Ornamente, die sie verbinden?"

„Nein, weder Form noch Ornament!"

„Würde man also die beiden Darstellungen unter mehrere andere Figuren mischen, könnte man nicht mehr feststellen, dass sie zusammengehören.

Wie ist das gestalterische Problem nun auf der Schnabelkanne vom Dürrnberg gelöst? Wir erkennen insgesamt drei Fabeltiere. Haben diese Figuren etwas gemeinsam?"

„Ja, alle haben sie lange Rüssel und Schwänze."

„O.K., und wenn ihr genau hinseht, bemerkt ihr, dass die Winkel der Umrisslinien des Griffbogens und der beiden Rüsselfigurenrücken in Richtung Kannenschnabel gleichmäßig verflachen. Sie werden durch den ebenen Kannenrand weiter geführt. Erst danach, in Form des Schnabeldeckels, steigt die Umrisslinie wieder an.

Damit die Blickführung nicht schon bei den Armfiguren hoch steigt, wird das Auge über die so genannten „Rüssel" wieder zu Boden geführt. Durch Rüssel und Schwänze bekommt man den Eindruck, dass die Tiere mit der Kanne gleichsam verwachsen sind. Niemand käme auf die Idee, sie herunterbrechen zu können, wie die Sphingen von der hessischen Kanne.

Die Summe der Winkel der Vorderbeine des Henkeltiers zur Grundebene und der Rückenlinie eines Rüsseltiers zur Grundebene ergeben in Summe etwa den Anstiegswinkel der Schnabeldeckplatte. Könnte das menschliche Gesicht auch schräger gestellt sein?"

„Nein."

„Richtig, Xenia, denn es bildet die Seite eines Dreiecks, das durch die zunehmende Verbreiterung des Henkels entsteht, und es soll auch den Blick zum Kannenrand zurückführen. Was wäre, wenn das Gesicht im gleichen Winkel wie die Rüssel vorkäme?"

„Dann würde es sogar gleichförmiger aussehen."

„Ja, aber dann würde es auch langweiliger werden, denn die Spannung zwischen den unterschiedlichen Rückführungen wäre verloren.

Eine letzte Frage habe ich noch: Wir haben erarbeitet, dass die Figurengruppe durch Winkel miteinander verbunden ist. Gibt es noch ein Element?"

„Ja, durch gleiche Verzierungen."

„Gut beobachtet, Tanja, z.B. die kugeligen Augen und die Spiralen. Bei den Tieren treten *Schenkelfüllungen* in Form von gestrichelten plastischen Spiralen auf. Gibt es etwas Ähnliches auch am menschlichen Kopf?"

„Ja, die Haare".

„Right, Nina, und wenn ihr jetzt mal das Gesicht von vorn betrachtet, seht ihr, dass es da eine Halskette gibt, die das Gesicht scheinbar nach hinten zieht. Und ihr seht auch, dass der Begriff *Henkelarme* hier seine volle Berechtigung hat, weil man wirklich den Eindruck hat, es könnte sich um Arme handeln, die die menschliche Figur ausbreitet.

Egal, von welcher Seite man die Figurengruppe ansieht, sie wirkt gut integriert.

Wie viele Handwerker vermutet ihr also hinter der Schnabelkanne vom Dürrnberg?"

„Einen!"

„Es kann sich nur um einen einzigen gehandelt haben, Soveida, und er hat sicherlich lange Zeit an diesem Stück gearbeitet!"

„Gruppe 3 ist jetzt am Zug!"

„Ihr habt bis auf eines alle Motive herausgezeichnet! Wie ich sehe, habt ihr sie gut erfasst. Spiralen sind da, Zungen, Kerbwangen, die Perlenreihe, die aus Persien stammt, die mediterrane *Palmette*, die ursprünglich nichts anderes bedeutete als eine schematisierte Palmenkrone, aber bei den Kelten sicherlich auch als der Fruchtstand einer Mistel gedeutet wurde, weiters der Doppelkreis und das Kreisauge. Ich glaube, wir sind vollständig! Gehen wir nun über zur Beschreibung des gesamten Erscheinungsbildes der Kannen. Welchen Unterschied könnt ihr gegenüber den etruskischen Kannen feststellen?"

„Sie sind beide höher und schlanker als die etruskischen Originale."

„Neben der lang gestreckten Form sind auch das Umknicken der Gefäßschulter und das scharfkantige Einmünden des Kannenhalses typisch für keltische Schnabelkannen. Den steil nach oben gerichteten Ausguss gibt es in etwa schon bei den Etruskern.

Auch die Verzierung ist eine keltische Domäne. Handelt es sich um Muster oder Ornamente, die die Dürrnberger Kanne überziehen?"

„Ornamente."

„Warum Ornamente und nicht Muster, Yassi?"

„Die Verzierungen gehen mit der Form des Körpers mit."

„Du sagst es. Die Breite der Kanne zieht die Verzierung quasi mit. Noch ein Wort zum Zungenornament. Es handelt sich dabei um die Nachahmung eines Bronzebeschlags von älteren Holzkannen. Bei der hessischen

Kanne sind die Zungen bis über die Kannenschulter heraufgezogen. Findet ihr Gefallen daran?"

„Nein."

„Warum, glaubt ihr, ist das so?" Achselzucken.

„Die Zungen der Dürrnberger Kanne enden vor dem Schulterumbruch, und zwar in Halbkreisen. Der Schulterumbruch selbst beschreibt wiederum einen Kreis, einen aufliegenden. Daraus ergibt sich die harmonische Erscheinung, dass neun senkrechte Halbkreise einen ganzen horizontalen Kreis tragen.

Auf der hessischen Kanne reichen die Zungen über die Schulter hinaus, das sieht aus, als wären die Zungen Klammern, die die Kanne zusammenhalten.

Nun beginnt eine ganz andere Richtung unseres Sehens. Wir haben uns bisher gefragt, wie wir es sehen, nun wollen wir erkunden, was wir darin erkennen können.

Dazu benötigen wir die so genannte Ikonografie.

Da die Kelten nichts Schriftliches über ihre mythischen Vorstellungen hinterlassen haben, sind wir auf vergleichende Beobachtungen angewiesen, um Aussagen treffen zu können. So wurde von der Wissenschaft festgestellt, dass die beginnende La´Tène-Zeit, wie gesagt, einen sehr reichen Bilderschatz besaß. Aus dem Mittelmeerraum und aus Osteuropa kamen dazu Vorstellungen und Symbole, die die Kelten aufnahmen und veränderten. Erinnert ihr euch an eine spätere Kunstepoche, die ebenfalls sehr stark vom Orient geprägt war?"

„Der Orientalismus im 19. Jahrhundert?"

„Welche Maler?"

„Ingres",

„Renoir ...",

„Whistler!"

„Ein besonders schönes Bild ist auch *Die Massage* von Eduard-Bernard Debat-Ponsan aus dem Jahr 1883, das ihr hier in der Mappe sehen könnt.

Und dann gab es auch im 20. Jahrhundert immer wieder Bestrebungen, die Trachten und den Alltag z.B. Algeriens festzuhalten. Ich erinnere nur an Matisse und andere Feauvisten, besonders Kees van Dongen. Der deutsche Maler August Macke war ebenso am Orient interessiert. Und überall finden wir Schnabelkannen im Bild.

Aufgrund der fortgeschrittenen Zeit möchte ich noch kurz ein Wort zum Standort, zur Präsentation verlieren: Welchen Eindruck hat Gruppe 4 davon gewonnen?"

„Die Kanne ist rundum begehbar, man kann sie aus allen Richtungen betrachten."

„In Salzburg war die Vitrine an eine Wand gerückt gewesen. Findet ihr es gut, dass man die Kanne früher im Foyer antraf?"

„Da kann man sie gut im Tageslicht studieren!"

„Diesbezüglich divergierten die Meinungen. Manche Experten hielten diesen Ort für nicht geeignet, denn das Foyer, sagten sie, vermittle den Eindruck eines Empfangsraums und sei eines so wertvollen Kunstwerks nicht würdig. Zweitens stand die Kanne zu tief unten und auf einem farblich und materiell unpassenden Sockel.

Die besondere Aura hatte die Keltenabteilung in Hallein bereits für die Kopie des Meisterwerks herausgearbeitet, indem etliche Grabfunde räumlich vorgeschaltet waren. Früher bildete die Kannenkopie den Abschluss eines Ausstellungs-Rundgangs und war in der Mitte eines annähernd quadratischen fensterlosen Raums über den Köpfen der Besucher positioniert sowie punktförmig beleuchtet.

Heute kann man sie zwar immer noch rundum begehen, aber bei gedämpftem Tageslicht. Das hat der Kanne leider die geheimnisvolle Aura genommen. … Die Museumspädagogin wird euch jetzt wieder übernehmen, sie hat verschiedene Schätze zum Thema in einen Sack gesteckt, die ihr nun alle heben sollt! Ich erwarte euch bei den Garderoben!"

„Ja, genau, ihr sollt also erraten, welchen Bezug der von euch gezogene Gegenstand zum Thema „Dürrnberger Schnabelkanne" hat. Wenn einer/eine nicht gleich draufkommt, helfe ich gern nach. ...

So, haben alle ein Objekt gezogen?

Nun zeigt mal die Gegenstände her, die ihr gezogen habt: Aha, ein Leintuch! Welchen Bezug zur Kanne könnte es haben?"

„Vielleicht wurden Tote in Leintücher gewickelt?"

„Na ja, ich hätte eher an Leinentücher gedacht, in die man die Bronzeschnabelkannen einschlug, bevor man sie ins Grab stellte. ... Warum glaubst du ein Rindenstück in der Hand zu halten?"

„Vielleicht auch ein Verpackungsmaterial der Schnabelkanne?"

„So ist es! ... Bänder?"

„Vielleicht wurde die Kanne mit so etwas behängt?"

„Nein, verpackt! ... Leinsamen?"

„Der Inhalt von Schnabelkannen?"

„Ja, vielleicht eine Schicht Entenfutter. Ansonsten war die Kanne aber großteils mit Met für den Verstorbenen gefüllt. ... Hier haben wir eine hellblaue Saftkanne aus Mexiko?"

„Eine moderne Schnabelkanne?"

„Richtig! Sie dient dort zum Konsum von Zitronensaft und deshalb ist dem Schnabel ein Sieb vorgesetzt. ... Was könnte der Flyer vom Urgeschichtemuseum bedeuten?"

„Hier finden wir die echte Schnabelkanne."

„Das war nicht schwer. ... Wozu aber könnte ein Stück Holz gedient haben?"

„Weiß nicht."

„Kannst du auch nicht wissen, habe ich zu sagen vergessen: Der tote Fürst lag innerhalb des Grabhügels in einer Holzkammer. Diese Form der Bestattung dürften die Kelten von den *Kurganen*, den Grabhügeln der Skythen, übernommen haben. ... Ein Miniatur-Autobus?"

„Weiß nicht!"

„Repräsentiert die Stadtbusse, auf denen die Schnabelkanne für einen Museums-Besuch wirbt. ... Chinesische Deospraydose?"

„Auch sie hat eine zylindrische Form."

„Ein modernes Design-Produkt des Exports, denn auch die Schnabelkanne ist ein exporttaugliches Designprodukt gewesen. ... Obelixfigur?"

„Der soll wohl die Kelten symbolisieren!"

„Richtig, Symbol für die westliche Keltikée. ... Landkarte Oberitalien?"

„Weil dort die Etrusker wohnten, von denen die Kelten den Kannentypus übernahmen?"

„So ist es. ... Plakatwerbung für eine Bank: ein aus mehreren Tierteilen zusammengesetztes Mischwesen?"

„Vielleicht eine moderne Form von Fabelwesen, die auf den Henkelarmen sitzen?"

„Richtig. ... Lederbecher?"

„Mein Gott, keine Ahnung!"

„Auch er ist ein Produkt, das Kult-Status besitzt. Theoretisch könnte er Flüssigkeiten halten, aber praktisch wird er nicht zum Trinken verwendet, sondern zum Würfelspiel. Auch die Bronzeschnabelkannen wurden nicht zum Trinken im diesseitigen Leben, sondern nur für die Bestattung angefertigt. Die Glauberg-Kanne wäre viel zu zerbrechlich, für den täglichen Gebrauch. ... Bienenwabe?"

„Weil in den Kannen Honigwein war?"

„Richtig. ... Ein Stück Kupferblech?"

„Wahrscheinlich zweiter Materialbestandteil neben Zinn?"

„Das war leicht. ... Plastiksoldat?

„Kelten waren als Söldner in Oberitalien."

„Stimmt. ... Leerer Milch-Tetrapack?"
„Keine Ahnung."
„Der längliche, schmale Körper scheint auch heute noch dem Schönheitsempfinden der Salzburger gerecht zu werden. Auch mir persönlich gefällt die Schnabelkanne vom Dürrnberg dermaßen gut, dass ich mich nun doch dazu entschlossen habe, meine Doktorarbeit darüber zu schreiben! Das Thema dazu stammt zwar vom Kannenräuber, der kann es jetzt aber nicht mehr gebrauchen, denn als mutmaßlich Vorbestrafter wegen unterlassener Hilfeleistung und wegen Diebstahls und Raubes darf er an keiner Universität mehr inskribieren.

Ginge es nach der Schnabelkanne, so hätte er sogar noch Chancen, denn die Schwellranken der Attasche und deren Palmette/Dreispross scheinen auch das heute noch in Ghana verwendete alte Motiv *Sankofa* zu beinhalten, das verspricht, dass sich jeder Fehler im Leben wieder rückgängig machen ließe, wenn man nur daran arbeitete:

Nun zu den Kannenköpfen. Die Interpretation der Gesichter auf der Kanne scheint für einen unbedarften Betrachter ja recht einfach zu sein: Hebt man die Kanne an und betrachtet sie von vorn und in Augenhöhe, dann sieht einen das Gesicht auf dem Kannenrand an, als würde es gerade trinken.

Kippt man die Kanne nach vorn, so, als würde man daraus trinken, glotzt einen das Gesicht des Untiers am Henkel an, mit stieren Augen eines Betrunkenen. Im Jenseits erwartet einen schließlich ein rauschendes Fest!

Und dreht man die Kanne von sich weg, dann erinnert einen die Attaschenfigur daran, dass die Zeit zum Schlafengehen gekommen ist.

Ihr wisst aber inzwischen, dass für einen gläubigen Kelten der religiöse Aspekt wichtiger war, das Thema Wiedergeburt und eine Beglaubigung, dass der Besitzer der Kanne sein Hirschopfer dargebracht hat, was ihm die Unsterblichkeit garantieren sollte. Ob man die Köpfe auf der Kanne nun als den Wechselgott Esus/Cerunnos mit seinem Widderhornschlangensymbol liest oder aber den Kanneneigner beim Begräbnis und bei der Wiedergeburt erkennen möchte, ist letztlich sekundär: Die Kanne wird vor allem als Totenvogel gesehen, der den Verstorbenen in die Anderswelt begleiten und vor Dämonen schützen soll.

Und dann möchte ich euch abschließend noch eine letzte philosophische Interpretation verraten, die sich mir beim Betrachten des Goldschmucks der Skythen erschlossen hat und die einen begrifflichen Überbau über alle genannten Kannenmotive ermöglicht, eine gemeinsame übergeordnete Interpretationsebene.

Die Skythen waren am Unterlauf der Donau Nachbarn der Kelten und haben diese künstlerisch beeinflusst. Die gekerbten Deckleisten auf der Dürrnberger Kanne, die Kerbfüllungen und die Gelenksspiralen sowie die Tierarten *Widderhornschlange* und *Wolfsdrachen* werden wohl skythisches Repertoire gewesen sein.

Da die Skythen Nomaden waren, verwahrten sie ihren wertvollen Goldschmuck nicht in Häusern, sondern sie trugen ihn am Körper, verteilten ihn über das Pferdegeschirr und gaben ihn auch in die Gräber mit, wo er die Verstorbenen auf ihrer Reise in ein neues Leben beschützen sollte.

Wenn ein Fürst starb, wurde er nicht nur mitsamt seinem Pferd bestattet, mit seinem Schmuck und mit Proviant für ein Gastmahl im Jenseits, sondern ein Jahr später wurden auch seine Frau, sein Koch und andere Bedienstete getötet und ins Grab gelegt, über dem man dann einen möglichst hohen Hügel aufschüttete.

Über die Kelten wissen wir, dass auch eine Schnabelkanne in einer Extra-Bestattung beigesetzt wurde. Es liegt daher nahe, dass zwischen Skythen und Kelten neben der Bestattungsart auch ähnliche religiöse Vorstellungen existierten.

Wie ein Pferde-Pektorale aus dem Grabhügel von Tolstaja Mogila in der Ukraine zeigt, glaubten die Skythen an einen Weltenaufbau in drei Sphären.

Dieses mondsichelförmige Pektorale bildet als unterste Sphäre die tektonischen Kräfte ab, das unseren Blicken verwehrte bewegte Erdinnere, als ein gegenseitiges Fressen und Gefressen-Werden von kräftigen Tieren wie Pferden, Greifen und Raubkatzen. Bei den Japanern wäre es die Ebene des Wals.

Die zweite Ebene ist die Welt der Menschen und Haustiere. Sie werden bei den Vorbereitungen zum Frühlingsfest gezeigt sowie in Haustierprozessionen. Bei den Japanern wäre es die Ebene des menschlichen Daseins wie auch der Landschaft.

Und dann existiert noch die dritte Sphäre einer astral-kosmischen Welt in Form von Blumen, Girlanden und Vögeln. Die Vorstellung von einem solchen keltischen Paradies, auch *Anderswelt* genannt, kann man noch in Ansätzen als Deckenmalerei im Karner der Pfarrkirche von Globasnitz/Globasnica in Südkärnten erleben. Bei den Japanern wäre dies die Ebene der mythischen und teils gottähnlichen Wesen.

Will man nun diese Dreiteilung der Weltordnung auf die Dürrnberger Schnabelkanne übertragen, so würden die Motive des Blechteils der Kanne, ohne Henkel und ohne Henkelgabel, aber mit Schnabel, der *astral-kosmischen Sphäre* zuzuordnen sein: Neun fliegende Wasservögel knabbern mit betont großen Schnäbeln an je einer auf der Kannenschulter sitzenden Lotusblüte, die nur noch zwei Blütenblätter aufweist. Auch die Henkelöffnung und der Schnabel sind in Draufsicht als Kopf einer Ente gestaltet. Ihre Augen sind zwei Kerbspiralen. Und schließlich könnt ihr am Kannenhals sogar die seitlichen Einbuchtungen der Kehle des Wasservogels sehen.

Die beiden anderen Sphären hingegen fänden wir auf Henkel und Henkelgabel repräsentiert. Die zoomorphen Tiere am Kannenrand, welche Tiere ihrer eigenen Art zu fressen scheinen, würden aus dieser Sicht *die tektonische Sphäre* verkörpern, das Erdinnere. Insofern lagen die Entdecker der Kanne gar nicht so falsch, als sie die *Rüsseltiere* für Molche hielten, denn Molche leben im Dunkel tektonischer Hohlräume.

Und die beiden menschlichen Köpfe an den Ober- und Unterseiten des Henkels würden als einen Vertreter *der mittleren Sphäre* den Kelten-Herkules darstellen, der sich alle sechs Monate periodisch durch Wiedergeburt erneuert, wie auf seiner Brustscheibe zu sehen, und der die Kräfte und Fähigkeiten vieler wilder Tiere in sich aufgenommen hat, indem er deren Felle als Kopfbedeckung trägt. Dieser Herkules könnte den Ahnherrn der Kelten verkörpern, aber auch jeden fürstlichen Nachfolger, der am 1. Februar am Wiedererneuerungsritus des Sommerhalbjahrs aktiv beteiligt war, ebenso den Verwandlungs-Gott Cerunnos/Esus.

Die beiden menschlichen Köpfe könnten aber auch die ranghöchste Priesterin der Erdgöttin darstellen, die ebenso am Wiedererneuerungsritus des Sommerhalbjahrs teilnahm. Der Talisman auf der Brust erinnert auch an ein Motiv aus Ghana, das besagt: *Der/die Landesfürst/in hat viele Augen und nichts bleibt ihnen verborgen!*

Aus skythischer Sicht repräsentieren die Details und die Kanne selbst die drei Sphären eines *Weltenbaums*.

Jede der genannten Theorien scheint verifizierbar zu sein, je nachdem, mit welchem Wissensstand man die Kanne betrachtet. Mit Sicherheit lässt sich feststellen, dass auf der Kanne schier gar nichts zufälliges Beiwerk ist. Das beweisen die Komposition der Gestaltungsdetails wie auch die Überlappung der Motive. Die Zusammenschau der Motive ist sehr stimmig, sie sind wie ein großer Teppich ineinander verwoben.

Somit ist die Dürrnberger Schnabelkanne ein ganz ausdrucksstarkes und einzigartiges Exemplar unter den keltischen Schnabelkannen und nicht reduzierbar auf ein einfaches Symbol, wie der populärwissenschaftliche Autor Georg Rohrecker auf seiner Verlinkung behauptet hat. Auf die vergleichbaren Kannen träfe seine Aussage zu, sie sind in der Regel nur mit einfachster Symbolik bestückt und – wegen unterschiedlicher Versatzstücke - oft nicht gestalterisch durchkomponiert, ein Extrembeispiel dafür ist die Glaubergkanne.

Meines Wissens nach gibt es kein keltisches Kultobjekt, das in Ornament- und Figurenbesatz auf so viele unterschiedliche und internationale Motive und Mythen anspielt wie diese Kanne. Und jede Lesart scheint obendrein die richtige zu sein. Damit ist die Dürrnberger Schnabelkanne ein mindestens so wertvolles Unikat für die Kunst der Kelten wie das *Pektorale von Tolstaja Mogila* für die Kunst der Skythen.

Die Kanne vom Dürrnberg sollte daher besser nicht mehr auf Reisen geschickt werden, sondern im Tresorraum verwahrt und nur auf Anfrage auszuheben sein. Nach der Zusammenlegung des Halleiner Keltenmuseums mit dem Salzburger Museum könnte die ganze Forschungsabteilung künftig zu einem Hochsicherheitstrakt umgebaut werden, denn es wäre undenkbar, dass die Möglichkeit bestände, die Kanne ein zweites Mal zu rauben. Künftig könnten sich Schulklassen anmelden müssen, dann erst würde die Kanne ans Tageslicht gehoben werden.

Abschließend danke ich euch für euer reges Interesse an diesem ganz besonderen Kultobjekt, dessen Deutungsversuche man immer mit dem Datum versehen müsste. Merkt euch als Zusammenfassung eures Besuches hier, dass sich die Lesart der Details der Dürrnberger Schnabelkanne genauso rasch verändert wie die einzelnen Figuren, sobald ihr sie zu identifizieren versucht! Das bedeutet Metamorphose auf allen Ebenen!

Denjenigen, die über die Führung hinaus Interesse haben, empfehle ich noch zwei Folder des Hauses zum Thema mitzunehmen: Darin findet ihr die Abbildungen verschiedener keltischer Schnabelkannen."

Die Konferenz

Im Versammlungsraum der russisch orthodoxen Kirche trafen sich zur gleichen Zeit Vertreter der Moskowiter und der Kosaken. Zwar zeigten sich nur die Kosakenfamilien gegenüber der Einrichtung mit religiöser Funktion ehrerbietig, doch machte auch die Moskowiterpartei keine Anstalten eines respektlosen Verhaltens.

Trotzdem waren die Gesichter des Kosakenclans aufs Äußerste angespannt. Jawlensky konnte seine traumatisch bedingten Visionen kaum unterdrücken. Angesichts der eiskalten Augen einiger vormals stalinistischer Pragmatiker verwandelte sich das friedensstiftende Treffen vor seinem inneren Auge in eine Szenerie des Verrats.

Er sah die Männer der anderen Seite, jetzt in Ledermäntel gehüllt, beim Lager-Tribunal und wartete entsetzt darauf, dass Einzelne jederzeit aufspringen und eine versteckte Waffe ziehen könnten.

„Verrat!" schien es aus allen Ecken des weiß getünchten Raumes zu hallen.

Jawlensky musste die andere Hirnhälfte forcieren, die seine Ängstlichkeit mit vernünftigen Argumenten niederzuhalten trachtete. Dieses Ansinnen wollte nicht und nicht gelingen und er ertappte sich bei der Überlegung: „Wenn ich als Erster aufspränge und zöge ...!"

Doch ziehen konnte keiner im Raum, denn sie waren zuvor auf Waffen durchsucht worden. Nachkommen von Mitgliedern der serbischen *Omladina*, in zweiter Generation hier ansässig und für die Facebook-Revolution in Ägypten mitverantwortlich, hatten sich als neutrale Partei dazu bereit erklärt, die Leibesvisitationen durchzuführen. Doch was, wenn auch diesen nicht zu trauen war? Wenn die Kontrolle nur einseitig erfolgt wäre?

Jawlensky wusste nur allzu gut, dass das Wort „Verrat" von den Moskowitern anders gedeutet wurde als von seinen eigenen Leuten. Die andere Partei sah die wahren Verräter in den Kosaken, die die „russische Erneuerung", wie sie es nannten, vereiteln hatten wollen, indem sie ihre „Fahnenflucht" und „selbst verschuldete" Erniedrigung im Westen medial breit getreten hatten, um so Sympathie für ihre Standes-Ideologie zu gewinnen.

In Tschernowskys Augen musste es die Aufgabe einer historischen Genese sein, den Stolz der Kosaken endgültig zu brechen. Demütigung und Vernichtung als die einzigen Antworten auf die Ablehnung des Stalinismus. Ihr Anders-Sein, das sich in dem Hang manifestierte, sich in Husarenuniformen zu präsentieren, war antiquiert und stand einer modernen sowjetischen Gesellschaft im Weg.

Bei Kriegsende hatten sich die Kosaken, die auf Hitlers Seite gegen Stalin und seine „Roten" gekämpft hatten, ins relativ sichere Österreich absetzen können. Sie wähnten sich bereits in Sicherheit, als sie von den Engländern und den Roten in eine Falle gelockt wurden.

Zu einer Friedenskonferenz würden sie geladen, hatte es geheißen, zu einer Friedenskonferenz in Spittal an der Drau. Dort sollte ihnen angeblich eine endgültige Siedlungsmöglichkeit zugewiesen werden, denn für das Drautal vor Lienz, wo sie mit Pferden und Planwagen warteten, waren sie zu viele an der Zahl. Die ansässigen Bauern waren darüber schockiert, dass die Masse an Kosakenpferden ihr spärliches Wintergras abweidete.

In ihren schönsten Uniformen, bunt und mit vielen Borten und Schnallen, sowie hoch erhobenen Hauptes die Husarenhüte präsentierend, so hatten sie am 28. Mai 1945 den vermeintlichen Versammlungsraum in Spittal an der Drau betreten. Einem schottischen Hochlandregiment der englischen Besatzer wollte auch die Kosakenführung entsprechend würdevoll begegnen. Die Männer träumten von einer Ansiedlung ihrer Gemeinschaft in der Karibik oder in englischen Kolonien, denn die geheimen Personentransporte nach Palästina täuschten solche Ziele vor. Doch kaum waren sie vollständig versammelt, wurden sie verhaftet. Sie waren in eine Todesfalle geraten. Einige, wie Oleg, hatten es geahnt, doch hatte man ihnen nicht Gehör geschenkt.

Entgegen den Völkerrechtsbestimmungen wird die gesamte anwesende Führungsschicht der Kosaken von den Briten an die Roten übergeben und später eliminiert. Oleg gelingt nur deshalb die Flucht, weil er - nicht gerade der ranghöchste Offizier - sich zur Bewachung des Trosses abstellen hat lassen. Am Abend des verhängnisvollen Tages, als die Führungsriege der Kosaken nicht mehr ins Drautal zurückkehrt, weiß er seine dunklen Ahnungen bestätigt.

Am 1. Juni beginnt die „Repatriierung" der führungslosen Kosakenfamilien. Panik bricht aus. Verzweifelte Hilferufe in Form von Petitionen, schwarzen Fahnen, Hungerstreiks oder Transparenten mit der Aufschrift „Wir ziehen den Tod vor!" lassen Major Davies von den Argyll and Sutherland Highlanders kalt.

Jene Kosaken, die nicht sofort an Ort und Stelle in die Wälder fliehen können oder wollen, scharen sich ringförmig um den Popen, der mit beiden Händen segnend das russische Kreuz in die Höhe hält. Ein Kreuz mit drei ungleich langen Querbalken, von denen der eine so schräg wirkt wie diese Episode der Nachkriegsereignisse.

Die schottischen Soldaten haben die Order, mit Gewalt gegen die Widerständischen vorzugehen. Sie schlagen bzw. stechen mit Gewehrkolben, Holzknüppeln und Bajonetten auf die Menge ein, die sich an den Armen aneinandergehängt hat. Diese Menschenkette bildet die Form einer Pyramide, an deren Spitze der Pope steht.

Als die Schotten wenig ausrichten, schießen sie in die Menge hinein, auf Frau und Kind, was sogar die angestammte Bevölkerung empört. Der gesprengte Ring aus verletzten und resignierten Individuen wird sodann verhaftet und in eine britische Kaserne nahe Judenburg deportiert, um am nächsten Tag auf der Murbrücke den Sowjets übergeben zu werden.

Weil sie zurecht Angst vor grausamer Folter und todbringender Arbeit in sibirischen Lagern haben, springen Mütter samt ihren Kleinkindern in den reißenden Murfluss oder erdrosseln sich, während die flüchtenden Männer von hinten abgeknallt werden.

Mit der lapidaren wie zynischen Bemerkung an die englische Zentrale „Das ganze Ding ist zufrieden stellend verlaufen!" würde Mitte Juni der britische Kommandant Major Davies die *„Evakuierung"* von 22.500 Kosaken und Kalmücken abschließen.

Das alles kehrte wieder, im Gedächtnis von Oleg Jawlensky, der zwar ein immer noch sportlicher, aber steinalter Mann war und jetzt wieder in die eiskalten Augen der Kinder von Stalinisten blickte. Ein Albtraum.

Jenen Vertreter, den die Botschaft zur Beilegung des Konflikts gestellt hatte, fand Jawlensky nicht unsympathisch. Er war sehr jung und hatte das zeitgemäß unpolitische Auftreten eines Jungunternehmers. Jawlensky fühlte sich an seine eigenen Aufbaujahre erinnert, jene Jahre, in denen er langsam, aber beständig an seinem Firmenimperium gebastelt hatte.

Der Vertreter der offiziellen Seite wies darauf hin, dass Moskau wünsche, dass die russisch stämmige Bevölkerung in Österreich auf keinen Fall negativ auffallen dürfe. Und das bedeute in erster Linie ein Friedensabkommen zwischen Kosakenfamilien und den Moskowitern.

Russland habe größtes Interesse an einem reibungslosen Zusammenleben von Russen in Österreich. Jede zweite russische Familie sähe derzeit die Abwanderung nach Österreich als vorrangiges Ziel an, wenn nicht für sich selbst möglich, so zumindest für eines der Kinder.

Um nicht ungewollt Ängste zu schüren, dürften Russen in Österreich auf keinen Fall auffallen und hätten sich nach Möglichkeit zu integrieren. Auch auf Geheimdienstebene dürfe es zu keinen unliebsamen Zwischenfällen kommen. Österreich sei nicht nur ein ernst zu nehmender Wirtschaftspartner, sondern auch die ideale zweite Heimat für wohlhabende Migranten geworden. Als solche verdiene dieses Land Schutz und Respekt durch das russische Mutterland.

Langsam wichen Furcht und Anspannung aus den Gesichtern der Kosakenvertreter.

Auch Oleg Jawlensky hatte nach diesen Worten erstmals sein Misstrauen abgebaut. Anzunehmen, die Moskowiter würden jetzt noch den einen oder anderen aus seinen Reihen aufgreifen und gewaltsam „repatriieren", wie es einst Stalin im geheimen Pakt mit Winston Churchill vereinbart hatte, dieser Gedanke erschien ihm nun doch als allzu lächerlich.

Die Moskowiter des SMERSCH, des gefürchteten Geheimdienst-Arms Stalins in den Flüchtlingslagern der Stadt, müssten doch längst in die Jahre gekommen sein und ihre scharfen Krallen verloren haben. Und bei ihren Nachkommen waren vielleicht sogar Zusammenkünfte in Form von Teekränzchen angesagt, in denen es lediglich darauf ankam, die Feinheiten der russischen Sprache zu pflegen, ebenso wie die Raffinessen einer wieder erstarkenden russischen Küche.

Die Geheimdienstaktivitäten der Moskowiter würden inzwischen andere Ziele gefunden haben. Gaben sie sich inzwischen durch das Tragen schwarzer T-Shirts mit dem Aufdruck einer zeitgemäßen *Cerunnos*-Version zu erkennen? Solange man nicht gerade die aktuelle russische Politik kritisierte, würde man jedenfalls sicher sein können, dass die Kinder keine Probleme bekämen. „Das abgerissene Bahnhofsgebäude bauen sie jetzt sehr schön wieder auf. Mal sehen, ob man dann ohne Spurwechsel von hier nach Moskau wird reisen können!", warb Tschernovsky für einen Besuch der alten Heimat.

LITERATURVERZEICHNIS

Archäologische Gesellschaft Hessen (Hg): Die Keltenfürsten vom Glauberg. Ein frühkeltischer Fürstengrabhügel am Hang des Glaubergs bei Glauburg-Glauberg. Wetteraukreis, Wiesbaden 1996 (= Archäologische Denkmäler in Hessen 128/129)

Archäologische Gesellschaft Hessen (Hg): Ein frühkeltischer Fürstengrabhügel am Glauberg/ Wetteraukreis, Hessen. Forschungsbericht 1994-1996. – Wiesbaden 1998

Birkhan, Helmut: Kelten. Bilder ihrer Kultur. Images of their Culture. Akademie der Wissenschften: Wien 1999

Cooper, J.C.: Illustriertes Lexikon der traditionellen Symbole. Seemann Leipzig 1986

Frey, Otto Hermann und Fritz-Rudolf Herrmann: Ein frühkeltischer Fürstengrabhügel am Glauberg im Wetteraukreis, Hessen. Bericht über die Forschungen 1994-1996. – In: Zs. Germania. Anzeiger d. röm.-germ. Kommission des dt. archäolog. Instituts, Frankfurt 1997 (= 2.Halbbd. Jg. 75)

Grant, Michael: The Etruscans/Rätselhafte Etrusker. London/Augsburg 1994

Großmann, Ulrich (Hg): Gold und Kult der Bronzezeit. Nürnberg 2003. (=Ausstellungskatalog Germanisches Nationalmuseum Nürnberg)

Hatt, Jean-Jacques: Die keltische Götterwelt und ihre bildliche Darstellung in vorrömischer Zeit. In: Die Kelten in Mitteleuropa (= Ausstellungskatalog der Salzburger Landesausstellung 1980), hrsg. v. Peter Krön, Salzburg 1980, S. 52-67

Hatt, Jean-Jacques: Kelten und Galloromanen. Archaeologia Mundi. Genf 1970, S. 277-313

Irnberger, Josef(Hg): Scheffau am Tennengebirge. Natur, Geschichte, Kultur. Scheffau am Tennengebirge 1999.

Kauer, Josef: Besiedlung Leondings bis heute, In: Johann Mayr(Hg): Leonding. Dorf - Stadtrand - Stadt, S.14-30, Leonding 1995 (= Festschrift zum 20-jährigen Jubiläum der Stadt)

Kauer, Wolfgang: Der Reisevogel vom Halleiner Dürrnberg, Salzburger Nachrichten vom 28.9.2002, S. IX

Kauer, Wolfgang: Die erste ikonografische Deutung der Dürrnberger Schnabelkanne aus gestalterischem Blickwinkel. Jahresbericht des Akademischen Gymnasiums Salzburg 2002, S. 38 – 52

Kauer, Wolfgang: Die Sonne und wir. Jahresbericht des Akademischen Gymnasiums Salzburg 2004, S. 32-35

Kern, Anton (Hg): Salz-Reich. 7000 Jahre Hallstatt. Naturhistor. Museum: Wien 2008

Kittel, Erika und Franz Wollenik: Felsbilder Salzburg. Tennengebirge-Hagengebirge-Lofer. Wien 1986

Meid, Wolfgang: Die Kelten. Reclam: Stuttgart 2007

Mettke, Heinz (Hg): Älteste deutsche Dichtung und Prosa. Leipzig 1976

Moosleitner, Fritz: Fressen und gefressen werden. Die keltische Schnabelkanne vom Dürrnberg, Sonderdruck Das Kunstwerk des Monats – Salzburger Museum Carolino Augusteum Nr.7

Moosleitner, Fritz: Ein hallstattzeitlicher Fürstensitz am Hellbrunnerberg bei Salzburg (= Sonderdruck aus Germania 57/1979), S. 53-74

Moosleitner, Fritz: Die Schnabelkanne vom Dürrnberg, Salzburg: 1985 (= Schriftenreihe des Salzburger Museums Carolino Augusteum Nr.7)

Moser, Stefan: Die Kelten am Dürrnberg. Eisenzeit am Nordrand der Alpen. Hallein 2010, S. 92 f

Omanye House – Map of Adinkra-Symbolism, prepared by Prof. Ablade Glover, Artists Alliance Gallery, Tema Road, Accra, Ghana, Ivory-Coast

Rohrecker, Georg: Die Kelten Österreichs. Auf den Spuren unseres versteckten Erbes. Wien 2003

Seipel, Wilfried (Hg): 6000 Jahre persische Kunst, Wien: 2000 (= Ausstellungskatalog des Kunsthistorischen Museums Wien)

Seipel, Wilfried (Hg): Sensationsfunde aus Fürstengräbern der Skythen und Sarmaten. Leoben 2009 (= Ausstellungskatalog der Kunsthalle Leoben)

Thimme, Jürgen: Kunst der Sarden bis zum Ende der Nuraghenzeit. Hirmer: München 1983

Turk, Peter: Images of live and myth. Lubljana 2005. (= Ausstellungskatalog des Nationalmuseums Laibach)

Wood, Juliette: Die Lebenswelt der Kelten, Augsburg 1998

Wyss, Robert L.: Die neun Helden. Eine ikonografische Studie, In: Zs. f. Schweizerische Archäologie und Kunstgeschichte, Bd.17, 1957

Zeller, Kurt W: Der Dürrnberg bei Hallein. Ein Zentrum keltischer Kultur am Nordrand der Alpen, o.O. o.J

ABBILDUNGSVERZEICHNIS

Die Fortografien von der Schnabelkanne wurden vom Salzburg Museum zum Abdruck zur Verfügung gestellt, wofür Herrn Direktor Dr. Erich Marx großer Dank gebührt. Dies betrifft das Copyright der Abbildungen auf den Seiten 8, 46, 51, 56, 58, 82, 103, 143, 152, 162, 193 und Cover-Vorderseite.

Das Foto vom Jupiter/Taranis-Stein von Ansfelden hat freundlicherweise und dankenswerterweise Herr Direktor Mag. Dr. Peter Assmann vom oberösterreichischen Landesmuseum für den Druck zur Verfügung gestellt. Das Copyright für folgende Fotos liegt beim Oberösterreichischen Landesmuseum: S. 71, S. 166, S. 176 (links), S. 232 und für S. 270 beim ukrainischen Nationalmuseum. Abbildungen auf Seite 267 (Sankofa) und 274 (Königsaugen) sind einer unveröffentlichten Textildruckmuster-Vorlage von der Elfenbeinküste entnommen.

Das Aquarell „Schnabelkanne füttert Stadt" wurde extra für diesen Roman gemalt, von Dr. Luis Alfredo Duarte Herrera (1958 Bucaramanga, Kolumbien, – 2010 Salzburg)

Die übrigen Fotografien, Zeichnungen und Gemälde stammen vom Autor Wolfgang Kauer (Copyright), mit Ausnahme der Kinderzeichnung des Motivs *Fliegender Vogel* von Noah Maierhofer, 11 Jahre.

Vorlagen für Zeichnungen waren Abbildungen in:

- *Salzburger Nachrichten, Die Presse*
- *Moosleitner, Fritz: Die Schnabelkanne vom Dürrnberg, Salzburg 1985*
- *Archäologische Gesellschaft Hessen (Hg): Die Keltenfürsten vom Glauberg. Ein frühkeltischer Fürstengrabhügel am Hang des Glaubergs bei Glauburg. Glauberg. Wetteraukreis, Wiesbaden 1996*
- *Heinz, Sabine: Symbole der Kelten, Darmstadt 2001 (3. Auflage)*
- *Seipel, Wilfried (Hg): 6000 Jahre persische Kunst, Wien 2000*
- *Großmann, Ulrich (Hg): Gold und Kult der Bronzezeit. Nürnberg 2003*
- *Turk, Peter: Images of live and myth. Lubljana 2005*
- *Thimme, Jürgen: Kunst der Sarden bis zum Ende der Nuraghenzeit. Hirmer: München 1983*

AUTOR WOLFGANG KAUER

Geboren 1957 in Linz an der Donau, lebt der Autor heute in Salzburg und arbeitet hier als Gymnasiallehrer für Deutsch, Geografie und Bildnerische Erziehung. Weiters ehrenamtlicher Veranstalter der Salzburger Literatenlesereihe *Freitagslektüre*. Mitglied der *Grazer Autorenversammlung, der Freilassinger Künstlergilde* und *Salzburger Autorengruppe*. Literarische Veröffentlichungen in Anthologien und Literaturzeitschriften Österreichs, Deutschlands, Chinas und Lateinamerikas, Lesungen im In- und Ausland und im öffentlichen wie privaten Rundfunk.

Dieses Buch ist der Versuch einer ersten umfassenden ikonografischen Deutung der Bronze-Schnabelkanne vom Halleiner Dürrnberg.

Wolfgang Kauer schrieb bereits während seines Studiums der Bildenden Künste an der Kunst-Universität Mozarteum Salzburg zwei ausgezeichnet beurteilte Seminararbeiten zum Spezialgebiet *Dürrnberger Schnabelkanne*, eine pädagogisch-didaktische bei Frau Dr. Helga Buchschartner, eine kunsttheoretische bei Frau Mag. Hildegard Fraueneder.

Im Buch sind Originalinterviews mit der Tochter der Schnabelkannenfinderin Nora Watteck und mit dem inzwischen verstorbenen legendären Direktor des Keltenmuseums, Mag. Kurt Zeller, enthalten. Weiters war der Autor regelmäßiger Gasthörer bei Vereinsvorträgen des nachfolgenden Keltenmuseum-Direktors Mag. Stefan Moser, um auf dem neuesten Stand der Forschung zu bleiben.

Bisher sind folgende belletristische Bücher von Wolfgang Kauer erschienen:

- DIE DONAU HINAUF. Maskenprosa.
  Linz.Kultur.Texte: Linz 1996

- NACHTSEITE. blauschwarze Kurzprosa.
  arovell: Salzburg/Gosau/Wien 2007

- AZUR–FENSTER. Erzählungen und Lyrik.
  arovell: Salzburg/Gosau/Wien 2008

- MAGENTA VERDE. Prosa, Lyrik, Aphorismen.
  arovell: Salzburg/Gosau/Wien 2009

- FUNKEN REGEN. Historische Prosa und filmisches Epos.
  arovell: Salzburg/Gosau/Wien 2010

DANKSAGUNG

Den Kulturämtern der Stadtgemeinden von Linz, Salzburg und Hallein, der Salzburger Landesstelle für kulturelle Sonderprojekte und der EuRegio Salzburg – Berchtesgadener Land – Traunstein danke ich für eine Förderung dieses Buchprojekts in Form zweckgebundener finanzieller Zuwendungen. Weiters danke ich Mag. Dr. Peter Assmann, dem Direktor der oberösterreichischen Landesmuseen, und Dr. Erich Marx, Direktor des Salzburg Museum, für die Gewährung von Fotorechten. Meine Neugier gegenüber den Kelten verdanke ich u.a. der Bevölkerung des Tennengaus, des Salzkammerguts und der irischen Westküste. Für Anregung bzw. Betreuung meiner themenbezogenen Seminararbeiten an der Kunstuniversität Mozarteum danke ich Univ. Prof. Mag. Matthias Herbst, Univ. Prof. Ruedi Arnold, Frau Dr. Helga Buchschartner, Frau Mag. Hildegard Fraueneder und Frau Mag. Hiltrud Oman. Für wichtige Informationen zur Keltikée bedanke ich mich bei Dr. Fritz Moosleitner, Salzburg Museum, bei Univ. Prof. Dr. Wolfgang Lobisser, Angewandte Keltologie der Univ. Wien, bei Mag. Kurt Zeller, verstorbener Direktor des Keltenmuseums Hallein und wissenschaftlicher Leiter des österreichischen Forschungszentrums Dürrnberg, bei Mag. Stefan Moser, nachfolgender Direktor und Leiter ebenda, bei Univ. Prof. Dr. Peter Turk, Laibach, bei Dr. Christine Schwanzar, Romanologin des Linzer Schlossmuseums, sowie bei Semeiotik- und Adinkra-Druck-Expertin Mag. Gerda Steingruber-Schaffler, Salzburg, weiters beim Scheffauer Ortschronisten und Guide Josef Irnberger sowie Frau Era Pachta-Reyhofen für Informationen über ihre Mutter Nora Watteck und die Entdeckung der Dürrnberger Schnabelkanne. Fürs Korrekturlesen danke ich dem neuen Leiter des Urgeschichte-Museums Salzburg in Hallein, Mag. Florian Knopp, und Dr. Franz Wasner in Sachen Zoologie. Posthumer Dank gilt dem unvergesslichen Künstler-Freund Dr. Luis Alfredo Duarte Herrera, Salzburg, der für diesen Roman das Aquarell „Kanne füttert Stadt" (Abbildung Seite 7) angefertigt hat. Auch den elfjährigen Schülerinnen und Schülern des Akademischen Gymnasiums Salzburg sei für ihre phantasiereichen Darstellungen der Schnabelkanne im Vorfeld eines Museumsbesuchs recht herzlich gedankt.

Die Bilder am Cover hinten sind Umsetzungen der Schnabelkanne durch die SchülerInnen Catherina Schwaiger, Stefan Sturm, Sophie Gaggl, Althea Pappas, Catherine Kupetzius und Maria Mösl.

Vor der Besichtigung des Kannenoriginals im Museum wurden die Schülerinnen und Schüler über Form und Erzählung der Kanne informiert. Sie stellten dann die Kanne entsprechend ihren Vorstellungen dar. Bemerkenswert ist, dass einige die Kanne bauchig erlebten, andere schlank, einige mit spitzem Ausguss, mit wuchtigem Schnabel oder ganz klassisch. Die Zungenornamente berücksichtigten einige gar nicht. Eine Schülerin setzte sie schräg verlaufend ins Bild und erzeugte so eine enorme Dynamik. Ein Schüler beschränkte sich auf ein einziges Erzählmotiv, bei anderen quillt der Besatz der Kanne in Detailreichtum über. Eine Schülerin aus dem Mittelmeergebiet sah die Kanne gar als karge Halbwüste mit nur drei Korkeichen.